《聊斋志异》文化史研究

王昕 著

商务印书馆
创于1897 The Commercial Press

图书在版编目（CIP）数据

《聊斋志异》文化史研究 / 王昕著. — 北京：商务印书馆，2021

ISBN 978－7－100－19548－5

Ⅰ.①聊…　Ⅱ.①王…　Ⅲ.①《聊斋志异》—小说研究　Ⅳ.①I207.419

中国版本图书馆 CIP 数据核字（2021）第 033151 号

《聊斋志异》文化史研究

王昕　著

商　务　印　书　馆　出　版

（北京王府井大街 36 号　邮政编码 100710）

商　务　印　书　馆　发　行

北京顶佳世纪印刷有限公司印刷

ISBN 978－7－100－19548－5

2021 年 5 月第 1 版　　开本 710×1000　1/16

2021 年 5 月北京第 1 次印刷　　印张 21½　插页 8

定价：89.00 元

自　序

这本小书虽是薄薄的一册，于我而言却是酝酿甚久。如今付梓在即，既有得以传承师门学术的些许满足，更有因个人才疏学浅而生出的愧怍不安。

1989 年 9 月，我负笈入山东大学中文系袁世硕先生门下读书。彼时本人刚刚从山东师范大学本科毕业，除了完成了中文专业基础知识的学习之外，对学术的概念甚为懵懂。进得师门方才渐窥学术门径，对《聊斋志异》研究的了解也是从那个时候开始的。山东大学是《聊斋志异》研究的中心与重镇。两位导师袁世硕先生和马瑞芳老师都是研究蒲松龄和《聊斋志异》的大家。那时，袁先生的《蒲松龄事迹著述新考》（齐鲁书社 1988 年）、马老师的《〈聊斋志异〉创作论》（山东大学出版社 1990 年）已经出版，关于蒲松龄的生平研究，《聊斋志异》文献考据、主题与艺术等方面，是课程上下师门里经常讨论的话题。跟随袁师六年，求知问学，如沐春风，至今所忆，都是温暖安宁的回忆。我虽对文言小说兴趣不大，但耳濡目染，那些年的研究进展和成果，那个领域中学者们的情况，也大致是熟悉的。后来到了中国人民大学文学院执教，《聊斋志异》是每学年、每学期都会讲到的内容。熟读玩味，偶有心得，并由之勾起对师门求学时的温馨回忆。

《〈聊斋志异〉文化史研究》这个题目，是袁先生帮我下决心选定的。大概是 2011 年初冬，人大文学院让每位老师报一个课题。我在《水浒传》和《聊斋志异》这两部名著间犹豫，不知下一步转向哪一部名著研究好些。偶然向袁先生说起这件事，袁师想了一下，很认真地说："你报《聊斋志异》吧。这样我还可以帮你。我也不研究'聊斋'了，那些资料我找找，都给你。"就这样，我的课题立项申请还没有下来，袁先生那边的资料，就陆续寄了过来。一共有四五次，每次都是一大包沉甸甸的资料。先生那时已经八十多岁了，邮局在山大宿舍的对面，隔着马路。我每次在拆包裹的时候，看着包裹上熟悉的、笔画有力的笔迹，都不免想象先生是如何把这些弄到邮局的，不知是何人帮忙。资料包括一些日本、台湾出版的书籍和复印及手抄的文献，还有袁先生本人的著作以及《蒲松龄研究》从创刊到2011年的全部刊物。在书架上满满地列了两个格子，其难得在于全面。另外有些资料也是在袁先生的指导下收集的，《聊斋志异》的各种版本、蒲松龄的作品，等等。如赵蔚芝的《聊斋诗集笺注》和《聊斋词集笺注》，就是在袁先生建议下入手的。遇到不熟悉的学者或历史人物，我也会向袁先生打听一下。这些指点和裁断很日常，零零碎碎，一如当年在学校为我指导论文的时候，使我感到格外的踏实。

因为资料的完备和精神上的这种轻松，让我决定索性不赶时间，不管它项目不项目了，干脆把所有的资料慢慢看个遍。先从《聊斋志异》开始，读了有大半年，然后是所有的研究资料。这个过程中，几乎阅尽了关于《聊斋志异》的所有研究专著和论文。这个阅读过程又和师门生活的回忆混杂在一起，我看到王平兄的《聊斋创作心理研究》(山东文艺出版社1991年)，石育良师兄的《怪异世界的建构——〈聊斋志异〉与志怪传统研究》(文津出版社1996年)，黄洽师姐的《〈聊斋志异〉与宗教文化》(齐鲁书社2005年)，邹宗良兄的《蒲松龄研究丛稿》(山东大学出版社2011年)，等等。期间，我还和正在整理《〈聊斋志异〉详注新评》的赵伯陶先生，以及倾注数十年心力打磨新的《蒲松龄年谱》的邹宗良兄讨教过问题。每逢我看到不错的论文论著，而作者的名字我恰好知道的，就会向师友们打听一下。绝大部分都能略知其背景之大概。学者书斋的生活就是时而天昏地暗地赶工阅读；

时而捧着一杯茶，端详案头上的著作人的名字和成果，不时拍案击节，或者摇头轻笑，与作者们曾经的交集和听来的各种逸事时时浮现。那况味就远比一个在书山学海中匆忙赶路的人来得丰富和愉快。

之所以以“文化史”来命名《聊斋志异》这个课题，和以上师门的回忆以及同“聊斋”研究圈里学人的交往有着直接联系。

身为当代研究者中的一员，我从这种熟知研究者的生命状态与学术路径的状态中，能直观地感受到对作品理解、阐释的“当下”含义的微妙变化。比如，如果按照时间顺序翻阅20世纪50年代以来《聊斋志异》的研究论文，可以依次嗅到历次政治运动的气息，以及从80年代至今一轮轮的理论热的鲜腥味道。在各个时代的总体气质之外，还有围绕着名著研究的一个个学术生态链。在其中，每一位学者展开研究的角度和兴奋点，大致有迹可循，也依稀能够预料到其研究的分限所在。对这些掩藏在严肃的课题文献背后的“实相”的窥测，大概就属于文学批评的文化史研究了吧。这些“过载”的信息，给我的研究带来了附加的乐趣，同时又使我对蒲松龄和《聊斋志异》有了不同的观察。

首先是“文化史研究”视角与框架的引入，可使小说研究回到历史的情境中解读材料，更具说服力和灵活性。通常的文学性研究，所关注、挖掘的作家作品资料比较狭窄，忽视了很多文化与社会之间的微观层面的联系。像蒲松龄和《聊斋志异》这两个研究主体，一个是穿行在清代山东乡间，一生承受了与其身份相符的苦难挫折的乡村秀才、文学大家；一部是被誉为中国“短篇小说之王”、包含500余篇文言小说的文学经典。二者携带的信息是面向着文学、史学和普通人生的多个方向的。对蒲松龄和《聊斋志异》的研究，不应当仅仅局限在文学性的内部分析，而应当多维地发掘具体的文化、经济、政治、制度和日常生活、个人感受等丰富信息。这就是文化史研究的胜场了。

文化分析、微观研究、关注日常生活和底层群众是文化史研究的重要特征。蒲松龄个人的期许，身世的遭际，庄稼的丰歉，亲戚的眼光，友人的兴味以及某个刹那的阅读体会，这些偶然因素都以各种形式塑造、影响过摆在我们面前的这一文本。微观研究特别有助于摆脱既有的思路和信念。只有尽力还原蒲松龄在那个时空世界的感受和经历，我们才能理解和阐释他如何用文本创造和“观看”他的世界。这一点和当代的创作与研究并无区别。这一感受，触发了本书《蒲松龄“瞿昙转世说”考论》一文的展开。从当代那些底层出身的作家身上，就能直观地看到所谓“蒲松龄以病瘠瞿昙形象作为自己悲苦命运象征”一说，对蒲松龄个人心理的失察与隔膜。一个背负着整个宗族希望，唯有靠科举之途才能改变命运的人，怎么会在四十岁时就绝望地放弃？追溯“瞿昙转世说”在中古的起源及其在唐宋明清文人话语中的流变，可以看到这个“英杰之士多自般若中来”的俗信，支撑着蒲松龄的内心，由此可以更切近地理解蒲松龄的心态及其小说的宗教观。

其次是从关注作者个人的主观性入手，以更切近的视角把握作家的个人特质。这样把作家的日常生活和他建构的艺术世界联系起来，借助文化史的研究路径，深入到蒲松龄的内在生命以及个人的精神历程中，去寻求对其作品的同情性的理解。

今天的学者们对《红楼梦》《水浒传》《聊斋志异》的研究，绝大多数已经超出了单纯的学术兴趣，那动机可以说是五花八门：课题、职称、考核、名利，各类事功的追求催生着大量水平参差不一的“成果”，让我这个发愿读完《聊斋志异》全部文献的人，在全面阅读阶段，吃了不少苦头，被折磨到几度想要废书抛卷的决绝地步。同理，蒲松龄本人和《聊斋志异》的创作、清代《聊斋志异》的读者以及序跋评点者的动机立场，应该也是同样复杂、多重的。

在作家个人的物质化生存对作品的影响方面，我关注到1703年到1704年间，在蒲松龄所生活的山东淄博地区发生的一场较大的灾荒在他诗文中的表现，并由此探讨蒲松龄作为一个清代乡村秀才的生存状态与生存理性。以此作为理解《聊斋志异》艺术世界的构建方式和个性特点的一条线索，启发我们意识到，蒲松龄的坦率和倔强的个性来自朴野的民间生活与苦难。只有士大夫的古典学养，成就不了现在的《聊斋志异》。

如果把作家的个人创作看作是一个具有个人偏向和主观特质的动态过程，就能够对文本有更为进一层的理解。从蒲松龄的“孤愤”、他的不避痴狂的主观情感来看，《聊斋志异》的人物、故事、主题是表达其意欲与思考的工具。在作家个人生活于其中的微观世界里，任何人生挫折失意都是沦陷身心的囹圄或者灭顶的巨浪。蒲松龄的科举不第、坐馆生涯和他的婚姻情感等经历，他的身体状况、个人喜恶和经济身份都对《聊斋志异》的艺术世界造成了影响。作为情感细腻、忠于自我的一类作家，蒲松龄沉浸在他的感觉和心灵世界中，予取予与，不受约束地倾泻自我的喜好和义愤，造就了“聊斋”艺术世界一方面温情泛滥，一方面激愤酷烈的特殊面貌。这类主观意志对小说世界干预的主动与频密，造成了《聊斋志异》诗性的温情与偏狭。类似的，由主观的、不稳定的个人情绪所主宰的文学经典，从清代到近现代的文学作品中并非个例，颇多同道。既可视为“诗可以怨”之抒情传统的叙事化传承，又是饱受欺压的底层写作者道德观念的伸张。

同样，将《聊斋志异》放置在文化史的微观、具体的语境中，蒲松龄的个人选择和创造就会得到彰显。如《蒲松龄的个人意欲与〈聊斋志异〉》，就将蒲松龄个人作为历史的主体，而不是客体来体察，虽然身为一个乡村秀才，蒲松龄生活贫寒、声名隐微，但他同样拥有某种来自边缘身份的自由权力。在他构建的艺术世界中，蒲松龄可以放胆追求他个人的意欲。他的功业和名望，来自《聊斋志异》。他的思想、心理和经历都绽放于其中。个人意愿左右着故事和人物命运，作者情感的盲目性又带来了《聊斋志异》处理重大题材上的某些缺憾。

最后是文化史的批评性研究能够带来新的活力。对名著的拔高与过分赞誉，容易浮于表面，妨碍了研究的深入和理性精神的发挥。文化研究的批判性可以挣脱这种狭窄化的专业评文方式，从更多样性的角度评价文本的审美价值和社会意义。

在不把《聊斋志异》视为一部被供奉在文学圣殿中的，已然被封神的、凝固不动的终极经典的前提下，我们将审视的目光投向蒲松龄及其创作《聊斋志异》的外部语境。通过描述与分析，进入蒲松龄个人的微观世界。影响创作和叙事的各种因素都被悬浮起来，围绕在蒲松龄执笔写作的那个历史现场。如从文化史角度考察《聊斋志异》“花妖狐魅”等非现实女性形象的建构路径，可以观察到蒲松龄塑造这类形象，蕴含着此前文学作品难以处理的现实题材与人类经验的内容。虚幻女性可以达到“妍质”的极致，身体极端轻小以迎合病态的文化审美，可以具备现实女性缺乏的文化修养；鬼的风流放诞隐喻了民间的性越轨风俗，虚幻的人物体现了民间原始欲望和粗朴的底层生活。虚幻使不合乎礼法道德的人事，取得了合法的表达与传播方式，这是《诗经》以来萎缩的文学表现力的再扩展。这样就能更具建设性地理解和阐释这类虚幻的女性人物形象。

从文化史的总体性研究视角，审视《聊斋志异》与其他古代学术与文学探求之间的关联。《国学“小说”观念对〈聊斋志异〉的影响》探讨传统子部小说“丛残小语”“子史末流”的“小说”观，所蕴含的“小说”体制小、价值小两个方面特质，对《聊斋志异》的影响。《聊斋志异》从性爱的角度进入历史与空间叙事，将历史、异域的代言人设计成女子、狐鬼等阴柔形象；以亡灵追忆往事以及私人化的恩怨，作为宏大题材的基调与线索，以及逞意为文的游戏手段，如以昆虫的微型世界写俳谐的人生游戏等。这种研究的思路，就是从古代学术的整体性，来看待《聊斋志异》文本特点和叙事模式。

同样，来自楚骚和李贺的文学传统，混合民间巫术氛围的滋养，使《聊斋志异》与普通的志怪小说揖别，灰暗凋零的乡村焕发成绚丽缤纷的文学殿堂。在与传统的深情、侠义、知己等主题的志怪题材多方比照和辨析之下，能够对《聊斋志异》的新意与优长，有更为学理化的认知和阐释。

本书的部分章节，先后在《文艺研究》《中国人民大学学报》《语文建设》《河北学刊》《中国文化研究》《文学遗产》《文学评论》等刊物上发表。感谢各位编辑和审稿人的帮助。书末所附“聊斋俗讲”是笔者应邀为《中华经典资源库》所做《聊斋志异》讲座的文稿。感谢审阅文稿的陈洪先生和编辑李婧女士。借此机会缀于书末，敝帚自珍，希成全璧，以在此课题画上一个句号。

感谢本书的责任编辑郭恬女士。感谢帮助查阅资料、校对文稿的同学们。他们是于红慧、吴卉、解陆陆、徐姜江、元伟、雷雪雨、殷富华、李质繁、王露、李静璐、杜金滢。

本成果受到中国人民大学2019年度“中央高校建设世界一流大学（学科）和特色发展引导专项资金”支持。

任何的研究和解读，相对于伟大的作者和作品来说，都是渺小而短暂的存在。同世界上的诸多名著一样，经典的生命力在于随着人文的进步，人们总能赋予它们更高级的解读。《聊斋志异》研究是由蒲松龄引领着的，由读者、评点者、研究者排成的蜿蜒了三百年的队列，活泼泼地行走在民族文化历史的路途上。

2020年12月写于北京

目　录

第一章　三百年间的阐释与研究

《聊斋志异》研究始于蒲松龄同时代的有关序跋、评点与诗文，曰“三百年”只是取其成数。三百余年间，有十几代学人投身其中，他们的情志喜好和学术背景各异，结撰的成果从评点序跋、文献整理到学术专著，更有众多富有洞见的鸿文与浅显的研究习作纷然并陈。在这条由无数批评者抛掷心力筑就的追随者之路上，批评方法论是隐现其间的路向标，影响着无数读者和学人的阅读、传播、评点与研究，决定了他们对作品的取舍、评判角度以至个人的好恶。因而，梳理批评方法论就成为把握三百年《聊斋志异》研究史的关键。

《聊斋志异》与《三国演义》《水浒传》《西游记》《金瓶梅》《儒林外史》《红楼梦》一起构成了中国古代小说一流名著的阵营。这七部作品的地位和影响是在国人的反复阅读和阐释中确立的。名著的研究历来是古代小说研究的主体、推动中国小说学科发展的前沿。可以说，整个古代小说学科几乎就是围绕着名著的阐释和接受建立起来的。因此，小说研究的一些整体性的问题和现象也容易从具体的名著研究中显露出来。

总体上，这些小说名著的研究可分三个时期：1. 明清两代以评点为主的研究时期。此阶段的批评与作品创作处于同一种文化语境中。明清评点家的评点、序跋与阅读者的诗文和评论，为作品提供了接近原作语境的批评与解读；2. 近现代在小说学建立的框架内的研究时期。20 世纪二三十年代，鲁迅、胡适、郑振铎、孙楷第等学者在《红楼梦》《水浒传》等名著的版本收集勘定、评价阐释等方面的研究奠定了现当代古代小说学的疆域和学术观念。当代研究者的很多课题，仍然是在这一时期研究的基础上的深入和细化；3. 近三十多年来的多样化研究阶段。在作家作品考据取得较大成果之外，各种理论、文学思潮和方法论的研究相继兴起。每一新理论的引入，都能在名著研究中带来或多或少的呼应。然而依次席卷的理论热，并没有给小说研究带来多少实质性的方法转型，因而沉寂与困顿也就不可避免。在此节点上，我们需要对古代小说名著研究或曰古代小说学科进行一下回顾和反思。笔者不揣浅陋，愿以《聊斋志异》的研究史和批评思维的内在演化为线索，梳理困境的由来与转型的可能，以为抛砖引玉之论。

《聊斋志异》自问世以来，各种评点、序、跋就开启了这部小说研究的历史。中华人民共和国成立之后，"聊斋"研究更跻身为小说研究的热点之一。据笔者粗略的统计，大陆地区有关《聊斋志异》的研究成果，在 1949 年之后，能从知网上搜到的约 7000 篇[1]；研究专著或论文集一百多种，另有年谱五种[2]，评传六种[3]，志一种[4]；文献整理的主要成果有：路大荒收集整

[1] 这只是一个约略的数据，论文还在增加之中。其中，以"聊斋志异"为主题词的有 4111 篇，以"蒲松龄"为主题词的有 4300 篇，两者重复的数量较多，两者相加约 6000 篇，不以"聊斋"或"蒲松龄"为主题词的单篇有数百，还有知网未曾录入的:《蒲松龄研究集刊》四集 91 篇；辜美高、王枝忠主编《国际聊斋论文集》，北京师范学院出版社 1992 年版，收入论文 21 篇；张永政、盛伟主编《聊斋学研究论集》，中国文联出版社 2001 年版，收入论文 40 篇;《聊斋志异鉴赏集》，人民文学出版社 1983 年版，收文 35 篇；另有收录在学人个人文集中的论文等。

[2] 路大荒《蒲松龄年谱》，齐鲁书社 1980 年版；张景樵《清蒲松龄先生留仙年谱》，台湾商务印书馆 1980 年版；刘阶平《蒲留仙松龄先生年谱》，台湾中华书局股份有限公司 1985 年版；盛伟《蒲松龄年谱》,《蒲松龄全集》附录，学林出版社 1998 年；罗敬之《蒲松龄年谱》，台北国立编译馆 2000 年版。

[3] 马瑞芳《蒲松龄评传》，人民文学出版社 1986 年版;〔日〕前野直彬著，傅赖会译《蒲松龄传》，国际文化公司出版社 1986 年版；李永祥《蒲松龄传》，山东文艺出版社 1993 年版；袁世硕、徐仲伟《蒲松龄评传》，南京大学出版社 2000 年版；林宗源《蒲松龄传》，百花文艺出版社 2007 年版；马瑞芳《幻由人生——蒲松龄传》，作家出版社 2014 年版。

[4] 袁世硕主编《蒲松龄志》，山东人民出版社 2009 年版。

理的1936年世界书局版《聊斋全集》和1962年中华书局上海编辑所版《蒲松龄集》，盛伟整理的1998年学林出版社版《蒲松龄全集》；赵蔚芝《聊斋诗集笺注》（山东大学出版社1996年版），赵蔚芝《聊斋词集笺注》（黄河出版社1999年版）等；在小说通行本的出版方面，较流行的有：张友鹤辑校《聊斋志异》“会校会注会评本”（中华书局上海编辑所1963年版）、朱其铠主编《全本新注聊斋志异》（人民文学出版社1989年版）、任笃行辑校《全校会注集评聊斋志异》（齐鲁书社2000年版）、赵伯陶注评《〈聊斋志异〉详注新评》（人民文学出版社2016年版）等；每隔几年就会有《聊斋志异》研究综述、论文资料目录索引、《聊斋研究文献要览》[1]等研究资料的整理和指南问世。大陆以外的研究，主要以港台、日本、俄罗斯、欧美的学者为主。港台学者主要关注史料价值和文本赏析性研究，如罗敬之、张景樵的《蒲松龄年谱》、牟润孙先生的《〈聊斋志异〉所记清兵在山东的屠杀》等；20世纪30年代日本人平井雅尾在淄川一带收集了大量蒲松龄著作文献与文物，由庆应义塾大学收藏。日本学者的研究大都在这批文献资料的基础上展开，如藤田祐贤、八木章好等所作的资料目录、文献整理考订等；藤田祐贤和俄罗斯学者李福清都比较注意《聊斋志异》与民间文艺的关系研究，苏联时期的学者如以阿列克谢耶夫（B. M. Алексеев，1881—1951，汉名阿理克）院士为代表形成的阿列克谢耶夫汉学学派的《聊斋志异》研究，大都是从人民性、现实性等方面着手，因为翻译介绍较少，故影响不大；欧美学者对《聊斋志异》的研究，白亚仁（Alian H. Barr）走的是文献考据的路径，如对《林四娘》故事源流、《王者》《遵化署狐》等篇章的考证等；[2]蔡九迪（Judith T. Zeitlin）的著作《志异太史：蒲松龄与中国传统故事》（*Historian*

[1]〔日〕藤田祐贤、八木章好编《聊斋研究文献要览》，东方书店1985年版。

[2] 参见白亚仁《论〈王者〉的由来》，《蒲松龄研究》2000年Z1期；《〈林四娘〉故事源流补考》，《福州大学学报》2008年第5期；《〈林四娘〉故事源流再考》，《福州大学学报》2012年第1期；《〈遵化署狐〉故事源流补考》，《文史哲》2008年第5期等。

of the Strange：*Pu Songling and the Chinese Classical Tale*，2005）以西方文论的视角来研究《聊斋志异》，探讨了文学源流、创作心态、鬼神迷信与志异文学、书中的性别错位和梦幻等问题。

“聊斋”研究的成果在数量和影响上都以大陆学者为主导。因为有期刊《蒲松龄研究》的存在，再加上名著效应，发表论文与专著的数量还在快速增长。但仔细翻检就会看到，《聊斋志异》研究和其他名著研究一样，近年来都呈现某种难以推进的疲态：重复的题目、观点，雷同的视角和单一的论证方式，等等，让人感到在成果数量的累加、研究范围的平衍之外，殊少精彩的、原创性的推进。

任何事物都有演进的逻辑和内在的因果，即使其历史漫长、人事悬隔，其间也必有前后相寻的深层线索。如何抓住这个深层的线索是回顾和总结历史的关键。就一部作品的研究史来讲，这个能够称为“灵魂”级线索的就是批评方法论。《聊斋志异》研究现状并非偶然形成，从清代序、跋、评点到现当代的研究，中间贯穿着十几代学人自觉不自觉的研究方法论和批评立场。回顾这些方法论在不同时期的成就与表现，共同点与相异处，就可以对目前的现状由来、问题所在，有更清晰的认知与辨析。

《聊斋志异》研究史的发端是清代的序、跋与评点。序、跋、评点都是以介绍、推扬小说为目的的，而它们在批评方法和立场上又开启了后来的鉴赏式批评。

一、清代评点传统与鉴赏式研究

近几年来，因为从事“《聊斋志异》研究判评”的课题，笔者几乎阅尽了有关文献。在这样集中而大量的阅读过程中，对名著研究存在的问题有了一些感性的认识。这些研究给人最突出的印象有：1. 视野不广，选题较为集中；2. 主题归纳以偏概全，有笼统的道德化倾向；3. 鉴赏式的研究过多，缺乏学理性分析和整体性研究，难以对整个古代小说研究推进有所助益。明清小说评点传统对目前研究现状的形成有很大的影响。因为无论是早期的评点还是现代的赏析，都算不上客观独立的文学批评，只是对作品的推介与称扬。其眼光主要集中在艺术手法、词语、人物等，难以从某种批判精神或者整体的角度理解和定义文本，进入不了义理和文化的层面，更不要说从文本片段看整体的文化意义了。

具体来说，目前《聊斋志异》研究存在的问题主要有三个方面。

首先是研究者的视野问题。作为一部短篇小说集，《聊斋志异》的作品有五百余篇之多，较长的传奇类大概占了三分之一，其余三分之二是志怪类的短章，长短篇制一同构成了著作的整体。然而在众多的论文和上百部的专著里，人们反复赏析、引用、论述的篇目也只在五十篇左右，只占十分之一。这种篇目研究的问题集中表现在两个方面："名篇"鉴赏的连篇累牍和作品解读的类型化。据笔者在知网上搜索，以"聊斋"[1]各篇人物为主题词的文章，花妖狐鬼占了很大的比例，以《婴宁》为主题词的有 222 条，《聂小倩》为主题词的有 110 条，《娇娜》占 68 条，《林四娘》为主题者 52 条，《黄英》50 条，《公孙九娘》47 条，《王六郎》为主题者 43 条；进入流行文化者，如入选中学课本的《促织》有论文 116 篇，数次拍成电影的《画皮》则有 400 篇论文。[2]

其次是研究角度的固定化。研究者从丰富的文本中拣择出固定的主题或者解读路径。学者们为"聊斋"归纳的几大主题，如抨击科举、由虚幻女性表达审美理想、批判现实等，与这些主题相连的篇目也相对固定和单一，如

[1] 本书"聊斋"均指《聊斋志异》。

[2] 这只是粗略的统计，不包括各类专著、论文集中的文章，但情形大致相似，还是能够说明问题的。

《黄英》与经济观念问题，《司文郎》《叶生》《贾奉雉》与批判科举的主题，《婴宁》表现女性美或者审美理想等。为突出这些“要领”或“统摄”的意义，论述者不惜割裂作品。如《贾奉雉》历来被引用为控诉科举制度的佳作，但关于科举制度之人才的内容其实只占全篇的三分之一，其余贾奉雉求仙归来，夫妻后半生的故事竟然完全被无视。这种对文本的割裂很难有说服力。仅据少数内容提炼出的主题能否算作全篇的主旨，姑且不论。更为重要的是，这种主题归纳式的研究方式，使得那些难以套上既定主题的作品被研究者视而不见。如此一来，众多后学只好在前人划定的圈子里打转，在本来剩义无多的问题上，一遍一遍地搜爬深挖，却不肯放宽眼光与视野，让更多的篇目和“聊斋”世界如源头活水般自由涌入。

这类简单的主题归纳本出自政治批评的需要与必然，而政治批评虽是中华人民共和国成立以后才作为唯一正确的批评理论被研究者普遍接受，但这种拣择随意的主观眼光同早期评点者也有一脉相承的内在逻辑。清代《聊斋志异》的评点者，如冯镇峦、何守奇、但明伦等，大多受了金圣叹评点《水浒传》的影响，将评点视为某种个人创作，往往是受文本情节的触动，抓住一点刻意发挥，并不受文本的整体丰富性或作者意图的约束。但明伦评《王六郎》“因溺鬼不忍人死以代己”而推论古今世事，以“能吃亏者，天必不亏之”[1]总结全文，长篇大论，不免偏颇。再如冯镇峦评《口技》，但明伦评点《王成》《陈锡九》《天宫》《仇大娘》等。同现代研究者一样，清代的评点者通过放大、拔高符合其时主流意识的人伦教化和道德劝惩，来肯定《聊斋志异》的意义与价值。从唐梦赉、王士禛到冯镇峦、但明伦都刻意强调《聊斋志异》的伦理正确性。总之，无论是当代的研究者还是早期的评点家，他们共同的倾向是把作品看作一座矿山，人物、故事和情节是他们采挖的原

[1] 蒲松龄著，张友鹤辑校《聊斋志异》“会校会注会评本”，上海古籍出版社1986年版，第30页。

料，组合罗列以迎合某一时期某一观念之所需。因而，早期评点的道德化评判立场，是后来意识形态批评的先声与故辙。

再次，鉴赏代替了深层次的阐释与研究。赏析者，“商确事理，赏析文义”[1]是也。赏析是感性而主观的，只是初步的小说研究。它们之所以成为“聊斋”研究的主要方法之一，还是受明清小说评点传统的影响。

与以上当代研究的问题相对应，明清小说评点的主要特点有三，即传播功能、主观式的评点和类型化的批评套路，这些都对《聊斋志异》的研究方式和思路有着潜在的影响。

1、小说评点的主要目的是对普通大众传播文本，其功能在于文本普及。所谓“开览者之心”，不会有太高深的理论建树。万卷楼本《三国志通俗演义》识语称其版本：“句读有圈点，难字有音注，地里有释义，典故有考证，缺略有增补，节目有全像”[2]。可以看出评点本的主要功能就是为读者清除阅读障碍；而那些被视为具有理论含量的序、眉批、总评一类的评点文字，同样是为文化程度不高的读者理解作品而发，是带有推销色彩的主观性批评。这就决定了其理论性和系统性先天不足。

2、编创修改式的评点批评。明清评点者往往以居高临下、为王做主的态度来看待文本。金圣叹称“圣叹批《西厢记》是圣叹文字，不是《西厢记》文字”[3]；张竹坡声言“我自做我之《金瓶梅》，我何暇与人批《金瓶梅》也哉”[4]等，这也是世代累积型小说传播过程中形成的传统。文人把评点看作是借他人之酒杯浇私怀之块垒的情形在明清颇为普遍。更有甚者，金圣

[1] 王兆云《词林人物考》，转引自陈田辑撰《明诗纪事》丁签卷十二“陆深”条，上海古籍出版社 1993 年版，第 1321 页。

[2] 转引自朱一玄、刘毓忱《三国演义资料汇编》，百花文艺出版社 1983 年版，第 245 页。

[3] 金圣叹《读第六才子书西厢记法》，张国光校注《金圣叹批本西厢记》，上海古籍出版社 1986 年版，第 21 页。

[4] 张竹坡《第一奇书金瓶梅·竹坡闲话》，《金瓶梅》，齐鲁书社 1991 年版，第 11 页。

叹、毛宗岗等评点者还往往以自己的愿望和标准改动小说原文，对文本他者性、客观性缺乏认识和尊重。这种传统使得不同时代的研究者很难在同一文本或者理解框架中，形成建设性的对话与知识积累。后来者不想随声附和的话，就只能另起炉灶，各自作自己的《西厢记》或者《金瓶梅》了。

3、小说评点针对“事理”与“文理”的论文传统。古代小说评点的思路可以分为两大类：一是论事理，二是论文理，其本质是按八股文的标准评小说。论事理，即“商确事理”。梁启超将史家“看古人如何应付事物，如何成功，如何失败，指出如何才合理，如何便不合理”的著述，称为“事理学”[1]。儒家文化最注重人与人的关系，“事理学”一向极发达。在探讨事理方面，小说比史书更具优越性。小说出自虚构，叙事视角灵活，为人们提供了更生动、逼真的情境来探讨人事行为问题。评点者亦借此抬高小说的地位，声称小说同史书一样，都是公众学习道德的教科书。叶昼声称小说“妙处都在人情物理上”[2]，可见道德伦理批评是评点家最为热衷的立场。

论文理，就是以评点八股时文之法论小说。明人以“文”称小说的先例，在万历年间王圻《稗史汇编》中就可以找到：“文至院本、说书，其变极矣”[3]。李贽《童心说》“诗何必古选，文何必先秦。降而为六朝，变而为近体；又变而为传奇，变而为院本，为杂剧，为《西厢曲》，为《水浒传》，为今之举子业……”[4]。这些都是对小说、院本价值的推扬。金圣叹评点才子书最为知名，他用评八股文的口气，为小说总结出一套句读解读、结构划分、段落总结、主旨归纳、文法分析以及文意揣摩的方法。[5]这套论文之法

[1] 梁启超《中国历史研究法》，东方出版社 1996 年版，第 332 页。

[2] 陈曦钟、侯忠义、鲁玉川辑校《水浒传》(会评本)，北京大学出版社 1987 年版，第 1331 页

[3] 王圻纂集《稗史汇编》，北京出版社 1993 年版，第 1537 页。

[4] 李贽《焚书》，中华书局 1961 年版，第 98 页。

[5] 参见张永葳《古代小说评点类型的分野：金圣叹论文型小说评点刍议》，《明清小说研究》2013 年第 2 期。

略加改头换面之后，在今天的大中小学语文教学中还占据着主流。有趣的是《聊斋志异》研究者中确实有一部分以教授大学语文为业者，他们对《聊斋志异》的写作手法、情节结构和语言艺术等的研究，本质上还是八股文套路的延续。这种功利性很强的应试型文论，对小说这种琐细、纡徐的整体性虚构文本而言，实是方枘圆凿、难以搔到痒处。

在文本赏析问题上，现代研究者还面临着比早期评点者更困难的局面。“聊斋”当代研究的繁荣始自20世纪80年代。当代研究除了受到评点传统的影响外，遭受五六十年代占据主流的功利主义文学批评贻害较深。主要表现是不重视文本内在的关联，有孤立地看待和解读文本的倾向。在有些赏析性的论文之中，大多因为“读古书不多，不知‘聊斋’之妙”（冯镇峦《读〈聊斋〉杂说》），难以将作品中属于文学的、精神传统的微妙精细的美感和味道揭示出来。这些是属于古典文化本然性质的东西，“非深于古者不解”，在现代研究者的文章中，很少能够读到与作者的心怀、意味互相映发的机趣文字，这是很大的遗憾。而浸淫在同样的文化氛围之中，清代评点家倒是能够领味其中的意趣，文本内外构成有意味的对话。

因之，明清小说评点虽是非系统性、有文体针对性的一种理论，但评点者却是最接近原作文化语境的人，他们对小说纹理脉络的揭示为后来者提供了原始视角。目前古代小说研究的某些框架和思维方式同古代的评点传统，具有根基上的相似性，是大家习焉不察却又无可否认的事实。

二、道德判断与政治伦理批评

《聊斋志异》研究具体而微地展示了古代小说研究方法与视野的演进。20世纪50年代至80年代初，研究者主要在人民性和民族性等问题上论辩不已；90 年代至今则眼界渐开，从政治性主题的讨论转向对小说伦理性的关切，诸如友情、爱情、侠义、果报、复仇、放生、死亡等主题纷纷进入研究视野，带来新的热点。但是，在这些引入的新范畴背后，研究者却还是倾向于使用道德判断、政治伦理等外在的意识形态标准判断文本价值。这种批评思维既有其合理性，也有较大的局限性。如果单一地以道德判断为标准来选择文本，则作品多样性的内涵和价值就无法得到充分的认识和发现。

《聊斋志异》研究对外部意识形态的变化过于敏感、亦步亦趋，直到近来才有些许的放松。这和小说研究不断追随外部的热点，不停地调整聚焦，以及各个时期不断变换的评价标准有关。以《聊斋志异》为例，20 世纪 50 年代以来的人民性、民族性问题，曾是鉴定小说是否优秀、能否“入史”的唯一标准。在这个标准的审视下，《促织》《狼》《席方平》《林四娘》《画皮》等篇目，因政治正确性而入选为经典；[1] 80 年代经济生活受到瞩目、文学重个人欲望的表达，又使一批符合时需的作品由研究者引入到阐释视野之中，如《黄英》《小二》《侠女》等；随后，在以往的政治伦理批评中难以评价的《白秋练》《王桂庵》《恒娘》《娇娜》《连城》等篇目的出现，则显示出审美的或精神分析的批评手法，可以更趋近地阐释小说的本来面貌。

无论是评点者还是现代研究者，他们在对作品内涵的认识上，都有某种用简单的道德评判代替对文学意蕴的整体把握的倾向。思想性是现代名词，在古代称为“意”“意旨”一类，它理应包含人类精神与思维的大端和细枝末节。对作品思想性的认识和阐释不应只局限在政治性或者道德性上。然而从古到今，研究者最大的关切就是对作品“大旨”“主题”，或者说是道德化、

[1] 据藤田祐贤、八木章好编《聊斋研究文献要览》，1980 年以前，大陆发表的《聊斋志异》单篇赏析的论文约为 80 篇，其中《促织》是 38 篇；《狼》13 篇；《胭脂》6 篇；《画皮》6 篇；《婴宁》5 篇；《席方平》3 篇；《林四娘》3 篇；《公孙九娘》2 篇；《崂山道士》2 篇；《梦狼》1 篇。《促织》和《狼》因选入课本而成为最大热门，政治标准与时代偶然性的因素十分明显。

政治化的解读，并将这种政治和道德作为衡量作品的唯一标准。古人讲“明道”“载道”；现代学者标举的时代性、人民性，都是衡文最要紧的一项，而难以纳入这只璀璨瘦硬水晶鞋的作品，便只能被割裂或者弃掷。造成的结果是我们解读的作品永远是具有鲜明的时代色彩的，打着政治标签的。一旦这一页翻过去，能作为洞见卓识留给后人、同名著一样进入民族智慧府库的成果少得可怜。

从这一角度来说，无论是古代评点者或是现代的研究者，他们大都在批评中秉持着儒家的教化以及激进的政治批评等道德判断。虽然面貌各异，但两者在本质上都是推崇教化的衡文标准。这种受儒家“文以载道”价值观影响的批评范式，与古代小说产生于同样的思维路径和文化传统之中，有其深契的适用性和合理性，但它的局限性也是明显的。

1. 从合理性来看，小说文本中道德教化立场与道德叙事确实是普遍存在的。虚构的小说人事，给了读者从阅读中认知和理解人生处境的模型。从作者到批评者俱擅长从故事和人物中引导出富有道德价值的人生经验。《聊斋志异》篇末的“异史氏曰”，往往表达了蒲松龄本人从故事中引申出的道德关切。如《长清僧》是一篇借尸还魂的故事，写年过八十的高僧灵魂突入富家子弟的躯体，声色口体之奉不求而至，但僧人却不为所动，仍归寺修行。蒲松龄借异史氏之口讨论在这一重人生处境中如何能不改初心。他说：“予于僧，不异之乎其再生，而异之乎其入纷华靡丽之乡，而能绝人以逃世也。若眼睛一闪，而兰麝熏心，有求死而不得者矣，况僧乎哉！”[1]作者有意引导读者从这个故事中，看到能够摆脱人生困境的宗教修养和个人品质。

在评点者亦然。《九山王》中狐叟以百金税居李姓荒园，并礼貌地宴请主人。李姓心知其为狐，用火药杀狐全家。老狐化为谋士怂恿李姓谋反，使

[1] 蒲松龄著，张友鹤辑校《聊斋志异》“会校会注会评本”，上海古籍出版社 1986 年版，第 43—44 页。

其全家被诛。“异史氏”指出李姓“杀狐之残，方寸已有盗根”。评点家指出在人狐交往中，狐无负于人，李姓残忍之心，是悲剧的主因。《九山王》是关于民变的一桩大题材，但由双方归纳出的道德教训却是个人的恩怨是非。故事的宏大与叙事者总结的微小起因似乎不成比例，却是历代史著中一以贯之的道德史观的延续与发扬。《左传》描写的大战役、大事件往往归因于小小的个人恩怨或者道德有亏；欧阳修撰《新五代史》，也通过评论具体历史处境下的人与事来树立儒家伦理道德观，如后唐乌震为了自己的功业而牺牲亲人，史官评论：“可谓大不孝矣，尚何有于忠哉！”（欧阳修《新五代史·乌震传》）所谓“载之空言，不如见之于行事之深切著明也”[1]。在古人看来，关注个人在具体历史情境下的责任与能力，探讨个体如何进行价值判断与个人担当，是史家著史的主要目的。蒲松龄在《聊斋志异》中自称“异史氏”，意味着“聊斋”是一部为怪异人事撰写的史书。他的道德关切、伦理意识是和那些著名史学家一致的，都是某种人情、人性的洞悉与描述。这是《聊斋志异》伦理道德批评往往能够直击要害的原因。

2. 局限性。意识形态批评也有难凑肌理之处。对作品研究来说，政治伦理批评是比儒家道德批评更为狭窄的取景框。无论是早期研究中的人民性、民族性，还是后来的女性批评，本质上都是“利用文本”而非对文本进行审美的研究与阐释。20 世纪 50 年代到 80 年代的《聊斋志异》研究基本以政治伦理批评为主，合乎人民性、民族性批评标准的作品才能进入研究视野。时过境迁，这种贴标签式的研究自然不能给后人留下任何有效的成果，但其思维与研究模式却作为前在的典范，积淀在后来者的潜意识中。时下较为风行的女性批评，本质上也是政治伦理批评的一种。它们的成果与弊端表明，外部的政治伦理立场对深入理解小说世界似乎难以着力。

以“聊斋”女性研究为例，“聊斋”中的很多名篇，其文学价值的认定

[1] 司马迁《史记》卷一百三十《太史公自序》，中华书局 1959 年版，第 10 册，第 3297 页。

往往忽高忽低，几度反转，问题的核心就是以性别意识批评代替文学价值判断。20 世纪 90 年代以前，评价“聊斋”女性的标准以具有女性解放、反封建礼教和批判现实的意义为鹄的。《连城》是“反对封建门第等级观念上最优秀的一篇”；“婴宁就是冲破礼教观念的一个女性”；“鸦头是一个反抗家长淫威的女性形象”等；研究者满足于论证这些判断，似乎符合这些判断就是成为民族经典的标志。90 年代兴起的女性主义批评，则敏锐地搜剔出这些人物身上散发的男权气息：这些女性是“经作者主观意志过滤，以男权话语扭曲成‘蒲松龄式’女性形态：以男性需要为中心，子嗣凌驾一切”[1]。这些论点是有道理的，它揭露了被“女性解放说”所忽略的文本事实。蒲松龄在《青梅》的结尾所说“天生佳丽，固将以报名贤”的话，间接印证了女性批评的论点。现在的问题是，不管是“女性解放说”还是“男权意识论”，两派的主张虽然使近几十年关于“聊斋”女性形象的评价来了一个 180 度大转弯，但是双方的立场看似相反，而其价值判断的标准则有内在的一致性——都以性别意识这个模糊标准来判定小说的文学价值，且只是满足于做出判断。研究范式的单一和贫乏带来了评价的畸重畸轻，难有说服力。在最初的犀利与痛快之后，我们对文本的理解似乎未能有太多的深入。

以上是以《聊斋志异》研究史和方法论的传承为线索进行的大致梳理。在文献考证方面，《聊斋志异》文献资料的发现和蒲松龄个人研究所取得的成就最为突出，如路大荒先生整理的两版《蒲松龄集》和袁世硕先生的《蒲松龄事迹著述新考》[2]，无疑是《聊斋志异》文本研究的文献基础，很多课题也在这些成果之上产生。然而，传统文献考证本身依赖于材料和文献的新发现，在缺少新材料、新发现的情况下，研究自然也陷入了某种停滞状态。这就使《聊斋志异》在理论研究和实证传统研究两方面都遭遇了危机。在缺少

[1] 马瑞芳《〈聊斋志异〉的男权话语和情爱乌托邦》，《文史哲》2000 年第 4 期。

[2] 袁世硕《蒲松龄事迹著述新考》，齐鲁书社 1988 年版。

新材料、新文献的现状下，如何引入新的方法和视角，在现有的文献和文本基础上产生新论题和新视角，使研究工作持续、深入地展开是当务之急。

三、《聊斋志异》研究方法的转变

既然目前的研究困境主要是由研究者的视角和批评思维所导致的，传统小说研究方法的转变就势在必行。一部《聊斋志异》，从志怪形式、小说的内涵，到构建这个文本世界的蒲松龄本人，有多少意蕴和话题是道德判断或政治伦理所无法解读和容纳的？几十年中，学术界大多数“新理论”的引进都曾在《聊斋志异》研究中引发回应，诸如叙事学、精神分析、诠释学、接受理论、女性批评、宗教批评等。然而这些批评利器的引入，大都是以理论来操作文本而非综合各种理论解决文本阐释的实际问题。在任何研究领域中，挖掘文本材料以填充各种理论框架式的研究似乎都难以成功。《聊斋志异》文本与作家的他者性在几个世纪的研究中一直未能受到充分的重视。如果以文本和作家为中心，则目前以理论或政治立场为主的研究都值得斟酌与反思。

古代小说学是相对稳定而保守的研究领域，可以预期的发展方向不是某种系统性的变化，而是方法与重心的重新组合与逐渐转向。“文化研究”视角与框架的引入，可使小说研究回到历史的情境中解读材料，更具说服力和灵活性。文化研究具有“跨学科”的灵活与包容，既重视文本研究，又能从文本之外的具体文化语境考察文学现象的意义与作家的行为动机。“文化研究中没有任何方法论可以被赋予特权，也没有哪种方法论可以被排除在外”，[1] 其实质是以蒲松龄和《聊斋志异》为主，选择、综合各种理论与方

[1] 陶东风主编《文化研究精粹读本》，中国人民大学出版社 2010 年版，第 2 页。

法，以避免理论操作文本的粗率。

以下试从“志怪”题材、作家研究和文本解读几个方面，探讨文化研究可能给《聊斋志异》和蒲松龄研究带来的新的价值认识与阐释空间。

一、关于志怪。《聊斋志异》以花妖狐魅作为志怪的形式和内容，是蒲松龄的主动选择。考察其所处文化与传统，可以更清晰地发现他“雅爱搜神”行为的文学价值和意义。“志怪”是小说最早的内容与文体。“传奇”源于“志怪”，两千年间志怪题材一直是文言小说的大宗，对此现代的研究者并没有给予足够的重视。志怪题材的谈狐说鬼，是一种约定俗成的话语方式，无视它的游戏和娱乐的本质，会导致对文本理解的求之过深而无视其形式意义。

志怪小说的题材和形式通常被视为一层外在的包装，是批判现实、抒发牢愁的烟幕弹，是一层涂刷在尖锐内容之上的迷彩，本身是不足道的。这一假设出自现实主义创作论者的挑剔眼光，他们认为作品的价值只在反映现实，任何解读需一分为二，扬弃半边。这种无视读者的阅读感受，将一种古老而独特的文学现象贬低为廉价包装的批评，不啻于买椟还珠。我们从今人不断改编《聊斋志异》志怪类的《画皮》《聂小倩》就可以看到，融合着怪异、艳情和诗趣的“志怪”，是一笔精神与想象力的财富，它所给予后人的滋养日益珍稀，值得认真研究和继承。日本明治时期的国木田独步谈到中国的怪异谈时说：“怪异谈是民族幻想力发挥到极点以后的产物，又是民族滑稽心之极度发挥的产物，大凡善语鬼神怪异的民族，其现实生活虽然劳苦役役，但却总是有些余情闲意的民族。”[1]可是我们的研究者却要直奔他们认定的“主题”，对这些“余情闲意”弃之如敝屣。

文化研究可以在志怪小说的文本研究之外，引入民族志的研究视角。从

[1] 转引自〔日〕藤田祐贤著，王孝廉译《蒲松龄与聊斋志异》，《幼狮月刊》1973年9月第38卷第3期。

清代乡村文化的内部：如蒲松龄孤身坐馆的经历、乡村中男性失婚的比例，民间文化对性越轨行为的包容与隐晦化的谈论等因素，达成了对《聊斋志异》具体创作背景的还原，使我们对“聊斋”的志怪有了新的认识。这就是民族志的田野调查方法。研究者如果能够进入到蒲松龄所在时代和地域的特殊群体文化中，就更能了解蒲松龄大量撰写“花妖狐魅”式志怪，不是可有可无的形式，而是有其独特的意义与动机。[1]

1. 蒲松龄所处的乡间社会，是他笔下的花妖狐魅滋生与传播的沃土。贫穷的乡间社会存在大量的失婚现象，性饥渴和性放纵比我们想象的要普遍，[2]这种氛围造就了某种文人与百姓间乐于挪借狐鬼身份，以表现实际生活中的越轨行为的心理与实际语境。志怪小说狐鬼的虚幻性，使民间朴野放浪的性越轨自然地呈现在雅文本之中，变成一个可以公开谈论、移情慕恋的人物与场景。小说中那些狂热执着地爱上花妖狐魅的男子大都已婚，携家带口地谈情猎艳。这确实有些不合常理。研究者说它是男权社会的产物固然有其合理性；[3]但从实际的乡间生活看，性越轨往往是身处下层的女性对付不幸婚姻和困苦生活的一种手段，女性在那些违背法律和道德的行为中，不只是男性的猎物与受害者，她们也有主动的权利和需要。在其虚幻身份掩饰下，“聊斋”中的花妖狐魅有着正统社会不敢谈论的大胆放纵的性自由。那些与书生们相逢于路，便结燕好的虚幻女性，像《荷花三娘子》中的狐女、霍女（《霍女》）、侠女（《侠女》）等，除了男性落寞的想象、升华的力比多之外，叙事手法上应是乡野性生活的写实与影射，志怪的虚幻化是一种手段，使《聊斋志异》可以染指这个成为禁忌的话题。

借助志怪，民间社会中那些世代不绝的，野花茂草般自由自在，或多情

[1] 王昕《〈聊斋志异〉“花妖狐魅”中的史实与话语建构》，《河北学刊》2014年第4期。

[2] 参见郭松义《伦理与生活——清代的婚姻关系》，商务印书馆2000年版；王跃生《清代中期婚姻冲突透析》，社会科学文献出版社2003年版。

[3] 马瑞芳《〈聊斋志异〉的男权话语和爱情乌托邦》，《文史哲》2000年第4期。

或放浪的女子，得以葆其天真，不需要以被贬低丑化的代价，在古代小说中留下情貌行止。这些“花妖狐魅”的形象确是道德保守的古代小说中的特例，她们可以风情万种，魅惑众生，却不需要像宋元话本中的那些大胆佳人那样受到嘲笑和惩罚。这些多情的乡间女子至今仍依稀活在当代作家如贾平凹、莫言等人笔下，成为当代小说叙写风情妇人的文化基因。[1]《聊斋志异》的志怪，其实是扩大了文学的表现范围，把《诗经》时代直歌桑间濮上的自由自在的人欲，变形地表现出来。“狐仙信仰庇护了游走在道德灰色地带的欲望追求，像是性交易，或是偷这家给那家。”[2]在《聊斋志异》的狐精故事中，这些“道德灰色地带”正是令文学创作获得自由发挥的夹缝。故文化与风俗研究可使我们更清晰地看到《聊斋志异》之“志怪”的价值。

2. 志怪语异是古代悠久而广泛的社会文化现象。《聊斋志异》开启了清代“志怪”的繁荣。针对蒲松龄和“聊斋”读者群的“志怪”心理和共同语境的研究，可以拓展“聊斋”研究的价值空间。在《聊斋志异》的影响下，清代志怪小说盛行。如仅从文学性上挖掘这批志怪小说的价值，确乎所得不偿劳，而把它们放到朴学时代士大夫的精神面貌这个历史课题上，则使“狐鬼怪谈”从边缘的、次等的文学现象，提升到了探讨一个时代文人的知识结构与精神气质的层面。龚鹏程在《乾嘉年间的鬼狐怪谈》中认为：“由乾嘉时期士大夫喜说鬼狐仙怪故事，可以发现当时并不具备现代意义的科学理性观。”[3]由这股“怪谈热”可以看穿乾嘉考据家们的内里——经史考证只是作为知识工匠们的技艺，其实是他们理性精神匮乏，难当理性精神先驱之荣名。同样，文化视角的研究可以使已经边缘化的“聊斋”研究提升意义与价值。志怪小说在宋代以后，变成了某种单纯记录一般百姓间的怪异体验的作品，因为不涉时事，不关风化，在上层文人和下层百姓当中都很受欢迎，是

[1] 参见程光炜《最为多情是妇人——读贾平凹小说〈黑氏〉》,《文艺争鸣》2012 年第 10 期。
[2]〔美〕康笑菲著，姚政志译《说狐》，浙江大学出版社 2011 年版，第 9 页。
[3] 龚鹏程《乾嘉年间的鬼狐怪谈》,《中华文史论丛》第 86 辑。

一种广泛的社会文化现象。以往的“聊斋”研究虽然引入了民间文学、民间宗教研究等方法，但这些工作都是封闭在文学范围内的文本考证与阐释，难免日渐细弱无声，不能引申下去。在多维的文化视角审视下，志怪文本的多重意义和丰富的内涵可以立体地呈现出来，因而是一个空间广阔、具有多方面延展性的课题。

二、作者研究。文化研究注重个人的主观性，故能从更切近的视角把握作家的个人特质。胡适先生的《红楼梦考证》建立起的小说研究的现代范式，是以考证作者的交游与所处历史语境为鹄的，将“世”与“人”互为比附阐释，作为解读作品的钥匙。但时至今日，我们不能总停留在实证主义研究阶段，还需要更为深细的作家个性研究。一个作家的独特性在于他的自我意识和他感知世界的方式。明清那么多怀才不遇的小说家，为什么蒲松龄会用假托花妖狐魅的方式写作？这个问题隐曲深微，难以仅凭其外在的经历骤下判断。蒲松龄的经历在明清时代的下层文人中是具有普遍性的，但《聊斋志异》却是独一无二的，拿着普遍性的东西来阐释独特细腻的个人创作，多半会似是而非、盲点众多。清人余集在《聊斋志异序》里提到：“同在光天化日之中，而胡乃沉冥抑塞，托志幽遐，至于此极！余盖卒读之而悄然有以悲先生之志矣。”这就触及了蒲松龄感知和表现世界的独特性。精神分析、历史考证以及生活细节的还原，可以让我们对蒲松龄进行更真实地观察与认识。

蒲松龄身体状况、个人气质、喜好等都影响着文本世界的建构与表达。他的很多小说题材与内容都具有私人性质，这是以前的文言小说中较罕见的。他喜欢在诗中说他狂放不羁的一面：“狂态招尤清夜悔，强颜干世素心违”[1]，这个“狂”和明清文人常说的“狂”，都指不受世俗束缚的人性之天真。他不顾别人的规劝与讥笑，冒着狂痴之名写小说就是一个例证。他笔

[1] 蒲松龄《秋斋》，路大荒《蒲松龄集》，上海古籍出版社 1986 年版，上册，第 503 页。

下的狂生、痴子，如杨于畏（《连琐》）、耿去病（《青凤》）、冯生（《辛十四娘》）、王子服（《婴宁》）、霍桓（《青娥》）等，都有不顾世俗繁缛的礼节，天真冲动地表达欲望的特点，确乎有蒲松龄“至诚不欺，胸无城府”[1]的影子。再如蒲松龄性喜饮酒，《酒虫》写长山刘氏腹中生酒虫，体肥嗜饮，胡人识其腹中为酒虫，为之取出并乞虫而去。刘氏自此“恶酒如仇。体渐瘦，家亦日贫，后饮食至不能给”。对这篇小说来说，只考证出故事来自唐人张读《宣室志》的陆颙腹生“消面虫”故事，意义并不大。蒲松龄从他的嗜酒爱好和农人逻辑对小说主题的改写是这类小说的独特之处。如他从嗜酒者的私人立场，强调饮酒不会成为家庭负担：“日尽一石，无损其富；不饮一斗，适以益贫”。这和他在诗中要求儿子分出家中不多的田地种黍酿酒的口气是一致的，而那种即使对自己无益的东西也不能轻易予人的态度，则是典型的小农心理。[2]

三、从通观的角度阐释作家作品。小说研究的通观角度就是用更有针对性的、具体的批评取代对作家作品的一般化的认识。只有在尽可能还原作家生存的境遇中，才能理解他的性格与内心，发现作品独一无二的价值。

1. 伟大作家的凡常性。蒲松龄首先是一个擅长用文学手段表达个人体验的普通人，应该少用“天才”或者“伟大的灵魂”这样慷慨的封赠来替代清明理性的分析。以常识性认识为参照，才能较真实地认知作家。我们以今人对科举制度的理性认识为基础，就可以发现蒲松龄在科举题材中的偏激和情绪化问题。当人们全盘、彻底地否定科举制度时，蒲松龄对科举不公的诅咒、怒骂和揶揄，当然是有政治正确性的，研究者甚至为蒲松龄只是想改良而非摧毁科举制度而感到遗憾。[3]随着我们对科举制度认识的理性回归，大多数研究承认，科举制度虽存在不足，但大体看来是完善、严密和难以取

[1] 蒲箬《祭父文》，路大荒《蒲松龄集》，上海古籍出版社 1986 年版，下册，第 1822 页。
[2] 王昕《1703—1704：蒲松龄身历的灾荒与他的生活》，《中国文化研究》2013 冬之卷。
[3] 胡渐逵《〈聊斋志异〉对科举制的批判及其局限》，《益阳师专学报》1994 年第 1 期。

代的。[1]其实，蒲松龄屡试不第的主要原因，更可能是小说家的气质与科举选才的标准相悖造成的。蒲松龄有一种逞才求异的创作倾向，身为作家，这种气质是弥足珍贵的，而科举考试的取材标准则是因循的、求同性的思维，两者的悖逆决定了蒲松龄的个人悲剧。[2]站在后人或旁观者的相对客观的角度，我们可以在《聊斋志异》的科举题材中看到更多属于蒲松龄的个人特点，以及其情感认知方式的偏狭和情绪化所造就的深刻。

2. 对作家作品原始语境的审视。历史的眼光可以还原作品的实际语境，避免抽象的、想当然的解读与评价。蒲松龄身处下层寒士或者小自耕农的经济困境，乡村社会普遍的饥荒阴影和粗粝的食物构成了《聊斋志异》的物质背景。蒲松龄一边构建着书生与妖女的唯美幻境，一面紧张着现实中的天灾人祸。他对女性的细美身轻、擅于经济、不顾礼法地帮助书生等功利性的描写，是由黯淡贫乏的现实决定的。

在《聊斋志异》那些令人着迷的形象背后，不外是乡间的风情与人物。如果我们把蒲松龄从后人想象的神圣端严的姿态中解放出来，放回到他所处的粗粝而不乏风情的乡间社会，就可以看到蒲松龄将美丽属之狐鬼与虚幻女性的必然性。清代社会崇尚人体细美幽约的病态美，与北方农村女性的生活相去天渊。从当时的经济文化史料以及文人记载来看，挣扎在生存线上的农村女性劳苦质朴，绝大多数都是目不识丁的文盲，谈何“妍质”“清言”？小说家只有采用花妖狐魅的叙事策略才能使这些幻想人物略具可信成分。这些人物缩减的身体、稚弱的年龄和如幻的姿容，是按照主流审美观念妆点、虚构出来的。从这种极致的病态审美确实挖掘不出什么政治或道德的积极意义，但却是我们阐释人物所必需的前提。

通过勾勒三百年间批评方法论的演进线索，我们可以看到，《聊斋志异》

[1] 吴建华《科举制下进士的社会结构和社会流动》，《苏州大学学报》1994年第1期。
[2] 王志民《蒲松龄屡试不第原因新探》，《蒲松龄研究》第一辑，1986年版。

的十几代研究者大致沿着一条具有内在统一性和连续性的路径探索前行。这种统一性和连续性在以下两点上最为突出：(1）批评者根据他所处时代较狭隘的意识形态来寻找作品所反映的历史现实并以之判定其价值。“意识形态”，原是指社会集团所认定的信仰、价值观以及对于整个社会的看法的总和。狭隘的意识形态则从单一的道德伦理、政治立场乃至性别意识等方面别择作品。(2）用鉴赏和赞誉代替理性的分析和批评。无论是早期评点者还是后来的研究者，他们的立意俱是从小说中萃取积极正面的价值观，所谓扬善抑恶，以真、善、美的统一为道德教化之类。这种缺乏批评意识的研究，看似维护和弘扬了文学经典，其实却因为脱离了作品的丰富内涵，变成了圈子内的套路化研究，并在现实的批评语境中被逐步边缘化。

文化研究作为方法论转向的一种可能性，其优点主要在整体性研究、批评意识和作品中心论三个方面。首先是综合各种文化因素的整体性研究。研究者早就注意到了在古代小说研究中存在着的悖论：一方面是名著研究占据大量的研究资源，绝大部分二三流的作品处境尴尬、乏人问津，使得一些文学现象的研究难以展开；[1]另一方面，名著研究虽被投入了过多的科研资源，成果众多，却因为延续着单一的方法和固定的模式，变得视角狭隘、论题重复。很多有价值、有意义的课题无人涉足。文化研究作为一项整体性研究，既可以将名著与二三流作品作为一种整体的文化现象纳入视野，又能拓展名著研究的视角和方法，在缺乏新材料、新发现的现状中，使研究工作能够有推进和展开的空间；

其次，批判精神带来的活力。对名著的拔高与过分赞誉是从明清的小说评点时代就存在的倾向。如上所论，评点者赏析文理式的八股评文方式对小说文本而言，存在着文体的错位。同时，鉴赏式的文本研究因陷入一定的套路化，而变得狭隘单一。文化研究的批判性可以挣脱这种狭窄化的专业评文

[1] 郭英德《悬置名著》,《文学评论》1999 年第 2 期。

方式，从更多样性的角度评价文本的审美价值和社会意义；

再次，解决理论操作文本的问题。《聊斋志异》的困境之一就是研究者将作品和历史做了粗率、固定的对应。在同样的立场和方法论指导下，后来者很难打破这些积久而成的批评定式。文化研究以作品为主，综合各种研究方法，恢复文本与作家的历史面貌，将作家、文本以及历史的复杂关系做一番重新的、更符合事实的描述与归纳，使之呈现更多样的意义与价值。

总之，文化研究作为综合研究手段，可以避免单一的研究方法带来的障蔽，这是其优长。同时，文化研究也非尽善之方。因为在本质上，它和“聊斋”研究的传统批评方法都属于意识形态批评，都着重探究文本的政治学和权利——文化关系。这既保证了《聊斋志异》研究方法论转向的稳定与可衔接性，又具有明显的局限性。如在揭示文本的审美特质和文学性上，文化批评力有不逮；而那种只是粗陋地罗列文化现象的所谓文化研究也是值得警惕的问题。因而，“聊斋”研究方法论的转向，只是一个初步的探讨。如何使文化研究更适用于中国古代小说研究，还有待学人们共同的努力。

第二章　蒲松龄“瞿昙转世说”考论

康熙十八年（1679），40岁的蒲松龄依然颠仆于科举之途，挣扎在科举时代文人宿命般的梦魇之中。“受着贫困和科举失意的双重折磨，迫切地希望改变、也自信凭自己的文章可以改变那种处境，却偏偏不能越过那道黑色的乡试闸门”。[1]也是在这一年，他着手把十几年来创作的小说汇编成册，定名为《聊斋志异》。他的人生似乎正处于幽暗隧道的中心，前路茫茫，身心疲敝。在为《聊斋志异》所写的志文中，蒲松龄讲述了一个关于自己的奇异故事。

他出生时，父亲蒲槃梦到一位“病瘠瞿昙，偏袒入室，药膏如钱，圆粘乳际”。一觉醒来蒲松龄出生了，身上的胎记如那膏药一般。那个贫病的僧人似乎是蒲松龄人生命运的隐喻：幼时多病，长成后“门庭之凄寂，则冷淡如僧；笔墨之耕耘，则萧条似钵”。蒲松龄自问“面壁人果是吾前身耶？”[2]

在蒲氏的身后，惝恍迷离的转世传说被续写。乾隆年间徐昆写成《柳崖外编》，王友亮、李金枝为其所作的序，皆称作者为“蒲留仙后身”，说留仙临终预言了自己身后将要托生之地，所谓“红尘再到是金乡”，以及后世功名将“登乙榜”云云。[3]徐昆是乾隆辛丑进士，他以蒲留仙后身自命，不单是因为《柳崖外编》是最早一部以“聊斋续书”面目出现的小说，还有为留

---

[1] 袁世硕、徐中伟《蒲松龄评传》，南京大学出版社2000年版，第82页。

[2] 蒲松龄《聊斋自志》，《聊斋志异》“会校会注会评本”，上海古籍出版社1986年版，本书所引小说原文俱依此本。

[3] 李金枝《〈柳崖外编〉序》，徐昆《柳崖外编》，吉林大学出版社1995年版，第2页。

仙补恨圆梦的民间转世逻辑在内。这就使我们有必要重新审视一下蒲松龄的“瞿昙转世说”的文化语境和潜在的意味。

作为研究蒲松龄宗教思想的重要材料，病瞿昙转世的故事被研究者多次引用。然而，大多数学者脱离了蒲松龄所处的文化和信仰语境，以今人想当然的理解进行解读，得出的结论很难让人信服。概括来说，人们对“瞿昙转世说”的理解主要有两个方面。一、转世故事说明蒲氏虔信释氏轮回之说，它支配着大多数研究者对“聊斋”的解读。研究者认为，正是因为深植于蒲氏内心的梦境影响，使蒲氏特重佛教，“在《聊斋志异》一书中，大量运用佛教的观念、情境与人物作为故事题材，似乎变得可以理解”[1]。罗敬之认为“转世说”表明了作者“特信赖轮回果报之说，并融于其作品之中，以成其‘老僧谈禅’的素材”[2]。“病僧”“羸僧”之喻说明《聊斋志异》的佛教色彩背后，有作者浓厚的宗教意识在促使、驱动着创作。二、病瞿昙是蒲松龄对其一生的形象概括。中年失意的蒲松龄“将自己一生穷愁落寞的原因归结为瞿昙转世”[3]。病瞿昙是蒲松龄为自己描绘的一副天生的悲惨、凄苦相，是对自己一生遭遇的“形象化的总估价”[4]。病瘠瞿昙转世说是蒲松龄背负的罪与罚，“他的多蹇的命运似应是他失德的报应”[5]，这样的遭际促使他选择了“宗教忏悔式的人生心灵体验之路”[6]。

古代诗歌中确实有将病僧与穷儒对举，以禅师的多病与儒生的固穷类比的例子，如宋代陈与义《怀天经智老因访之》中就有“西庵禅伯还多病，北

[1] 张景庭《聊斋志异中“道士”与“和尚”形象之探析》，辅大中研所学刊第 12 期。
[2] 罗敬之《蒲松龄及其聊斋志异》，国立编译馆主编，1986 年版，第 155 页。
[3] 张成水《蒲留仙与辛稼轩词作比较谈》，《蒲松龄研究》2003 年第 2 期。
[4] 李厚基、韩海明《一生遭尽揶揄笑　伸手还生五色烟》，盛源、北婴编《名家解读聊斋志异》，山东人民出版社 1999 年版。
[5] 安国梁《论〈聊斋志异〉的宗教体系》，《传统文化与现代化》1993 年第 5 期。
[6] 黄荣志《痛苦——蒲松龄的创作动力》，《明清小说研究》1995 年第 4 期。

栅儒先只固穷”[1]之类。这或许是今人解读蒲松龄病僧转世喻其生平穷苦说的依据，但这种解读却忽略了此类传说题材在民间相沿已久的主题和意蕴。从唐代《明皇杂录》《逸史》等小说到宋元明清时的众多笔记，“僧人转世”说在科举社会中逐渐演变成功名前定的注脚，在文学创作和民俗传说中都是有迹可循的。从蒲松龄个人的表述和创作中也可以看到，他对这类故事接受的角度和心态基本是从众的，显示了他对科举之路的内心希冀与挣扎是多重而复杂的，由此可以使我们对这位作家有更真切的理解与同情。

现有的研究思路，其障蔽可能来自以下几个方面。

首先是对佛教悲苦精神的隔膜与曲解；其次是忽略了蒲松龄的处境和内心顽强的进取渴望。在他写下这段故事时，正当壮年时期，还未到“老去功名意转疏”[2]的境地，说他自画凄苦相，就等于说他提前宣布了自己的失败与绝望，这与作家的心态与进取轨迹不符。在一个渴盼仕进、以“灵验”的程度决定其信仰的普通家庭里，哪个父亲会在儿子一出生时就宣告了他的坏运气？一个正当盛年，才华富赡，身负家族众望，唯有仕进才能立足进身、证明自我价值的读书人，有退路托词可寻、会轻易放弃对成功与荣耀的追求吗？看看今天那些出身最边缘、最底层的乡村读书人的顽强和执着，我们就能理解蒲松龄的“狭隘”“单一”的科举之痛，就不会漠视他内心卑微的信仰支撑。在彼时彼刻，蒲松龄怎么有勇气预见科举之途上永远走不出的黑洞？在其后的几十年，他不顾年齿老大，与后学门生们一起奔波在途，应该是有自我慰藉和依持的信念吧。虽然这些信念会随着岁月的流逝而渐渐失色与瓦解。站在今人俯瞰历史的角度，对陷在命运泥潭里挣扎的古人，对其情感和心态是应有理解的同情的。唯其前途有光，心有依持，才有前行的动力，今人要是连这点也替古人超脱掉，对蒲松龄来说是不是比他当头的命运

[1] 吴书荫、金德厚点校《陈与义集》，中华书局 1982 年版，第 476 页。

[2] 晁冲之《夜行》，《宋诗钞》，中华书局 1986 年版，第 1074 页。

更残酷？

《聊斋志异》卷三《白于玉》的吴青庵在秋闱被黜后的自信表白，或可视为蒲松龄此时的心态："富贵所固有，不可知者迟早耳"。

再次，这种简单的类比忽略了"转世说"特定的文化蕴涵。在明清时代，"前世为僧"是文人谈论颇熟的话头，苦行的僧人在"转世说"中出现，有其特定的期许与宗教内涵，意味着能够登科第、振家声："今世所以聪明，所以福德，所以不昧，本来面目皆前世有以胎之。[1]"这是蒲松龄浸淫其中的民俗宗教文化，只有把"瞿昙转世说"放在这样的传统与氛围里，我们才能看到蒲松龄的用意与心曲。可以说，"瞿昙转世说"表达了蒲松龄彼时雄心勃勃、自视甚高，对功名前途充满热望的心态，是这样的心态和自我期许支撑着他直至暮年依然热切地颠仆于赴举路途之中。

一、"业果"与"孽果"之分

《聊斋自志》中那个膏药如钱，粘贴乳际的病瘠瞿昙，看似悲惨凄苦的形象是令人产生歧义的关键："蒲松龄自道前生是一羸骨伶仃的'瞿昙'，所以这一辈子注定与功名利禄无缘，只有'古佛青灯'陪伴左右。[2]"

捷克学者普实克在《蒲松龄〈聊斋志异〉诞生的背景之探讨》[3]一文中，

---

[1] 俞成《萤雪丛说·自悟前身》，《金华丛书》第一册，江苏广陵古籍刻印社1983年版。

[2] 李渝刚《试议〈聊斋志异〉一书中的几个佛经问题》，《蒲松龄研究》2007年第3期。

[3] 此文的中文翻译最早于1977年发表于台湾，《蒲松龄〈聊斋志异〉诞生的背景之探讨》苏正隆译，《中外文学》6卷3期；大陆方面由李士钊1962年译为《蒲松龄〈聊斋志异〉最初定稿时间的探讨》，发表于《东岳论丛》1980年第3期。这两个译本中，苏译本所用原文为1936年世界书局本《聊斋全集》；李译本所用为1962年上海中华书局本《蒲松龄集》。

注意到了蒲松龄身体状况与病僧转世故事间的关系，并对后来学者的研究产生了重要影响。

根据“聊斋”诗文中作者穷愁落寞的自我写照，以及《聊斋自志》的凄凉语调，普实克认为1680年之前蒲松龄还未入毕家受优渥待遇。一个贫困的教书先生在他设帐的缙绅之家里，感受到的是辛酸和漠不相关的冷淡感情，所以发出了“世人原不解怜才”[1]的喟叹。写《聊斋自志》的1679年之前数年，处境极为落魄：不但科举失意、经济贫窭，他的身体也病到了几乎有性命之忧的程度。《念奴娇 新秋月夜，病中感赋，呈袁宣四孝廉》自称：“四十衰同七十者，病骨秋来先觉。”“前身何似？想半生贫贱，不偿业果”;《满庭芳 中元病足不能归》:“最是堪怜此夜，卧榻上有个人存。今宵也，年年作客，冷月笑征魂。……叹躯中痛痒，隔靴常扪。贫病皆由夙业，遭颠倒敢问天孙？”[2]身体的羸弱加之际遇潦倒，使他经常忧病嗟老，担心声名不传、默默离世：“途穷书未著，愁盛酒无权”“无聊赖，著书能免，删定文章千古事。”[3]“在这种危险时期，他把《聊斋志异》作为取得声誉的最好保证”，[4]因而倾注了强烈的个人特征、个人情感和经验。

普实克从作者身体病痛这个角度理解《聊斋自志》的写作背景，启发了研究者的思路。于天池先生《三径蓬蒿贫处士 一囊皮骨病维摩——从蒲松龄的疾病谈起》[5]一文，就从缕述蒲松龄诗文中病痛与身体羸弱的描写入手，认为蒲松龄的信佛、趺坐都与他“少羸多病，长命不犹”有关，所以蒲松龄的“参禅和学佛有着很强烈的功利目的和世俗色彩”。这个结论在一定程度

[1] 蒲松龄《九月望日有怀张历友》,《蒲松龄集》，上海古籍出版社1986年版，第487页。

[2]《蒲松龄集》，上海古籍出版社1986年版，第721页。

[3] 蒲松龄《贺新凉》,《蒲松龄集》，上海古籍出版社1986年版，第725页。

[4] 普实克著，李士钊译《蒲松龄〈聊斋志异〉最初定稿时间的探讨》,《东岳论丛》1980年版。

[5] 于天池《三径蓬蒿贫处士 一囊皮骨病维摩》,《明清小说研究》2004年第3期。

上可以接受，但在论及瞿昙转世说时，作者却存在着对原文的误解。于先生引用蒲松龄《王如水〈问心集〉序》中指责不信因果、肆意为恶的愚者的一段话：“蓬头图圄，溅血沙尘，何在不可作刀山剑树耶？恶疽崩溃，废病支撑，何在不可作鼎沸碓舂观耶？”[1]把它和《聊斋自志》中“盖有漏根因，未结天人之果；而随风荡坠，竟成藩溷之花”一句连接起来，得出蒲松龄认为他自己的“疾病和贫穷都是前身业果所致”的结论。

这其中值得注意的问题是普实克文章的两篇译文所用的底本。苏正隆所用为1936年世界书局本《聊斋全集》；李士钊的译文标明所用原文为1962年上海中华书局本《蒲松龄集》。两个译本引用的原文关键字相同，如《念奴娇》“前生何似？想半生贫贱，不偿孽果”;《满庭芳 中元病足殢归》“贫病皆由夙孽，遭颠倒敢问天孙？”[2]因为“夙孽”“孽果”这些字眼，联系《沁园春 戏作》有“鬓发已催，头颅如故，怅怅何之？想溷边花朵，今生误落；尘中福业，前世或亏”之句，让人们坐实了病瘠瞿昙转世说是因蒲松龄背负的罪与罚，“他的多蹇的命运似应是他失德的报应”[3]，这样的遭际促使他选择了“宗教忏悔式的人生心灵体验之路”[4]的结论。

笔者一直没有找到1936年世界书局本《聊斋全集》，但对照1962年版《蒲松龄集》，起码李士钊译文所引用的文字存在明显错讹。在1962年和1986年两版的《蒲松龄集》中，都作“业果”“夙业”，并无“孽果”“夙孽”这样的字眼。

---

[1] 蒲松龄《王如水〈问心集〉序》，《蒲松龄集》，上海古籍出版社1986年版，第67页。

[2] 路大荒编校，1936年世界书局本《蒲松龄集》中作“夙孽”“孽果”。1962年、1986年版俱作“夙业”“业果”，《蒲松龄集》第721页，一字之差，意义不同。佛教传入后，早期译经使用“业”字意译梵语，意为造作，指一切身心活动。由身、口、意三处发动，称身业、口业、意业，《俱舍论》中有“业生世界”之论，业是众生流转生死的动力，因果报应说的理论依据。有善业、恶业、无记业，本身无好坏。后来民间应用中多指造作恶业，

[3] 安国梁《论〈聊斋志异〉的宗教体系》，《传统文化与现代化》1993年第5期。

[4] 黄荣志《痛苦——蒲松龄的创作动力》，《明清小说研究》1995年第4期。

由于手头没有原书，笔者只好从盛伟据三个版本校勘的《蒲松龄全集》[1]推断,1936年版的文字是有“孽果”“夙孽”这些文字的，后来再版时路大荒先生纠正了这些。结合各篇文章的时间看，普实克一文用的版本应是最早的世界书局本，即写作“夙孽”“孽果”的那个版本，这或许导致了研究者认为蒲松龄用“夙孽”“孽果”等含有道德、非正义的贬低含义来总结前世的作为，可能是产生误读的原因之一。后来的研究者没有认真核对新的版本，造成这种错觉的延续。

佛教的早期译经中，用“业”字意译梵语“karma”，意为造作，指一切身心活动。由身、口、意三处发动，称身业、口业、意业，《俱舍论》中有“业生世界”之论，业是众生流转生死的动力，因果报应说的理论依据。所谓“业”有善业、恶业、无记业，本身无好坏。但在佛教民间化过程中，多用来指造作恶业，“与原先的‘造作’义（包括作善业、恶业、不善不恶业）拉开了距离，也明显地与汉语固有的‘业’的常用核心义素‘学业、功业，从事于、创始’不同”，“词义演变后的‘恶业’义却与‘孽’的常用核心义素‘灾、祸、害，邪恶，为害’接近了距离”。“孽”字逐渐取代“业”字，近现代以来，“孽”字基本取代了“业”字。[2]虽然在明清文献和小说中时有混用的现象，如《封神演义》中姜子牙称妲己为“业障”、周武王说纣王获罪于天地鬼神，“今日自焚，适为业报”等；但从民间用语的总体趋势和蒲松龄个人偏好上看，以“孽果”“夙孽”指代恶业，是十分清楚的。以上海古籍出版社的“三会本”《聊斋志异》为例，其中有12次出现“业”字，分指别业、职业等，无一作“业果”讲，而“孽”字出现11次，除指“孽障”“孽累”“孽根”等讲之外，卷一的《僧孽》、卷四《续黄粱》、卷五《鸦头》、卷八《紫花和尚》都用“孽”来指佛教所谓的恶业。

---

[1] 盛伟编《蒲松龄全集》，学林出版社1998年版。

[2] 杨同军《谈佛教词语“业”向“孽”的嬗变》,《宗教学研究》2004年第4期。

这些称为“夙孽”“孽果”的是什么行为呢？

《四十千》王大司马家的仆人知新生儿“为夙孽，遂以四十千捆置一室，凡儿衣食病药，皆取给焉。”后四十千花尽，讨债鬼乃死。

《续黄粱》中，贪官的前身恶孽是卖爵鬻名，枉法霸产，在冥间进油锅、灌滚烫的金水，又罚生为乞人之女，受打受冤，“觉九幽十八狱，无此黑暗”。

《鸦头》里的鸦头身为“狐而妓”，在蒲松龄眼里是“兽而禽”之类的身份，所以她自称“前世之孽，夫复何可言！”

《紫花和尚》中的高僧和官宦之家的侍婢有“夙冤”，今生被鬼索命，自叹“孽自前生，死吾分耳”。冤气生死不解，可见为孽不小，所以何守奇评曰“可为听闺中佞佛者戒！”

《僧孽》中的僧人之孽则是“广募金钱，悉供淫赌”，魂神在地狱被穿股倒悬，身在人间“脓血崩溃，挂足壁上”，正是前引蒲松龄《王如水〈问心集〉序》中不信因果、肆意为恶的愚者“恶疽崩溃，废病支撑，何在不可作鼎沸碓舂观耶”的具象。

以上这几个例子中，“孽”都是含有罪恶、不义等道德判断的，承受恶孽的人所受之罚也是无人愿意承当的。施诸自身，或以自身为喻，几乎接近自我诅咒、詈骂，这在中国文化中是不可想象的。很明显，蒲松龄对“孽”与“业”的区分是清晰的。他自称的“业果”“夙业”非是恶业，乃是佛教“业生世界”之“业”，他对自己最糟的猜想是“尘中福业，前世或亏”（《沁园春 戏作》），是福业不圆满，而非恶业。这种分寸和差别是蒲松龄和他那个时代的人都明白的。

《聊斋自志》中让今人产生误读的第二点是对“有漏根因，未结天人之果”这句话理解有偏差，以为蒲松龄指的是多么严重的后果和惩罚，其实蒲松龄只是说自己未能成佛，重新堕入生命轮回而已。“根因”者，缘故也。在佛教词典里，漏是烦恼的别名，有漏就是有烦恼。有漏皆苦，贪、嗔、痴、慢、疑和恶见，这些三毒、六根的烦恼皆是苦谛。“有漏根因”意为因有贪嗔等烦恼的缘故，而并非是做了恶事。“天人”者，佛教以为“天人”是有情众生最妙、最善，也是最快乐的去处。只有修习十善业道者才能投生天界，成为天人，天人大都具有非凡的本领。“未结天人之果”只是未能成为天人。《聊斋自志》这段话的意思是蒲松龄自指前生因烦恼未断，不能上天成佛而重又流落世间，如落花飘荡。西天难往、佛道难成而已。

总之，蒲松龄在讲述自己是瞿昙转世这个故事的时候，并没有说自己有何恶业，相反，他试图说明的是他积下了修行的宿慧和福报，这是我们理解和解说其病瘠瞿昙转世自喻的前提。

二、病瘠瞿昙与异僧传统

在古代社会中，病僧是有着经典渊源和独特宗教语境的独特形象，我们不妨在此略做梳理。首先是维摩诘示疾而病在文人中的影响；其次是在士大夫的禅悦语境中，贫穷和苦行是理想僧人的基本品行，蒲松龄不过说出了文人眼里苦行僧的共相，苦行是积福报的前提，并不是注定无福的宣告。这和“蓬头图圄，溅血沙尘”“恶疽崩溃，废病支撑”相距恐怕不啻霄壤。

1. 佛之道本自难成，僧人苦修是其本分，清癯消瘦的形象正是自奉菲薄，勤修佛法的结果。禅宗“以炼心为本，不慎威仪”，更有耕作自给的传统，“役力以申供养”“运水搬柴无非妙道”“一日不作，一日不食”这样的农禅生活方式是大家所知的，[1]故文人笔下的僧人多是苦行僧形象：柳宗元笔下的高僧元暠“衣粗而食菲，病心而墨貌”[2]。所谓“墨貌”，即如《庄

[1] 参见任继愈《农民禅与文人禅》,《传统文化与现代化》1995年第1期。

[2] 参见柳宗元《送元暠师序》,《柳宗元集》第二册，中华书局1979年版，第678页。

子·天下》所言墨子之徒“生不歌，死不服”“日夜不休，以自苦为极”，裘褐为衣、形容枯槁的模样。士大夫喜与之游的僧人，正是这些勤恳有操守，甚或“以坏色衣，以瓦铁食”的苦行者，其外貌的尪柔不饰威仪者即在情理之中。如苏轼《中和胜相院记》指出，修道者需“弃绝骨肉，衣麻布，食草木之实，尽日力作”，“务苦瘠其身，自身口意莫不有禁”。[1]

这类清癯羸弱的苦行僧形象，经过柳宗元、苏轼这些佛门居士的褒扬而在文学中被固定下来，成为僧人虔修佛理，笃诚向佛的代表。

2. 精英阶层的居士们喜欢以羸瘦病弱的僧人形象自指。自士大夫阶层开始接受佛教的东晋时期，鸠摩罗什所译《维摩诘经》就是最受欢迎的经典之一，维摩诘以玄妙的哲理和大乘居士的形象成为文人追慕的对象，李白自称“金粟如来（维摩诘的本体）是后身”[2]；王维的母亲笃信佛教，他名维字摩诘，即表达对维摩诘的崇拜。从宋代开始，带着病容的维摩诘形象就以其幽深清远的林下风致，成为文人审美、吟咏的内容。维摩诘因病示疾，以身疾广为说法、令无数千人皆发菩提心事，典出自《维摩诘经》，王安石由维摩之病悟入：“身如泡沫亦如风，刀割香涂共一空。宴坐世间观此理，维摩虽病有神通”[3]。维摩诘包蕴大智慧而不事虚华的形象正符合宋代士人淡泊清和的审美趣味。苏轼《维摩像唐杨惠之塑在天柱寺》中有：“今观古塑维摩像，病骨磊嵬如枯龟。乃知至人外生死，此身变化浮云随。世人岂不硕且好，身虽未病心已疲。此叟神完中有恃，谈笑可却千熊罴。”[4]陈师道《后村集》中《维摩》的形象是“面色削瓜黄，眉毫覆雪长”。这幅骨如枯龟、面色萎黄的老病维摩形貌竟成为宋代文人竞相自比的对象：如理学家杨时自比“萧然惟

[1] 孔凡礼点校《苏轼文集》第二册，中华书局 1986 年版，第 384 页。

[2] 李白《答湖州迦叶司马问白是何人》，《李太白全集》，上海书店出版社 1988 年版，第 425 页。

[3] 王安石《读〈维摩经〉有感》，《临川先生文集》，中华书局 1959 年版，第 375 页。

[4] 苏轼《凤翔八观》，《苏轼诗集》卷三，孔凡礼点校，中华书局 1982 年版，第 111 页。

一病维摩”[1]，陆游称“衣冠醉学究，毛骨耸维摩”[2]等，这样的自我比喻和观照，含有对自我人格的肯定和拯救世事的自许。据《维摩诘经》言，维摩诘“以一切众生病，是故我病，若一切众生病灭，则我病灭”。菩萨的疾病源于对众生的慈悲[3]。个中趣味不是见庙磕头的普通百姓所能体会的，苏轼就说杨惠之所塑的老病维摩的形象“田翁里妇那肯顾”。

3. 在民间信仰层面，修头陀行的苦行僧以悲苦精神接近教旨典范。释迦摩尼佛身边的迦叶是寺庙里常见的苦行者塑像，这位年老病弱的尊者“以斯苦行，扫除尘累，澄净身心。迦叶年老，不舍头陀。佛悯其衰，劝命休息。迦叶头陀如故”。头陀有十二种苦行，如穿着别人丢弃的粪扫衣、乞食、节量食、过午不饮浆、住露天、冢间、树下等。如此虔修苦行自然形貌瘦瘠病弱，难以体健貌丰，却成为高僧大德的标志形象。宋初的王旦因为生得“风骨清峭，颀项微结喉，有僧相，人皆谓其寒薄”[4]，善于相面者则称其“名位俱极”，而王旦也自言前世为僧，后来果然做到宰相。这段传说见于北宋吴处厚的《青箱杂记》和范镇的《东斋记事》，这两本差不多同时的笔记小说中，可见是当时盛传的奇闻。这则传闻突出了“寒薄”的僧貌蕴含的不为人知的福报。

蒲松龄以病僧来形容自己前世的模样，不管是在精英阶层的佛教知识还是其时的通俗宗教语境中，都是有依据、有摹本的，并没有加上更多的个人境遇的发挥，其用意也是指向民间小传统中的信仰与心灵支持。

---

[1] 杨时《病中作》，《龟山集》卷二十四，文渊阁《四库全书》本，台湾商务印书馆1983年版。

[2] 陆游《自咏》，《剑南诗稿校注》钱仲联校注，上海古籍出版社2005年版，第1615页。

[3]《维摩诘所说经》卷中，楼宇烈编《中国佛教思想资料选编》第四卷第一册，中华书局1992年版，第396页。

[4] 李裕民点校《青箱杂记》，中华书局1985年版，此处作“风骨清峭，颀项微结喉，有僧相之，皆谓其寒薄”。似误。据文意，此处应为“有僧相，人皆谓其寒薄”，参见刘明晔《青箱杂记点校本补正》，《古籍整理研究学刊》1993年第6期。

古今宗教文化语境的悬隔，恐怕要比当时精英与庶民间的阶层审美观的差异大得多，也就难怪今天的研究者有此皮相之论。

三、科举社会中的民间俗信

轮回报应的观念是古代民间很普遍的社会意识。《聊斋志异》的不少篇目都以宿业轮回之说作为故事的构架。记前生的故事的，如《某公》《蒋太史》《邵士梅》《李象先》等；有偿前生债的故事，如《四十千》《拆楼人》等。举例而言：潍县令“前身为驴”，刘亮采“狐之后身也”，江城“原长生鼠”，高蕃“前生为士人”，刘仲堪是“公斡后身”，冯中堂之祖“前身在宋朝为桧所害”等等。《四十千》讲的是王士禛的仆人生了一个讨债鬼的故事：

> 新城王大司马，有主计仆，家称素封。忽梦一人奔入，曰：“汝欠四十千，今宜还矣。”问之，不答，径入内去。既醒，妻产男。知为夙孽，遂以四十千捆置一室，凡儿衣食病药，皆取给焉。

果然四十千尽，而儿亡。蒲松龄总结这个故事的主旨在“可为负欠者戒也”。

又说：

> 昔有老而无子者，问诸高僧。僧曰：“汝不欠人者，人又不欠汝者。乌得子？”盖生佳儿，所以报我之缘，生顽儿，所以取我之债。生者勿喜，死者勿悲也。

表现的正是这类因果轮回故事被民间广泛信仰、传播的情形。

较早的“前世为僧”的故事出自南齐王琰的《冥祥记》。故事中来自异域的沙门，因羡慕中华士族人物王珉的风采而愿再世为其子，是为王练。这个故事含有佛教传入之初，向儒学之士示好的因素。袁郊《甘泽谣》的“三生石”故事和郑处诲《明皇杂录》中的房琯悟前身事，使这类故事为人熟知。因“前世为僧”故事涉及的人物属于上层居士阶层，在唐宋之后的社会也就意味着他们多是科举考试中的优胜者。在宋明清这样一个读书人众多、科举之路狭窄的社会中，这类传说的主题自然发生了迎合社会心理的转向，成为科举宿命论的注脚。人们看重信佛收获的福报，故强调这些“前世为僧”者在世俗社会中的成功。明人郎瑛在《七修类稿》中，列举宋人俞成《莹雪丛说》中搜罗的条目并添加明代的传说（“本朝尚书胡濙，乃天池僧之后身”），以证明“余观古今英杰之士，皆自般若中来”的个人观察，并对其中的原因表示困惑。其后的沈德符著《万历野获编》，径以“宰相前世僧”为标题收录这类故事，称“比丘转世为大官者不胜纪”。至清代更成为流行的谈资，大量保留在文人笔记中。王士禛与蒲松龄地域相近，且颇有交谊，《池北偶谈》中的一些条目和《聊斋志异》相似，如“林四娘”“啖石”“小猎犬”等。这位一代诗宗记载僧人转世故事的角度也有助于我们理解蒲松龄在《聊斋自志》中的态度。

《池北偶谈》“三僧”：

> 繁昌魏康孙进士之父，素封而无子。一日有僧造门，乞施三百缗造桥，不许。僧遂然一指，乞至再三，终不许；然三指，始许之，而僧死矣。桥成而康孙生，手缺三指焉。
>
> 又宣城孙榜眼予立（卓）之父勷，故给事中也。父孙翁艰于嗣。一日，见市中一僧以火然指，问之，曰：“愿得一茅庵足供大士像，旁可坐卧诵经，足迹不出门，而免持钵之苦。久之，无一檀越办此者，故然

指耳。”翁曰：“吾为师了此愿。”僧即罢爇，延至其家，为结茅如僧言。居三年，一日送客，忽见僧入后堂，问之，则夫人临蓐得一子矣。方骇异，庵中人来云，僧已坐化。子一指然状宛然。

同年史状元立庵（大成），鄞人。其太公亦与一僧善，一日见僧入宅，觅之不见，而状元生。生而长斋，成顺治乙未进士，后官至礼部侍郎。或云大成，即僧之号。[1]

这三则僧人转世故事，首先是强调主人公的科名：状元或者至少是进士；其次是父辈的善行，修桥或者供养僧人；还有就是身体上可供认识的标志——如燃烧过的手指等。

与蒲松龄同地同时，且有亲身交往的王士禛记录僧人转世故事的态度，可以作为我们理解蒲松龄瞿昙转世故事的辅助。如果以 A（功名）、B（梦僧人而生）、C（标记相符）三点来概括这类故事的要素的话，病瘠瞿昙转世故事具备了 B 和 C 两点，其因果、意指朝向的是 A——功名和富贵，而不是别的。蒲松龄《遣怀》诗中有“愿就华胥祈好梦，早从房琯悟前身”之句，表达的就是这样的一种世俗信仰。

稍微翻检一下清人笔记，就可以看到很多类似的记载。如陆圻《冥报录》“僧天香”、王士禛《香祖笔记》卷二的“史少超前身为僧事”、张潮《虞初新志》卷九“吴震崆事”、赵吉士《寄园寄所寄》卷九“杨一鹤事”、袁枚《子不语》卷十八“王白斋尚书为潮鸣寺僧”事、卷二十四“翰林蒋静存祖梦僧而生事”、《续子不语》卷一“执锡二童子”；陈其元《庸闲斋笔记》叙海宁陈家数世祖先、及其友人翰林公俱系僧人转世事数条，另有《聊斋志异》、佟世恩《耳书》、俞樾《右仙馆笔记》等书也多有类似条目。陈其元的《庸闲斋笔记》首叙“家门盛迹”“家事旧闻”，可见清代文人士大夫之家

[1] 王士禛《池北偶谈》卷二十六，中华书局 1982 年版，第 615 页。

颇以此类传说自神家世。在以上这些传说中，最突出的共同特点是无一例外地强调了主人公的科名，如状元、榜眼或者“第三人及第”[1]，其最下者亦须是进士出身，科名显扬。故陈其元总结说“昔人谓世之登大位，享大福者，星、精、僧三项人为多，其信然耶！”[2]这种总结方式既是僧人转世说在明清社会大量流传的背景与基础，也是蒲松龄“病瘠瞿昙转世”说未经言明的自许自期。

由此，我们还可以检视蒲松龄所持的、以灵验程度决定其信仰热情的宗教态度。

四、蒲松龄的实用主义宗教观

《聊斋自志》中的转世故事固然表明了蒲松龄家庭有信奉佛教传统。从其本人的创作看，《聊斋志异》近五百篇小说中，有三分之一写到因果报应，有近四十篇涉及僧侣生活，在篇末的“异史氏曰”中包含一些关于佛教观念的议论；《蒲松龄文集》还有几十篇为寺庙、祠社撰写的碑文。很多研究者由此得出蒲松龄笃信佛教、[3]宗教意识浓厚的结论，还有专门讨论《聊斋志异》的佛禅层次的研究。[4]

由这些证据就推导出蒲松龄笃信佛教的结论，似乎难以服众。首先，大部分“聊斋”小说改编自前人小说和民间故事，题材和主题是本来如此的。例如关于道士的小说，多是仙道助人惩恶的主题，似乎和魏晋以及唐人同题

[1] 俞樾《右仙馆笔记》卷十五，梁脩点校，齐鲁书社 2004 年版，第 300 页。

[2] 陈其元《庸闲斋笔记》卷三，《清代笔记丛刊》，齐鲁书社 2001 年版，第 3069 页。

[3] 姜光斗《论蒲松龄与佛教》，《明清小说研究》1990 年 Z1 期。

[4] 曹淑媛《〈聊斋志异〉里的佛禅层次》，《蒲松龄研究》2012 年第 3 期。

材小说的影响有关，而邪恶僧道害人的故事多来自当时的民间传闻。即使是那些独立创作的小说，因为文学的虚构性质，也不能完全把它们当作蒲松龄的宗教思想；其次，身为有一定知名度的乡村秀才，蒲松龄免不了要为人作应酬文字，当时民间佛教活动频繁，则关乎佛教的文章较多也在情理之中。《聊斋志异》写释道两家，并无数量上的明显差异，道士形象大都扶危助弱，善良仁慈；写僧人多是恶僧、孽僧，如《金世成》《金和尚》《珠儿》《僧孽》等，“贪、嗔、痴”三毒俱全，敛财犯戒、以邪术杀人等等。在道教方面的小说，如《崂山道士》《小谢》《向杲》《画皮》《寒月芙蕖》等，其中的道士多为正面的仙道，被称为仙人；蒲松龄又字留仙，似乎很有慕仙的意思，以至于给人留下“尊道抑佛”的阅读印象，[1]可见道士的形象要比和尚的形象正面得多。如果按照这样机械的逻辑，我们是否可以得出蒲松龄特别尊崇道教的结论呢？

身为儒生，蒲松龄作品更热衷“教忠教孝”。儒家的人伦道德是其小说主题的奠基和归宿，他那时时迸发的怀才不遇的义愤与牢愁也是属于世俗儒生的。儒家文化执着于现实世界而忽略彼岸世界的训诫，使他势必要对社会人生责任有所承当。不只是其小说浸润着儒家意识的政治性、伦理性和实用性，其伦理主义的热情破坏了宗教神圣的情感和精神，他对于宗教的态度也抱持着实用主义精神，使之为己所用，成为能够化解身心压力的方式。

蒲松龄的文字和小说也可以证明这一点。他在《为觉斯募修白衣殿疏》中说：“昔先大人与先从祖，皆艰于嗣，于是合力捐赀，建白衣殿于满井堂之东偏。”《述刘氏行实》记其父蒲槃曾经“周贫建寺，不理生产，既而嫡生男三。庶生男一”。蒲家和佛教的结缘前因和后果是很符合世俗信仰的模式的。父亲因子嗣艰难而求助于神佛，信仰得到了回报，这一方面说明瞿昙转世是蒲家与佛教结善缘得福报的结果；另一方面说明蒲松龄的宗教立场是民

[1] 陈庆纪《从〈聊斋志异〉看蒲松龄宗教观的价值取向》，《蒲松龄研究》2001年第2期。

间性的，他看重的是灵验与否、有无回报这样的问题。作为务实的乡村民众中的一员，蒲松龄的宗教观就体现了老百姓信仰上的务实态度和功利心。他们不会“割目下之近欲，修难成之远功”[1]，能否满足人们的现实需要和欲求成为信众们选择某种宗教或信仰的首要条件。这种民俗宗教文化决定了《聊斋志异》里神灵信仰的多样化，佛道神人、虫蛙花卉，神无大小，灵验为尊，也决定了蒲松龄和其家人对瞿昙转世神话的理解与接受态度。

文人与佛教结缘，用汤用彤先生的话：“溯自两晋佛教隆盛以后，士大夫与佛教之关系约有三事：一为玄理之契合，一为文字之因缘，一为生死之恐惧”[2]。蒲松龄处于明清宗教的世俗化氛围中，与早期的文人义理化的宗教信仰已是不同。自宋代以降，佛教已由上层社会和文人学士喜爱的义理型宗教转向了广泛影响于民间社会生活的大众性的佛教。其主要特征就是迷信成分远远超过理性成分。蒲松龄笔下的神灵偶像呈现芜杂的状态，不但是儒释道三教的神祇可以共处一室，对人间事物“齐抓共管”，青蛙、柳树、牡丹这些庶物也手握着凡人难及的神通，所以值得崇拜。正是这种多元混杂、但求灵验的民俗宗教意识，才是形成蒲松龄笔下人情和谐、温情脉脉的鬼神仙魅世界的宗教基础。儒释道合流的民俗宗教“是蒲松龄时代、蒲松龄家乡、蒲松龄父老亲朋们的宗教情绪的原生态”[3]，也是蒲松龄宗教信仰的本来面貌。蒲松龄在《募修三教堂疏》将儒释道称为擎天“三柱”，一视同仁地膜拜颂扬：“呜呼，草昧既开，贻九流之满地，劫灰不尽，赖三柱之撑天，虽则香火一堂，昉于俗祠，抑亦人情不能已也”[4]。其小说人物，如《汤公》中进士汤聘死后，由道家的文昌帝君、儒家宣圣人和佛教的菩萨三教尊神通

---

[1] 葛洪《抱朴子内篇》卷五，王明著《抱朴子内篇校释》，中华书局 1985 年版，第 110 页。

[2] 汤用彤《隋唐佛教史稿》，《汤用彤全集》第 2 册，河北人民出版社 2000 年版，第 202 页。

[3] 刘敬圻《〈聊斋志异〉宗教现象解读》，《明清小说补论》，生活·读书·新知三联书店 2004 年版，第 321 页。

[4] 蒲松龄著，路大荒整理《蒲松龄集》上册，上海古籍出版社 1986 年版，第 114 页。

力合作得以起死回生，可见三教在保护信众平安方面是不分彼此，互相依持的。

要之，蒲家信奉的佛教本身就是变了形的、很难完全归入主流的佛教。如研究者所言，宋元之后，民间社会的宗教信仰是有别于正统宗教的儒释道合流的民俗宗教，其“通俗型、习合型、杂糅型、变体型的宗教形态”，不可能按既有正统宗教的分类对号入座。[1]以佛教而言，世俗化、平民化了的佛教取代了义理型的佛教，在民间发挥着广泛的影响。宋元之后信仰佛教之普及，有“家家观世音，处处弥勒佛”之势，但信仰的功利化也是非常显著的特点，如僧侣遁入佛门非是出于信仰，而是别有所图，成为一门生计和谋生手段；士大夫官僚不是为信仰而做功德种福田，而是为了释罪愆、求回报；[2]至于跪在佛前磕头礼拜的妇孺老幼，其“行为无异于在街头上做买卖，香烛和磕头是阳冥之间的通货”[3]。蒲松龄所信仰和表现的佛教就是这样和民俗精神融合起来的，变形的、注重现实利益的佛教。

《聊斋志异》中除了儒释道三教之外，也有白莲教、五通神、罗教（《罗祖》）等民间宗教的内容，有些还是以赞赏、神化的态度来写的。这些是研究蒲松龄宗教观不能忽视和低估的一个方面。《聊斋志异》把那些没有文化、没有权势的民众们的无人理睬的信仰和精神活动，变成故事和人物放入文学世界之中，才成就了它最具乡土意蕴的生命力。故而，单凭《聊斋自志》中的病瘠瞿昙转世和聊斋的诸种文字，并不能得出蒲松龄佛教意识浓厚的结论，更不能推导出蒲松龄对命运的自暴自弃。民俗宗教的实用主义、功利化的人生激励与自我暗示应是我们理解这则转世神话的主要角度与线索。

要之，蒲松龄的僧人转世故事要放到当时的文化语境中，才能使我们对

[1] 梁景之《清代民间宗教与乡土社会》，社会科学文献出版社 2004 年版，第 2 页。

[2] 参见刘浦江《宋代宗教的世俗化与平民化》，《中国史研究》2003 年第 2 期。

[3] 费孝通《眼睛望着上帝》，《费孝通游记——初访美国 访美掠影 重访英伦》，东方出版社 2007 年版，第 119 页。

作家的内心和人生道路的选择有同情的理解。另有一点，这个故事和蒲松龄的花妖狐魅故事在情感表达和内心补偿方面显示了一致的底蕴——追求世界的爱与关注。爱情故事，构成了音乐、文学的根本主题，被社会普遍接受和赞颂。《聊斋志异》中的书生和花妖狐魅的情爱故事为小说赢得了巨大的声誉，得到上至名公巨卿如王士禛，下到普通百姓的喜爱，就在于这一主题的普遍与魅力；“瞿昙转世说”则是蒲松龄为自己虚构的一个得到世界之爱的故事。一个普通的寒士，在生计之忧、不遇之怨之外，还有情感与身份的需求，尽管他表达比较隐晦委曲，但也值得后人尊重。

从蒲松龄的小说和诗文集中，我们可以看到，在一个资源贫乏、人际空间狭窄的乡土社会中，包括亲友在内的势利者加诸其身的恼怒、紧张和气馁的情绪要比今人的想象大得多。[1]蒲松龄的小说特别钟情于穷困汉一朝翻身，在势利者面前富贵骄人的场景，如《宫梦弼》《胡四娘》《姊妹易嫁》等等。这类小说并没有从蒲松龄自身境遇的角度得到深入研究，恐怕和今人对他境遇与环境的生疏不无关系。我们将“瞿昙转世说”作为观察蒲松龄精神历程和心态变迁的一条线索，稍稍发皇蒲翁心曲。我们既以人情味看待其鬼怪故事，也就应该体贴出其转世故事的人情心态。其生存状况和环境决定了他在对待世俗功名上心理是有两重性的。

[1] 参见《聊斋志异》中的《青梅》《宫梦弼》《镜听》《姊妹易嫁》《胡四娘》等篇什。

第三章 1703—1704年：蒲松龄身历的灾荒与他的生活

蒲松龄生活在物质生活贫乏的乡间。谋食与求仕是其一生的负累。明清两代，大批壅塞于科举之途的寒士辗转在生业凋敝的乡间，传统的田园或者诗意的山水已难以表达他们真实的感受，他们的作品带着各自独特、真诚的平民精神显示了文学发展的新面向。

去岁岁除夜，籴米十五斗。
门外终朝谋食途，竟能旬日不趋走。
北风暮起颓屋寒，老人欲眠眠何难！
风集木，声益烈，吹下皑皑一天雪。
痴儿对雪舞且悦，哪知烟火来日厨头绝。

——吴嘉纪《去岁行》

这位在新年的寒夜里，看着陋屋中与雪花欣然对舞的儿子而为明天的食物发愁的老人，是清初的吴嘉纪。和清初的很多士绅身份的遗民诗人不同，吴嘉纪身处盐碱荒地的土室雪窖当中，也曾像灶户一样煮盐谋生，这位有“诗史”之称的清初诗人，号“野人”，居“陋轩”，“家最贫，常年乏食”（汪懋麟《陋轩诗序》）。这样的赤贫在古代大诗人中也是很少见的。

郑板桥评价吴嘉纪说“陋轩诗最善说穷苦”。

“善说穷苦”一直是中国诗歌传统的一脉。最主要的原因是古代农业社会普遍的贫穷困苦给中国诗歌留下的深刻印记。饥饿、贫穷、死亡等意象一直是古代诗歌的主题。如陶渊明那样的田园诗人，“少而贫病，居无仆妾；井臼不任，藜菽不给；母老子幼，就养勤匮”（颜延之《陶征士诔》）。他的笔下也时刻流露恨、忧、怅、悲、慨、愧、凄、怨、苦、辛、焦、悔、不欣、枯槁等字眼，在“忧愤沉郁”之中，时有“忧生之嗟”。杜甫《遣兴》五首其三云：“陶潜避俗翁，未必能达道。观其著诗集，颇亦恨枯槁。”“枯槁”在这里应释为生活贫苦。杜甫在《投简咸华两县诸子》写道：“长安苦寒谁独悲，杜陵野老骨欲折…… 饥卧动即向一旬，敝衣何啻联百结。君不见空墙日色晚，此老无声泪垂血。”还有“荒岁儿女瘦，暮途涕泗零”的漂泊贫窘之态等等。韩愈总结说“欢愉之辞难工，穷苦之言易好”（《荆潭唱和诗序》）。欧阳修在《梅圣俞诗集序》中说：“予闻世谓诗人少达而多穷。夫岂然哉？盖世所传诗者，多出于古穷人之辞也。凡士之蕴其所有，而不得施于世者，多喜自放于山巅水涯，外见虫鱼草木风云鸟兽之状类，往往探其奇怪；内有忧思感愤之郁积，其发于怨刺，以道羁臣寡妇之所叹，而写人情之难言；盖愈穷则愈工。然则非诗之能穷人，殆穷者而后工也。”[1]

清代诗人中以描摹贫穷困苦著称的诗人很多，尤以吴嘉纪和后来的黄景仁最为著名。如吴嘉纪的“严冷危苦”，黄景仁被斥为“怨尤荡僻”的盛世哀音等。在这样的诗歌传统中，蒲松龄的诗也多是描摹贫困以及琐细、重复的日常生活等等。他们关注个人的命运和生活，不受诗歌的传统美学和规范的拘束，用赵执信的话概括就是文学“权在匹夫”，常州派则说是“好诗奇特，不就绳尺”。在正统文坛的“宗唐”“宗宋”之外，还有寒士们质朴、倔强的一派，他们把丑陋、阴暗的现实、灰冷的心绪作为真实感受的一部分有力地呈现出来。

蒲松龄的诗歌在清代诸家中籍籍无名，却因和《聊斋志异》内在精神的

[1] 欧阳修《欧阳永叔集·居士集》，商务印书馆 1958 年版，第 63 页。

一致性，成为我们理解作家生活、心态和艺术世界的重要线索。蒲松龄是已知小说家中存留资料最全面的——小说、诗赋、文章、俚曲，真正地雅俗并存，形态多样。这有助于我们对他的全面理解。我们拟以1703年至1704年蒲松龄的创作为中心，分析农村的自然灾荒和民生的困苦如何影响了其创作的风格与基调。

清康熙四十二年（1703），农历癸未，蒲松龄的家乡“千古苛灾一时遭”，在接连的两三年里，涝灾、旱灾、虫灾反复而至，盗贼横起，人民流亡。这时，64岁的蒲松龄尚在离家三十多里外的毕家为塾师，一家三十口陷于荒年的煎熬之中，蒲松龄以一位乡绅和农人的视角，将他亲历的这场灾异和其间的淄川人民的无望与抗争一一记录下来。蒲松龄记录的可贵之处在于：一、完整。从灾害初起到结束，他完整地记叙了整个过程。从其诗歌看，自癸未年七夕得家书，知“淫雨之后，继以大旱”开始，到第二年甲申年的《十二月二十二日雨》和《偶成》，这场灾异最终以“彻夜潇潇直到晨，甘霖沾足普天均”的方式宣告纾解。在这期间，他的“老作东西南北人”的特殊境遇，使他的活动半径较大，观察较为全面，看到饥民流离四方和各方面的反映，同时又始终戒惧忧替，担心家中衣食，最后总算全家得以糟糠免于饥饿，以“白头喜作太平民”作结。二、视野独特。包括了近、中、远三个层次。这场灾害范围不大，主要在淄川，尤其是蒲松龄的家乡，在正史中几乎不见记载，蒲松龄以底层乡绅的视角，将灾害初起时担心农获，农人抗争，到灾害中的现象：路有流亡、粮价飞涨，人口买卖、百姓食糠剥树，到民变为贼、官府应对等方面依次呈现，他的视角还涉及了当时的“圣上”康熙。其信息的真实与丰富，是一般笔记和官员奏章所没有的。三、蒲松龄对这场灾害的极度关注，也是他创作生涯的一个转折。从此时开始，他进入了创作的末期，目光更多地转向乡土，写农事家居生活的诗、通俗杂曲，编撰农书成为主要的创作。功名意气渐变为救世婆心，显示了作家创作心态的变化。

这两年间，蒲松龄的文章包括《康熙四十三年记灾前篇》《秋灾纪略后篇》《救荒急策上布政司》；诗歌 50 余首。从诗歌内容的变化上也可以看出灾荒逐渐成为蒲松龄最为关注的问题。如癸未年作诗 12 首，写灾害的 7 首；甲申年作 54 首诗，以灾荒为主题的有 46 首，不少是同题下面多首绝句，详细记录了灾荒的过程，心中感受。灾荒过后，1705 年蒲松龄还以山东饥荒为题，准备了乡试的押题文章《拟上以山左饥荒，截漕赈济，全蠲四十三、四两年钱粮，仍亲巡地方，省民问苦，群臣谢表》等，计有 8 篇之多，可见蒲松龄依然奋力于科举。在他的眼中刚发生的"饥荒"是可能进入考题的重要事件，是考察官员治理能力的话题。可以说，在蒲松龄笔下，1703 至 1704 年的淄川灾情得到了持续完整并且是全方位的反映，对我们认知他的晚年生涯和创作态度也是极为难得的线索，而在此前的研究中虽然丰富，却没有太多地从蒲松龄本身这个角度着笔。[1]

一、灾情

据《清史稿》志十七记载的 1703 年大的灾情有："四十二年五月，庆云霪雨，三旬不止。六月，东明、定州霪雨三旬不止；霑化霪雨连日，漂没民舍无算；高苑霪雨六十日；昌邑、掖县霪雨害稼；高密霪雨弥月，禾稼尽没。八月，邹平大雨害稼；齐河霪雨四十馀昼夜，民舍倾圮无算；潍县、平

[1] 参见袁世硕、徐仲伟著《蒲松龄评传》，南京大学出版社 2001 年版；高明阁《〈聊斋诗集〉所反映的作者的思想与生活》，《辽宁大学学报》1980 年第 5 期；盛伟《试论蒲松龄康熙甲申年"流民"诗及写作的历史背景》，《蒲松龄研究》1986 年第一辑；洛保生，张伟丽《〈聊斋文集·康熙四十三年记灾前篇〉浅探》，《蒲松龄研究》2004 年第 1 期等。

度霪雨害稼。四十三年六月，沂州大雨；兴安大雨，漂没田庐。”[1]淄川所属的《济南府志》载：“康熙四十二年春，大水、饥，免田赋。”

山东所属的华北地区，自古就苦于旱灾、涝灾和虫灾，文人在诗中吟咏农事、忧叹旱涝之作的大量出现是自唐宋时期开始的。其原因除了存世文献大增之外，还有就是：一、随着科举制的全面施行，唐宋官员大多来自中小地主，深受儒家“崇本抑末”思想的影响，将农事看作民生之本，救荒赈贷形诸吟咏，如白居易、元稹、苏轼等；二、壅塞在科举之途的大量寒士，以耕读兼资为生活方式，各种自然灾害都威胁着他们的生存。他们的诗歌留下各时代角落灰暗、带血的记忆，弥补了史料的不足。这些诗歌虽以人文主义襟怀见长，但因诗歌的体裁、创作特点所限，大多是就极端的事件或惨烈的场景发出呼喊、诉说，缺乏对事件的持续关注，难以达到诗史的长度与细节的丰富性。

明清时代，生活于乡村的寒士诗歌，为灾害题材带来新的写作范式，如清初的吴嘉纪、蒲松龄等，以主观感受和日常化的描写持续关注特定地域的灾异。蒲松龄在1703至1704两年间，几乎是用全部的精力和情感关注家乡的灾荒，这在文学史和蒲松龄个人生命史上都是一件值得被关注和研究的事件。

癸未年，蒲松龄的诗歌是以《四月十八日与笏过奂山，风雹骤作》的七古开始的。奂山是淄川城西北的一座小山，淄川当地名胜，也是蒲松龄离家赴馆和到济南乡试的必经之路，在这条路上已往来几十年。蒲笏是蒲松龄的第三子，这次应该是由他送父亲到毕家的。在奂山蒲松龄遭到了突然而来的巨雷、冰雹和狂风，“霹雳震谷裂空山，碎雹弹射千冰丸。风吹岗平拔老树，横如百尺蛟龙蟠”。蒲松龄在马上一步一愳惴惴而过，已是泪下汍澜，对自己冒风雨、冲寒暑的“白首奔驰”生涯颇为自伤，却未预见到这场风雹是一

[1]《清史稿》卷十七“灾异三”，中州古籍出版社1996年版，第396页。

系列天灾的前奏。

《康熙四十三年记灾前篇》写道："癸未四月，天雨丹，二麦歉收。五月二十四日甲子，风雨竟日，自此霪霖不休，垅中清流虢虢出焉。农苦不得耨。草迷疆界，与稼争雄长。六月十九日，始大晴，遂不复雨。"《霪雨之后，继以大旱，七夕得家书作》从旱灾论到物价，"方今秋成谷腾贵，市上斗米如斗珠。吾家妇子三十口，丰岁不免缾罍虞。况有累弟老无力，四壁圮尽半垅无。"

癸未这一年主要是旱灾和蜚害。有《十三夜微雨，俗占雨云，重阳不雨盼十三，感而作此》诗，言微雨不解旱灾，有"九十县灾忧谷贵"之句，下面是《蜚虫害稼》。《康熙四十三年记灾前篇》记载甚详：先是粮价腾贵，腊月将尽时，"麦粱斗七百，菽粟五百"。后来到了"升粟百钱"，一斗千钱的样子。人们靠糠充饥，县里开了糠市，人如蚁聚，填塞道路（《糠市》）。到了甲申年初，人情更加骚动不安，饥饿的人们开始盗取耕牛煮食，外出乞食的男子们连糠秕也要不到，家中饥饿的妇姑则把刚出苗的麦茎生生地拔出来吃掉；村庄田野里的老鼠麻雀被搜罗净尽，榆树皮剥掠一空，遥望白森森的一片，可称"玉树成林"，杨柳和槐树的枝叶都被拔秃了。淄川境内"弥望无青草"，人们连榆屑、蓬菜也吃不到。于是开始鬻儿卖妇，"垂髫女才易斗粟"，到后来则一个小儿只能换一斗糠。然后是"村舍逃亡空四邻，纵横寇盗乱如尘"（《离乱》）。"是时十分淄，耗者死二而逃三，存者人三而贼二"（《康熙四十三年记灾前篇》）。社会秩序近乎崩溃。然后是流民"道馑无人瘗"，亲人行矣不顾，任其尸横路衢，无呜哭者。行善者掘深井纳尸其中，"既满复掘，概十余井，尤未已也"。还有货人肉者，价钱只有羊肉的十分之一，"或炼人膏而渍之，以杖荷坛，击铜板市上，价视乌麻之槽磨者"。

蒲松龄为方志中语焉不详的灾荒提供了生动的过程和细节。如旱灾中的几次雨雪，豆子的"薄收"、黍米小获等细节，都是以自身的感受和关切的角度来记录下来的。这种朴实不事雕琢的诗歌，虽不免题材的重复和琐细，但连续下来的细节，让读者看到了一种日常状态下发展、延续的灾难。在日常状态下，就没有激情鼓荡，没有巧遇、传奇和天佑善人、福善祸淫之类的传奇志怪内容。我们看到了蒲松龄创作的另一面：生存问题的理性压倒了万物有灵的温情，对现实的严酷描摹和他构建聊斋世界的诗性逻辑是如此的不同。

《秋灾纪略后篇》中奋力灭虫的农人，显示出蒲松龄的生存理性与现实主义。旱极而蝗，蝗灾往往是旱灾的伴生灾害。早在《诗经》中就有《螽斯》和《大田》等写蝗灾的诗。《小雅・大田》记载了虫灾及除虫方法："去其螟螣，及其蟊贼，无害我田稚。田祖有神，秉畀炎火。"农人们为了从虫口夺粮，纷纷"率妻孥及弱儿女，以箕、以箩及断梗，挥汗炙肤敲击之。妇携乳婴，捆置陇畔，眠任风拂，啼任声嘶，弗遑恤"。对害虫则蹴杵焚坑，"无姑息哀怜者"，完全没有了对虫神、天命的敬畏与顾忌。就是那些巫祝者流，开始还煞有介事地"香祭致垅上，谄拜而偻祝"，可看到自己家的庄稼要被吃光，就顾不得装神弄鬼了，焚击害虫一如那些搏命的农人，只是一边杀生一面"曼声连诵阿弥陀佛"而已。饥饿的人们还以虫为食，豆间的螟虫"蜿蜒二三寸，圆粗于拇"，因为肥可煎油，人人"竞捉之，囊筐充轫，断头反革，置鼎，水腾沸沸，油浮出，金黄色，革亦焦脆，饿者甘之，捉益众，因不为灾"。虫蛹也是因为味美可食，被搜抉殆遍。

二、蒲松龄荒年里的生活

经过两年的灾荒，蒲松龄本人已是"深睛如瘦鹘""忧愁伤肌骨"。甲申年的秋天，蒲松龄写了这首《故人惊憔悴》，讲到了家中状况："麦秋无颗粒，妇子采薇蕨。今复无秋成，雀鼠尽罗掘"。《偶成》中写"珠为饭颗桂为薪，妇厌糟糠未是贫。窗外风声寒起粟，廉中炉火暖生尘。”野菜、雀鼠和糠粃帮助他们度过了荒年，全家总算得以保全。

蒲松龄这两年的行踪和状况如下：

（一）行踪

1. 济南。如上文所说，蒲松龄在此期间还在毕家做塾师，这使他本人避免了挨饿。1704 年五月蒲松龄去了一次济南，是为了献《救荒急策上布政司》去的。蒲松龄的“救荒策”，并没有引起任何反响，沿途却看到了比故乡凄惨的灾情。如《五月归自郡，见流民载道，问之，皆淄人也》：“饥尸横道周，狼藉客骖惊”；《饭肆》：“旅食何曾傍肆帘，满城白骨尽灾黔。市中鼎炙真难问，人较犬羊十倍廉”等。

本年蒲松龄写诗在灾荒主题之外，还有督促儿子和学生揣摩文字，求取功名的《儿笏》和《试牍》。癸未和甲申两年都不是乡试的年份，而在之前的壬午年（1702）和之后的乙酉年（1705），蒲松龄都循例带着儿孙和学生一起到济南应试。如壬午年写的《客邸》《客秋》，乙酉年有《客邸晨炊》《阴雨连朝》等。蒲松龄从 19 岁在济南以“县府道”三个第一入泮后，几乎每隔三年都要到济南应考，后来还要和子孙一同应考。淄川距济南只有一百多公里，需一两天的路程，如《二月十五赴郡，作钝蹇行》写从西铺毕家到济南只有八十余里，乘马一天可到。到了济南需租房备考，蒲松龄的大部分“客邸”诗，都是在济南应试时所作。如乙酉年的《客邸晨炊》：“大明湖上就烟霞，茆屋三椽赁作家。粟米汲泉炊白粥，园蔬登俎带黄花。罹荒幸不沟渠转，充腹敢求脍炙嘉。”那一年放榜，蒲松龄有二子入泮，蒲松龄记下“四月十八”这个大喜的日子，也感叹多人赴考对这个家庭的沉重负担：“今岁校士遭奇荒，犹守旧辙恋鸡肋。妇子减餐供糗粮，资斧尤费周张力”。除蒲笏、蒲筠二子外，同时应考的应该还有二子蒲篪、孙蒲立德，蒲篪年年被放还，到蒲松龄去世时也未曾进学。入泮的二子则还要应三年一次的乡试，想到他们以后也要像自己一样，为应考次次奔波，饱尝筹集资费的艰辛、下第后向隅而泣的痛苦，身为父亲的蒲松龄不禁为他们感叹："无底愁囊今始入"[1]。

2. 西铺。从四十岁到七十岁，蒲松龄在西铺毕家坐馆三十年，条件较为优厚，主宾之间情感融洽。蒲松龄曾用"宵宵灯火共黄昏，十八年来类弟昆"形容彼此的感情，他甚至还曾有"他日移家冠盖里，拟将残息傍门人"[2]的想法。这一年蒲松龄唯一的一次欢饮是在毕家的石隐园，"荒年酒贵沽不易，一瓻三百青铜钱""老夫倾觞为大叫，顿忘晨灶无炊烟"。[3]同时，蒲松龄对这种奔波生涯的厌倦也在逐渐积累。那种奔波的疲敝倦怠和"垂老倦飞恋茅蘅"（《斗室》）的心态在《四月十八与笏过奂山，风雹骤作》《归途大风》等诗中表露无遗。《十六日途中，得灰字》"十年驴背奂山道，不记经由第几回""白首奔驰尚贫窭，青鞋踪迹转疑猜。布袍萧索冲寒苦，游兴阑珊意久灰。""六十余岁，犹往返百余里，时则冲风冒雨于奂山道中"（蒲箬《柳泉公行述》），虽然受到了相对优厚的待遇，蒲松龄还是无法改变他的命运。

（二）蒲松龄的生活细节

1. 蒲松龄的农人身份。蒲松龄在康熙初年兄弟析箸时，得田二十亩，"荞五斗，粟三斗"，农场老屋三间，家口只有妻子和长子蒲箬。近四十年后，这个小家庭繁衍到三十口人，因食指繁多，起屋增田，"努力起屋宇，一子授一室"，一亩大的院子盖满了房子。为了子女婚嫁，岁岁营构，土木妆奁之费都是很大的负担。同时，蒲松龄的兄弟"皆赤贫"，时常向其借贷。蒲

---

[1]《四月十八，喜笏、筠入泮》，《聊斋诗集》卷四，《蒲松龄集》，上海古籍出版社 1986 年版，第 602 页。

[2]《赠毕子韦仲》，第 567 页。

[3]《重阳毕莱仲邀集石隐园》，第 596 页。

松龄的季弟蒲鹤龄，性颇娇惰，常年依靠他的扶助，大约在康熙十二年，蒲松龄就因鹤龄的告贷，写了《寄弟》一诗，陈述饥荒之年，自家人口众多，难顾兄弟的苦衷。据蒲箬《祭父文》也讲到这位叔父"荡析离居"，家中多口需要赡养的境况。这些家累使得六十余岁的蒲松龄还要"往返百余里，时则冲风冒雨于奂山道中"，一直到他七十岁撤帐归家。

蒲松龄诗中说"几回闻雁秋方尽，五次休装岁已终"[1]，也就是说，坐馆期间他一年固定有五次回家的机会，想来是参加农田里的劳作，在其青壮年时尤其如此。北方农业特点是农活分布相当集中而紧凑，需要在较短的时间内，投入大量的劳动力，其强度之大，农时之紧，往往使一个农户即使动员家庭所有的劳力还难以应付。在外谋生的人丁，每当春耕夏获秋收之时都要返乡劳作。蒲松龄大概也不例外。从他的诗中也可以看到，每到农忙时节他都会归家（《麦秋旋里》，丁亥），在六十多岁时还要躬耕田亩（1704年的《重阳前一日作》有"垅稼至芟终望雨，肩锄才释便啼饥"之句）。因此，可以确定的是，除了老年曾有一二仆人，有了用于出佃的五十亩养老田之外，蒲松龄大部分时间是一个自有土地、依靠家庭劳动力耕作的自耕农。作为塾师只是家庭经济的辅助，虽然他在《咏史》中借诸葛亮的事迹表达了"男儿事蚕桑，后世有何称"的志向，但他的家庭还是以田地和务农为本。

蒲松龄和家人要自己在田里耕种，获取糊口之食的情形在寒士阶层很普遍。在淄川所属的济南府，"士亦多识耕"[2]；乾隆《林县志》载"诸生名虽列学，入则横经，出则负耒，士亦农也"。北方普遍粮食产量低下，二十亩地糊口尚且不足，自然当不上出租田地的地主。从他的诗文看，蒲松龄一家的生计主要依靠地里收成，故时时关注着旱涝变化，一有风吹草动，即随之忧喜恐惧，与农人并无两样。如《四月初七喜雨》早起下雨，马上想到"遥

[1] 蒲松龄《九月晦日东归》，《蒲松龄集》，第563页。
[2] 道光《济南府志》卷13，《风俗物产志》。

忆麦田深半尺，相将着屐一窥园”。

2. 经济与生活的细节。

蒲松龄的一生都在贫穷与饥饿中挣扎，直到七十岁撤帐归家才享受到了“沃壤犹堪留种黍，粗衣幸不至悬鹑”的温饱生活。这种窘迫的生活和自耕农身份可以让我们更深入地认识《聊斋志异》的物质背景。

蒲松龄诗文详细地记录了他一生经济状况的起伏，不需研究者仔细地搜求，我们就可以在诗集中发现他的生活细微的变化[1]。古代文人在书信、日记等私人化的写作中涉及个人经济状况比较常见，诗文只是偶尔提及这些生活琐事。因为贫穷、饥饿这些私人化的问题如果不经艺术化、典故化的处理，难以上升到诗意美。虽有唐代苦吟诗人的啼饥号寒之诗和陆游等的戏贫诗为学习的典范，但蒲松龄的诗歌却是更为平和质朴地反映他的生活与心境。在1703至1704年的诗作中，反映蒲松龄个人生活的突出细节有二：

（1）饥饿与清贫。糊口之计是压迫了蒲松龄一生的心头大患。“丰岁时将野菜挑”“丰岁不免缾罍虞”是蒲松龄诗集中常见的话题，想来并不夸张。在灾荒之年，野菜、鼠雀还有秕糠都是家人的食物。除了在西铺毕家，蒲松龄和家人似乎始终不免饭粗粝，乃至掺糠菜为食的低水平生活。他的《与两兄共话》感叹“贫贱能伤人，兹言理所有。室人叹于侧，儿女啼其后”（《聊斋诗集续录》）。这是中年时的真实状况。到了晚年，依然还要看天吃饭，以各种野菜干粮为食，勉度饥荒，所谓“屑榆挑菜延夏秋”“溲合菽粟备干糇”（《祝年词》），那些“天行害稼俭不收，粥食腊尽缾罍羞。麦苗焦毙仰屋愁，年年望雨穿两眸”的情境和年轻时的哀叹毫无改变。

（2）饮酒。饥荒之年几乎使蒲松龄断酒。所谓“凶年禁酒沽，酒贵苦囊涩”（《又寄王玉斧》），“荒年酒贵沽不易”（《重阳毕莱仲邀集石隐园》），“饮断荒年益一痴”（《重阳前一日作》），“饥岁难沽欢会少，莫言归去且徘徊”

［1］ 李荣昌《蒲松龄一生的经济状况》，《常熟理工学院学报》2011年第1期。

(《赠别邱行素》)。

蒲松龄的好酒，在其诗词和《聊斋志异》中几乎贯穿始终，在存世的一千余首诗词中，写到饮酒的有二百一十首左右，占了五分之一。这使我们注意到蒲松龄确实是一生好酒。他喜独酌独饮："细雨滴空庭，独饮不成醉"(《秋夜雨》)，更喜和朋友"入夜出壶酒，促膝话中悃"(《王玉斧忽至，夜出壶酒，对酌倾谈》)。朋友欲去则殷勤挽留："饥岁难沽欢会少，莫言归去切徘徊"(《赠别邱行素》)，酒能唤起胸中豪兴，忘却愁苦："愁人拟向醉乡逃"(《独酌》)，"直将卯后三杯酒，洗却胸头万斛尘"(《斋中与希梅薄饮》)，"斗酒破忧悯"(《敛毕》)。既有文人式的载酒笑傲，也有农家乐式的欢聚：秋收后和田舍邻人携酒相欢，各道秋成，下雪天拥衾在床，和儿孙们吃煮豆腐喝酸酒[1]。饮酒是他的嗜好，对嗜酒者多有宥词，对酒后的张狂豪兴描摹真切。

对酒的喜爱使他忘却了荒年的生计和经济的愁苦："亩田无斗黍，今岁一酿艰"(《敛毕》)，不惜"强典春衣买醉乡"(《东归》)。酿酒要消耗很多粮食，在糊口都很艰难的蒲家，因为他的好酒似乎也有小矛盾。如他和儿子之间就有为种黍秫酿酒的问题，产生分歧:《荒园小构落成，有丛柏当门，颜曰绿屏斋》中有"遂以牵萝烦德耀，徒将种秫问罗端"。梁鸿妻孟光字德曜，罗端当为"雍端"，指陶渊明二子陶份和陶佚，此处代之妻子和儿子。蒲松龄常年在外，家务和农事都交给妻子和儿子，大概儿子以全家口粮为重，不愿多种黍秫一类酿酒粮，故蒲松龄屡屡要儿子种黍;《示儿》中有"肥地无多犹种黍，荒庭虽隘亦栽花"；当甲申大灾之年，蒲家犹种黍一亩，且收成不错："经岁惟存黍一亩，俗农悔不似渊明"(《见刈黍，慨然怀靖节》)；同年的《遣怀》又为明年种黍之计打算："嗜酒陶潜惟种黍，捉襟原宪不忧贫。今年已作明年虑，笑杀梧桐月下人"；可见嗜酒确实是他一生的爱好。

从饮酒这个爱好，可以见出蒲松龄性格中天真任性的成分。晚年他曾对

[1]《聊斋诗集》,《早雪，与儿孙笃酒瀹腐》第636页。

王士禛说："无如饮酒乐，岂必握兰趋"。《汉官仪》："尚书郎怀香握兰，趋走丹墀"，蒲松龄以自己的感受劝王士禛有酒乐甚，何必为官；这种旷达在汲汲于功名的蒲松龄是十分难得的，何况又是对令他仰望的王士禛说，可见酒对他的吸引力。他的诗中算不得篇篇有酒，却是时时小饮，对酒狂歌，饮罢成章，年轻时在郢中诗社里"诗酒豪游，与朋友载酒登临，歌呼竟日，醉挝羯鼓发高歌"[1]，到了晚年更是"不愁囊中空，只觉杯中乐"。

蒲松龄的清贫与好酒，在其饥荒之年的诗作中也清楚地展现出来，这种超然、率真的本性正是一种耽于自我的诗人气质，对我们理解他的"狂"和"痴"是有帮助的。

三、灾荒贫困与《聊斋志异》的物质背景

发生在1703至1704年的灾荒，在年迈的蒲松龄笔下得到全面的展现，这时他已是"垂翅已倦飞，思归卧蓬藋"[2]，渐渐失去了对科举、对上层文人交际圈的兴趣与渴望，视野也回归乡土。这使他的诗风同青壮年时期有很大的变化。蒲松龄早年的诗风是走浪漫抒情一路，"敢向谪仙称弟子，倘容名士读《离骚》"[3]，诗中尤多熔铸李贺的诗境与诗句，如《秋闺，拟李长吉》《马嵬坡拟李长吉》《独酌》中"半生粉蠹争膏火，一枕长松捲夜涛"；《慰历友丧偶》"欑树已荒风送雨，鬼灯如漆夜迎人"等等，这些荒幻意境和色彩

[1] 蒲松龄《二月四日，往哭孙嗣服，三台在目，因忆二十许时，两人载酒登临，歌呼竟日，曾几何时，故人已谢世矣！适值辰日，不能尽哀，因托于词》，《蒲松龄诗集》卷四，上海古籍出版社1986年版，第574页。

[2]《聊斋诗集》，《答毕振叔》第631页。

[3]《聊斋诗集》，《九月晦日东归》第563页。

丰富的辞藻是“聊斋”小说的底色、基础和“练兵场”[1]，但是到了晚年，这些唐诗的绮旎藻彩就淡化了。我们看他1703至1704年的记灾诗，已是繁华落尽，露出朴实的本色。

这种对环境和乡土的关注与直白地表现，让我们清晰地意识到《聊斋志异》那些华艳凄美故事的物质背景。

一是饥荒贫瘠，物质匮乏。在蒲松龄的诗文中荒年的忧叹和口粮不续的担心始终存在，并不限于这场灾荒。如他自己所说“吾家妇子三十口，丰岁不免缾罍虞”，北方旱地的农获所得十分菲薄。据研究者的统计，清代山东全省综合起来每市亩耕地年产粗细粮约在140斤上下，[2]我们可以简单地算一下，蒲松龄的愿望是“几时能买田百亩？及尔科头栖旧庐”[3]，先不论他实现了没有，百亩之田对三十口家人意味着什么呢？是人均不到4亩的口粮田。自战国时期李悝就提出人均4亩才达到温饱线，清代张履祥和洪亮吉也认为人均4亩方能达到最低生活水平，“稍遇水旱兵灾，虽吃尽草根树皮，也不能养活所有人”[4]。蒲松龄《寄弟》诗这样描述其生存境况：“我家家道之落寞，如登危山悬高索：手不敢移，足不敢跷，稍有不矜持，下陨无底壑！”[5]蒲松龄的这段话和现代研究者对中国农村状况的描述如出一辙：“有些地区农村人口的境况，就像一个人长久地站在齐脖深的河水中，只要涌来一阵细浪，就会陷入灭顶之灾”[6]。这些令人忧惧的“灭顶细浪”，在蒲松龄的生活中似乎从未止息。

在他的身上，我们看到的是下层寒士或者小自耕农的经济困境，靠天吃

[1] 赵俪生《论蒲松龄的诗及其与〈聊斋志异〉的关系》,《蒲松龄研究集刊》第三辑，齐鲁书社1982年版。

[2] 李令福《清代山东省粮食亩产研究》,《中国历史地理论丛》1993年第2期。

[3]《聊斋诗集》,《斗室落成，从儿辈颜之面壁居》，第567页。

[4] 翁文灏《中国人口分布与土地利用》,《独立评论》第1卷第3号，1932年6月。

[5]《聊斋诗集》,《寄弟》第674页。

[6] R.H. 托尼《中国的土地与劳动力》，波士顿，1966，第77页。

饭，旱涝虫灾，各种自然灾害都可能危及其生存。换而言之，乡村社会普遍的饥荒阴影和粗粝的食物构成了《聊斋志异》的物质背景。翻开历史，从上古到近代，中原都称得上是“饥荒的国度”，各种灾害的记载史不绝书。据历史学家考证，清初整个北方算得上地广人稀，土地贫瘠，亩产只及南方的十分之一，农民普遍以粗粝糠菜糊口果腹。基本没有抵御天灾的能力，稍有水旱，立即引发饥荒和流亡。蒲松龄生活的山东乡村，刚刚经历过明清易代的动荡，生态和人口都遭到破坏，荒榛草莽，农业属于粗放经营，田产菲薄，粮食短缺：“各道秋成恪，亩田无斗黍”（《敛毕》）。

之所以说这是物质背景而不是物质基础，是因为物质基础是一个哲学词汇，特别地相对于精神文明而言，而背景一词含义则更为宽泛和形而下一些。蒲松龄一边构建着书生与妖女的唯美幻境，一面紧张着现实中的天灾人祸。他的“朝食煮麦粥，晚食炊饼汤，怜此藜藿士，腹中无异粮”“枵腹待秋成”“谷苗已焦卷”（《忧荒》），“身瘦犹存骨，家贫仅立锥”（《王长人园中宴集，因怀如水》），“瓮米将空”（《东归》），“苦贫家易弃”（《西成》），“谁谓今年丰，淫雨伤我谷”以及《日中饭》中眼见瓮中儋石无多，子女争食麦粥的心酸，这些是弥散在“聊斋”艺术世界和其读者中的现实底色。那些穷困的书生和有艳福的农人，其实是一无所有，没有什么可以拿出来的，所以他们就说草丛、坟墓、荒斋里有精灵，有艳遇。这和唐宋士人所写的传奇是不同的，他们在山程水驿、陌生的世界里探险，或者把熟悉的教坊曲陌生化为仙鬼世界，如《游仙窟》《周秦行纪》一类故事，和《聊斋志异》的贫瘠背景是不一样的。

以上的论述与梳理试图突出蒲松龄的个人特性和乡土气质，这对我们重新认识“聊斋”世界的构成或许有些许启发。因为蒲松龄的科举困境、塾师生活对“聊斋”故事的影响研究已较充分，故我们只从以下两点来谈。

一、蒲松龄的饮酒与其创作

《聊斋志异》的五百余篇小说中，涉及饮酒的情节和人物的有一百八十篇左右，对这些作品我们除了梳爬他的文献或者故事渊源之外，是否应从蒲松龄本人的偏好入手，庶几能得其本心。如《酒虫》一篇，写刘氏嗜酒，每独酌则尽一瓮，“负郭田三百亩，辄半种黍，而家豪富，不以饮为累也”。有番僧说他腹中有酒虫，为之取出，此虫是酒之精，“瓮中贮水，入虫搅之，即成佳酿”。番僧乞虫而去，“刘自是恶酒如仇。体渐瘦，家亦日贫，后饮食至不能给”。研究者为这个故事找到唐宋乃至印度佛经中的渊源，如《五卷书》、唐代《宣室志》的陆颙腹生消面虫、《朝野佥载》崔爽腹中生嗜吃鱼脍的怪物等，认为小说“就是以‘胡人识宝’母题的构思框架营构的。而其中，又交织着‘宝失家败’母题的神秘意蕴”[1]。但是当我们把蒲松龄的个人喜好和身份背景考虑进来时，这个故事的个人与阶层意识也就很明显了。在篇末异史氏的评论中，可以看出蒲松龄的用意：“日尽一石，无损其富；不饮一斗，适以益贫：岂饮啄固有数乎？或言：‘虫是刘之福，非刘之病，僧愚之以成其术’然欤否？”

联系上文蒲松龄屡屡在诗中嘱咐儿子种黍，“肥地无多犹种黍”“徒将种秫问罗端”的话，可知在口粮短缺的家庭里，饮酒是一项影响家人生活的沉重负担，而蒲松龄用小说中饮啄前定的话为自己的嗜酒解嘲和辩解，是一种颇有游戏色彩的创作态度。至于番僧取走酒虫，刘氏家贫的情节，更是典型的乡土价值观念体现。在乡村，机会只限于有限的、平面的土地，“大家在极低的生活程度上过日子，向有限的资源竞争，别人的得益常是自己的损失”[2]，蒲松龄生活的物质背景使得这个故事呈现出不同于五卷书，不同于唐宋小说的样貌。

其他的饮酒题材也大多具有蒲松龄嗜饮的印记和个人情趣。《酒友》中

---

[1] 王立、刘卫英《〈聊斋志异·酒虫〉文本渊源及其神秘信仰》，《〈聊斋志异〉中印文学溯源研究》，昆仑出版社2011年版。

[2] 费孝通《男女之间》，《费孝通游记——初访美国　访美掠影　重访英伦》，东方出版社2007年版，第109页。

“癖于麹蘖”车生，结识了好饮酒的狐狸精，狐狸能预知旱涝，耕种无往不利，“多种麦则麦收，多种黍则黍收，一切种植之早晚，皆取决于狐”。这是多么契合蒲松龄身份与爱好的小农理想啊。《八大王》写书生遇到醉酒歪缠的鳖精，撒酒疯的鳖精认出书生是救命恩人，就收起醉态，自承“酒徒之不德，故犯者十之九”，书生得鳖宝，娶公主的情节是“聊斋”故事固有的模式，并无多少新意，蒲松龄作这篇小说的重点，如篇末异史氏所说是论酒德的，所谓：“醒则犹人，而醉则犹鳖”，更有“醒不如人，而醉不如鳖”者的议论，篇后还附上长篇“酒人赋”，这些都显示了这类“聊斋”小说题材和主题的个人化色彩。再如《王六郎》《陆判》写酒友的情谊，《酒狂》写一个酗酒无德的缪生，被捉到阎王那里依然至死不悟，终因使酒骂座而亡。有无名氏点评这一篇小说是“戒酒文也”，《沂水秀才》也把“醉人歪缠”列为不可耐事，但从蒲松龄嗜酒的爱好看，他似乎只是讨厌酒友中的“颠酒贼”而已。

总之，在了解了蒲松龄喜欢饮酒的个人喜好之后，我们能在更大程度上感受到蒲松龄这类小说题材与主题的私人性质，而这类个性化的内容与表达方式在以前的文言小说中是很罕见的。

二、《聊斋志异》对女性的功利要求

在发生灾害的两年，蒲松龄写过两篇表彰女性的诗：《袁太君苦节诗》和《王烈妇》，从内容看似是应酬文字，值得注意的是《袁太君苦节诗》，他特别从袁氏依靠劬劳十指，终夜纺绩，养儿抚姑周济邻人的才干这个角度予以表彰，这启发我们从一个新的角度解读《聊斋志异》的女性形象。从我们试图还原的蒲松龄生活的物质背景看，那种“旱涝蝗蝻，三载为灾”的饥荒穷困的现实，使所有人都在很低的生活水平上勉强挣扎，女性的才能和勤劳决定着一家人的生计，是格外珍贵的品质。

《聊斋志异》中的女性形象是小说最大的亮点，研究者将之与《红楼梦》中的女性形象类比。其实在所有小说中，《聊斋志异》对女性才干、功用的强调是最突出的，这个拔高一点说是尊崇女性，提高女性地位；而作者本意则是对女性能力的推崇。这是和贫乏的物质与精神背景直接关联的。

首先，“聊斋”女性最突出的特点是美，身材轻小，细美幽约，达到超现实的程度。像青凤，因为是狐狸，所以“弱态生娇”，可以“提抱以归”；红玉“袅娜如随风欲去”；伍秋月是鬼复活为人，所以“骨软足弱，十步之外，须人而行，不则随风摇曳，屡欲倾侧，见者以为身有此病，转更增媚”；云萝公主身为仙人，“服色容光，映照四堵”，身体的轻盈如婴儿，连衣服的重量也不堪忍受，恐“压骨成劳”。这些女性样貌的描写极大地满足了男性的性别想象。对那些性与口腹同样饥饿的人来说，美貌与轻盈当然是最有用的性魅惑。

其次，性魅力之外，“聊斋”女性还能满足男性高雅的精神需求。云萝公主可以终日以棋枰、酒具为活，是因为别人为她承担着炊爨纺织的生计；孔生娶了美貌的松娘之后，还需要娇娜这样可以棋酒谈宴的“腻友”；还有连琐、白秋练式的酷嗜吟诗的鬼与妖，如陈寅恪先生所说，这些技能在北方的乡村女子中确实不可求思，聊斋先生只好托往冥想。但这终究还是女子“用”的一种，而且如果仅有精神生活，不会做家，还是不能令人满意的。如《陈云栖》中真生得美貌的陈云栖为妻，陈“弹琴好弈，不知理家人生业”，真生的母亲抱怨“画中人不能作家，亦复何为”。真生又娶了善于理家的盛云眠。真母有一个媳妇经理井井，一个媳妇陪着下棋喝茶，才算得上两全其美。

再次，描写女子的经济才能的，如《小二》《黄英》《阿纤》等等，已为大家所熟知。《诗经·氓》有言：“燕尔新婚，以我御穷”，无力谋生家人是如此迫切地仰仗着女性的经济之才。像阿纤（《阿纤》）是老鼠精，“窈窕秀弱，风致嫣然”可为佳偶之外，人类得其为妻，来则富饶，去乃虚耗。阿纤不但“昼夜绩织无停晷”，且善聚集粮食，不数年，仓廪盈满，家大富。这个故事更接近农家想象的本色。

其四，《聊斋志异》中的女性形象突破了世俗社会的道德伦理的地方，往往也是出于物质现实的制约，不得已的变通之举。如所谓“以性行侠”的问题。《侠女》中的侠女用女性的身体为乏嗣的书生诞育后嗣。《霍女》中的霍氏以其绝美的姿色，诱惑富翁为她破家：“妾平生于吝者则破之，于邪者则诳之”，对穷苦书生则“躬操家苦”，劬劳家务而安于粗粝，又代谋婚姻子嗣，救苦拯溺唯恐不尽。这些在正统道德伦理看来大逆不道的地方，往往是民间小传统，或者生存伦理的体现。

最后，令蒲松龄深恶痛绝的悍妇，如果能让浪子回头，也不失为砒霜类的毒药，自有用处。《云萝公主》中的侯氏以弓刀对付败家的丈夫，自己“持筹握算，日致丰盈”，丈夫仰成而已。异史氏评曰：“悍妻妒妇，遭之者如疽附于骨，死而后已，岂不毒哉！然砒、附，天下之至毒也，苟得其用，瞑眩大瘳，非参、苓所能及矣。”《江城》中的悍妇一旦回头，即勤俭善居积，“三年，翁媪不问家计，而富称巨万矣”。

另外，1703 至 1704 年间的灾荒，影响了蒲松龄的写作。他晚年的大部分精力都投入到更为通俗的写作中。如通俗俚曲《磨难曲》第一回的“耍孩儿”中“不下雨正一年，旱下去二尺干，一粒麦子何曾见！六月才把谷来种，蚂蚱吃了地平川，好似斑鸠跌了蛋。老婆孩子一齐挨饿，瞪着眼乱叫皇天。”正是这类灾荒的表现。1704 甲申岁正月，蒲松龄编辑完成了《日用俗字》；为庄农家常日用所需的农业和养蚕知识，写了《庄农章第二》和《养蚕章第三》；1705 年写了《农桑经》。儿子蒲箬说蒲松龄由写《聊斋志异》转向作俚曲、写《日用俗字》，是因为“学士大夫之针砭”“不如晨钟暮鼓，可参破村庸之谜，而大醒市媪之梦”[1]。我们可以说只有士大夫的古典学养成就不了现在的《聊斋志异》，蒲松龄的坦率和个性来自朴野的民间生活与苦难，这是蒲松龄的灾荒书写给我们的启示。

[1] 蒲箬《清故显考岁进士、候选儒学训导柳泉公行述》，《蒲松龄集》，上海古籍出版社 1986 年版，第 1818 页。

第四章 《聊斋志异》：诗性的温情与偏狭

小说发展至清代，出现了一批有文人化倾向的作品，如《聊斋志异》《林兰香》《儒林外史》《红楼梦》等。这类作品和才子佳人类“诗文小说”不同，虽不以“诗笔”见长，却有丰富的诗性内涵。目前对这类文人化倾向小说的研究存在的误区，主要是未能界定诗性与“诗笔”的界限，对小说诗性的理解偏重文体特征和艺术手段，而非诗歌的抒情性、主观性等特质对小说面貌的改变。之所以产生这样的偏颇，主要是宋代以来，“诗笔”一词就有专指诗词韵语的趋势，又因陈寅恪先生“诗笔即谓诗之笔法，指韵文而言”[1]一说的影响，故研究者对小说诗性的理解多从小说与诗歌的相互关系入手，将诗歌作为小说叙事结构的一个组成部分研究其作用与价值。[2]

这样看待小说的诗性，会对作家的个人意识和独特性认识不足，更很少涉及作家个人的感觉、经验与表达方式等方面，因而难以深入到作者个人的精神气质以及表达的个性等文学的内在研究上。基于此，我们以《聊斋志异》的诗性问题为线索，从蒲松龄个人独特的感知和表述方式上，探讨清代文人小说的兴起给小说世界带来的新质。如古人所说：“深于诗，多于情者也”[3]，所谓小说诗性的研究，应该从作者丰沛的感性情绪对小说叙事理

---

[1] 陈寅恪《元白诗笺证稿》，生活·读书·新知三联书店2001年版，第5页。

[2] 参见崔际银《诗与唐人小说》，天津古籍出版社2004年版；邱昌员《诗与唐代文言小说研究》，中国社会科学出版社2008年版；骆冬青《论〈聊斋志异〉的诗性叙事》，《明清小说研究》2007年第4期等。

[3] 陈鸿《长恨歌传》。

性的浸染和干预入手，审视文人创作的主观意识与抒情特质对小说世界的影响。

我们认为，蒲松龄的敏感和主观性造就了“聊斋”艺术世界一方面温情泛滥，一方面激愤酷烈的特殊面貌。希望以此引起研究者对文人化小说诗性特征的重视与探讨。

一、小说的诗性与“诗笔”

在古代小说研究中，“诗性”和“诗笔”的混淆是较突出的现象。受古人“诗笔”说的限制，今人对小说诗性的认知，不免有表面化、以偏概全的嫌疑。宋人赵彦卫在《云麓漫钞》中说唐人通过写小说以见其“史材”“诗笔”“议论”的话，成为古代小说存在诗性的成说。“诗笔”一词，可以理解为“诗”与“笔”，就是诗歌和散文，是指文学的才华；也可以直接看成是“诗歌”，就如明清小说和现代的研究者所理解的那样。陆游《老学庵笔记》和赵翼的《陔余丛考》对此有过考论。赵翼引《文心雕龙》，认为六朝人以韵语为文，散行为笔，“诗笔”即诗歌与无韵的散行文字[1]。学者的考据固然言之有据，但在唐宋以来的实际使用中，“诗笔”大多还是作为诗歌来理解的，否则也没有语源辨析的必要。古代小说无论是文言还是白话，几乎都夹含着诗词、骈文和韵语，这也造成了不少研究者将小说的“诗笔”，理解为中国小说之独特诗性的片面认识。概而言之，研究者通常把小说的诗性特质看作文体特征和艺术手法两个方面。即古代小说的诗性包括了形式层面的诗词歌赋、骈文等文体，也包括了意境、题材和抒情性等诗

[1] 赵翼《陔余丛考》卷二十二“诗笔”，河北人民出版社 1990 年版，第 347 页。

歌的艺术手法。相应的研究方法：一是从形式、内容上分析诗词曲赋等在小说中的比重与构成；二是从诗歌艺术手法的运用、意境创造上分析诗性。研究对象主要集中在唐传奇、《红楼梦》和《聊斋志异》等文人特征明显的小说，对宋元话本、《三国演义》《水浒传》等成于众手的小说则着重其引用诗歌的研究。至于明代中篇传奇和才子佳人等“诗文小说”，反而很少受到人们的关注。

如清人章学诚所说，自小说真正的发源——唐人传奇开始，就蕴含着诗性的因子。唐人小说“其始不过淫思古意，辞客寄怀，犹诗家之乐府古艳诸篇也”[1]。抒情性是文人小说的先天基因。

小说诗性的内涵要比“诗笔”深广。不但如研究者所指出的，诗性是“指作品规定情境的诗意化，在作品中创造情绪和意境”[2]；或者更宽泛地把“诗笔”看作是小说所具有的诗意和诗的神韵等[3]，更为重要的是作家个人意识和艺术观照角度对小说世界的影响。

古今中外有大量的不含“诗笔”却有丰富诗性的小说的存在，而那些被称为“诗文小说”的作品本身往往却没有多少诗性。所谓小说的诗性，应该同诗歌的内质相去不远。诗歌是一种阐述心灵的文学，如严羽《沧浪诗话》所谓“诗者，吟咏性情也”，则抒情言志是诗歌的根本功用。小说的诗性，应当是作家个人内在的重要性超过了对外部世界的客观摹写，使小说呈现出强烈的主观性倾向。这种感性代替理性，应然代替本然的叙事方式，在明清文人小说中表现得尤为突出。文人将诗词等抒情文体中，对内心生活和精神感受的个人表达移挪进叙事文体当中，就像他们把戏曲变成了一种抒写心曲

[1] 章学诚，叶瑛校注《文史通义校注》，中华书局 1985 年版，第 560 页。

[2] 李剑国《唐五代志怪传奇叙录》，南开大学出版社 1993 年版，第 83 页。

[3] 石昌渝《中国小说源流论》，生活·读书·新知三联书店 1994 年版，第 160 页。

的抒情文体一样[1]。小说在明代中后叶以来取得的成就与影响，吸引文人竞相展开各种创作试验，如董说《西游补》的魔幻、李渔“无声戏”说的“以戏论文”[2]，再到蒲松龄、吴敬梓和曹雪芹以各自的内心生活和个人经历写成的小说。共同特点是作者主观性和抒情性，改变了小说世界的建构方式，使文人小说具备了诗性的质素。主要表现有二：

一、抒情性决定了小说人物的定位与相互间的交往模式，构成了小说意蕴与主题的更根本性的东西。比如说《红楼梦》，它有多重的悲剧主题，最核心的悲剧是诗性的。曹雪芹用诗性伦理创造了一个青春的乌托邦——大观园。在那里，青春、美貌和情感是最高的伦理准则，少男少女害怕长大，害怕散失到肮脏的成人世界。青春就是诗歌，但青春战胜不了时间。娇嫩的“千红万艳”总归要变成已婚仆妇那般的“死鱼眼”，污淖中开出的芰荷注定败落在污淖中。这种宿命的、根本性的悲剧才是诗性的，是能让每个情感细腻的人惊心动魄的悲剧。这一重悲剧的本质是“无事的悲剧”——每个个体都是大化中渺小的暂寄者，只有意识到自我独特性的人，才能被这重悲剧所震撼。若没有曹雪芹建构大观园，将个人内在的重要性完美地抒发出来，《红楼梦》就只剩下封建大家庭里的掉包计、“四大家族”和“东风压倒西风”——这些外在世界的平面的悲剧了。由此可知，《红楼梦》的诗性特质是曹雪芹以丰沛的感知，将脆弱渺小的人类与冥漠无声的悠悠造化之间不成比例的对峙写了出来，因而形成了诗性的、茫无涯际的悲剧感。《聊斋志异》的诗性也是如此。这种对个人情感与价值独特性的珍视所形成的诗性，才是生在小说芯子里的诗性。小说中那些吟诗作赋的场景和高雅的诗篇只是诗性外在的纹理和光泽而已。

---

[1] 明末清初文人用杂剧抒写内心情感，出现了一批被称为“写心杂剧”“抒情杂剧”的文人剧。

[2] 王昕《从拟话本编创方式论李渔“无声戏”说的价值和意义》，《文艺研究》2010年第7期。

二、个人特点的显现。每部小说都留有作者独特的生活与视角、个人的忧愤与抒发方式，这是此前的小说所罕见的。我们拟以这种作家个人化和抒情性所产生的诗性为线索，探讨蒲松龄建构其小说世界的方式。之所以选择《聊斋志异》，首先是因为它具有鲜明的抒情性，即蒲松龄所说的“孤愤”，它是蒲松龄个人的整体意识而不仅仅是文体手段，我们应对这种诗性特质进行思维分析而不只是文学的评论；其次是《聊斋志异》在清代小说中有一个很有针对性的参照系——纪昀的《阅微草堂笔记》。纪昀因为对《聊斋志异》的文学性和诗性怀有不满，立意以平和理性的“著书者之笔”，写就了一部引用诗歌众多，满是“诗笔”[1]却缺少诗性的笔记小说集。我们可以从同样的狐鬼内容里，更清晰地体察感受诗笔与诗性的本质区别。

蒲松龄的《聊斋自志》从“披萝带荔，三闾氏感而为骚；牛鬼蛇神，长爪郎吟而成癖”落笔，将屈原和李贺两位著名的浪漫诗人作为标举和取法对象，声称“遄飞逸兴，狂固难辞；永讬旷怀，痴且不讳”，不避痴狂的主观性是以往小说难以看到的，这些都表现在《聊斋志异》的主题、人物、叙事手法之中，就不是“诗笔”所能概括的。

《聊斋志异》的诗性主要表现在三个方面：一是小说中强烈的个人生活印记及其独特的经验模式。蒲松龄生活的经历、情感等各个方面在小说中都有体现，这是我们从此前那些身世模糊的小说家那里很难感受到的；二是作者的情绪好恶主宰了小说情节、人物命运和主题；三是抒情性，人物、故事、主题是表达蒲松龄意欲与思考的工具。这样的诗性小说，本身就有两面性：一方面对人物温情脉脉的眷顾与关照，无论是命运的青睐还是美女投怀，都是作者表达应然的工具。那些美得不可方物，善良到没有自我的花妖狐魅，是现实中并不存在的，即陈寅恪先生指的：“聊托灵怪以写其理想中之女性”。这些理想中之女性又是作为抒情的工具、命运的奖赏出现的；另

[1] 据我们粗略统计《阅微草堂笔记》引用诗歌 212 首，词 1 首。

一方面则因对人物无节制的眷顾与照拂，让温情泛滥成了某种偏狭的情绪，产生了同样不加抑制的冷酷粗暴，如在对贪官、教官以及势利的外家亲戚等主人公对立面的人物而言。愤激仇恨的情绪缺乏节制，不惜用加倍写法，将诛伐之笔延伸到冥间与来世。蒲松龄强烈的干预意识，还通过篇末的“异史氏曰”，模仿史家口吻做出权威评判来宣泄个人情绪。《冤狱》中异史氏的议论比故事还长，冯远村评曰：“此书所以历久不废者，以间存此等议论撑持于中故也”。这类得到民间响应的偏狭诗情，是专制社会里历久弥新的底层义愤，具有长久的生命力。

二、《聊斋志异》与蒲松龄的个人生活

小说家对其艺术世界的创造与介入，有深浅显隐的不同层面，在个人生平与社会关系的初步的实证主义研究之后，创作者的个人气质、偏好和精神人格等内在而独特方面的影响，应该给予特别的关注。

作者的经历通常是研究者解读小说的主要路径。从明清的各种小说考证、索隐，到胡适实证主义的新红学都是如此。胡适从《红楼梦》中曹雪芹的身影来论证小说的主题和现实主义的写法，得出《红楼梦》是曹雪芹的自叙传，并且《红楼梦》的主题就是“老老实实地描写这一个‘坐吃山空’‘树倒猢狲散’的自然趋势”的结论。[1]他的最主要证据就是曹雪芹的经历和他家族的历史，这种方法开启了“新红学”的历史，也成为现代小说研究的开端。

在古代小说家中，蒲松龄是为今人了解最详细深入的一位作家。经过几

[1] 胡适《〈红楼梦〉考证》，《胡适学术文集·中国文学史》，中华书局 1998 年版，第 795 页。

代研究者的努力，我们收集到了他的绝大部分作品，知道他在人生各个时期的大致行迹、交游、经历和情感生活。[1]经过路大荒、赵蔚芝等先生的整理，我们在蒲松龄的编年诗集中也能够较为清晰地感知他的人生与心理演化的路径，这在古代小说家中实属难得。按照传统的"知人论世"的思路，我们对蒲松龄的家世、婚姻、科举、游历、工作等方面的了解越多，便越能理解蒲松龄在《聊斋志异》中的情感态度。研究者也正是从这一线索阐释《聊斋志异》的人物与主题的。

这里有一个研究方式的转换和深入的问题。我们不能仅仅停留在实证主义和历史主义的研究方法与成果之上，还需要更为深细的个人化的特点研究。一个作家的独特性在于他的自我意识和他感知世界的方式，明清那么多怀才不遇的小说家，为什么蒲松龄会用假托神怪花妖书的方式写作？这个问题隐曲深微，难以仅凭其外在的经历骤下判断。小说批评的本质应该是对作家思想行为的模仿性重复，借此"重新发现作家的感觉和思维的方式，看一看这种方式如何产生，如何形成，碰到何种障碍；就是重新发现一个人从自我意识开始组织起来的生命所具有的意义"[2]。这就不能只就作者生平遭际这些外在的东西来讲，而要深入到他内在的生命以及个人的精神历程中寻求同情的理解。我们知道蒲松龄的遭际在明清时代的下层文人中是具有普遍性的，但《聊斋志异》却是独一无二的，拿着普遍性的东西来阐释独特细腻的文学世界，多半会似是而非、盲点众多。

清人余集在《聊斋志异序》里提到："同在光天化日之中，而胡乃沉冥抑塞，托志幽遐，至于此极！余盖卒读之而悄然有以悲先生之志矣。"这个问题触及了蒲松龄感知和表现世界的独特性。"小说是个人对生活的直接印象"，

[1] 参见路大荒《蒲松龄集》，《蒲松龄年谱》，上海古籍出版社 1986 年版；袁世硕《蒲松龄事迹著述新考》，齐鲁书社 1988 年版，袁世硕、徐中伟《蒲松龄传》等。

[2] 乔治·布莱著，郭宏安译《批评意识》，广西师范大学出版社 2002 年版，第 5 页。

也是作者表现的内心“最强烈的感受”[1]。从蒲松龄个人生活在小说中的表现这个角度，我们可以更切近地观察他对现实的感受和印象，为什么是“抑塞”与“幽遐”的？他所写下的五百余篇小说是由怎样的不同面貌和方式呈现了自我？

（一）蒲松龄的科举不第、坐馆生涯和他的婚姻情感等经历对《聊斋志异》的影响，受到研究者的普遍重视。在科举方面，几乎所有的专著和文章都提到蒲松龄个人的失败对小说人物与主题的影响。《聊斋志异》中有近三十篇关于科举的小说，尤以失意举子的故事最为打动人心，这是蒲松龄遭际使然。蒲松龄从十九岁应童子试，“以县、府、道三第一，补博士弟子员”，之后的近五十年时间的焦虑与败绩充塞身心，“三年复三年，所望尽虚悬”，这种煎熬是那个时代绝大多数举子的宿命，蒲松龄从个人的视角和亲身感受的角度揭示出来，因为这个角度的狭窄与单一，也成就了这些小说。如《贾奉雉》《考弊司》《叶生》《司文郎》《王子安》等，这些小说的共同特点是透过人物深切的痛楚，所传达出的情绪化和极端化的个人感受。

判断蒲松龄科举题材的偏激和情绪化，可以从今人对科举制度的认识与评价入手。当我们全盘、彻底地否定科举制度时，蒲松龄对科举不公的诅咒、怒骂和揶揄，当然是有政治正确性的，研究者甚至为蒲松龄只是想改良而非摧毁科举制度而感到遗憾[2]。但随着近年来对科举制度的研究，人们可以用更为客观的态度看待科举的相对公平性。梁启超曾说：“科举非恶制，所恶乎畴昔之科举，徒以其所试不足致用耳……此法实我先民千年前之一大发明也。”[3]当代学者则将科举看作体现古代“选举社会”“平等精神”的一种进步的制度[4]，更进一步的研究则显示了科举制度在社会上下层之间流

[1] 詹姆斯《小说的艺术》，申丹《英美小说叙事理论研究》，第113页。
[2] 胡渐逵《〈聊斋志异〉对科举制的批判及其局限》，《益阳师专学报》1994年第1期。
[3] 梁启超《官制与官场》，《饮冰室合集》文集二十三，中华书局1989年版。
[4] 参见何怀宏《选举社会》，北京大学出版社2011年版。

动孔道的作用，科举制度虽存在不足，但大体看来是完善、严密和难以取代的[1]，就是今天的高考和公务员考试制度似乎也没能比科举制更加公平。其实，蒲松龄屡试不第的主要原因，更可能是小说家的气质与科举选才的标准相悖造成的。蒲松龄有一种逞才求异的创造性思维，身为作家，这种气质是弥足珍贵的，而科举考试的取材标准则是因循的、求同性的思维，两者的悖逆决定了蒲松龄的个人悲剧[2]。站在后人或旁观者的相对客观的角度，我们可以在《聊斋志异》的科举题材中看到更多属于蒲松龄个人特点，以及其情感认知方式的偏狭和情绪化造就的深刻。

《聊斋志异》女性形象的研究，也多从蒲松龄的个人经历寻求线索。研究者认为，《聊斋志异》的女性最突出者有三种类型：悍妇、贤妻和精灵般的美慧女子。胡适最早用实证的方法从蒲松龄身边女性探讨《聊斋志异》悍妒妇人的来源。他认为："大概蒲松龄早年在自己家庭里已经看饱了他家大嫂的悍样，已受够了她的恶气；后来又见了他的同社朋友王鹿瞻的夫人的奇悍情形，实在忍不住了，所以他发愤要替这几位奇悍的太太和被她们压得不成人样的几个丈夫留下一点文学记录。"[3]这种研究方式非常依赖作家生平的考证与推进。依着实证主义的思路，作家的经历和生平都会在作品中留下痕迹，蒲松龄生活在教育水平非常落后的山东农村，其笔下那些酷爱吟咏的高雅女性势必也要有个原型，因而蒲松龄生活中的"吟诗友"——顾青霞的发现，为相对沉寂的"聊斋"女性研究带来生机。顾青霞歌妓出身，是孙蕙在江南为官时所娶的小妾，当时蒲松龄是孙蕙的幕僚，故而和她比较熟悉。这位年轻貌美，擅歌舞绘画，喜吟工诗[4]的女子，是禀有几分江南名姝的"妍

[1] 吴建华《科举制下进士的社会结构和社会流动》，《苏州大学学报》1994 年第 1 期。

[2] 王志民《蒲松龄屡试不第原因新探》，《蒲松龄研究》第一辑，1986 年版。

[3] 胡适《〈醒世姻缘传〉考证》，《胡适学术文集·中国文学史》，中华书局 1998 年版，第 1177 页。

[4] 参见袁世硕《南游行迹与顾青霞》，《蒲松龄事迹著述新考》，齐鲁书社 1988 年版。

质清言，风流放诞”之气的真实之人，“不待寓意游戏之文，于梦寐中以求之也”[1]。这位精灵般文秀的女子，为《娇娜》《连琐》《白秋练》诸篇中那些性耽吟咏、爱诗成魔的女子提供了生活的原型。小说中那些善于理家却沉默平凡的女子，则明显可以看出蒲松龄那位“默若痴”的妻子刘氏的影子。

在《叶生》《狐梦》《爱奴》等篇目中，那些疏狂寂寞却得到主人家的友情与厚待的塾师，则可以看到蒲松龄坐馆生涯的内心欲求。

这类从作者生平经历和小说内容互相搜剔验证的思路，基本占据了蒲松龄与《聊斋志异》研究的主流。作者是小说世界的造物主，作者的影子自然无处不在，研究也就可以无限细化、延伸下去。

（二）蒲松龄的身体状况、个人喜恶和经济身份对《聊斋志异》的影响。

蒲松龄身体的孱弱和敏感丰沛的感知能力，为《聊斋志异》的鬼神荒怪题材提供了一重感官的真实性，他的乐于营造萧索凄凉氛围有其个人性根源。蒲松龄中年多病，几乎有性命之忧[2]，所谓“病骨支离”“叹躯中痛痒，隔袜常扪”[3]“七尺匡床支瘦骨”[4]“骨瘦心弥瘁，想痴梦亦愚”[5]“忽然四十岁，人间半世人。贫因荒益累，愁与病相循”[6]“沈约何时非病里，少陵常是在愁中”[7]，这种愁病交关的时期正是《聊斋志异》创作的高峰期，我们可以从那些疼痛、憔悴、病骨等语汇出现的频密程度上，感知其身体和精神的状况。这些和《聊斋志异》对死亡题材的处理以及对荒斋、坟墓等阴郁氛围的偏爱有着直接关联。

---

[1] 陈寅恪《柳如是别传》，生活·读书·新知三联书店2001年版，第75页

[2] 参见蒲松龄这一时期创作的诗词，如《念奴娇 新秋月夜，病中感赋，呈袁宣四孝廉》，《满庭芳 中元病足不能归》等组词。

[3]《满庭芳 中元病足不能归》，第721页。

[4]《贺新凉》，第723页。

[5]《病中》，第516页。

[6] 蒲松龄《抱病》，《蒲松龄集》，第516页。

[7]《病足经秋不愈，毕振书时亦抱恙初起，赋以寄之》，第527页。

蒲松龄一生贫困，为糊口常年在外坐馆，这样的经济条件是没有猎艳的机会与资格的。在《聊斋词集》的开篇有十几首《贺新郎》《鹤冲天》《菩萨蛮》之类为朋友王敏入续弦“戏赠”、为雇主孙蕙买姬“戏谏”之类，这些“着笔不避至艳至俗，恣意调侃、戏谑，全无拘束”[1]的词作，可以看到蒲松龄为人狂放不羁的一面。那些“浓脂腻粉，热香盈院”“相如笑捧芙蓉面”“上下挼莎欲遍”的文字，则表明蒲松龄擅长化旁观者的落寞为内在的自足，在文字中创造出活色生香的绮旎。生活中的蒲松龄给人的印象是性情朴厚的“恂恂然长者”，他似乎并不善于言表，“听其言讷讷如不出诸口”[2]，但放荡不羁的文字，却是他宣泄的途径。他是那种生活平淡无奇，却能将一切的欲望与疯狂施诸于想象世界的作家。因为是一个在两性交往上比较缺乏经验与自信的人，所以他喜欢幻想，喜欢以花妖狐魅自来撩人展开爱情故事。读者很少感受到男主人公精力充溢的激情和力量，倒是时时强调男性在与狐鬼交往中的身体损耗与补偿。如《荷花三娘子》《小谢》《连琐》等等。

蒲松龄的诗喜欢强调他本人狂放不羁的一面：

> 我性疏狂君磊落，相逢不觉肝胆倾；[3]
> 狂同昔日犹贪饮，兴减当年并废歌。

这首《寄刘孔集》是写给他三十岁在宝应知县孙惠幕中的同僚的，蒲松龄给他的诗中，常常追忆年轻时狂歌放饮的岁月，感叹知己难寻：“癖情惟我谅，狂态恃君知。”[4]“狂态招尤清夜悔，强颜干世素心违”[5]，这个“狂”

---

[1] 袁世硕《蒲松龄与丰泉乡王氏》,《蒲松龄事迹著述新考》，齐鲁书社1988年版，第99页。

[2] 张元《柳泉蒲先生墓表》,《蒲松龄集》，上海古籍出版社1986年版，第1814页。

[3]《寄王八垓》,《蒲松龄集》，第675页。

[4]《寄刘孔集》,《蒲松龄集》，第517页。

[5]《秋斋》,《蒲松龄集》，第503页。

和明清文人常说的“狂”，都具有不受世俗沾染的真实人性的意味。他不顾别人的讥笑、规劝，冒着狂痴之名写小说就是一个例证。他笔下的狂生、痴子，如杨于畏（《连琐》）、耿去病（《青凤》）、冯生（《辛十四娘》）、王子服（《婴宁》）、霍桓（《青娥》）等等，都有不顾世俗繁缛的礼节，天真冲动地表达欲望的特点，确乎有蒲松龄“至诚不欺，胸无城府”[1]的影子。

蒲松龄喜好饮酒，且终身未改，聊斋中就有很多酒徒饮酒得福的故事。如《王六郎》中渔夫因酒而结识为饮酒而死的酒鬼王六郎，结下友情，六郎为神后不忘照顾款待昔日酒友;《酒友》中的车生“癖于曲蘖，人以为痴”，以狐精为酒友之后，得到狐狸的帮助，拾金、掘藏种庄稼:“多种麦则麦收，多种黍则黍收，一切种植之早晚，皆取决于狐”，家遂富;《阎王》中的李生也因酒奠鬼神得到阎王的青睐。写饮中兴味的，如《秦生》中的嗜酒者为消酒瘾或者饮醋、或者拼掉性命地喝毒酒;《鬼令》中的展先生生前酒狂不持仪节，死后依然以饮酒行令为乐。《酒虫》一篇尤其值得注意。长山刘氏腹中生酒虫，体肥嗜饮，胡人识其腹中为酒虫，为之取出并乞虫而去。刘氏自此“恶酒如仇。体渐瘦，家亦日贫，后饮食至不能给”。这个故事渊源已久，唐人张读《宣室志》有陆颙腹生“消面虫”为胡人识得，胡人与陆颙靠此物入海径取宝物，富贵终老的故事。蒲松龄首先从一个嗜酒者的角度，分辩说饮酒不会成为家庭负担，所谓饮啄有定数:“日尽一石，无损其富；不饮一斗，适以益贫”。这和他在诗中要求儿子，分出家中不多的田地种黍酿酒的口气是一致的；其次，蒲松龄以乡村人的逻辑改写了小说“胡人识宝”的主题[2]。自唐代到明清，胡人识宝的故事在小说中很常见，从《太平广记》中的《青泥珠》《玉清三宝》《陆颙》等到白话小说如《拍案惊奇》中的《转运汉巧遇洞庭红》《王渔翁舍镜崇三宝》等，内容都是识宝的胡人与宝物主

［1］ 蒲箬《祭父文》，《蒲松龄集》，上海古籍出版社1986年版，第1822页。

［2］ 王立《〈聊斋志异·酒虫〉文本渊源及其神秘信仰》，《〈聊斋志异〉中印文学溯源研究》，昆仑出版社2011年版。

人做交易，双方各偿所愿、一起发财，而《酒虫》却是胡人要走了宝物，刘家从此败落。异史氏认为："虫是刘之福，非刘之病，僧愚之以成其术。"在农业社会中机会只限于平面的土地，稀少的机会和有限的资源，使农人产生类似的共识，即别人的得益常是自己的损失。蒲松龄从他的嗜酒爱好和农人逻辑对小说主题的改写，就是小说个人化立场的一种表现。

总之，蒲松龄在创作中的个人化视角与叙事立场，是《聊斋志异》小说诗性的主要根源。同时，作者时时流露的主观意识与抒情性，也削弱了叙事对故事的客观反映，给小说带来了温情的泛滥与情感的偏狭。

三、个人好恶支配的世界

蒲松龄沉浸在个人感觉和心灵世界中，予取予与，不受约束地倾泻自我的喜好和义愤。如李渔所说，文人在小说中发现了一个新世界："上天入地，作佛成仙，无一不随意到，较之南面百城，洵有过焉者矣"[1]。在虚幻的世界中，蒲松龄尽力施展其文学想象的自主性。他一会儿予人太厚，富贵、仙缘、艳遇，肉身享乐与神仙逍遥一起奉上，所有便宜事儿全盘堆砌在主人公身上；一会儿又愤怒莫名，想尽一切手段折磨报复他现实中的仇家对头——多半是衡文不公的帘官、贪财的官吏、势利的亲眷、嫉妒的妇人等等。蒲松龄没有纪昀、袁枚那种上层文人的权威意识和身份感，作为身居乡野的下层士人，他倚重的是"个性和主观直觉这种中介来写作，而不是倚重被普遍接受的观念和权威来写作"[2]。他从具体、个人化的角度写故事，更以情绪化

[1] 李渔《闲情偶寄　音律第三》，《李渔全集》第 11 卷，浙江古籍出版社 1992 年版，第 24 页。

[2] 爱德华·萨义德《东方学》，生活·读书·新知三联书店 2007 年版，第 16 页。

的方式表达他的欲望、偏好、愤怒和憎恨，避免了上层士人故作的矜持和貌似不偏倚的立场。他是他小说世界的温厚长者和乖戾的暴君，虚幻的题材助长了其主观愿望的纵横无忌。

从宏观层面上讲，蒲松龄的个人温情表现为万物有灵、天地神仙与人为善，是将人类情感扩展到神灵、动植物、地下枯骨这些缺乏人类的意识或者生命感知能力的事物身上。具体来说则是从儒家“亲亲”的伦常观念出发，把人和自然、人与历史、人与异域的关系处理成男女情爱之私的关系，表达一种人生的亲爱，人与鬼之间的如《聂小倩》《连琐》；人与动植物的如《黄英》《婴宁》《白秋练》等，人与异域的如《仙人岛》《夜叉》等。最温情流露的是对小人物尤其是穷书生命运的分外照拂、对人类欲望的满足与悲悯上。

一、诗性的温情表现在对小人物无所不至的拂煦眷顾上，小说以狂想的应然来替代现实的逻辑。《聊斋志异》中的主人公大都是书生、农人和小贩一类的普通人，既无过人的德行本领，也无出众的形貌，却可以凭空得到命运或佳人的眷顾，作者的温情尤其表现在拯救困溺，对弱小者无微不至地呵护上。《邢子仪》里，有漏网的白莲教党徒以妖术盗取女子，使妻朱氏乘木鸟接取，二女掉落在书生邢子仪家，书生得二女为妻，并得到了妖人埋藏的巨金。蒲松龄对这个故事的意义总结颇有意思：

> 异史氏曰：“白莲歼灭而杨独不死，又附益之，几疑恢恢者疏而且漏矣。孰知天留之，盖为邢也。不然，邢即否极而泰，亦恶能仓卒起楼阁、累巨金哉？不爱一色，而天报之以两。呜呼！造物无言，而意可知矣。”

凡人对造物的揣测，当然只能从利己的角度，则以万物为刍狗的无情天地，或许会唯独钟情于己。如此贫乏狭隘的逻辑，文人作者站在个人角度会习焉不察，视为理所当然。《聊斋志异》中类似的故事较多，如《乐仲》母子成佛、子嗣昌盛；《瑞云》中仙人点破瑞云的形象，无缘故地拯救于未曾有难之先；《仇大娘》天赐藏金、小人越妒其家越富旺之类。

众多的花妖狐魅眷顾穷困书生的故事，是小说施诸自我一类小知识分子最大的温情。1. 女性的眷顾满足了男性的自尊心和自我价值感。乡间寒士遭受着社会的鄙弃、亲友的白眼和内心自我怀疑的数重挤压，在同性、甚或人类中间都难以获得自尊心和价值感的支撑，而美貌风雅的虚幻女性全面满足和慰藉了那些卑微的存在。她们欣赏书生的才华，钦佩他们的苦读。莲香投奔桑生是因为"慕君高雅"，绿衣女赞赏于璟是因为"相公勤读"，织成与柳生结缘是由于"仰慕鸿才"，慕蟾宫执卷吟诗引得白秋练仰慕投怀等，更有女性因为爱恋书生而互相争宠如小谢和秋容（《小谢》）、莲香与李氏（《莲香》）、香玉和绛雪（《香玉》）等。2. 女性的美貌和财富给他们带来双重的满足。男女因知己而钟情的故事，如连城与乔生（《连城》）、《娇娜》中的孔生，结交狐友后，先后得识"娇波流慧，细柳生姿"的娇娜，以及美貌"与娇娜相伯仲"的松娘，"艳妻""腻友"，"观其容可以忘饥，听其声可以解颐""棋酒谈宴"，优游岁月，羡煞旁人；《红玉》中的鳏夫冯生得美女红玉青睐，自结欢好，被冯父拆散，红玉不但出金助冯生娶妻，又在其家毁人亡之际，归来为之勤苦操作，白手再造成素封之家；《嫦娥》中宗子美得嫦娥为妻，家暴富，嫦娥善肖古今美女形状，"长短肥瘦，随时变更；风情态度，对卷逼真"。宗生"喜曰：'吾得一美人，而千古之美人，皆在床闼矣！'"；仙人蕙芳嫁给卖面的小贩马二混，马家的茅庐霎时"翠栋雕梁，侔于宫殿""顿更旧业，门户一新"。这等好运，引得异史氏也不免在篇末发牢骚："马生其名混，其业亵，蕙芳奚取哉？于此见仙人之贵朴讷诚笃也。余尝谓友人曰：若我与尔，鬼狐且弃之类。所差不愧于仙人者，惟'混'耳。"主人公身份的下移，合乎蒲松龄的社会地位与生活环境。

二、曲尽周折地为凡人的弱点开脱，免除他们道德良心上的负疚感。因为另一方为神为狐，人类只需被动地享用异类的奉献与牺牲，无需承担良心的不安或负累。《霍女》中蒲松龄就把李甲式的负心汉写成了笃诚君子。黄生贫无谋生之计，只“因为人蕴藉潇洒，工于内媚”而得到冶荡女子霍女的青睐。在往岳父家乞食的途中，有巨商子注目霍女，霍女与黄生定计，以千金之价将自己卖与富商，黄生得金后，霍女巧计脱身，与之携金而去。这段发生在江船上的卖妻情节和《杜十娘怒沉百宝箱》如出一辙。不同者是黄生既得了霍女千金的卖身价，又脱开了薄幸的名声。概因霍女非“常人”，惯于用性魅惑劫富济贫。黄生只用“漫应之”“不得已”等被动姿态半推半就地就完成了李甲绝情负心、为万人唾骂的不义之举。霍女对黄生用情周至，小心翼翼地维护着他的心理感受，霍女的全家更为黄生能娶妻诞后，举家配合共同促成穷书生的姻缘。这种温煦的照拂是对人性的软弱、贪婪的宽容原宥。《小翠》《仙人岛》《红玉》《神女》等篇目的主人公都是受人大恩，结成夫妇，但无一例外地因子嗣和性中风流而别娶、纳妾，也都是靠仙人预为之谋，凡夫俗子们无须筹谋担当，只需如婴儿孺子般安享垂怜照拂。

三、神仙世界对人性贪婪欲望的包容与满足，则显示了世俗宗教温煦的人情味。《翩翩》中的罗子浮因为留恋狭邪之游，而“广疮溃臭，沾染床席”，被逐出后丐于市，败絮脓秽，市人见辄遥避。仙女翩翩却为之洗濯疮疡，生育儿女;《凤仙》中的刘赤水“性好修饰”“游荡自废”，却得美女凤仙为妻，在凤仙的督促下苦读中举，改变了命运;《宫梦弼》中的败家子柳和得到了仙人宫梦弼的帮助，瓦砾石头尽变白金，顿时改换门庭;《陈锡九》因为外出寻父，孝心感动上天，被赐黄金万斤等等。更有的小人物是莫名其妙地遭遇了好运和突然而来的神仙眷顾。《仙人岛》中的轻薄才子王勉，自诩才高，在人前出乖露丑，被仙女绿云点破，神情沮丧，在仙妻的教诲之下，再不敢犯“轻薄孽”，从此美妻仙宅，享受无穷;《菱角》中观音菩萨变为老媪，专为成全胡大成一家而来;《西湖主》中陈生分身享世俗、神仙两种人生，一身而两享其奉，娇妻美妾，贵子贤孙并兼长生不死;《成仙》中成为仙人的周生给家人邮来“爪甲”一枚，点物成金，子孙大富，等等。

这些小说中的遇仙遇狐故事，所有的圆满、富贵和如意都是作者借以表达对包括自身在内的小人物的悲悯与怜惜的手段。蒲松龄无节制地施与的温情，亦是抒情手段的一种，显出他对冷漠现实的抗议与不满，这种主观性又是情绪化的，畸重畸轻，全系于作者的个人处境与立场。

四、诗性对小说世界的影响

小说的抒情性意味着作者主观意志对小说世界干预的主动与频密。文人有着强烈的自我意识，在对待小说这类处于边缘地位的文体时，小说世界的自足性得不到重视。无论是创作还是评点，文人都把它视为一种自我造物，流露出强烈的主观意识。评点者可以随己意修订文本，如张竹坡所言“我自作我之《金瓶梅》，我何暇与人批《金瓶梅》也哉”。文人作者更将小说视为宣泄郁积、抒发自我的工具，一面是出于主观应然性的温情，另一面则是复仇的畅快、压抑的反弹。

蒲松龄表达的是个人化的“孤愤”，是站在乡间寒士的立场，倾诉他的不平与压抑。这一方面来自他的遭遇：科举失败、官吏盘剥欺压、人际关系的紧张等等；如亲戚间生存的竞争，蒲松龄的小说特别钟情于穷困汉一朝翻身，在势利者面前富贵骄人的场景，如《宫梦弼》《胡四娘》《姊妹易嫁》等等。另一面则是发自其内心的挫败感。一个人所能遭受到的最大和最多的痛苦，其实是产生于每个人胸中存在着的应当与愿望之间的，还有自我内心的“应然”与现实间的落差。故事和人物成为表达情绪与个人好恶的工具。

一、用故事表达义愤。在他的世界中，蒲松龄可以尽情地嘲弄、谩骂那些给他带来痛苦的社会与个人。《聊斋志异》那些受人称道的篇目，如《席方平》《考弊司》《梦狼》《向杲》正是通过“死而复死，生而复生”[1]的虚幻方式，让受屈者的义愤与道义力量得以施展出来。《梦狼》通篇寓言，白翁以的一梦，隐括出“窃叹天下之官虎而吏狼者，比比也”的社会观察与批判。《向杲》中向杲的灵魂化成猛虎为兄报仇，然后灵魂复归肉身，官府因为化虎杀人一说“诞而无据，置而不理”。何守奇评曰：“化人成虎，借杀为生，使非妙术如神，则大仇终于不报矣。固知不可无此狡狯。”[2]所谓“狡狯”也就是小说的手段和方法，因为这些抗争是在虚幻的、精神性的维度上进行的，所以更多地是一种主观宣泄与抒情。

站在个人立场上的宣泄，如果缺乏克制，就会使作品弥漫着情绪化的偏狭。《潍水狐》通篇写来，只为由老狐说出潍县邑令“前身为驴，今虽俨然民上”，老狐也羞与为伍的话。“异史氏”更在篇末拿驴子的丑陋和低等来警示“临民者，以驴为戒”，勿被狐类所不齿。《何仙》《神女》骂学署官僚贪赃渎职，阅卷者“前世全无根气，大半饿鬼道中游魂”，如此等等。《聊斋志异》有两篇《三生》都是用转世的说法骂人的。卷一的《三生》是骂乡绅的。刘孝廉因前世作缙绅，“行多玷”，被阎王惩罚，一世为马，受驱使挞楚；再世为犬，嗅人便液为香，常愤欲死；三世为蛇“囚于幽室，暗不见天”，因无罪而死，复为人，即现在的刘孝廉。犬马以及爬行在幽暗角落的蛇，都是骂人的话，将这几种动物和乡绅打并成一身，显然含有讽意，篇末“异史氏”站出来总结说：“毛角之俦，乃有王公大人在其中。所以然者，王公大人之内，原未必无毛角者在其中也”。王公大人体面的衣袍下，覆盖着的原是毛角之俦，也就是畜类蛇蝎的身心。

卷十的《三生》是骂帘官的。蒲松龄作为一个屡屡被黜的秀才，他体会到秀才对考官的仇恨，怨毒之深是“一被黜而三世不解”的。小说中湖南某

［1］《考弊司》。

［2］蒲松龄著，张友鹤辑校《聊斋志异》“会校会注会评本”，上海古籍出版社1986年版，第833页。

人做考官，黜落了才子兴于唐，兴于唐愤懑而卒，率领众冤魂逼阎王将某人破腹挖心；兴于唐又在接下来的两世中杀了某人两次，还不能消恨，直到第三世，两人为翁婿，兴于唐仍难解心中怨恨，往往“恃才辄侮翁”。

《饿鬼》从一个穷秀才立场骂索贿的教官是饿鬼转世，“无一道义交。惟袖中出青蚨，则作鸬鹚笑，不则睫毛一寸长，棱棱若不相识”。

《聊斋志异》里对势利亲眷的愤怒，就更见出个人立场的偏狭。被他诅咒并剥夺了人性尊严的，往往是媳妇、岳父一类的外姓人，他的立场是以宗法家族的亲疏关系为转移的。《三生》里的兴于唐“恃才辄侮翁”，也就是欺负、侮辱岳父，岳父不但忍耐了他的无礼，还为了他的前途百计营谋。《宫梦弼》《陈锡九》《长亭》《凤仙》里因贫穷而求婚受辱的书生等，都有一个富贵骄人、将岳父母斥骂为“畜类”的复仇场景。另有《姊妹易嫁》《胡四娘》《镜听》是以女性为主人公，写那些被踩在脚下的人物，一朝翻身，得以用恩怨分明、大度包荒的姿态形他人之卑下。蒲松龄尤擅长发挥这些场面，所谓“志异”正是这些炎凉人情的反转，发迹变泰、扬眉吐气之“异”，最是可志、可喜。在《镜听》中“异史氏曰：贫穷则父母不子，有以哉！庭帏之中，固非愤激之地”“投杖而起，真千古之快事也”。亲友关系间，发生于庭帏之中的愤激，可以更清楚地体察聊斋世界的主观化和抒情性，其立场和视角是不免偏颇与狭隘的。

二、由情绪控制的情节与人物命运。为了表达义愤，作者必使情节反复延展，使人物生生死死，故事断而复续、意兴奔竭方止。从故事角度说，往往有蛇足之嫌，而从作者抒发情绪的要求看，则有其内在的逻辑和连续性。

《聊斋志异》的许多篇目都有情节拖拉的问题。如《贾奉雉》将科举主题中杜子春成仙考验的故事，刘晨、阮肇遇仙故事和黄粱梦绾合成篇。贾奉雉本是厌弃科举丑态而求道，未能通过仙人的考验而返回人世，旧景全非，妻子已昏睡百年。为了生计贾奉雉只好再入邑庠，考进士、做官、充军，把黄粱梦重做一遍，然后和妻子登仙舟而去。蒲松龄之所以要让主人公“比刘晨、阮肇多造一重孽案”，把故事写得拖沓往复，叠床架屋，是因他执着亲情与人间的伦理立场。贾奉雉难舍妻子而被神仙逐回人间；《成仙》《白于玉》《西湖主》《仙人岛》中修成仙人的主人公，也因眷顾着家庭和子嗣，而有送宝物仙药，或返家奉亲的举动。这些在今人看来不免“蛇足”的情节，在蒲松龄把握的世界里，它们是连续性的、逻辑完整的。

古代人论诗词有“加倍写法”这样一个术语，指用夸张之辞表达强烈的情感，使艺术境界从平面的展开达到深层的创构。蒲松龄写《聊斋志异》就用了这种诗歌的表达方式，以使心中怒火和怨愤之气尽情发露。五百余篇《聊斋志异》小说中有一百三十余篇是蒲松龄根据前人或时人笔记杂著转录和加工的。他的朋友王士禛就说“《聊斋》记事多有所本，不过藻饰之，点缀之，使人猝难辨识耳”(《分甘余话》)。将这些故事原型与《聊斋》作对比，可以看到蒲氏叙述故事、处理题材偏于主观情绪化的特点。

《续黄粱》是根据唐人沈既济的传奇《枕中记》“黄粱梦”而来，但立意却在发泄对贪官的怨怒，因而重点放在贪官在地狱所受的各种酷虐报应。沈既济的小说是“庄生寓言之类”(李肇《唐国史补》)，讲道士吕翁给卢生一个青瓷枕，卢生枕着它在一梦之间出将入相，经历大起大落的人生，时而下狱论死，“思衣短褐，乘青驹，行邯郸道中，不可得也！”倏忽之间又位极人臣，有五子十孙，崇盛赫奕，年逾八十犹恋恋禄位子孙，不免衰迈身亡。如此志得意满的一生，醒来时竟如此短暂，旅店主人黄粱尚未炊熟。卢生于是知“宠辱之道，穷达之运，得丧之理，生死之情”“稽首再拜而去”。卢生的理想，所谓的“人生之适”，即建功树名、口体之奉一类的物质享受，是每个人都会有的欲望，并不专属于卢生，所以这个故事才引起人们那么大的共鸣，才具有一重宗教的慈悲怜悯的意味。

蒲松龄的“加倍写法”，先是延长曾生梦里的时间，让贪官以非人的痛苦倍偿他的罪恶。《续黄粱》中将贪官充军不解恨，又断其头，断其头也不解恨，又加之阴司之刑下油锅、上刀山；更不解恨，又使其死而复生，亲身经历饥寒冤苦，直到他自己感到“九幽十八狱，无此黑暗”，方才罢休。地狱受刑一段的描写尤其详细，卢生被鬼捽发握踝，入沸油煎烹，毒锥刺脑，身插在刀山之上，阎王将其平生所贪的金钱化成金水，灌到他口中，顿时皮肤臭裂，脏腑沸腾，“生时患此物之少，是时患此物之多也”。转生为乞儿女，卖作秀才妾，受正室鞭笞铁烙，被冤凌迟而死。“胸中冤气扼塞，距踊声屈，觉九幽十八狱，无此黑暗也。”曾生悲号之间被同伴唤醒，曾生盛气而来，丧气而返。入山不知所踪。贪官受罚的篇幅和前段为官做宰的篇幅相当，续写的意思已经改变了宗教的主题，变成了对贪官食肉寝皮般的切齿痛恨，非常血腥的冥报场景带着民间文学的嗜血味道，不大可能出自上层知识分子之手，无怪有人评“《续黄粱》或云太酷”[1]。蒲松龄却能带着激愤的诗情，把平民百姓切挚的情感，用过甚其词的方式表达出来，那种语重心急，感情深强，正合乎人们对诗人的评价[2]，而非是以理性精神与慈悲心自许的知识分子。

这种情绪化的义愤表达，在《聊斋志异》中已是较为普遍的一种倾向。当时的评论者也看到了这个问题。如何守奇评卷十的《三生》为“此亦不得志于时者之言”。但明伦也认为“讥讪似过刻”。如此不能自已的激愤情绪，成就了《席方平》《叶生》《考城隍》等单纯执拗、愤而与命运抗争的人物与故事，也支配着故事断续复进的结撰方式，如《马介甫》《曾友于》《贾奉雉》等等。这是蒲松龄个人意识与愿望在小说中形成的深层的抒情结构使然。他在他的艺术世界中没有对头，可以任凭个人情绪决荡奔驰，直至力竭意足方止。

在清代小说中，蒲松龄的这种抒情方式颇具代表性，我们可以把这种抒情看作一种我向思维，高度放大的自我情绪与愿望。更为之甚者是夏二铭的《野叟曝言》，还有陈森的《花月痕》、文康的《儿女英雄传》等等，这些小说表面看来，似乎很难和小说的诗性和文人化联系起来，但其本质都是自我意识替代了叙事的客观性，此为中国古代小说诗性的一种独特表现。

---

[1] 蒲松龄著，张友鹤辑校《聊斋志异》“会校会注会评本”，《续黄粱》第527页。

[2] 吴宓《中西诗比较》，《吴宓诗话》，商务印书馆2007年版，第64页。

第五章 “花妖狐魅”的史实与话语建构

对《聊斋志异》女性狐鬼形象的解读视角，历来集中在性别话语或文学赏析上。我们拟从社会文化史的角度入手，探讨蒲松龄塑造花妖狐魅的具体语境与文化价值。《聊斋志异》的非现实女性形象，是由明清病态审美观发展而来的，蕴含着此前文学作品难以处理的现实题材与人类经验的内容。主要观点有三：一、虚幻女性可以达到“妍质”的极致，身体极端轻小以迎合病态的文化审美，可以具备现实女性缺乏的文化修养。二、狐鬼的风流放诞隐喻了民间的性越轨风俗，虚幻的人物体现了民间原始欲望和粗朴的底层生活。虚幻使不合乎礼法道德的人事，取得了合法的表达与传播方式，这是《诗经》以来萎缩的文学表现力的再扩展。三、从文化史的综合角度研究《聊斋志异》，有助于更具建设性地理解和阐释其中人物。

《聊斋志异》塑造的女性形象多达二百余位，在这些人物当中，“花妖狐魅”一类的虚幻女性又占了很大一部分。从文化史的角度看，这类虚幻女性渊源久远。狐、鬼、妖魅的形象在万物有灵的民间信仰里，一向占据着重要地位，一直是小说戏曲、诗文笔记和人们谈资中的持续话题。这些形象已经逾出了纯文学的疆域而成为大众文化史的一部分，只有从文化史的角度，才能将这些虚幻女性身上的文化价值，看得更加清晰。

以文化史的角度进行人物研究之所以重要，是因为到目前为止，人们对《聊斋志异》人物形象的研究过分依赖政治话语或性别意识，难有建设性的阐释与理解。例如近几十年对“聊斋”女性形象的评价就经过了一个 180 度的大转弯。在20世纪90年代以前，持肯定评价的“女权说”占主流，他们认为，“聊斋”女性以争取恋爱自由来反封建，反映了性别平等的要求。可以说，女权解放说对《聊斋志异》价值的肯定是以女性形象塑造为主要依据的。90年代至今，部分学者认为“聊斋”女性形象是男权意识的产物，渗透着男权意识的酸腐和蛮横，与妇女解放毫不相干等等。至今两派学者还在各持己论，自说自话。

两派看似相反，其价值判断的标准却是一致的：都以性别意识这个模糊标准来判定小说的文学价值。研究范式的单一和贫乏带来了评价的畸重畸轻，难有说服力。笔者以为，研究“聊斋”女性形象，应该放在文化史的大框架之内，小说人物应是作者对各种文化因素的整合与再造，尤其是“花妖狐魅”等虚幻形象更是多方互动的文化生成的结果，单从作者内心的性别意识层面很难获得全面的阐释。

以文化的历史视角观之，清代社会的病态审美观对这些虚幻女性形貌的影响、底层社会存在的性越轨和文人借虚幻女性表达内心欲望的传统，是这类人物产生的具体语境。《聊斋志异》是一部志怪与传奇混合的小说，它的神怪故事与人物既是形式，也是内容，虚幻性是其魅力的来源之一。幻想的人物与怪诞的题材，丰富了小说的表现方式，使平凡狭窄的乡间世界变得丰富而幽邃，在令人着迷的形象之下，展现的是乡间的人情与风物。如果我们把蒲松龄从后人想象的神圣端严的姿态中解放出来，放回到他所处的粗粝而不乏风情的乡间社会，就不会只从文学渊源和个人力比多来阐释这些散发着原始野性的女性人物。

笔者认为，《聊斋志异》以虚幻为手段来表现生活中多情放荡的女性，以虚幻性迎合病态的审美观，借这些幻想中的人物表达情思、揭示哲理。诸多的历史语境合力铸成了这些花妖狐魅虚幻的身体和灵性。

一、由虚幻达成的病态美

虚幻的女性人物——“花妖狐魅”，是《聊斋志异》的代表性形象。以文学的趣味和眼光观之，《聊斋志异》的生命力不仅在于它对历史生存状态的现实主义反映，它的想象力与精神向度的追求才是越过岁月尘封传递出来的眩人光芒。以女性身份出现的“花妖狐魅”一直是这部小说集最让人惊奇、神往的部分。

按照福斯特《小说面面观》的观点，人物和非人物是小说中存在着的两种力量，人物的力量是重要的一方。《聊斋志异》特别注重神奇人物的力量，它往往以篇中的“怪异”者——也就是带有非现实色彩的人物为小说命名，如《陆判》《九山王》《长清僧》《庚娘》《连城》《鲁公女》等，其中以女性形象命名的篇章较多且更为知名。这是由小说“传示奇异”的题材取向决定的。所以说，《聊斋志异》中的怪异、虚幻或者理想化的因素主要是由这些虚幻女性来体现。

我们暂且抛开性别意识，从创作方式与题材的虚幻性上重新审视一下《聊斋志异》中的女性形象。首先，《聊斋志异》叙事模式的一个突出特点是以男女遇合为框架来讲故事，它比唐传奇、宋元话本、明清小说的惯常手法走得更远。无论是表现历史（《公孙九娘》《林四娘》）、异域（《夜叉国《罗刹海市》）、经济题材（《小二》《黄英》），还是民间故事（《绩女》《嫦娥》）、哲思幻设（《婴宁》）、世态炎凉（《青梅》《红玉》）等题材，《聊斋志异》往往以非现实性的女性人物承担主题与价值观的体现，或者用来提供奇幻的意绪和色彩。如果仅以性别意识论之，不免将其内涵和意蕴狭窄化了。其次，花妖狐魅等虚幻人物，可以追溯到高唐神女、洛神等寄托型人物。女性自荐枕席的热忱态度和不求回报的性爱模式，既有着悠长历史的文学传统，又是乡间生活的变形表现。

关于“聊斋”女性的虚构内容，陈寅恪曾说：“清初淄川蒲留仙松龄《聊斋志异》所纪诸狐女，大都妍质清言，风流放诞，盖留仙以齐鲁之文士，不满其社会环境之限制，遂发遐思，聊托灵怪以写其理想中之女性耳。”[1]此处的“狐女”可以视为“聊斋”虚幻女性的代称。陈寅恪先生认为，她们的虚幻性主要表现在与北方女性迥异的形貌精神方面。“妍质”“清言”“风流放诞”这些在北方农村看来很奢侈的女性气质，是《聊斋志异》大量虚幻女性存在的动因。

一、关于女性的“妍质”。《聊斋志异》确实达到了其时病态审美的极致，集中体现了清代对女性特质的意识形态建构。缩减的身体、稚弱的年龄、如幻的姿容，这些美丽是模式化、标准化的，达到了夸张的程度。那些“娇波流慧，细柳生姿”“秀曼都丽，世罕匹见”[2]的人物并不符合北方女性的形貌特点，而是按照主流审美观念妆点、虚构出来的。明清仕女画有所谓“美人一根钉”的说法，集中表现了这种病态的审美理想——面貌秀美，细眉长目，神情幽怨，脖颈修长，双肩下溜，一副倚风娇无力的怠惰、羸弱模样，有淡逸的气韵而无生命灌注的质感。“盖既欲其似美人又欲其不类时世真美人，尤欲其不俗而不背于古法。”[3]所谓“时世真美人”，就是现实中的女性。她们有着各自的生存逻辑、满是欲望的肉身和难言高雅的个人气质，这类“真美人”还有真实肉身的体积感，难得长成“一根钉”式的病态身姿。因之，小说中女性的“妍质”，只能从虚幻的或未成年的女性身上找到依据。飘渺的鬼魂或者异类的精灵固然是民俗文化中现成的材料；蒲松龄接触过的

[1] 陈寅恪《柳如是别传》，生活・读书・新知三联书店 2001 年版，第 75 页。

[2] 如非特别说明，本书所据版本为张友鹤辑校《聊斋志异》“会校会注会评本”，上海古籍出版社 1986 年版。

[3] 叶九如辑选《三希堂画宝・第四册・仕女翎毛花卉》，中国书店 1982 年版，第 1 页。

江南雏妓可能也是她们的原型。

蒲松龄曾在宝应县令孙蕙府中做幕僚，结识了孙蕙的姬侍——江南歌妓出身的顾青霞。据袁世硕先生考证，蒲松龄对她颇有爱悦之情[1]，他在《西施三叠》中曾这样形容过顾青霞："么凤初罗，那年翅粉未曾乾。短发覆香肩，海棠睡起柳新眠。分明月窟雏妓，一朝活谪在人间！细臂半握，小腰盈把，影同燕子翩跹"[2]。这为我们观察《聊斋志异》中的女性提供了一条线索。在这组浓艳的词中，作者细细描摹了江南歌妓翩跹轻盈的身姿，渲染了她轻小、未曾发育完全的身体。这类以江南雏妓为模特的轻小、稚弱的女性美恰合了其时病态的审美文化。这位女性成了蒲松龄所能接触到的理想女性的代表，自然成为其笔下美丽女性的摹本。蒲松龄对狐鬼女性的形貌塑造就是循着这类轻小、娇嫩，有着病态美的身体展开的。

1. 身体轻小。因为并非人类，狐鬼女性身体特别轻小，如《鲁公女》中的鲁公女生前是一位爱好打猎的英武女子，身为鬼物之后，则身轻如婴儿，没什么重量，因足弱衣长，行动需书生"抱负以行"。鬼无重量之说，在《列异传》"宗定伯捉鬼"条中就有，这里更把那种如婴儿般的轻盈同女性魅力联系起来。不但是鬼物，《云萝公主》里的仙人云萝公主也是轻如抱婴，书生丈夫赞她"可作掌上舞"；狐女青凤可以由耿生"提抱以归"，红玉袅娜如随风欲飘去，那重量也与狐狸相当。蒲松龄好以幼弱细美之物化为女性，如《绿衣女》中的绿衣女身为绿蜂，"腰细殆不盈掬""声细如蝇，裁可辨认"。由此可见，身体轻小为"妍质"的第一要义。

2. 韶华不老。女性主人公的年轻貌美是爱情故事构成的首要因素，"聊斋"所写女性，大多为十五六岁左右的二八女郎，如伍秋月年十四五（《伍秋月》），白秋练年十五六（《白秋练》），莲花公主年十六七（《莲花公主》）。

[1] 袁世硕《蒲松龄与孙蕙》，《蒲松龄事迹著述新考》，齐鲁书社 1988 年版。
[2] 蒲松龄《蒲松龄集》，上海古籍出版社 1986 年版，第 713 页。

这些在今天看来还未成年的女性之所以成为主角，是由彼时早婚的习俗决定的。《钦定大清通礼》曰：“男年十六以上，女年十四以上，身及主昏者，无期以上服，皆可行。”[1]蒲松龄成婚时，夫人刘氏只有十五岁[2]。北方民间的实际婚龄有的还小于十四岁，处于明清间的周筼在《析津日记》中说：“燕中妇女虽曰秾丽，大约调朱敷粉，涂饰为多。十三辄嫁，至三十而憔悴矣。此如蕣华易落，何如玉之有？至于青楼之伎，多着穷裤，其被服罗裳者亦鲜也”[3]。鉴于现实中女性“蕣华易落”的残酷现实，虚幻女性的另一长处是能够常葆青春：狐女红玉“操作过农家妇，虽严冬自苦而手腻如脂。自言三十八岁，人视之，常若二十许人”；《乐仲》里的琼华是散花天女下界，“年近四旬，犹如二十许人”；《西湖主》中西湖主与陈生成婚多年，依然是二八姝丽；《白于玉》中服了仙丹的凡人女子也可以“年五十余，或见之，犹二十许”；《神女》中凡人丈夫年纪到了八十岁，“女貌犹如处子”。这该是多么令人向往啊！这些虚幻女性身上有浓厚的道家色彩，应该和《庄子·逍遥游》里藐姑射山上“肌肤若冰雪，绰约若处子”的神仙有一定的渊源，故《青娥》中青娥的儿子孟仙说“我父母皆仙人，何可以貌信其年岁乎？”

3. 病态的娇弱。女鬼伍秋月未及日而复生，骨软足弱，“十步之外，须人而行，不则随风摇曳，率欲倾侧，见者以为身有此病，转更增媚”。云萝公主比“豌豆公主”还要娇贵，行动需人夹持，坐则以足踏婢女背，“四肢娇惰，足股屈伸，似无所着”，一件鲜衣在身，竟被视为“尘浊之物，几于压骨成劳”！这里习用了《洞冥记》对汉武帝宠姬的描写：“帝所幸宫人，名丽娟，年十四，玉肤柔软，吹气胜兰。不欲衣缨拂之，恐体痕也。每歌，李延年和之，於芝生殿唱回风之曲，庭中花皆翻落。置丽娟於明离之帐，恐尘垢污其体也。帝常以衣带系丽娟之袂，闭於重幕之中，恐随风而去也。”冯

[1] 郭松义《伦理与生活——清代的婚姻关系》，商务印书馆2000年版，第180页。

[2] 蒲松龄《蒲松龄集》，上海古籍出版社1986年版，第250页。

[3] 英廉等奉敕编《钦定日下旧闻考》卷146，文渊阁四库全书本，第12页。

镇峦评云萝公主是“作态，显出公主身份”。

蒲松龄身边的农村女性，操作之勤苦往往过于男性，粗粝的生活使她们难有娇嫩的容貌和高雅的精神生活。她们沉默平庸、情感粗糙，如《萧七》中的农妇，丈夫与众狐女宴饮，她负责做饭，躲在窗外偷窥，然后抱怨客人把饭吃光了，而对丈夫的调情与出轨则毫无情感反应。这样蚩蠢的乡间妇人和那些妍质轻盈的文雅女性相差悬殊，实如阮籍所说，“出门望佳人，佳人岂在兹”，蒲松龄唯能于虚幻中求之。

二、“清言”。清言指高雅的言论，能发清言的女性，要有较高的文化修养。明清时代北方教育普遍落后，妇女能识字者很少且民风朴陋，农村女性更是不知修饰。明清人的笔记与小说也印证了北方“时无佳人”的情状。长白浩歌子的《萤窗异草》：“燕赵古称多佳人，以予所见，都城而外，其村居而野处者，苟非黄面瞿昙，即属黑头包老，鲜有一白皙可观者。抑且瘿痿拥项，何问蝤蛴，复履撑舟，可知莲瓣，盖亦风土淳朴之故也。”[1]据沈德符的《万历野获编》载，当时的北方女性缺乏文化教育，能“读书写字并谙晓算法者”寥寥，明代宫廷不得不取江南女子为女官，“不独取其美丽，亦以慧黠堪给事左右”[2]。撇开天然形貌这一点，北方的文化落后是“时无佳人”的主因。

蒲松龄的婚姻生活，从反面证实了“清言”女性在现实中的不可方思。蒲松龄与妻子刘氏共同扶持生活四五十年，却是标准的柴米夫妻，不曾流露出琴瑟和鸣的精神共振和愉悦。婚姻制度本是计较利害的制度，贫穷的现实中，婚姻更像是一个维持生存的共同体，双方互相扶助的义务远大于精神上的需求。蒲松龄为妻子写过《述刘氏行实》，文章是在追忆死后的妻子，主要写妻子食贫衣俭，努力持家，行文间并不见明清文人回忆妻子常见的伉俪

［1］ 长白浩歌子《萤窗异草》，人民文学出版社1990年版，第134页。
［2］ 沈德符《万历野获编补遗》，中华书局1959年版，第805页。

清话的精神交流场景，文中还提到了妻子的“温谨”“朴讷寡言”“默若痴”，不及诸妯娌“慧黠”等。蒲松龄似乎把这些作为妻子美德来记录的，但这类人物在《聊斋志异》中似乎塑造的并不成功，如胡四娘（《胡四娘》）、《姊妹易嫁》中的二女儿等，多是妻凭夫贵、人前显扬的故事而已，人物本身则平庸而缺乏趣味。现实中的好女人是极难描写的，身材、外貌、举止都没有多少发挥的余地，近乎无奇可传，又有诸多避讳和道德规训的限制，所以女性的虚幻身份成为某种修辞策略。

三、风流放诞。这个词可以属之名妓、狐鬼，却无法施之于良家女性、为社会伦理所包容的婚姻关系。《聊斋志异》狐鬼的风流放诞，除了凭空想象之外，更多的可能就是在民间性越轨风气之上的叙事建构或变形表现。

总之，对当时社会的文化审美观、北方女性生存状况及体格特点有了些许同情的了解之后，我们就不难理解蒲松龄将美丽属之狐鬼与虚幻女性的必然性。化身女性的精灵大都是小而优美之物，狐鬼之外，大多都是花、鸟、鱼、虫一类细小之物。如菊花（《黄英》）、牡丹（《葛巾》《香玉》）、乌鸦（《竹青》）、鹦鹉（《阿英》）、扬子鳄（《西湖主》）、鳖（《八大王》）、白鳍豚（《白秋练》）、青蛙（《青蛙神》）、老鼠（《阿纤》）、香獐（《花姑子》）、蜂（《绿衣女》《莲花公主》）等。可以说，小说中女性虚幻的身体与实在的人物相比，能极大地满足明清社会主流的病态审美意识。除此以外，你能想象还有任何现实中的人体能达到这样的轻小与不老的美丽吗？虚幻使这种病态美学达到了它的极致。

二、由虚幻达成的修辞策略

在中国古代小说的女性人物谱系上，狐鬼的虚幻身份为逾越道德规训的女子提供了庇护。如《倩女离魂》中的张倩女、《牡丹亭》中的杜丽娘，无论是魂离肉身，还是死为情鬼，她们还是普通的钟情女子，蒲松龄表现的却是多情多欲的越轨女性。在其虚幻身份掩饰下，这些女性享有正统社会不敢谈论的大胆放纵的性自由。陈寅恪先生把它说成是属于江南名妓的“风流放诞”，故而有研究者认为，“奇幻女性与现实女性的特殊阶层——妓女，有着本质的相似，她们在存在的前提和身份地位上极其相似”[1]。然而细读文本，我们更多地感觉到，这些人物身上所散发出的原始朴野气息，与精明的商业化的青楼行径并不合调。那些与书生们相逢于路便结燕好的虚幻女性，像《荷花三娘子》中的狐女、霍女（《霍女》）、侠女（《侠女》）等，实际上是乡野性生活的写实与影射，显示了民间勃勃的野性和风流女子放荡任性的生命追求。

这类借狐鬼故事掩饰的男女私情故事，也可以从反面得到确认。纪昀《阅微草堂笔记》卷二，记录刘伯青讲述的一则故事，言其中表亲戚的故事：

> 刘少宗伯青垣言：有中表涉元稹会真之嫌者，女有孕，为母所觉。饰言夜恒有巨人来，压体甚重，而色黝黑。母曰：“是必土偶为妖也。”授以彩丝，于来时阴系其足。女窃付所欢，系关帝祠周将军足上。母物色得之，挞其足几断。后复密会，忽见周将军击其腰，男女并僵卧不能起。皆曰污蔑神明之报也。夫专其利而移祸于人，其术巧矣。巧者，造物之所忌。机械万端，反而自及，天道也。神恶其崄巇，非恶其污蔑也。

这位珠胎暗结的小女子，为了掩饰自己的性出轨，就假说“夜恒有巨人

[1] 吴素萍《聊斋志异中奇幻女性形象的文化心理浅析》，《丽水师范专科学校学报》2003年第1期。

来，压体甚重”，其母认为是土偶为妖，给她丝绳，让她偷偷系在巨人的脚上。促狭的恋人就把丝绳系在关帝祠周仓将军的脚上。女孩的母亲按照故事的常理去捉妖，暴打了土偶，如果是一般无灵暗弱的神道，无力反击，这个故事就成为普通的怪异故事了。这个结局在一般怪异故事中也不鲜见。各民族民间故事里，都有“神奇亲眷”这一母题，在中国古代传说中，多用“感生”“异表”来描写大人物血统的高贵，如刘邦母亲与龙交而生刘邦的故事。《史记·高祖本纪》：“高祖，沛丰邑中阳里人，姓刘氏，字季。父曰太公，母曰刘媪。其先，刘媪尝息大泽之陂，梦与神遇。是时雷电晦冥，太公往视，则见蛟龙于其上。已而有身，遂产高祖。”

六朝的志怪类有很多家族怪异故事，如果说早期的这类故事和政权更迭以及门第观念相关，到了宋明之后，这类志怪故事在民间普遍流传，成为我们阐释这类故事的一个有趣的视角。周仓既是有灵神道，自不肯罢休，故严厉报复了这对男女。纪昀在“污蔑神明之报”的教训之上，更引申为一种洞见，聪明正直的神明，不屑于计较这对男女的污蔑，而是惩戒这对男女移祸于人的心机崄戏。移祸于人尚不可，何况移祸于神乎？

《阅微草堂笔记》中的另一则假冒狐女与人偷情，以致惹得狐狸抗议的故事，则说明这种想象并非个别：

> 有卖花老妇言：京师一宅近空圃，圃故多狐。有丽妇夜逾短垣，与邻家少年狎。惧事泄，初诡托姓名。欢昵渐洽，度不相弃，乃自冒为圃中狐女。少年悦其色，亦不疑拒。久之，忽妇家屋上掷瓦骂曰：“我居圃中久，小儿女戏抛砖石，惊动邻里，或有之，实无冶荡蛊惑事。汝奈何污我？”事乃泄。异哉，狐媚恒托于人，此妇乃托于狐。人善媚者比之狐，此狐乃贞于人。

纪昀是一个偏向理性的学者，他坚持志怪属于“子部小说”，是客观记录见闻，而非文学性虚构创作，故反对蒲松龄的“才子之笔”：

> 《聊斋志异》盛行一时，然才子之笔，非著书者之笔也。虞初以下，干宝以上，古书多佚矣。其可见完帙者，刘敬叔《异苑》、陶潜《续搜神记》，小说类也。《飞燕外传》《会真记》，传记类也。《太平广记》，事以类聚，故可并收。今一书而兼二体，所未解也。小说既述见闻，即属叙事，不比戏场关目，随意装点。伶玄之传，得诸樊嫕，故猥琐具详；元稹之记，出于自述，故约略梗概。杨升庵伪撰《秘辛》，尚知此意，升庵多见古书故也。今燕昵之词、媟狎之态，细微曲折，摹绘如生。使出自言，似无此理；使出作者代言，则何从而闻见之？又所未解也。

其著小说以“叠矩重规，毫厘不失”的“条理明”“宗旨正”的著书者之笔著称，其中的人类冒充鬼神、狐精的故事，正从反面见到狐精故事的真相。狐狸既是文学创作中的常见主题，也是延续千年的宗教现象，在民间受到普遍的信奉和祭祀。民间信仰的因素是我们解读“聊斋”虚幻女性的一个重要角度，这种信仰背后的权力运作与政治意义，尤其需要纳入文学研究者的视野。

“狐仙信仰庇护了游走在道德灰色地带的欲望追求，像是性交易，或是偷这家给那家。”在《聊斋志异》的狐精故事中，这些“道德灰色地带”，正是令文学创作获得自由发挥的夹缝。有研究者就注意到，狐精代表着边缘和底层人群：“狐精体现了从在家庭生活中的女儿与媳妇，到社会中大部分的妓女、戏子、灵媒、移民和亡命之徒的通俗观念”[1]。狐女多是生活在家庭圈之外，而以灵肉取悦于文人的妓女的化身。这是大多数文人笔下狐仙形象的本来面目。蒲松龄同样用狐仙的情色意蕴，将田畴草莽间男女的性越轨，塑

[1] 康笑菲著，姚政志译《说狐》，浙江大学出版社 2011 年版，第 9 页。

造成了神怪恍惚的故事。这些乡野间的性爱故事，只有在《诗经》和汉画像砖的时代，才有文艺上的歌咏与表现，自魏晋以来都是被官方文字所摒弃和忽略的。随着儒家道德观念对社会的全面控制，这类乡间的生活与人物已经没有资格进入被道德化了的文学表现领域。

蒲松龄以文学话语表现这些不合伦常规范的现实，打破了文学的道德禁忌。如果揭开那些在荒斋、田野里出没的狐鬼花妖的面纱，我们就会发现其本来面目不过是不合道德的“奔女”。如《金陵女子》中与“沂水居民赵某”道路相逢即随其归家的女子，后二年，出门径去，再见赵某时则不言不笑，若不相识，王士禛评曰：“女子大突兀！”王金范则“以其迹近于狐，故以归之狐”，因为狐鬼的身份而避免了女性规训的束缚，自由地呈现出人欲的本来面目，其实这正是朴野乡村女性的一种生命写照。

马尔库塞指出，“当马克思说人的解放时，实际上也就是指爱欲的解放。”[1]这种爱欲的解放在乡野民间是一直存在的，只是不被缙绅文人阶层直视与承认罢了。《诗经》时代有所谓桑间濮上之思，《鄘风·桑中》说：

云谁之思，美孟姜矣，期我乎桑中。

《汉书·地理志》下云：

卫地有桑间濮上之阻，男女亦亟聚会，声色生焉，故俗称郑、卫之音。

这些“桑间濮上”之会的真实情状，至今保留在东汉画像砖上。1977年在四川新都发现的两幅画像砖上，就有三男一女在桑树下交欢的图景，它

[1] 赫伯特·马尔库塞《爱欲与文明》，上海译文出版社1987年版，第4页。

比诗歌更直接、更具象地传递出桑间濮上的朴野气息[1]。在《诗经》和画像砖之后，类似的表达几乎绝迹，并不是民间完全被上层的道德意识控制了，而是文人有意识地用道德训诫的框架改造、重述了类似故事。来自民间的宋元话本，像《闹樊楼多情周胜仙》《蒋淑真刎颈鸳鸯会》《金明池吴清逢爱爱》等，出现了一批"多情女儿"的形象，即所谓"春浓花艳佳人胆"中的佳人。这些出身市井的下层女性较少伦理观念的束缚。《金明池吴清逢爱爱》写一位"十五六岁花朵般多情女儿"卢爱爱，"见了三个子弟，一点春心动了，按捺不下"，竟至相思而死，死后紧紧追随少年吴清，又赠金丹成就其现实中的姻缘。故事结构同《聊斋志异》十分接近。但在大多数话本中，说书者的教化姿态往往带来情节的急转和迂腐的教训，如《蒋淑真刎颈鸳鸯会》中说书人秋山的一首《南乡子》："举青锋过处丧多情，到今朝你还为省！送了他三条性命，果冤冤相报有神明"。"青锋过处丧多情"，用的是冷漠的道德训诫。话本小说把女性的"多情"视为祸患和教训，所以这类"多情女儿"的故事难得有轻松愉悦的情调与氛围。

在古人的实际生活中，婚外性的存在又是什么状况呢？因为缺乏史书文献的记载，我们只能以清代留下的刑事卷宗为线索，窥察当时社会下层的性生活状况。依据研究者对清代诉讼的考察，清代民事案件可归为土地、债务、婚姻、继承四大类，其中婚姻类案件占总数的22%，而婚姻类案件中通奸引起的纠纷，估计占到一半到三分之二，即22%中的50%—70%。郭松义先生曾对中国第一历史档案馆所藏"婚姻奸情类"档案做过统计，乾隆年间，各省上报朝廷批决的婚姻类奸情类命案平均在800件左右，其中因奸情引发的约为250—530件，"通奸和奸杀案件的频发，也能看出在当时，男女私通属于社会上经常可见的、不可忽视的事实"[2]。男女非婚姻状态的性关

[1] 冯修齐《〈桑间野合〉画像砖考释》，《四川文物》1995年第3期。

[2] 郭松义《伦理与生活——清代的婚姻关系》，商务印书馆2000年版，第527页。

系，本是处于潜隐的、边缘的生活中，虽然民间说书人历来用“近奸近杀”的套话总结类似事件的教训，但此类隐秘事件上升为恶性刑事案件的比例毕竟只占极少数，大量的婚外性关系还是以隐蔽暧昧的方式自然存在着。

历史档案的研究，给今人理解古代社会的实际提供了线索。围绕着清代下层民间相对开放的两性关系，历史学家进行了进一步分析。王跃生就以清代刑科档案为资料，研究社会底层的婚姻状况，他认为，清代森严的伦理规范，对下层百姓的制约有限，并没有禁止婚外越轨行为。除了卖淫嫖娼之外，发生婚外性行为的女性一般以已婚者居多，出身以佣工者妻和自耕农妻比例最大。女性发生性越轨行为的主要原因是出于情感需求[1]。考虑到清代男女比例失调，贫困的下层男子无力娶妻的现实，婚外性行为的存在，应该是经常可见的。

对《聊斋志异》产生的时代与地域的日常生活还原，为我们重新审视其中花妖狐魅提供了帮助。一是民间存在的性饥渴和性放纵比我们想象的要普遍，这种氛围造就了某种文人与百姓间乐于挪借狐鬼身份，以隐喻实际生活中的越轨行为与心理的时代环境；二是狐鬼的非现实性，将民间开放的婚外性行为合理化了。研究者已经注意到，小说中那些狂热执着地爱上花妖狐媚的男子大都已婚，携家带口地谈情猎艳。这确实有些不合常理。有研究者说它是男权社会的产物，固然是正确的[2]。但如果我们把当时下层女性的情感生活考虑进去，而不是一味将女性作为受害者与猎物的话，这类非现实人物的出现其实是扩大了文学的表现力，把《诗经》时代直歌桑间濮上的自由自在的人欲，变形地表现出来。在蒲松龄的时代，萎靡拘束的旧文学是不允许写实性人物身上有那种自由舒展的欲望与人性的。《聊斋志异》中的那些多情女子是多么离经叛道啊。《阿霞》里的阿霞，自称是受了家人的虐待跑了

[1] 参见王跃生《清代中期婚姻冲突透析》，社会科学文献出版社 2003 年版。
[2] 马瑞芳《〈聊斋志异〉的男权话语和爱情乌托邦》，《文史哲》2000 年第 4 期。

出来。她在三个书生之间辗转取舍，先是跟陈生回家，后来又甩掉陈生跑到景生那里自托终身，景生被她迷得神魂颠倒，回家抛弃了发妻专等阿霞来嫁，阿霞却因为景生对发妻负心而别嫁郑生。她的理由很奇特："负夫人甚于负我！结发如是，而况其他？"可见她对家庭地位不感兴趣。后来景生背着负心凉薄之名穷乏落魄，阿霞又要求后来的丈夫资助前男友，理由是"未适君时，曾避难其家，亦深得其豢养"，她还拿出私房钱助景生娶妻生子。

《霍女》中的朱大兴路遇美艳少妇霍女，强引之归家。这位霍女衣必锦绣，食必粱肉，居二年，朱家就因她败落，不能满足其衣食要求了，霍女马上转投更有钱的何家，以维持其奢侈的物质之欲。朱家、何家为她兴讼，霍女再次逃跑。这次跑到了穷书生那里，出乎意料的是她不但能安贫，还能够"躬操家苦"，劬劳过于黄生的前妻。在船上，她和黄生设计自卖自身，赚得千金。这个场景几乎就是《杜十娘怒沉百宝箱》的翻版，不同之处是霍女手段非凡，全身而回。对霍女来说，身体、贞操并不是她特别在意的东西。至于霍女为什么钟情于黄生，小说给出的原因是，黄生"蕴藉潇洒，工于内媚"，也就是说，这个霍女取舍男性的标准集中在财和色上，并非对穷书生有特别的偏爱。

花妖狐魅的非现实性，掩护了这些女性恣意追求个人欲望满足的放荡叛逆的本质。一些大胆、粗俗的性爱场景因为有了人物虚幻身份的掩饰，就可以直接地呈现在文字之中。如《荷花三娘子》中荷花三娘子与人在秋天茂密的禾稼地里野合，被宗湘若看到，"宗近身启衣，肤腻如脂，于是挼莎上下几遍。女笑曰'腐秀才！要如何，便如何耳，狂探何为？'"《晚霞》里章阿端和晚霞在龙宫外的莲花池上，"以石压荷盖令侧"，匀铺莲瓣为床的"狎寝"场景。如果蒲松龄不给这些女子加上狐鬼的身份，这种乡野风光又当何以展现呢？《聊斋志异》中的其他狐鬼人物如小翠、嫦娥、云萝公主、萧七、阿英等女性都是用了"缘分已尽，宿命当分"这样的由头抛开家庭重获自由之身，现实中的女性却没有推卸婚姻义务的可能。

因之,《聊斋志异》中这些多情多欲的女子，不要说在话本小说的道德教化框架里安插不下，即使像《牡丹亭》中杜丽娘那样“慕色生情”，一往而深的钟情少女，也是无法与她们任意奔放的欲望相提并论的。蒲松龄也得承认，霍女“三易其主不为贞”，主流价值观必须否定和贬损这些不贞的女性，应该像话本作者那样，用“青锋过处丧多情”的后果给予严厉告诫。小说家的好奇本性是喜爱这样的多情妇人的（那些平凡刻板的女性是多么无趣啊），所以蒲松龄试图用人物的非现实身份和侠义精神来平衡道德和人性的鸿沟。阿霞最后化身而去，人“始知其非人也”；至于霍女，则由异史氏直接暗示：“女其仙耶？”

在道义上，蒲松龄也赋予了她们优势与权威。阿霞去就分明，不忘旧情；霍女则“为吝者破其悭，为淫者速其荡，女非无心者也”，颇有女侠面目。但究其实,《聊斋志异》那些来去倏忽，与书生皆有一段短暂姻缘的非现实女性，在实质上，都有民间性越轨的女子放荡自由的影子。

三、虚幻女性的文化史意义

“花妖狐魅”由虚幻达成的美和由狐鬼形象达成的对多情女性的建构策略，是《聊斋志异》非现实人物的两个突出特点，其意义和作用在于使小说能够容纳更广泛的人类经验与主观色彩。

首先是小说表现人类经验领域的扩大。作为叙事文学，小说通过讲故事的方式把人生经验的本质和意义告诉读者，而生活与文学的表现里则有着诸多约定俗成的禁忌与难以表述的情形。其中的原因复杂多样，有伦理政治、意识形态的压制，也有来自文体传统的制约。在今天，我们之所以把明清小说，而非当时居于正统地位的诗文奉为文学的主脉，就在于小说能够不断扩展和深入地容纳、反映各个时代人类经验的本质与意义。明清诗文纵然是名家众多、作品浩漫，但其所能表现和提供的人生感受与经验，并无多少能够超出唐宋诗文之处。

从文化史的微观角度观察，可以让我们对《聊斋志异》中的“花妖狐魅”形象有更为深刻的了解。历史学家的研究表明，明清乡村底层的日常生活和思想观念——那些清代的普通老百姓日常婚姻生活和情感结构，是受儒家伦理拘束的作家难以描述和再现的。如郭松义先生对清代403件男女私通案件的分析后认为，“传统社会所倡导的伦理观，以及由此产生的婚姻制度，对情和性多数是漠视的”，但民间社会通常会有调节与通融的手段，婚外性行为“是客观存在的，属于周围不断发生的社会现象”[1]。

在民间社会，这类天地间的自然之情早被里弄童孺喧于众口，并被文人称为“天地间自然之文”，这就是明人十分喜爱的民歌。在冯梦龙编选的《挂枝儿》《山歌》中，表现男女私情的内容甚多，颇可窥视当日男女交往之自由与热烈，并未被贞节观念压制。这类写两性之情的“时尚小令”“不问南北，不问男女，不问老幼良贱，人人习之，亦人人喜听之”[2]，很好地说明“人之喜怒哀乐嗜好情欲”是相通的，近于天性，袁宏道称之为“无闻无识真人”所作的“真声”[3]。但这种“真声”只能由“无闻无识”的下层人来抒发，文人来写这些男女就要有态度、有立场，要和儒家的伦理意识相一致，所以话本和世情小说都有一个写淫妇的情节框架和评价套路，舍此之外，无以自处。

蒲松龄可以不持道德立场地表现女性的性越轨，并对她们的放诞不羁做出“侠义”或者“去就分明”的肯定性评价。这套价值观和评价体系是建立在人物的虚幻身份基础上的，离开了“花妖狐魅”的情景设定，红玉、侠女

---

[1] 郭松义《伦理与生活——清代的婚姻关系》，商务印书馆2000年版，第567页。

[2] 沈德符《万历野获编》，中华书局1959年版，第647页。

[3] 袁宏道著，钱伯城笺校《袁宏道集笺校》，上海古籍出版社1981年版，第188页。

就是私奔的妇人，而霍女、荷花三娘子和李瓶儿、宋惠莲也并无二致。因而，《聊斋志异》的非现实女性人物对主流的伦理框架来说是打了个擦边球。借助虚幻性这种修辞手段，蒲松龄开出了一块伦理道德的化外飞地，把民间底层社会的生活与精神面貌反映了出来。

总之，只有尽可能地细致还原文化的综合语境，才能理解小说人物何以产生、何以如是，并做出更有建设性的阐释与判断。

第六章 “聊斋”侠义主题的文化阐释

《聊斋志异》是一部包含近500篇故事的文言小说集，其中故事的主题可谓纷繁庞杂。数百年来的读者都围绕着蒲松龄讲了什么而做着探究和阐释。异类爱情、侠义、科举、孤愤、经济、战乱、灾异、报恩、复仇等等，都是人们对这部小说集意旨的总结。

《聊斋志异》主题多重而复杂。其原因一是题材来源多样，有得之于他人转述和记述的，有沿袭前代题材而改编的，也有出于本人虚构的。二是写作时间相当漫长。《聊斋志异》是蒲松龄用大半生时间写出来的，境遇、关注点等变化产生创作主旨的不同，近500篇作品内容颇为复杂，思想境界极不一致，甚至自相矛盾。人们通常将之归纳为抒忧愤、寓劝惩、寄闲情、写谐趣、记见闻之异五大类。

《聊斋志异》之所以受到人们的喜爱，在古典传奇和志怪的基础上取得新的成功，最根本的原因在于，蒲松龄在继承前人题材和主题之外，增添了新的个人质素，这种新的质素与时代和人类普遍的情感产生了共鸣。梳理和描述这些新质，是研究和阐释《聊斋志异》艺术成就的关键点。我们试以传统的侠义主题为线索论述之。

侠义虽是一个古老而有生命力的主题，但它的内涵却各有侧重并随着时代演进。每一个时代和阶层都有属于他们自己的侠客书写。李白《侠客行》云：“事了拂衣去，深藏身与名。”元祯《侠客行》则说：“侠客不怕死，怕死事不成，事成不肯藏姓名。”这二首诗都是咏侠客，李白歌咏的是侠客功成不受报；元稹诗中的侠客则欲求身后名。侠出于伟大的同情，是向不公道的命运和体制抗争的精神。

一、《聊斋志异》对“侠”的新定义

蒲松龄崇拜侠义精神，在《题吴木欣〈班马论〉》中曾提到：“余少时，最爱《游侠传》，五夜挑灯，恒以一斗酒佐读”。他感叹，男儿不得志，人生不得行胸怀，即不游侠，亦何能不曰太阿、龙泉？[1]《聊斋志异》中的侠义故事，就是蒲松龄口中的太阿、龙泉。这些侠者不是唐前史传和小说中那种侠之大者，而是对小民扶危济困的布衣之侠。其行侠的空间乃在日常生活中，行侠手段则包括了“不爱其躯”的为贫困者诞育后嗣。

《乔女》中的穆生之妻乔女，在穆生死后抚孤不嫁。孟生因其品性贤淑，托媒相聘，乔女“虽固拒之，然固以心许之矣”。乔女感念孟生知己之遇，自称因貌丑，“所可自信者，德耳。又事二夫，官人何取焉？”对孟生许之以心，守之以德，报之以义，在孟生病亡后为其护产抚孤。乔女卒后，孟生之子打算将乔女与父亲合葬，结果“棺重，三十人不能举”，只得遵乔女意愿，葬于穆生坟侧。乔女的自由意志，赢得人们的尊重。

《丁前溪》也是侠义故事的翻新。诸城人丁前溪，富有钱谷，游侠好义，慕古代侠客的为人。在逆旅遇到好客的店主妇人。“莝豆饲畜，给食周至”。时遇大雨，丁盘留数日，主人家贫无以饲畜，店主娘子将房顶上的茅草撤下来，帮丁前溪喂牲口。丁很感动，临行付金酬之，主人妇不受。

[1] 蒲松龄著，路大荒整理《蒲松龄集》，上海古籍出版社 1986 年版，第 116 页。

丁赞叹而别。嘱曰："我诸城丁某，主人归，宜告之。暇幸见顾。"数年无耗。

数年后，因为岁饥，逆旅主人前往丁家求告。丁前溪记起前情，"跦履而出，揖客入，见其衣敝踵决，居之温室，设筵相款，宠礼异常"。并马上派人将钱物送到主人家。这个故事的落脚点在逆旅主人施恩不图报，丁前溪知恩图报。虽然所"施"与所"报"，都是价值有限的钱物一类的交换，并非大侠那样然诺千金、慷慨死生的故事。这类布衣之侠表现的是某种民间的温情，是民间互助道德的具象故事。

侠义本是史不绝书的一个主题。这个侠义本有身份之别与诉求的不同。如司马迁在《史记·游侠列传》就感叹布衣之侠的不可得闻。战国到秦汉，所谓游侠多是政治势力的代表："古布衣之侠，靡得而闻已。近世延陵、孟尝、春申、平原、信陵之徒，皆因王者亲属，藉于有土卿相之富厚，招天下贤者，显名诸侯，不可谓不贤者矣。……然儒、墨皆排摈不载。自秦以前，匹夫之侠，湮没不见，余甚恨之"。张华的《游侠篇》就着意在战国四公子的豪奢与拿云手段："翩翩四公子，浊世称贤名。龙虎相交争，七国并抗衡。食客三千余，门下多豪英。"在那个时代，重诺轻生的侠，指的是孟尝君、春申君那样诸侯国的公子。他们凭借政治地位和个人财富而招纳剑客，以实现其政治诉求。在宋代之后的庶民社会中，个体的小民，也逐渐失去了陈子昂所谓"感时思报国，拔剑起蒿莱"的为国热情，普通人缺少"大人物"那种急赴公义、急国家之难的能量与发挥作用的空间。在小说中，为人们沉湎颂扬的是爱情故事的帮助者，如蒋防《霍小玉传》中，为霍小玉打抱不平，强行挟持负心人李益去见霍小玉的"黄衫客"；薛调《无双传》中为王仙客救出无双的"古押衙"；许尧佐《柳氏传》中，为韩翊"犯关排闼"，从蕃将沙吒利府中抢回章台柳氏的剑客许俊；裴铏《昆仑奴》中为崔生盗取红绡的"昆仑奴"；隐身负贩的剑客异人，如《聂隐娘》之类被人蓄养的游侠刺客；

段成式《酉阳杂俎》中专门记录的十几位“盗侠”等，都算得上司马迁口中以武犯禁的“布衣之侠”。

宋明两代小说在侠义主题没有太多的发明，大多延续唐人故事主题。《夷坚志》的《侠妇人》写北宋末年，南方人董国庆在北方做官，因中原陷落，不能归乡。逆旅主人帮他买一妾成家。妾见董贫，就以治生为己任。“罄家所有，买磨驴七八头，麦数十斛。每得面，自骑驴入城鬻之，至晚负钱以归。率数日一出，如是三年。获利愈益多，有田宅矣。”这个善于经营的妇人，知道董国庆是流落在北方的宋朝官员，就找到了一个据称是她兄长的估客，请他带董国庆回家。董害怕漏泄身份，又疑两人欲图谋自己，大悔惧，矢口否认。估客大怒，收走了他的告身文书，临行董妾送给他一件手制衲袍，告诉他返家之后，千万不要接受估客送他的金钱，这样估客欠她的恩情尚不足以回报，就会再次带她回乡。董国庆返乡之际，估客果赠以金银，董举袍相示，估客大惊，称妇人的机智果然在自己之上。董国庆返家后发现妇人赠送的衲袍内缝满箔金，得解缓急。翌年，这个妇人也由估客带归于董。这个故事在南北宋乱离的背景之下，写了一位出身下层的女子。她的“侠”并非她有过人的身手，而似乎是指她和江湖估客一段神秘的恩义，至于江湖估客为何欠她一段人情则秘而不宣。这位下层女子，虽只是身为人妾，但有个人担当，靠负贩经营之才，以及预料世故人情的见识，使丈夫和自己都安然摆脱困境。洪迈以“侠妇人”许之，似乎预示了侠义主题在宋代之后的某种现实化的转向。

明代邹之麟的《女侠传》、冯梦龙的《情史》乃杂取古今人物故事而成的类书，并无多少个人创作的贡献。至《聊斋志异》，蒲松龄才为侠义注入新的理想。概而言之，是针对庶民日常困境而生出的期盼。

二、布衣侠义

《聊斋志异》的侠，依然葆有着司马迁所说的“其言必行，其行必果，已诺必诚，不爱其躯，赴士之厄”的果决勇敢和为他人牺牲自我的精神。但其救助的对象则不止于“士”，而是那些无力的人们，其“不爱其躯”的牺牲也不止于个人性命，而是包括了女性身体的奉献与牺牲。由此，引起了侠义主题蕴含的丰富与变化。在《聊斋志异》中，侠义非只是任侠敢死那么的单纯，而是由不爱其躯的慷慨，化为手段多样的民间互助。如为民申冤、存孤纾困，乃至以性行侠等等。

明清时期重男轻女，婚姻论财的现实，使得大龄未婚男性现象十分普遍。如明代浙江金华府东阳县“多鳏旷”，浙江“金衢之民无妻者半”，处州府松阳县“有逾四十不能妻者，虽其良族亦率以抢婚为常事”[1]；清代浙江温州“十人之中，八无家室”；福建贫家男子多“年逾四五十岁未娶”者等。这种情形带来的后果是后代繁育的困境以及男女大防的松弛，这类现实反映在《聊斋志异》等文学作品中，就是虚幻想象世界中的“以性行侠”、狐魅鬼婚一类主题的流行。《红玉》中的冯生丧偶，因为家贫屡空，无力再娶。与狐女红玉交往后，红玉馈赠白金四十两助冯生娶妻。他所论嫁娶的吴村卫氏，有一个十八岁的女孩儿，因为“高其价，故未售也”。卫氏是居室逼仄的寒门小户人家，女孩荆钗布裙，神情光艳，明显是因为美貌而标高了婚姻的价码，所以拖延到了十八岁仍然待字闺中。卫家见冯生“倾囊陈几上”的

[1] 常建华《明代溺婴问题初探》,《中国社会历史评论》第四辑，商务印书馆2002年版，第123页。

四十两白银而喜形于色，顺利缔结婚姻。虽然四十两白银的高价，是因卫家女孩儿貌美的一个特例，但婚姻论财却是明清社会的普遍现象。如果没有狐女红玉的资助，靠书生的家境自是无力再娶的。这样黯淡贫乏的人生，同样是如在陷溺，等待着行侠者的拯救。

王跃生先生曾依据从中国第一历史档案馆所藏，刑科题本婚姻家庭类档案中获取的个案，对18世纪中国社会中的男性晚婚和不婚群体做过统计。根据他的研究，在18世纪中后期的中国杜会中，25岁以上未婚者在总样本量中占15.37%，晚婚比例接近六分之一；30岁以上未婚者占总样本数的10.33%；40岁以上未婚者占总数的比例为3.27%；45岁以上未婚者所占比例为1.25%。这些结果说明，在当时社会晚婚比例是比较高的。在晚婚者中绝大多数为出身社会中下层者。晚婚男性主要集中在贫穷家庭出身者中。经济困难是其婚姻失时的根本原因，男女性别比例在一些地区的严重失调加重了其婚姻的难度。这些问题，对社会中下层家庭的人口增长起到一定阻滞作用，同时在一定程度上构成对正常婚姻秩序的冲击。由此使男女在婚姻之外的两性关系禁闭难以形成，至少使严厉的男女“大防”松弛下来。[1]

“义者，宜也。”使物各得其宜，满足了人事应该、基本的公正与需求就是“义”。像狐精霍女（《霍女》）那样：“妾生平于吝者则破之，于邪者则诳之也。”用风月手段让吝啬鬼破家，为穷书生“躬操家苦，劬劳过旧室”，又为之谋娶妻室，诞育后代。异史氏总结的这类“为吝者破其悭，为淫者速其荡”的庶民社会中的侠义，唯花妖狐魅可得而行之。这类女子之侠反应了庶民社会的独特性。自古以来子孙世代的繁衍就是中国文化的中心价值。《孟子·离娄上》：“不孝有三，无后为大。舜不告而娶，为无后也。”赵岐注：“于礼不孝者三事：阿意曲从，陷亲于不义，一也；家贫亲老，不为禄

[1] 王跃生《十八世纪后期中国男性晚婚及不婚群体的考察》，《中国社会经济史研究》2001年第2期。

仕，二也；不娶无子，绝先祖祀，三也。三者中，无后为大。”孟子这句话本是针对先秦的贵族而言，为古代圣王大舜的不告而娶辩护。所谓“阿意曲从，陷亲于不义”“家贫亲老，不为禄仕”这些“不孝之行”跟平民阶层基本沾不上边。像蒲松龄的父母只是平凡的乡间翁媪，没有什么权威和政治价值，绝不需要“阿意曲从”，事实上蒲松龄妻子刘氏虽然颇得公婆赞许，可在分家析箸之际却因为老实而在冢妇与众妯娌之间吃了大亏，公婆难以片语主持公道；同那个时代绝大多数读书人一样，蒲松龄虽“家贫亲老”，汲汲于禄仕却是求之不可得。所以孟子之名言对中国社会影响至大的就是“无后为大”。很多的社会组织、家庭伦理和情感的悲欢都是这句圣人之言的实践。《聊斋志异》的很多故事即是这一中心价值观念的演绎。

那些女子之所以被称为“侠”，是因为子孙繁衍的重要性同于先秦“兴灭国，继绝世”之大义，是古老的人本主义伦理精髓的平民化表现。因骨子里有一个堂皇正大的“义”字存在，故妇人女子可以性行侠也。

在民间社会，存留子嗣就是同“兴灭国，继绝世”一般的要紧。《论语·尧曰第二十》认为“兴灭国，继绝世，举逸民，天下之民归心焉。”这是尧以命舜、舜以命禹，从圣王那里建立起的制度化传统。《史记·五帝本纪》:“禹践天子位。尧子丹朱，舜子商均，皆有疆土，以奉先祀。服其服，礼乐如之。以客见天子，天子弗臣，示不敢专也。”夏亡，商汤封夏后，商亡，周封纣王兄微子于宋以奉商祀。汉代伏生的《尚书大传》卷一:“古者诸侯始受封，则有采地：百里诸侯以三十里，七十里诸侯以二十里，五十里诸侯以十五里。其后子孙虽有罪黜，其采地不黜，使其子孙贤者守之，世世以祠其始受封之人。此之谓兴灭国、继绝世。”在平实无甚故事的平民之家，头等的焦虑便是子孙后代。那些不爱其躯的侠女，正顺应了读者的渴求。

三、“不爱其躯”的女性侠义

《史记·游侠列传》太史公赞则云:“游侠救人于厄,振人不赡”。游侠救人于困厄,救济人们生活所乏。百姓日常中所乏之事甚多,则侠“趋人之急,甚于己私”的施展空间甚为宽泛。志怪与传奇的书写传统,为蒲松龄在侠义主题上的想象和尝试提供了掩护与价值依据。《聊斋志异》中的侠女用“不爱其躯”的献身方式来解决贫寒知识分子经济困窘、无子嗣的焦虑。《侠女》中的顾生,家綦贫,年过二十五岁,尚未能成婚,跟邻村男子是同性恋的关系。如研究者指出的,同性恋也是部分底层未婚男性满足欲望的重要形式。明清小说中同性恋故事的盛行从侧面反映了这一现实。有数据显示,明代弘治十五年,福建全省男性人口占福建人口总数的74.63%,男女比例严重失调。大量男子无法娶妻,刺激了当地“契兄弟”“契父子”的盛行。[1]同性恋这种畸形情感补偿方式,有悖人伦又无益家族的繁殖和延续,自是受到蒲松龄的排斥。顾生的娈童乃是一只白狐,被侠女所杀。侠女受到顾生母子的照顾,她报恩的方式是主动献身,为贫不能婚的顾生诞下子嗣,为顾家延续血脉。之所以称为侠女,是这个神秘的女子非寻常小儿女,她看到男女欢爱的实质是宗祧大计,所以说“相报不在床笫也”,她对贫弱的顾生母子的关切和救助是根本性的。在诞育子嗣大功告成之后,也如古来的各类侠士一般,“事成拂衣去,深藏功与名”。一晚,侠女忽款门而入,声言大仇已报,手提革囊之中是仇家的头颅。侠女言顾生福薄无寿,叮嘱他要善待儿子,将来光大门楣要靠这个孩子。说完之后乃“一闪如电,瞥尔间遂不复见”。《聊

[1] 吴存存《明中晚期社会男风流行状况叙略》,《中国文化》2001年Z1期,第264页。

斋志异》中侠女的女性特征、才干乃至性魅力都成为行侠的资本。蒲松龄第一次把“不爱其躯”的侠义精神坐实在了侠女的生理性别上。《霍女》写了一位放浪挥霍，专以姿色魅惑男子的出奔女子，两个男子因她败家，她还用卖身的计谋骗人钱财，但对穷书生黄某却能躬操家苦，亲爱甚笃，并为之娶妻延嗣。小说对霍女行止及其家人的描写，隐隐揭示了她亦仙亦侠的身份。异史氏认为霍女“为吝者破其悭，为淫者速其荡，女非无心者也”。这位侠女惩恶扬善用的是色相而非武功。

《聊斋志异》中的《侠女》写女性用超越礼教规范的方式成全宗法伦常的大端。小说从侠义行为的原则推演，“感君恩义许君命，泰山一掷鸿毛轻”，牺牲对象从男侠的生命扩大到女侠的身体，也是顺理成章。

《侠女》的原型来自唐人小说《崔慎思妾》和《贾人妻》，基本的故事框架是侠女忍志为亲报仇，其间嫁人生子，报仇之后，弃家远走，绝无消息。这类故事虽相隔几百年，侠女的基本品格几乎没有变化，都是轻儿女之情，无家室之恋。唐代侠女故事的重点在报仇，结婚产子是侠女为在社会托身立足，而不可免除的形式与掩护，为了断绝情念，唐代侠女还亲手杀死了自己的婴儿。在《聊斋志异》中，故事的关键却是侠女为无力娶妻的穷书生诞下婴儿。女性以自己的贞操、身体来报恩行侠，洋溢着民间道德的温情。在传统的民间社会，子嗣是维系伦理秩序的根本，也是男女之情为社会认可的核心价值。一个母老家贫、无力娶妻的穷书生，固然如在水火之中，妻财子禄，样样悬望空中施来援手，而不孝有三，无后为大，最迫切的还是宗嗣香火。为了报答顾生母子的周济照顾，侠女主动与书生私通，“为君贫不能婚，将为君延一线之续”。聂绀弩先生称赞侠女的崇高，“在她以自己的身体，自己的贞操报恩，为一个贫不能娶、自己又不与他结婚的恩人生子延祧。这样就是她做了自己的身体、贞操的主人，有了自己的人生的自由”[1]。这种崇高

[1] 聂绀弩《侠女、十三妹、水冰心》，《聂绀弩全集》第7卷，武汉出版社2004年版，第575页。

的“自由”似颇有可议之处，侠女的行为体现的是侠者“不爱其躯”地“报”的逻辑，而不是自我意识的觉醒。侠义的精髓是知恩必报，而且这种“报”历来就不是等价的。侠者一旦受人恩惠，就有报恩的义务，他的身家性命就不再属于自己。侠客的自由意志只是体现在牺牲的慷慨上，而不在报恩义务的承担与否，他更无法选择报恩的对象。在蒲松龄笔下的男性侠客故事中，不得中顾个人之私的被动牺牲，引起了对社会不公的深层思考。

《田七郎》就在侠义报恩的叙事结构之下，揭示了它背后社会的不公，以及侠者受报恩义务支配的不由自主。富家子武承休欲用重金结交猎户田七郎，七郎母子力图躲避，但陷于囹圄的田七郎还是靠武公子的钱财脱灾。七郎的母亲声言儿子的一切不再是她“所得而爱惜者矣”。施恩者就如放了一笔高利贷般的喜悦，受恩者则“终不乐”，唯愿恩主“终百年，无灾患”，七郎后来终不免以死报公子之恩。七郎母亲所谓“富人报人以财，贫人报人以义”，实在是蒲松龄看穿了侠义光环之下，施恩者与报恩者关系的实质就是钱财和性命的不等值交易。在女侠报恩的故事里，性命的牺牲转换成性的牺牲。侠女要报答书生是不由她选择的，她因贫困而受顾生家的接济，但她对顾生本人并无好感。这个顾生平庸福薄，还有娈童之癖。顾生之母为儿子提亲时，“女默然，意殊不乐”，对待顾生的试探，侠女始终是冷淡乃至厉色相对。侠女所谓“相报不在床第”，是因为有比以身相报更彻底、更富牺牲精神的报答方式，是对伦理道德的根本维护与奉献。在这里，作为侠，作为女性，她的情感和自我都是不存在的，她对妻子这一角色的认识就是操持家务、传宗接代，“枕席焉，提汲焉，非妇伊何也？”侠女不拘于婚姻形式的“私顾”行为，同田七郎颜色惨然地践行报恩义务，其为“义”所驱驰、役使的本质并无分别，因而谈不上女性的自主自由，更罔论女性自我意识的觉醒。这位剑侠式的女性之所以“忍小耻而就大计”[1]者，在于她对伦理秩序

[1] 李贽《藏书》卷三十七，张建业主编《李贽全集》第7册，社科文献出版社2010年版，第149页。

的精髓有清醒的体认、自觉的维护。当书生的娈童嘲笑她这个“贞洁人”的时候，侠女是“眉竖颊红，默不一语”的。侠女这个以性行侠的人物，同“聊斋”中的《红玉》《霍女》《房文淑》诸篇的内在精神是一致的，几位用身体赈济穷书生、延嗣抚孤的女性都算得上自我牺牲。蒲松龄不愿意深究故事蕴含的性别歧视意味，并用修辞技巧使歧视合理化。小说中侠女和“聊斋”的花妖狐魅一样，是作为伦理教化之外的异类身份出现的。选择侠女和狐魅做出身体和色相的牺牲，也可以见出作者轻侮的态度。《侠女》篇末异史氏曰：“人必室有侠女，而后可以蓄娈童也。不然，尔爱其艾豭，则彼爱尔娄猪矣！”将侠女与娈童并举，还打个公猪母猪的比方。所谓“鬼可虚情，人须实礼”，这些女性都不需男子付出责任与义务，她们本身也没有自我的意识和要求，侠义就在于身体的奉献和情感的付出，结局则是轻身径去。这位侠女缺乏生命的自觉和自主，只是文言小说的侠义主题和片段化的人物叙事方式，保持住了她神龙首尾的神秘感罢了。

《霍女》中的狐精霍女，凭着绝伦的美貌，在三个男人之间辗转来去，让吝啬的朱大兴为她的奢靡倾家荡产；令好色的何生惑于她的手段而不自省。在逃到贫士黄生家里之后，却又安贫耐劳，躬操家苦，劬劳过旧室焉。不但肯为黄生自卖自身，还助黄生娶妻生子，重振家业。这个狐女“为吝者破其悭，为淫者速其荡”，为黄生赚得千金之财，靠的是性感魅力。异史氏称赞“女非无心者也”，则其诸般放浪、不爱其躯的行为，也可以视为伸张正义、替天行道的手段。此种侠女、狐女在《聊斋志异》中的出现，不得不视为侠义主题在志怪题材中的发展，也是庶民社会心理的反映与迎合。在普通人的生活中，食与色、生殖和繁衍层面的问题就是人生最根本的解救了，其意义不下于存亡继绝，救危扶倾。

《聊斋志异》将游侠元素加入志怪题材，塑造了新的侠形象——动物侠，如禽侠、狐侠（《红玉》）、虎侠（《赵城虎》）等。通过对这些动物侠的人格化描写，拓展了侠主题。鹳鸟巢于某寺鸱尾，三年中“每至鹳雏团翼时”，殿藏大蛇“辄出吞食尽净”。第四年，同样的悲剧即将再次发生时，大鸟应邀而至，只见它“翼蔽天日，从空疾下，骤如风雨，以爪击蛇，蛇首立堕，连摧殿角数十尺，振翼而去”，真是痛快淋漓，难怪作者大加赞赏：“大鸟必羽族之剑仙也，飙然而来，一击而去，妙手空空儿何以加此？”妙手空空儿为唐传奇中的侠客，剑术神妙，作者把大鸟与之相比，可以说是无尚的褒扬。《聊斋志异》著名评点家但明伦更认为“禽鸟中有志士，有侠仙，人有自愧不如者矣”。这个主题来自杜甫的《义鹘行》。杜甫借“义鹘”为苍鹰报仇，以激励人类的道德感。所谓“聊为《义鹘行》，用激壮士肝”。南宋洪迈的《夷坚志》中就有一篇“义鹘”，将杜甫的诗歌变成一篇志怪故事。《聊斋志异》乃是这一传统的“禽侠”主题的延续。

还有“狐亦侠也”的一类。如为弱小者娶妻抚孤的红玉（《红玉》）；“为吝者破其悭，为淫者速其荡”的霍女（《霍女》）；为妻子不能生育的穷秀才诞育子嗣的房文淑（《房文淑》）等。

《赵城虎》里，赵城有个老妪的儿子为虎所食，她告到县衙，请求杀虎给儿子偿命。隶卒李能因无法完成任务，“受杖数百，冤苦罔控。遂诣东郭岳庙，跪而祝之，哭无声。无何，一虎自外来”“贴耳受缚”。这只为了不连累无辜而自投罗网的老虎，可称虎侠了。更神异的还在下面的情节：

> 宰问虎曰：“某子尔噬之耶？”虎颔之。宰曰：“杀人者死，古之定律。且妪止一子，而尔杀之，彼残年垂尽，何以生活？倘尔能为若子也。我将赦之。”虎又颔之，乃释缚令去。妪方怨宰之不杀虎以偿子也，迟旦，启扉，则有死鹿，妪货其肉革，用以资度。自是以为常，时衔金帛掷庭中。妪从此致丰裕，奉养过于其子。心窃德虎。虎来，时卧檐下，竟日不去。人畜相安，各无猜忌。数年，妪死，虎来吼于堂中。妪素所积，绰可营葬，族人共瘗之。

传播神奇怪异的事情，固然可以使人得到快乐，但这只虎侠，塑造得太不成功，完全没有老虎的野性和兽性。不但听得懂人言，领了县宰的命令，用捕获的野物赡养老妪，还“时衔金帛掷庭中”。难道这是一只懂得金银绸缎货币价值的野兽？更奇特的是，老妪死后，老虎吼于堂中，招来族人为其营葬。这肯定还是一只熟知风俗礼节的山中王者。

老虎是古代中原地区最令人畏怖的野兽，关于老虎被人类教化的传说很早就有。《搜神记》中，汉和帝时荆州刺史王业，敬天爱民，“在州七年，惠风大行，苛慝不作，山无豺狼”，常“有二白虎，低头曳尾，宿卫其侧”。王业死后，老虎就离开了荆州，再也没出现过。这个神异故事用老虎的低头曳尾，宿卫在王业身旁的恭顺，衬托出王业作为刺史的道德感化力。此种“猛虎渡河”式的良吏书写，在《风俗通义》《洛阳伽蓝记》《后汉书》等书中就有记载。[1]《搜神记》中，有母虎为报答人类的助产之恩，再三送野肉放到人类家门内的故事，但是却没有一只像《聊斋志异》这样，被完全教化为老于世俗人情的“虎侠”。

这些世俗化、人情化动物侠士虽太过烂熟，没有野兽的异类、异质的感觉，却显示了蒲松龄被温情所控制的立场和想象。这些为侠人物画廊增添了新形象的尝试，使我们得以窥见他构建《聊斋志异》神异世界的根本性的情感思维模式。

[1] 孙正军《中古良吏书写的两种模式》，《历史研究》2014 年第 3 期。

第七章 神异化的“知己”主题

寻求“知己”是《聊斋志异》的一大主题。“知己”体现了作者对爱情婚姻的认识和理想，更寄寓了作者怀才不遇、知己难逢的孤愤情怀。“良马非不骏，盐阪徒悲鸣。美玉非不贵，抱璞为世轻”的自我定位，使他一生难得内心平静。一方面痛感“笔墨之耕耘，则萧条似钵，门庭之凄寂，则冷淡如僧”的潦倒身世，一方面有强烈的功名意识“智慧皆从致志生，功名要自读书始”[1]“男儿事蚕桑，后世有何称？”[2]在那个社会，唯一能让蒲松龄出人头地的人生路径只有读书著述。其“集腋为裘，妄续幽冥之录；浮白载笔，仅成孤愤之书”地撰述小说，也是受到追求知己与个人声誉目的的驱动。“知己”主题，在某种程度上，是蒲松龄用小说对传统的“悲士不遇”主题的拓展，是对个体价值与声誉的自我肯定。

因为对个体和自然有着细腻的感触、敏感的共情和丰沛的情感，所以他能够在传统主题当中，剔抉出不同以往的况味。蒲松龄是一个喜欢交友、喜欢热闹的人。在几十年孤寂的离家坐馆生涯里，他有充裕的时间和童心将身边自然物作拟人化的描写：“石丈犹堪文字友，薇花定结欢喜缘”“小山撍笏如人拙，瘦竹无心类我痴”[3]。诸如此类的表述，显示了他细腻丰富的感官和以情化物，将无情无声的自然景物，描述成充溢着人类温情的形象。这种诗

[1] 蒲松龄《子笏》，蒲松龄著，路大荒整理《蒲松龄集》，上海古籍出版社 1986 年版，第 545 页。

[2] 蒲松龄《咏史》，蒲松龄著，路大荒整理《蒲松龄集》，上海古籍出版社 1986 年版，第 499 页。

[3] 蒲松龄《逃暑石隐园》，蒲松龄著，路大荒整理《蒲松龄集》，上海古籍出版社 1986 年版，第 543 页。

歌手法和《聊斋志异》的花妖狐魅故事在本质上是一样的。蒲松龄对自然和个体的态度，是温情化的。他认为在现实的世界之外，存在着未被现实的凉薄完全浸染的一个个茧洞一般的边缘空间。在那里，个体的价值得到尊重，那些沉默之人的愿望、冤屈、情感得以呈现。所以传统的小说主题、人生困境和社会问题的解决方式发生了变化。

以知己故事而言，从《田七郎》中对“士为知己者死”主题的质疑，到《黄英》求知己于异代；《王六郎》《叶生》《石清虚》求知己于异类；《乔女》《连城》《瑞云》求知己于异性。这些“异”质的成分，扩充了“知己”故事的内涵及其表现精神世界的边界。

蒲松龄本人有强烈的寻求知己的意愿。如《偶感》：

潦倒年年愧不才，春风披拂冻云开。
穷途已尽行焉往？青眼忽逢涕欲来。
一字褒疑华衮赐，千秋业付后人猜。
此生所恨无知己，纵不成名未足哀。[1]

他的诗集中，类似主题的与友人唱和、往还赓酬之作还有很多。

一、“士为知己者死”与个体生命的自觉

知己之求虽一直是古人热衷歌咏赞叹的主题，但其内涵成分颇为复杂，需要略为辨析一二。第一，古人所谓的求知己，更主要的是求“知遇”，希

[1] 蒲松龄著，路大荒整理《蒲松龄集》，上海古籍出版社1986年版，第539页。

望个人得到在上者的赏识和优待；其次才是寻求精神上的知音，以抵消对孤独感的恐惧。第二，这种寻求赏识和优待的“知己”之求，隐含着“报”的交换性的本质。回报“知己”的交换方式、原则和层次等方面都是稳定的。

最早提出“士为知己者死”之说的是《战国策》。晋国的豫让为报答知伯的知遇之恩，一次次地刺杀赵襄子，最后献出了自己的生命。贾谊《新书》和司马迁《史记》都引用了“士为知己者死，女为悦己者容”，这句似为其时流传俗语的话。习语体现了被世俗广泛认可的社会价值观和行为模式。在这句话中，“士”和“女”并举，“知己”和“悦己”相对等。可见在等级社会中，“士”和“女”都是在下者，俱是被知、被悦的被动一方。“报答”的方式和程度却是畸重畸轻。这种交换定式虽不合理，但随着后人一代代的重复表达，就成为习焉不察的固化模式。魏晋到隋唐的诗句，如“虽奇宝名器，不遇知己，终不见重”（陆机《鞠歌行》）；“轻生殉知己，非是为身谋”（虞世南《结客少年场行》）；“山河不足重，重在遇知己”（鲍溶《壮士行》）；“士贫乏知己，安得成所好”（萧颖士《仰答韦司业垂访五首》）等。所吟咏企望的“知己”，并非精神上的知音，而是渴求受到赏识提拔的所谓“知遇”。其本质皆因贫士毫无地位资源，如无提携，则无法体现自我价值。在强烈的功名心的驱动下，生命已是可轻，山河自不足重。

“士为知己者死”的夸张性表达，在明清小说中逐渐被朴实的人情逻辑所替代，知己主题变成了互相扶持帮助之平等的友情。如话本小说《俞伯牙摔琴谢知音》：

古来论交情至厚，莫如管鲍。管是管夷吾，鲍是鲍叔牙。他两个同为商贾，得利均分；时管夷吾多取其利，叔牙不以为贪，知其贫也。后来管夷吾被囚，叔牙脱之，荐为齐相。这样朋友，才是个真正相知。这相知有几样名色：恩德相结者，谓之知己；腹心相照者，谓之知心；声气相求者，谓之知音。总来叫做相知。[1]

这种知己之求，就是江湖好汉、贩夫走卒在其同类中寻其友声、结交兄弟。虽不脱交换性质，但在本质上要比“知遇”之求要平等和自主得多。这也是“三言”中的《羊角哀舍命全交》《吴保安弃家赎友》《俞伯牙摔琴谢知音》《范巨卿鸡黍死生交》等，以“知己”“知音”为主题的友情故事，贴合庶民时代新的伦理准则与社会理想而受到大众喜爱的原因。《聊斋志异》中的“知己”故事，也是因为给这个古老的主题注入了更为丰富的质素而焕发出新鲜魅力。

《聊斋志异》的《田七郎》是对报恩主题的超越[2]。据篇后“异史氏”的话，《田七郎》是以荆轲为原型而写作的一篇小说。燕太子丹厚结荆轲的故事，主要存在于《战国策》《史记》和《燕丹子》这三个文本中。其中，《战国策》和《史记》情节相类。《史记·刺客列传》记载了燕太子丹结交荆轲以为死士的厚遇之举：“尊荆卿为上卿，舍上舍。太子日造门下，供太牢具，异物间进，车骑美女恣荆轲所欲，以顺适其意”[3]。

这几句话在杂传小说《燕丹子》[4]中，被扩充为黄金投龟、千里马肝、姬人好手盛以玉槃三个小故事。荆轲到燕国，太子丹亲自为他驾车，荆轲毫不辞让，称“今太子礼之以旧故之恩，接之以新人之敬，所以不复让者，士

[1]《警世通言》第一卷《俞伯牙摔琴谢知音》。

[2] 袁世硕《〈田七郎〉恩报主题的超越》，《蒲松龄研究》2008年第2期。

[3] 司马迁《史记》，中州古籍出版社1996年版，第190页。

[4]《燕丹子》一书的时代有较大争议。有认为是秦汉古书者，如周端朝《周氏涉笔》、宋濂、孙星衍、周中孚，以及今人鲁迅、李剑国、程毅中、李学勤等。周端朝认为《燕丹子》所载与《史记》皆相合，似是《史记》事本；有认为成书于汉末的，胡应麟、余嘉锡等持此说；有认为成书于六朝以前的，如《四库全书总目提要》认为此书在应劭、王充后，其书“割裂诸书燕丹、荆轲事杂缀而成，其可信者已见《史记》，其他多鄙诞不可信，殊无足采”。罗根泽《〈燕丹子〉真伪年代之旧说与新考》认为：“其时代上不过宋，下不过梁，盖在萧齐之世”。

信于知己也”。不辞让的原因是信任太子丹为“知己”：

> 后日，与轲之东宫，临池而观。轲拾瓦投龟，太子令人奉槃金。轲用抵，抵尽复进。轲曰：“非为太子爱金也，但臂痛耳。”后复共乘千里马。轲曰：“闻千里马肝美。”太子即杀马进肝。暨樊将军得罪于秦，秦求之急，乃来归太子。太子为置酒华阳之台。酒中，太子出美人能琴者。轲曰：“好手琴者！”太子即进之。轲曰：“但爱其手耳。”太子即断其手，盛以玉槃奉之。太子常与轲同案而食，同床而寝。[1]

杂传小说家通过铺排这些豪奢、残忍以及到了匪夷所思地步的逢迎，来显示太子丹对荆轲的“知”与“遇”。通过超越常规的待遇而索取荆轲以性命做出的回报。荆轲来到燕国，就是决心来当死士的。他坦然接受太子丹的这些优待，是以这些“遇”，显示其个人价值，是为自己的身殉死命索取等量的交换筹码。陶渊明《咏荆轲》所云：“燕丹善养士，志在报强嬴。招集百夫良，岁暮得荆卿。君子死知己，提剑出燕京；……心知去不归，且有后世名”，就是从“死知己”这个角度，强调这个交换模式的稳定和必然。

《聊斋志异》的《田七郎》却对这种自古以来称扬不替的“知己”交换模式提出了质疑。蒲松龄以平民阶层的价值观念修正了“士为知己者死”这类，本质上是将在下者视为恩主的附庸或者报仇工具的主题。

《田七郎》中，武承休对田七郎的厚遇，明显是以《燕丹子》荆轲故事为范本的[2]。和太子丹一样，武承休结交田七郎有明确的目的性。他夜梦一

[1] 《燕丹子》，《六朝笔记小说大观》，上海古籍出版社 1999 年版，第 41 页。

[2] 白亚仁《〈田七郎〉与〈聂政传〉关系探源》认为，《田七郎》的故事和字句在一定程度上模仿了《聂政传》的字句。这两个作品在情节上有 5 个共同特点。1. 一个富人企求跟故事的主人公（刺客）建立血肉相连的深厚友谊。2. 主人公拒绝。3. 主人公对他的顾虑做解释：怕连累自己的母亲。4. 主人公为富人报仇。5. 主人公自杀。（见《文史哲》1992 年第 4 期）而从异史氏的表述来看，他对荆轲故事的模仿也是明显的。

人告知，唯田七郎可共患难，于是想方设法结交猎户田七郎。武承休对田七郎的“知遇”抱着明确的索要命偿知己式的交换目的。先是上门拜访，一见面就“贻金作生计”，七郎的母亲看出了他的不怀好意，拒绝了馈金；其后他又屡屡召请田七郎，田七郎妻子死，“武亲临唁送，礼仪优渥”，田七郎因花掉了武承休的钱不得已与之周旋。

在这个“士为知己者死”的传统题目之下，蒲松龄加入了很多的新鲜元素。如武承休初次登门，田七郎母亲对他“薄施厚望”的警惕：“我适睹公子，有晦纹，必罹奇祸。闻之：受人知者分人忧，受人恩者急人难。富人报人以财，贫人报人以义。无故而得重赂，不祥，恐将取死报于子矣”。面对武承休无端的殷勤，田七郎母亲出面警告曰：“再勿引致吾儿，大不怀好意！”后来田七郎惹上人命官司，被武承休搭救。

（七郎）母慨然曰：“子发肤受之武公子耳，非老身所得而爱惜者。但祝公子百年无灾患，即儿福。”七郎欲诣谢武，母曰：“往则往耳，见武公子勿谢也。小恩可谢，大恩不可谢。”七郎见武，武温言慰藉，七郎唯唯。

这是普通人的无奈和心酸。同荆轲这样的游士不同，猎户田七郎言词朴质，所居虽促狭：“破屋数椽，木岐支壁”，小室内“虎皮狼蜕，悬布楹间，更无杌榻可坐，七郎就地设皋比焉”。但生活从容，无求于人，有着属于自我的自尊和坦然。冯镇峦说：“一介不取，大圣贤；一饭不忘，大豪杰。若在俗人，与之唯恐不多；既受，视若应得。若七郎者，真令人可爱可敬。”但明伦说：“彼七郎者，问其业，则猎者耳；睹其貌，则豸区目蜂腰耳，观其服则腻袷衣、皂犊鼻耳。知名士见之，必且鄙夷不屑与言矣。迨观其取与不苟，内外如一，其事亲也如此，其交友也又如此，一片赤心，满腔热血，此皆博古通今、摛华染翰、弋取闻誉者所不敢为、不能为、不肯为者，然后叹天下知名士何太多，如七郎者又何太少也！”

这些评点者和蒲松龄一样，都看到了田七郎不同于聂政、荆轲那样的剑客死士的自我意识和价值感。虽然这篇故事写的是田七郎受人恩、急人难、舍身报人恩的故事，而且写得颇壮烈。其中的神怪因素有二：一是田七郎的剑，运用了历来神怪小说的旧例，“此刀购诸异国，杀人未尝濡缕，迄佩三世矣。决首至千计，尚如新发于硎。见恶人则鸣跃，当去杀人不远矣”。一夜，田七郎和武承休谈话时，“忽自腾出匣数寸，铮铮作响，光闪烁如电”，预示了武家恶仆林儿将给主人带来灾难；二是田七郎为武承休报仇，身死僵卧血泊中，“尸忽突然跃起，竟决宰首，已而复踣”。异史氏称：“七郎者，愤未尽雪，死犹伸之，抑何其神？使荆卿能尔，则千载无遗恨矣。”如果荆轲有此“死犹伸之”的复仇精神，就没有千年以前那“力不足以谋无道秦，遂使绝裾而去，自取灭亡”的一幕了。但这篇小说的主旨并非为歌颂荆轲“为知己者死”的舍身报恩德行，而是“在整个事件的进程中几乎处处显示着舍身报恩实属无奈的悲剧性”[1]。

二、“悲士不遇”与“异类”知己

儒家本质上是一种讲究社会的群体性、伦理性的学说。千百年来，等级伦常观念深入人心。每个人的存在都是社会性和依附性的，从生存发展到精神灵魂，个体对他人的依赖是全方位的。因为每个个体的人格都是以追求差等为基本内质的，所以人的生存价值也就在这种差等关系中得到显现。由此形成的人际关系，使得古代的知己之求，就有依附性心理和“唯上”的单一

[1] 袁世硕《〈田七郎〉：恩报主题的超越》，《蒲松龄研究》2008年第2期。

价值取向。

一方面是寻求精神上的知己。人类寻求知己，根本上缘于个体深刻的孤独感。亚里士多德在公元前328年的《政治学》中曾说：

> 从本质上讲，人是一种社会性动物。那些生来离群索居的个体，要么不值得我们关注，要么不是人类。社会从本质上看是先于个体而存在的。那些不能过公共生活，或者可以自给自足不需要过公共生活，因而不参与社会的，要么是兽类，要么是上帝。

“知音”一词的原意是通晓音律，后用来喻指知己之交。中国传统文人普遍具有渴求知音的情愫，《吕氏春秋·仲冬季十一》载：晋平公铸为大钟，使工听之，皆以为调矣。师旷曰：“不调，请更铸之。”平公曰：“工皆以为调矣。”师旷曰：“后世有知音者，将知钟之不调也，臣窃为君耻之。”至于师涓而果知钟之不调也。是师旷欲善调钟，以为后世之知音者也。知音、知己都是希望在人群中找到理解自己的同类。如此诞生的寻求知己主题，见诸诗文和各类民间故事。如《诗经》的《黍离》就有：

> 行迈靡靡，中心摇摇。知我者，谓我心忧；不知我者，谓我何求？悠悠苍天，此何人哉？

孔子生于乱世，莫之能容也。夫子曰：“不怨天，不尤人，下学而上达，知我者其天乎！”

知己的说法，有类《易经》上说的“同声相应，同气相求，同明相照，同类相招，云从龙，风从虎，归凤求凰”。

民间故事重视的是信义与友情。汉代有羊角哀左伯桃之类[1]，范张鸡黍之约的故事，产生于东汉，见于《后汉书》。这类故事都带有鬼神色彩，因为在古人天人感应的意识里，神异情节的出现，显示了它们感动天地的诚挚，能增加人物和故事的光彩[2]。

另一方面，知己之求实际上是知遇之求，是求得在上者的赏识和提拔。在大一统的等级社会中，每一个人都是有待的，要依靠他人，尤其是在上者的肯定和拔擢才能实现个人的价值和追求。如东方朔所谓：“故绥之则安，动之则苦；尊之则为将，卑之则为虏；抗之则在青云之上，抑之则在深渊之下；用之则为虎，不用则为鼠。”[3]士人的穷达升迁完全掌握在当途者手中。扬雄指出：“当途者升青云，失路者委沟渠。旦握权则为卿相，夕失势则为匹夫。”[4]在这样的环境中，贤人失志，辞赋作焉。从司马迁的《悲士不遇赋》、董仲舒的《士不遇赋》、赵壹的《刺世疾邪赋》开始，抒发渴求伯乐的焦虑与幻灭的作品便纷纷登场。陶渊明的《感士不遇赋》、唐宋元明时期抒发“悲士不遇”的诗文等都发出了“英雄失路”的悲慨。

蒲松龄在《聊斋自志》中将他的著作称为“孤愤之书”，强调由其“不遇”而寄托如此，亦足悲慨。“惊霜寒雀，抱树无温；吊月秋虫，偎栏自

---

[1] 2004年发掘的长沙东牌楼东汉简牍，为羊角哀左伯桃故事在东汉民间的流行，提供了力证。其中简146，整理者定名为“羊角哀等习字”者有如下的记载：

差 羊角哀、左左伯桃哀物 □□□序

羡恙羡 称称称 □□□ 郡县小吏

羑义 不拘虑度，次心肆意，若无臣上，检御如此，有若无

——《长沙东牌楼东汉简牍》，文物出版社2006年版，第127页。

[2] 孔融《汝颍优劣论》论述汝南颍川两地士人的优劣，就以能否有感动天地的神异事件出现作为评判的标准之一。所谓“颍川士虽有奇异，未有鬼神能灵者也”之类。见严可均辑《全上古三代秦汉三国六朝文》第2册，河北教育出版社1997年版，第782页。

[3] 东方朔《答客难》，萧统选，李善注《昭明文选》下卷，京华出版社2000年版，第161页。

[4] 扬雄《解嘲》，萧统选，李善注《昭明文选》下卷，京华出版社2000年版，第165页。

热”，形容的是某些时刻他感到的刻骨的孤独感。正是这类孤独感驱使他在想象的、超自然的世界中，寻觅知己和温情，所谓“知我者，其在青林黑塞间乎！”《聊斋志异》几百篇小说，写了很多对人类友善的花妖狐魅、鬼怪神明。在某种程度上，这些形象都是那些弱小的、边缘的凡人们的知己，它们倾听他们被人忽略的声音、纾解他们无端的困厄；与之游戏调侃，慰藉孤独的人们，这些都可称为求知己于异类的故事。

蒲松龄终身不遇的经历以及他对“知己难逢”的切身情感体验，驱使着他在小说世界中描绘着他所渴望的东西。《叶生》中的叶生，是一个困于名场的考生，得到邑令丁公的赏识，时常拿钱粮抚恤他的家庭。“值科试，公游扬于学使，遂领冠军。公期望綦切，闱后，索文读之，击节称叹。不意时数限人，文章憎命，及放榜时，依然铩羽。生嗒丧而归，愧负知己，形销骨立，痴若木偶。公闻，而召之来，面慰之；生零涕不已。”这位邑令还约叶生随他回乡，做儿子的老师，一起揣摩举业。叶生病重，丁公称：“东归有日，所以迟迟者，待足下耳。足下朝至，则仆夕发矣。”叶生持书啜泣，请其先发。丁公不忍去，徐待之。数日后，叶生来到丁家，随其北归。在叶生的辅导下，丁公子不久高中，按叶生的说法，他借了丁公子的福泽，证明了自己文章的价值。在学生的帮助下，叶生也入闱高中，衣锦还乡。到了门户萧条的家中，只见妻子携着簸箕出来，见到他就掷具骇走。叶生很凄楚地说：“今我贵矣！三四年不觌，何遂顿不相识？”他这样像一个正常归来的丈夫的问话，似乎是完全不知自己已经身死的事实。他的妻子逃得远远的，冲他说：“君死已久，何复言贵？”并向他解释因为家里太穷，无力殡葬，所以他的灵柩还未下葬。妻子保证儿子已经长大，将为他卜地入土，请他“勿作怪异吓生人”。“生闻之，怃然惆怅。逡巡入室，见灵柩俨然，扑地而灭。妻惊视之，衣冠履舄如蜕委焉。”

对这个魂从知己、竟忘身死的怪异故事，异史氏发了一段长长的议论：

魂从知己，竟忘死耶？闻者疑之，余深信焉。同心倩女，至离枕上之魂；千里良朋，犹识梦中之路。而况茧丝蝇迹，呕学士之心肝；流水高山，通我曹之性命者哉！嗟呼！遇合难期，遭逢不偶。行踪落落，对影长愁；傲骨嶙嶙，搔头自爱。叹面目之酸涩，来鬼物之揶揄。频居康了之中，则须发之条条可丑；一落孙山之外，则文章之处处皆疵。古今痛哭之人，卞和惟尔；颠倒逸群之物，伯乐伊谁？抱刺于怀，三年灭字，侧身以望，四海无家。人生世上，只须合眼放步，以听造物之低昂而已。天下之昂藏沦落如叶生其人者，亦复不少，顾安得令威复来，而生死从之也哉？噫！

这段话乃是作者郁结已久、借题发挥的劳愁愤怨，占了小说相当大的篇幅。因为蒲松龄由叶生的遭遇而引发的科举穷途的共鸣，情绪剧烈，触发点很多，核心意思的层次比较难把握。这段话却是理解其主观感受和《聊斋志异》“知己”之说的关键。蒲松龄的“志异”并非如前人那般“客观”地记录怪异，而是借怪异以自写怀抱，复杂的情绪冲击决荡，喷薄而出，很难抓住重点。他首先列举了元杂剧《倩女离魂》中张倩女数年魂灵追随未婚夫赴京赶考，身体在家中沉湎病榻的故事，以及《韩非子》中张敏思念朋友，欲梦中相见，可惜“梦中不识路，何以慰相思”的典故，说明人类之间的深情，是可以超越形骸的阻隔的。这段话用典故说明叶生故事也是有些可信性的，这就是“小说家言”的自为狡狯；其次，“茧丝蝇迹，呕学士之心肝”是说文人之不易，为文如茧之抽绪，蝇头细书，创作则如李贺那般要呕出心肝。这般的孤独落寞，却无知音赏识，只有鬼物揶揄。不知名的叶生，只是天下读书人的缩影，如此境遇者何止万千，而如丁邑令一般识才的人物，却不可得，故穷士们虽愿生死以从知己，也不可得，唯有一声慨叹！

《石清虚》的主题是“天下之宝，当与爱惜之人”。邢云飞在河中得到了一块奇石，四面玲珑，峰峦叠秀。这块石头的奇特在于“每值天欲雨，则孔孔生云，遥望如塞新絮”。邢云飞如获异珍，雕紫檀为座，供诸案头。这块石头屡屡被人谋取、偷盗，邢云飞每每悼丧欲死，不惜减寿也要留住奇石。这块名为石清虚的石头，能自择主，主动在邢云飞面前现身，在邢云飞失去石头伤心欲绝的时候，又托梦告知人石再遇的时间地点。在邢云飞死后，石头忽坠地，碎为数十余片，邢的儿子将碎石仍旧埋在邢云飞的墓中，人石永远相伴。石头是人的异类知己，能为知己粉身碎骨。在这篇《石清虚》后，异史氏曰：“物之尤者祸之府。至欲以身殉石，亦痴甚矣！而卒之石与人相终始，谁谓石无情哉？”

科举之痛，在蒲松龄是刻骨啮心的。“觉千瓢冷汗沾衣，一缕魂飞出舍”，对此痛入肌肤，一面为“寻常竹木本无奇骨，有甚底扶摇相？系长绳撒向春风里，倾刻云霄飞上”愤愤不平；一面悲叹“蕊宫榜放，直教那抱玉卞和哭死”，对落第之士寄予了无限的同情哀怜。

《素秋》中的俞恂九是蠹鱼精变化而成，最聪慧，目下十行，做出的八股文，老宿不能及之。恂九看到好友俞公子连年科举不第，愤然感叹：“榜上一名，何遂艰难若此！”不觉功名心起，遂下帷攻苦，逾年科试，并为郡、邑冠军，名大噪，但终于科场失意，“一击不中，冥然遂死”。蠹鱼与书生，咬文嚼字，茹古涵今，正是同声同气，同忧同乐，同生同死，正宜结为异类知己。连住在书中的蠹鱼精，至死也不能搏得一科第，可见那些奢望着靠苦读登第的读书人的念头是多么的无望和可怜。

《于去恶》中书生于去恶做了鬼，到了冥界，依然痴迷于阴间的科举。蒲松龄设想的地下世界，是更普遍化的科举世界：“无论鸟吏鳖官，皆考之。能文者以内帘用，不通者不得与焉”。那些鬼书生在地下奔忙于科举之途，担心竭虑探讨闱中文章，一如人世。自古及今、盈满读书人天地之间者为“举业”二字，生死不知、温饱不恤。只有在整个社会的读书人精神状态偏执到如此地步的氛围中，才能产生《叶生》《于去恶》《素秋》这样的“异类”知己故事。

自宋代以来，科举制把所有的读书人限制在中举求官这条狭窄的道路上，使他们的心智、眼界被限定在“四书五经”几本圣贤书上，偏狭陋劣而不自知，更对兑现自我价值有超高的期待。求取功名的过程，就是取媚迎合、绞杀正常心智和自我个性的过程。“学成文武艺，货与帝王家”，每个人都需要被承认、被定价。因为欲望偏狭——求仕是人生最重要的事，痛苦单一——落榜是人生最大的痛苦[1]，他们的价值和自尊都建立在被人认可和肯定之上，“一字褒疑华衮赐”，就是如此。因为自我的价值始终“有待”于外在世界，所以“知己”之求分外强烈，自我评价和主观情绪也是极不稳定的。用异史氏的话说：

> 时作一得志想，则顷刻而楼阁俱成；作一失志想，则瞬息而骸骨已朽。[2]

在这种异类知己故事中，蒲松龄还从他的平民知识分子的立场，写出了民间社会温情与世俗的关怀。

《司文郎》写了两个不得志的书生，一人一鬼，互相赏识，却是不能撼动这颠倒的文运半分。鬼书生登州宋生“乃飘泊之游魂也。少负才名，不得志于场屋。佯狂至都，冀得知我者，传诸著作。甲申之年，竟罹于难，岁岁飘蓬。幸相知爱，故极力为‘他山’之攻，生平未酬之愿，实欲借良朋一快之耳。今文字之厄若此，谁复能漠然哉！”王生在他的悲剧中看到了自己的命运。两人以宿命如此互相安慰，王生为饿鬼书生荐以水角，鬼书生则为王生打探运程，并将所食之物化为药菌报答王生。一人一鬼，两个倒霉的读书

[1] 马瑞芳《死魂灵求仕的血泪文章——蒲松龄笔下的书生形象》，《山东大学学报》2003年第4期。

[2] 蒲松龄著，张友鹤辑校《聊斋志异》“会校会注会评本”，上海古籍出版社1986年版，第1239页。

人，跨越生死，在冷漠的世界、在被忽略的社会的边缘，给出了各自那微弱的善意和友情。这类故事在卑微苦涩的氛围里，传达出了无数沉默地化为朽壤的前辈曾有的温度与尊严。

三、求“知己”于异性

多数男性作者笔下的女性形象，要么是工具性的，要么是理想化的。《聊斋志异》中的异类女性则是两者兼而有之。既是蒲松龄寄托孤愤的一种表现形式，又是书生落寞命运的救赎。蒲松龄的妻子温谨朴讷，虽任劳任怨，明显属于恪守闺训的平凡女子。这样由伦常规范训教出来的女性，是难以满足异性们任何的浪漫期待的。《聊斋志异》中的书生对异性的期待是将性爱放在首位的。《云萝公主》中，安大业选择了和公主的六年床笫之欢，而非三十年棋酒之交，就是证明。但“聊斋”最成功的异类女性，还是能够满足异性精神期待的一类。

自屈原《离骚》就开始了以美人香草寄托不遇之感的抒情传统。这种比喻有两种情况：一是屈原以自己的男性面貌出现，上下求女、追求神话中的女性。求女实为政治诉求，求女不成，象征政治诉求的破灭；二是自我女性化，自比操行高尚的美女，把怀王与自己比作爱情中的男女，以失恋写政治上的失意受馋，所谓“众女妒余之娥眉兮，谣啄谓余以善淫”。

这种抒情传统对叙事文学主题影响深远。以自我女性化书写的主题而言，随缘下士编辑的小说《林兰香》，就取书中女主人公们含有香草之意的名字为书名，用家国同构的思路，写了燕梦卿这样一位品格高洁、忠而被弃的女性形象。《离骚》有“吾既滋兰之九畹兮，又树蕙之百亩”之句，幽兰形象的燕梦卿，就成了屈原式的士大夫形象的化身。其身处的夫妻、妻妾之间就是屈原命运的翻版：“见闺人之幽闲贞静，堪称国香者不少，乃每不得于夫子，空度一生，大约有所掩蔽，有所混夺耳。如云屏之于梦卿，所谓掩蔽也。如香儿之于梦卿，所谓混夺也。掩蔽不已，至于坎坷终身。混夺不已，至于悠忽毕世”[1]。

《聊斋志异》的异性异类知己，是古代文人寄托政治理想一脉的发展。宋元以来的庶民社会，专制强化，普通百姓参政的热情大多被泯灭，在社会生活中政治的重要性降低了。身为庶民的蒲松龄，对自身及日常生活的关切代替了高迈的政治理想。蒲松龄塑造了许多身份和个性不同，而都能慧眼识贫士的女主人公，这些主人公是贫士的知己，而非《离骚》中，高不可攀的高洁女神。如《姊妹易嫁》中代姐嫁给贫士的张家次女;《胡四娘》中识贵人于未遇的胡四娘;《细侯》中誓与穷书生终生相守的娼女细侯;《素秋》中只嫁寒士、不入侯门的素秋；等等，都具有在布衣中相士的眼力和胆量。

因为士林中难觅知己的悲慨，使得作者将“士为知己者死”的观念移入男女关系，它超出了一般的男女相悦之情，形成了士林中知己相酬的关系。如《瑞云》《乔女》，女主人公从进取的志气、应试的才艺、持家的能力、为人的德行等各方面来看，都要远胜于她们的丈夫和兄弟。作为士林中人，男性形象失去了意气昂扬、傲视权贵的气节，人格愈趋鄙琐庸俗。“聊斋”的时代意义，就在于反映了原来产生寒士阶层的现实土壤的日趋贫瘠。作者的孤愤，不仅仅是由于自己对科举不公、贫士失志的愤懑，更是为这批士人失去了自身发展的力量而深感绝望。因此，《聊斋志异》实际上是哀悼寒士精神永不复返的一部悲歌。[2]只有拥有属于个体自由的意志、独立人格的人，才能谈得上寻求知己。那些被庸常的世俗意识和伦理规训束缚的人，是没有自我可以匹配他人的。《聊斋志异》在写知己之求的时候，写的就是一种

[1] 随缘下士编辑，于植元点校《林兰香》，春风文艺出版社 1985 年版，第 1 页。

[2] 林庚《中国文学简史》中的第三十章。

深情，一种自由的人格，因而使得类似的故事熠熠生辉，具有了感动人心的力量。

《乔女》是知己故事中，少有的以人类女性为主角的故事。乔女是个丑陋的寡妇，因为乏人问津，所以对前来提亲的孟姓书生充满了感激。虽然她拒绝了孟生的求婚，在孟生死后，却承担起为孟生抚孤育孤、支撑门户的重任。她之所以能够迸发出如此巨大的毅力和能量，是因为孟生对她的尊重和赏识。“妾以奇丑，为世不齿，独孟生能知我。前虽固拒之，然固已心许之矣。今身死子幼，自当有以报知己。”异史氏在篇末自问：“知己之感，许之以身，此烈男子之所为也。彼女子何知，而奇伟如是？”这个故事以一个奇丑、贫穷的寡妇的壮举，让读者们看到了个体的尊严和自我价值感是如此的重要。哪怕是一点小的光芒照耀到这昏沉的角落中，都可以唤起善良和勇敢的力量。

乔女和瑞云都是人类女性，但在清代那样的现实之中，即使在清纯的异性之中，这样具有独立人格的个体还是太少了。蒲松龄只能求诸异类和社会边缘的女性。他脱开现实的局限，虚构想象了花妖狐魅一类虚幻女性，以满足身陷贫乏物质环境中的男性，对才、情、色的渴求。

既以“志异”为名，虚幻女性就是《聊斋志异》中异性知己的主体。

《青梅》写一个婢女识英雄于尘埃的故事。两姓联姻，大多是门当户对，生女攀高门，光耀门楣本是婚姻市场的常态。但如果有识英雄于微末之时的眼光，则能够使婚姻变成一笔高收益的投资。穷举子、不得志的读书人，以及混迹巷陌未发迹的英雄好汉，都是可以趁其微贱之时结为秦晋之好，作为攀龙附凤之先手的。若是到了榜下择婿，就要婚姻论财，陪上巨额的妆奁了。周辉《清波杂志》：

且如择婿，但取寒士，度其后必贵，方名为知人。若捐高赀，榜下裔状元，何难之有！[1]

在唐人笔记中就有女子慧眼识人的故事。如范摅《云溪友议》载韦皋的故事：张延赏的夫人苗氏有鉴别英才的能力，在众人之中特选韦皋秀才做了女婿。称：“此人之贵，无以比俦。”婚后的韦皋不拘小节，遭到张家上下的轻怠，夫人赠妆奁助其外出求官。后韦皋代替张延赏做了西川节度使，凡是张家旧时婢仆，曾经对其无礼者，都被大棒打杀，投进蜀江。唯独对苗氏侍奉过于布素之时。因此当时：

海内贵门，不敢忽于贫贱东床者乎。所以郭泗滨圆诗曰：“宣父从周又适秦，昔贤多少出风尘。当时甚讶张延赏，不识韦皋是贵人。”

《聊斋志异》中的狐女青梅就是这样一位识英雄于穷途的女豪杰。只是这个女子出身狐女，自带虚幻色彩。青梅是王进士家小姐的婢女，“能以目听，以眉语”，聪明伶俐过于常人。租住王家房子的张生，虽然家中贫穷，但行为端正，又笃于学。青梅亲眼见到张生对父母的至孝，就劝小姐嫁给张生：“吾家客非常人也。娘子不欲得良匹则已，欲得良匹，张生其人也”。王小姐虽容华绝代，却是普通的闺中女子，唯父母之命是听，并无青梅的眼光和见识。青梅在其间推动撮合，曰：“妾自谓能相天下士，必无谬误”。但小姐软弱，婚事终是不谐。

青梅见不谐，欲自谋。过数日，夜诣生。生方读，惊问所来，词涉吞吐。生正色却之。梅泣曰：“妾良家子，非淫奔者，徒以君贤，故愿自托。”生曰：“卿爱我，谓我贤也。昏夜之行，自好者不为，而谓贤者

[1] 周煇撰，刘永翔校注《清波杂志校注》，中华书局 1994 年版，第 149 页。

为之乎？夫始乱之而终成之，君子犹曰不可，况不能成，彼此何以自处？”梅曰：“万一能成，肯赐援拾否？”生曰：“得人如卿，又何求？但有不可如何者三，故不敢轻诺耳。”曰：“若何？”曰：“卿不能自主，则不可如何；即能自主，我父母不乐，则不可如何；即乐之，而卿之身直必重，我贫不能措，则尤不可如何。卿速退，瓜李之嫌可畏也！”梅临去，又嘱曰：“倘君有意，乞共图之。”生诺。

这一段并非是青梅要跟张生私奔，也非为小儿女的情感，而是正大光明的自托终身。就如李贽评价卓文君那样，“嗟夫，斗筲小人，何足计事？徒失佳偶，空负良缘，不如早自抉择，忍小耻而就大计。《易》不云乎：同声相应，同气相求，同明相照，同类相招，云从龙，风从虎。归凤求凰，安可诬也！”[1]此等婚姻就如英雄际会，惺惺相惜，非见识短浅的俗人可知。青梅与书生商定终生大事后，恳求王小姐出私蓄数金，助她赎身嫁给了张生。后王家败落，为葬双亲，王小姐卖身为人做妾，被主妇逐出，寄居尼庵，受人凌迫难以存身。一日清晨，尼庵中来了一位贵妇，“女奴数辈，捧一丽人出，仆从煊赫，冠盖甚都”。张生已经通过科举做了高官，这位妇人正是青梅。青梅取珠冠锦衣，为小姐换妆，并把无处存身的王小姐迎回张家。以正室之礼，为她和自己的丈夫举行婚礼。青梅一直以婢妾的姿态，恭顺有礼地服侍王小姐。后来张生官至侍郎，上书陈情，青梅和王小姐俱封夫人。

研究者注意到了蒲松龄在叙述这个故事时，疏密程度的较大差距。前半部分，细致的场景很多，如青梅与张生的对话，勾勒出张生的高尚品格。青梅与小姐的对话，以及小姐的父母因嫌张生贫穷对张生的求婚一笑置之的场景，都描写得非常细腻。可是，谈到小姐阿喜的命运时，叙事完全是用的概

---

[1] 李贽《藏书》卷三十七，张建业主编《李贽全集》第7册，社科文献出版社2010年版，第149页。

述，显得太粗糙。“美丽的小姐受命运捉弄，一次又一次遇到危机。从其情节来看，想必是想展开一个扣住读者心弦的波澜壮阔的故事吧！但事实却完全相反。前半部分中青梅为了促阿喜与张生结婚，并尊阿喜为太太继续侍奉她等，故事富于曲折，而后半部占整个故事大部分，却平淡地叙述经过，无论哪个事件，均未能形成一个完整的场面，变成了一个个好似没有溶化的面疙瘩似的插话，在《聊斋志异》中经常遇到这样的故事，令人兴味索然。”[1]

蒲松龄之所以在阿喜的故事里，尽量使用概述，是因为故事的核心是少女青梅，而非美丽的阿喜小姐。作为一个懦弱守礼的人间女子，她只是一个次要的角色。她对嫁给寒士忧心忡忡，“恐终贫为天下笑”，并不比那个声言“死不从牧牛儿”，在穷书生迎亲那天“眼零雨而首飞蓬”的大姊（《姊妹易嫁》）好多少。《锦瑟》中的兰氏之女，对应童子试被黜的丈夫鄙之不与饭食。这些势利、软弱的女性如浮萍一般随波逐流的命运，并非作者着意的内容。其实，整个《聊斋志异》都缺乏对人类女子命运的关注和描写。她们受命运捉弄，一次次遭遇危机，从来没有被写得波澜壮阔过。

青梅是蒲松龄塑造的另类“灰姑娘”，是对自由精神的鼓励和对传奇女性必备美德的肯定。从这个人物身上，可以窥视到虚幻女性和写实人物，在精神等级上的差别。

作为婢女她有着通过婚姻向上流动的欲望，最终实现了。一般来说，人物形象有欲望才会有个性，有个性才会有爱与地位。但是蒲松龄阉割了她的欲望，一方面她是一个希望通过婚姻获得权力和地位的普通女性；另一方面她又是一个忠于主仆关系的，可以自主地让渡自己权力的异类女性。因为是异类女性，蒲松龄无须为这种不可能的“侠义”寻求合理性，他关注的是作为奖品的、被物化的女性身体价值本身。《霍女》中的霍女形象也是如此。蒲松龄的故事似乎是只讲一半，就是男人的故事。狐女或者侠女是故事

[1] 户仓英美《聊斋志异——在“志异”的潮流中》，《蒲松龄研究》1992 年第 4 期。

中的过客、帮助者，一心一意帮助书生，事成竟去，并无情感的羁绊留恋，也无物质、身份的要求。因为神异身份的存在，她们是由想象和欲望物化出的人物，其个人心理与遭际付诸阙如，也就没有悲剧感和烟火气，难以感动人心。志怪是禁欲的一种补偿性宣泄和表达。因为伦理文化对正当情欲的约束，导致了性对象的普遍降格，使作家的目光从性对象转移到性冲动本身，花妖狐魅、仙鬼这些虚幻人物就是如此。因为出自男性单方面的性别想象，超自然女性缺乏真实动机和心理观察。如《罗刹海市》中，马骥在龙宫思念父母，龙女不以夫妇鱼水之欢而阻碍他回乡孝亲，还主动提出他可以纳妾："中馈乏人，纳婢可耳"，对这等美意马骥自然从善如流，龙女自己却在龙宫久辞粉黛，"克践旧盟"。与之相似的还有穷书生得二美的故事，如《莲香》《小谢》《连城》等，这样的讨便宜的情感婚姻故事，严格来说，不具有什么精神价值和珍贵之处。

异史氏发出的感慨是："天生佳丽，固将以报名贤，而世俗之王公，乃留以赠纨绔。此造物所必争也。"美丽的女子是上天对名贤——优秀读书人的奖赏。至于那些世俗的名位不妨就留给纨绔子弟好了。蒲松龄称这种资源分配方式乃"造物所必争"，也就是天理良心、最后底线的意思。所求多乎哉？似乎不多，但在成人世界中已是难以构建有说服力的语境。

那些被世俗利益熏染了的成年人，基本丧失了独立的自我以及相应的判断能力，他们的见识不出名利容貌一类外在的标准，焉有"从根本处观人"（冯镇峦语）的识力？青梅的自谋婚姻出自她的"自我意志"，即人具有的采取目的性行为的能力以及自决作为的能力。拥有自我意志的人，才有寻找"知己"之需求，才能对"我之为我"的独立、自主地位和价值进行肯定。"自我意志"在现实世界中如此稀缺，蒲松龄只有在人类的自然状态，也就是处在社会边缘的如女子、鬼狐异类中，书写这种富有个人意志的"知己"之爱了。

自元代文学开始，美人佳丽的青睐，就成为读书人满足那点可怜自尊心的虚幻筹码。从元杂剧、才子佳人小说到《聊斋志异》，这类故事一脉不断，时时泛起回响。青梅能识英雄于尘埃之中，且誓嫁之志，期以必死。相比之下，那些弃德行而求膏粱者，“何智出婢子下哉！”

《聊斋志异》中的异类、异性“知己”故事，是读书人沦为社会边缘人之后，孤独落寞心理的写照。这类故事要能够成立，就要建构出某种人格独立和个人意志能够自主的情景。很可悲的是，这种故事架构只能建立在“志异”语境之上，求诸异性和异类了。

《瑞云》中，杭州名妓瑞云，色艺无双，十四岁的时候开始物色接客，穷书生贺生前去拜访。瑞云不在意贺生的寒酸，相见一谈，款接很是殷勤。贺生对瑞云虽然梦魂萦绕，但无钱再去亲近。只能热念都消，和瑞云断绝了音息。瑞云则在一次接待客人的时候，被人手指一点，在脸上逐渐从额头到鼻子长出大块的黑斑，破相之后，门前再无车马之迹，被剥去妆饰做了婢女，“蓬首厨下，丑状类鬼”。贺生见到她，马上货田倾装，将瑞云买回家。贺生对瑞云说：“人生所重者知己。卿盛时犹能知我，我岂以衰故忘卿哉！”冯镇峦评价贺生曰：“此之谓真情种。此等人做得出孝子忠臣来。”贺生瑞云笃定的感情，出自瑞云对他的“识”和“知”。“天下惟真才人为能多情”，冯镇峦指出多情和忠臣孝子在本质上都是情感真切执着的那一种。何守奇也指出“卿盛时犹能知我，我岂以衰故忘卿哉”的话是“愤慨语”，盖一腔用世的热忱无处施展，只能于此儿女情长处展现。后来那个点破瑞云相貌的异人再度出现，恢复了她的美丽。

在清代评点者看来，这个故事中的男女主人公的“知己”之情，是蒲松龄在世间不能获得君上“知遇”而发的愤慨。但从故事层面看来，男女间的知己之情，指向的是个体独立的价值感。瑞云在容貌盛美之时，对贺生能不以贫贱为意；贺生在她丑状类鬼的时刻，也就能做到不以媸妍易念，就是对彼此人格价值的肯定。所谓“唯有痴情可献知己”，当两个人都无财富和相貌可借以为自己定价之时，只有两个灵魂可以作为彼此间价值的互证了。这一重故事蕴含的价值，超越了蒲松龄和清代评点者的时代。

《连城》里的乔生和连城也是如此。寒士乔生的诗才，受到少女连城的赏识。连城“逢人辄称道，又遣媪矫父命，赠金以助灯火”。使得偃蹇不遇的乔生感激不已，叹“连城我知己也！倾怀结想，如饥思啖”。即使连城已许配他人，乔生仍“梦魂中犹佩戴之”。为报知己，连城重病之时，乔生慨然自出白刃，刲膺肉救之。乔生之所以不惜膺肉，乃是报答知己，并非因为爱慕连城美貌。连城死去，乔生前去吊唁，竟一痛而绝，身殉知己，追随直到阴间，才得相携返魂复生。异史氏把这种男女之情称作“知希之贵”，即《老子》所说的“知我者希，则我者贵”。《石清虚》中，邢生爱石成痴，石头也与人相始终，异史氏曰：“谁谓石无情哉？古语云：‘士为知己者死。’非过也！石犹如此，何况于人！”[1]

在蒲松龄穷愁落寞的生涯里最渴望、最珍惜的就是知己之情。《聊斋志异》的知己主题，是落魄文人的价值和自尊受到社会的贬抑之时，从边缘化的异类、异性之赞赏和肯定寻找的虚幻价值感。以女性美作为知己之情的形象化身，异类和异性的依顺、眷慕，虽然含有对自身价值的盲目自恋，更多的却是悲观和绝望。所以，蒲松龄笔下花妖狐魅之美，奇在空，不在色。他笔下的嫦娥“纤腰秀项，翩翩作‘霓裳舞’”；在《连城》的文后，异史氏点明了异性异类知己故事的本质是世上本无知己之感叹：“顾茫茫海内，遂使锦绣才人，仅倾心于蛾眉之一笑也。悲夫！”[2]

---

[1] 蒲松龄著，张友鹤辑校《聊斋志异》“会校会注会评本”，上海古籍出版社1986年版，第1578页。

[2] 蒲松龄著，张友鹤辑校《聊斋志异》“会校会注会评本”，上海古籍出版社1986年版，第367页。

第八章 《聊斋志异》：神怪世界中的深情

古人生活的世界比我们想象的要陌生得多。人类意识已经发生过多次大的改变，而这些改变只有通过对古代著作进行批判性的解读才能体察得比较清楚。《聊斋志异》的故事主题大多来自传统诗文与叙事，蒲松龄贡献的新质有三点：一、传统抒情文学在叙述体裁的演化和延续；二、情感思维的无处不在；三、庶民观念的书写。

一、《聊斋志异》与抒情传统

作为雅文学传统中的文言小说，《聊斋志异》扩大了文言小说的主题府库。纪昀称《聊斋志异》一书兼二体，鲁迅说蒲松龄以“传奇体而志怪”，所指虽是文体，也不免包含主题的因素。无论志怪或传奇，都是叙事文本，不同篇幅的故事，有记述详略程度的区别。在叙事密度、频次和视角等的影响下，对故事主题的改变、修正作用是不容忽视的。汪辟疆《〈唐人小说〉序》举“宋刘贡父尝言：‘小说至唐，鸟花猿子，纷纷荡漾。’洪景卢亦言：‘唐人小说，小小情事，凄婉欲绝，洵有神遇而不自知者。’”称刘攽和洪迈“博洽儒宗，立言不苟，辨微知味，独具会心”[1]。辨微知味就是从细微处体

[1] 汪辟疆校录《〈唐人小说〉序》，上海古籍出版社1978年版，第1页。

味，叙事篇幅、规模对文体的决定作用。比如鸟花猿子、男女情事，在魏晋志怪和唐代传奇中都有涉及，但只有文字摹写的细致、情节的曲折、场景对话传达的生动感，到了“纷纷荡漾”“凄婉欲绝”的程度，才是文学性的虚构叙事。

首先，同样的题材在不同文体当中旨意也会发生变化。比如男女情事，在志怪当中，用外在视角、三言两语写出两人的交往，如《搜神记》“河间男女”：

> 晋武帝世，河间郡有男女私悦，许相配適。寻而男从军，积年不归。女家更欲适之。女不愿行，父母逼之，不得已而去。寻病死。其男戍还，问女所在。其家具说之。乃至冢，欲哭之尽哀，而不胜其情。遂发开棺，女即苏活，因负还家。将养数日，平复如初。后夫闻，乃往求之。其人不还，曰：“卿妇已死，天下岂闻死人可复活耶？此天赐我，非卿妇也。”于是相讼。郡县不能决，以谳廷尉。秘书郎王导奏：“以精诚之至，感于天地，故死而更生。此非常事，不得以常礼断之。请还开冢者。”朝廷从其议。[1]

这个故事大概是《连城》的原型，这种外视角的概括和简述，很难让人产生凄婉欲绝的感受，故它的主题与其说是爱情不如是在讲天人感应。[2]在《连城》这样漫长的传奇篇幅里，情节波折得以放大，男女主人公的对话、心理和动作被一一捕捉表现，则故事旨意也会发生变化。

再如《列异传》的“谈生”：

---

［1］干宝撰，汪少楹校注《搜神记》，中华书局 1979 年版，第 179 页。

［2］王昕《从“放马滩”到演绎“至情”的〈牡丹亭〉——论“死而复生”志怪中的巫术与文学》，《南开学报》2020 年第 5 期。

谈生者，年四十，无妇。常感激读《诗经》，夜半，有女子可年十五六，姿颜服饰，天下无双。来就生，为夫妇之言："我与人不同，勿以火照我也。三年之后方可照。"为夫妻，生一儿，已二岁。不能忍，夜伺其寝后，盗照视之，其腰已上生肉如人，腰下但有枯骨。妇觉，遂言曰："君负我！我垂生矣，何不能忍一岁而竟相照也？"生辞谢。涕泣不可复止，云："与君虽大义永离，然顾念我儿。若贫不能自偕活者，暂随我去，方遗君物。"生随之去，入华堂，室宇器物不凡。以一珠袍与之，曰："可以自给。"裂取生衣裾，留之而去。

后生持袍诣市，睢阳王家买之，得钱千万。王识之，曰："是我女袍，此必发墓。"乃取考之，生具以实对。王犹不信，乃视女冢，冢完如故。发视之，果棺下得衣裾。呼其儿，正类王女，王乃信之。即召谈生，复赐遗衣，以为主婿。表其儿以为侍中。[1]

故事中有人鬼相爱生子的情节，但故事的关键在违背禁忌带来的复生失败，关注点是鬼妻所赠的珠袍带来的钱财和高门亲眷。在350多字的篇幅中，叙述密度很高，如果归结主旨的话，民间传说中的"神奇亲眷"应该更为贴切。

《聊斋志异》中的《连琐》《连城》《伍秋月》《鲁公女》等，因有复杂的故事情节，及情景和心理的细腻描写，大量的篇幅用来写男女情爱、女鬼的美丽，使故事变成很典型的男女情事，主题也就发生了变化。《连琐》中，"杨于畏，移居泗水之滨，斋临旷野，墙外多古墓，夜闻白杨萧萧，声如涛涌"。如李白《相和歌辞·上留田》所言：

行至上留田，孤坟何峥嵘。积此万古恨，春草不复生。

[1] 曹丕撰，郑学弢校注《列异传》，文化艺术出版社1988年版，第33页。

悲风四边来，肠断白杨声。借问谁家地，埋没蒿里茔。

又如李益《野田行》：

日没出古城，野田何茫茫。
寒狐上孤冢，鬼火烧白杨。
昔人未为泉下客，行到此中曾断肠。

这种意境能够寥寥数语就渲染出来，借助的是诗赋等抒情文学传统滋养千年的文化氛围。这是粗陈梗概的志怪无意经营乃至涉及的。

对于抒情和叙事的区别，西方有著名的三大基本美学形式理论："抒情形式，艺术家直接展示自己的形象；史诗形式，艺术家通过自己与其他人的关系间接展示自己的形象；戏剧形式，艺术家通过与他人的关系直接展示自己的形象"[1]。

其次，是用故事来表现主观情绪。《聊斋志异》获得了用情节展示个人心境情绪，用超自然力获得自主自在的乐趣。伟大的叙事文学一定要有个性的介入。

如"悲士不遇"主题，是个人价值单一化的等级社会中，代代有之的一个普遍性社会问题。从战国时代就有"贤人失志之赋"[2]，主要指文人贤士如屈原、荀卿等在政治上失意后抒情言志的辞赋作品。宋玉《九辩》的"贫士失职兮志不平""惆怅兮私自怜"，突出了个人怀才不遇的牢骚不平，反映了这个抒情主题的基本面貌和主导精神。汉代的"贤人失志之赋"约四十来篇，如由董仲舒《士不遇赋》而兴起的"悲士不遇"主题，是诗赋等抒情文

---

［1］热拉尔·热奈特著，史忠义译《热奈特论文集》，百花文艺出版社 2001 年版，第 1 页。
［2］班固《汉书·艺文志》所谓"春秋之后，周道浸坏，聘问歌咏不行于列国，学《诗》之士逸在布衣，而贤人失志之赋作矣。"

学传统流传千载的个人悲慨。司马迁《悲士不遇赋》：

> 悲夫！士生之不辰，愧顾影而独存。恒克己而复礼，惧志行而无闻。谅才韪而世戾，将逮死而长勤。虽有形而不彰，徒有能而不陈。何穷达之易惑，信美恶之难分。时悠悠而荡荡，将遂屈而不伸。使公于公者，彼我同兮。私于私者，自相悲兮。天道微哉！吁嗟阔兮。人理显然，相倾夺兮。好生恶死，才之鄙也。好贵夷贱，哲之乱也。炤炤洞达，胸中豁也。昏昏罔觉，内生毒也。我之心矣，哲已能忖。我之言矣，哲已能选。没世无闻，古人惟耻。朝闻夕死，孰云其否。逆顺还周，乍没乍起。理不可据，智不可恃。无造福先，无触祸始。委之自然，终归一矣。[1]

诗赋等抒情性文体中的各类“不遇”是概括性的。如司马迁的悲愤慨叹如此深广，对美恶难分、公私混同的社会现实以及“好生恶死”“好贵夷贱”的人情世态予以猛烈抨击。但这类抒情主题归结的思想大多较为复杂虚无，走向某种生命意识的困惑。如《悲士不遇赋》一方面说：“没世无闻，古人惟耻。朝闻夕死，孰云其否”。另一方面又表示“无造福先，无触祸始。委之自然，终归一矣”。以道家的“以虚无为本，以因循为用”作结。

祢衡的《鹦鹉赋》中的喟叹比较具体：“嗟禄命之衰薄，奚遭时之险戏！岂言语以阶乱，将不密以致危？”虽“想昆山之高岳，思邓林之扶疏”，身为血肉之躯，也只能“讬轻鄙之微命，委陋贱之薄躯。期守死以报德，甘尽辞以效愚”。无所逃避，无力高蹈。

《聊斋志异》作为叙事文学，它把各类的“士不遇”具体化，诸如没有

---

[1] 司马迁《悲士不遇赋》，《全上古三代秦汉三国六朝文》，河北教育出版社 1997 年版，第 500 页。

机会、无人赏识、无力娶妻等。蒲松龄的“不遇”，主要是科举中的竞争失败造成的。在科举制度下，不第举子的个人价值，是单一化和一体化的。万千举子局促拥挤于一路。宋代以来，各地举人、进士有限的员额与生员济济人流之间形成强烈的反差，产生了中国古代社会所特有的“人才过剩”现象。这是一种畸形的“人才过剩”。大量生员被摈斥于仕途之外，又皓首白发以待“金榜题名”，别无所事。科举使无数士子的睿智才识被磨灭于诵作场屋举业文章之中，且往往欲罢不能。他们的心理受到严重污染和损伤。[1]

蒲松龄用小说这种处理整体经验的文学性叙事来书写“悲士不遇”主题。怪异小说并不是用事实来说服读者，它用一种虚假的东西来迷惑读者，逐步地消除读者的怀疑，让作者和读者都承认这是在虚构的基础上，去共同享受一种心愿得偿的乐趣。

冥婚风俗和鬼神小说的发达，使国人对死亡这件事不太重视。看不到死亡的本质，不关心死亡的人生终极意义。小说写死亡，有人鬼恋的热闹，有人身自由的获得，有礼法束缚的解脱，类似游戏。如《封三娘》十一娘一死则“姻好可就”。冯镇峦评曰：“文人之笔，操纵由我，可以起死人而肉白骨，岂非快事，故聊斋善作志异也。”[2]与抒情诗赋不同，在每个故事中，这种不遇于时的感觉是具体的、琐细的，这样故事的主题就发生了变化。

最后，叙事的复杂况味对抒情主题的修正。小说处理的是整体性的人生经验，包含着多方面的欲求、经验和情绪。如果借鉴了某种抒情题材的意境、意象或主题，就在多方面获得了拓展和互文的意味。以写人鬼之情为例，悼亡主题是古代抒情题材重要的一种。诗人常常借由灵堂、墓地、居处及梦境来怀想亡者，如《诗经》中的《葛生》“葛生蒙楚，蔹蔓于野”，在荒烟野蔓、人各飘零的墓地，对长眠地下的伴侣发出“百岁之后，归于其

[1] 参见王家范《晚明江南士大夫的历史命运》，《史林》1987年第2期。

[2] 蒲松龄著，张友鹤辑校《聊斋志异》“会校会注会评本”，上海古籍出版社1986年版，第615页。

居”“百岁之后，归于其室”的悼叹；《素冠》发出“聊与子同归兮”“聊与子如一兮”的感叹；潘岳有《悼亡诗》“望庐思其人，入室想所历”“展转眄枕席，长簟竟床空。床空委清尘，室虚来悲风”的悲悼；苏轼《江城子·乙卯正月二十日夜记梦》怀着“料得年年肠断处，明月夜，短松冈”的怅惘。

《聊斋志异》却以鬼之形象写悼亡之情，别有况味。《章阿端》中，戚生因购鬼宅而丧妻，“块然无偶，憭栗自伤”，得到鬼女阿端的青睐，阿端感戚生之多情，为他寻找回鬼妻。“生执手大悲，妻含涕不能言”，二人死生契阔之后再得相聚，“暮以暨晓，惟恐欢尽”。因为鬼妻投生限期将满，夫妻终夜哭，托阿端用冥资百万因用他鬼代生，鬼妻遂得居家中。后阿端得鬼病而亡，三年之后，戚生的鬼妻以他鬼代替投生的事件败漏，被责令投胎而去。鬼妻声言“情之所钟，本愿长死，不乐生也”。言讫不动，“面庞形质，渐就澌灭矣”。

《聊斋志异》的悼亡主题，虽不如潘岳《悼亡诗》那般辞藻华艳，但传达的情感更为复杂，斯人已亡之痛，物是人非之叹，同样令人怅惘：“戚生每独宿亭中，冀有他遇，终亦寂然，人心遂安”。

与抒情文学相比，小说的叙事虚构性让读者知道，不管你身边发生了什么事，另外的一件事也正在进行。先秦不知名的诗人、潘岳、元稹和苏轼在写自己的刻骨哀伤，蒲松龄则将悼亡主题写成了一个看似俗套，又有些色情的书生与鬼妻以及外遇艳鬼的故事。这当然不够高雅和纯粹，但明伦就指出：“内妻外室，新亡故鬼，连床共榻，彻夜尽欢，虽曰刚肠，亦无足取”。章阿端为鬼而复死，诚如冯镇峦评曰“鬼中之鬼，演成一派鬼话”。小说之叙事故事，是处理复杂的经验，它会把一些相反情绪、元素挤压在一起，远不如抒情文学那样情感纯粹清湛。但是，《聊斋志异》叙事的那些热闹的鬼故事，基底却是对寂寞个体的悲悯，戚生与鬼妻相聚的故事，衬托出无鬼的世界更为寂寥。

二、《聊斋志异》中的深情世界

晚明吕坤的《呻吟语》是一部曾广泛流行的清言集，其中语录大多代表了明清世俗社会的价值观和处事态度。吕坤就曾多次谈到人情问题，他告诫人们："朝廷法纪，做不得人情；天下名分，做不得人情；圣贤道理，做不得人情。以此徇人，皆妄也，君子慎之"。可见其时人情之大，朝廷法纪、天下名分、圣贤道理也被人徇了人情。吕坤也说："大凡与人情不近，即行能卓越，道之贼也。圣人之道，人情而已。"[1]

《聊斋志异》一面写了乡村世界里凉薄的亲情、畸形的人物；一面又将善良朴厚的情感托之狐鬼世界，写出了义勇如仇大娘、仁厚如红玉、吕无病、善解人意如凤仙等女性形象，这是《聊斋志异》与其他志怪小说的主要分别。其中异类对人类所具有的丰富细腻、体贴周至的相与之情，作为善良淳朴的乡村情感受到人们的赞美或者质疑。誉之者称为以人为本的精神美、人情美的典范；批评者则贬为我向心理的一厢情愿或曰白日梦。

充溢在《聊斋志异》艺术世界中的情感，其特点可用梁漱溟所谓的"相与之情厚"来形容，包括爱情、友情、亲情，是以狐鬼模式表达的情感体验和批判。另一个是情感的偏狭。在狭小的人情圈子里，一饭之恩念念不置固然是淳朴的品质，些微的嫌隙和人际关系的紧张也是衔恨难忘，必施惩戒报复。

在男女情爱问题上，《聊斋志异》是文言小说中最深情的一类。研究者曾就《聊斋志异》与唐人小说相类的篇目，进行过对比分析，认为"蒲松龄

---

[1] 吕坤《呻吟语》，三秦出版社 2006 年版，第 147 页。

对于唐代小说中的男女主人公以及毫无人性的狐鬼神怪进行改造，倾注了强烈的个人情感，以情动人，使人物、狐鬼神怪的性格得以转变，创作风格也与唐传奇截然不同”[1]。冯镇峦《读〈聊斋〉杂说》：“试观聊斋说鬼狐，即以人事之伦次，百物之性情说之。说得极圆，不出情理之外；说来极巧，恰在人人意愿之中。”[2]用“人事之伦次，百物之性情”来演说狐鬼，使之符合世间的情理与人人之意愿，其结果就是各类妖鬼神怪都具有了人类的情感。

（一）熟软的人情世界

《禽侠》将侠义这类品格赋予为鹳报仇的大鸟。《象》写了一个高度情义化的大象群体：

> 粤中有猎兽者，挟矢如山。偶卧憩息，不觉沉睡，被象来鼻摄而去。自分必遭残害。未几释置树下，顿首一鸣，群象纷至，四面旋绕，若有所求。前象伏树下，仰视树而俯视人，似欲其登。猎者会意，即足踏象背，攀援而升。虽至树巅，亦不知其意向所存。少时，有狻猊来，众象皆伏。狻猊择一肥者，意将搏噬，象战栗，无敢逃者，惟共仰树上，似求怜拯。猎者会意，因望狻猊发一弩，狻猊立殪。诸象瞻空，意若拜舞，猎者乃下，象复伏，以鼻牵衣，似欲其乘，猎者随跨身其上。象乃行。至一处，以蹄穴地，得脱牙无算。猎人下，束治置象背。象乃负送出山，始返。

那些大象“意若拜舞”“复伏，以鼻牵衣”，赠送象牙的举动，是将动物

[1] 程国赋《情之至者，鬼神可通——从重情的角度谈〈聊斋〉对唐传奇的改编》，《明清小说研究》1995年第4期。

[2] 冯镇峦《读〈聊斋〉杂说》，蒲松龄著，张友鹤辑校《聊斋志异》“会校会注会评本”，上海古籍出版社1986年版，第13页。

完全人格化的熟软描写。类似故事在《聊斋志异》当中有很多。《赵城虎》中，老虎吃了老太的儿子，老太到县官那里告状，县官下令搜捕老虎，连累小吏“受杖数百，冤苦罔控”，老虎自己跑到县衙，蹲立门中，帖耳受缚。在公堂上承认吃了老太的儿子，点头答应赡养老太。第二天，老太的门前出现一头死鹿。

> 妪货其肉革，用以资度。自是以为常，时衔金帛掷庭中。妪从此致丰裕，奉养过于其子。心窃德虎。虎来，时卧檐下，竟日不去。人畜相安，各无猜忌。数年，妪死，虎来吼于堂中。妪素所积，绰可营葬，族人共瘗之。坟垒方成，虎骤奔来，宾客尽逃。虎直赴冢前，嗥鸣雷动，移时始去。土人立“义虎祠”于东郭，至今犹存。

王士禛在文后的评点中，提到他也曾写过赣州的“义虎”，赞叹“何於菟之多贤哉！”自中古时代，就有很多老虎仁义、贤明的故事。因为官员们行仁政，为害一方的老虎，服罪、渡河离境一类神异故事，曾是古代歌颂官员政绩的手段。[1]如东汉末年，应劭的《风俗通义》，就记载了九江多虎，太守宋均认为老虎害人，根源在官吏贪婪残虐，下令毁坏捕虎的槛阱，实行德政。境内的老虎都向东渡江离开，不再为害人民。《后汉书·刘昆传》也有类似记载。刘昆任弘农太守，本来崤、黾等地驿道上多有虎为灾，行旅不通。刘昆为政三年，“仁化大行，虎皆负子渡河”。生发这些故事的土壤是儒家的天人感应、见妖修德一类以幽冥鬼神教化社会的政治神学理论。为显示统治者道德高尚、治理清明，历朝历代、全国各地都编织过类似仁义禽兽的故事。所以，何守奇的评点就是循着这样的思路：“虎义矣，岂亦宰之仁政

[1] 柳濑喜代志《「虎渡河」「虎服罪」故事考——後漢の傳記をめぐって》，《日中古典文学論考》，东京汲古书院 1999 年版，第 80 页。

有以使之然欤？”[1]

早期的这类故事主要说，在圣人治世下猛兽毒虫不再为害，是为政治性的目的而传播的。在战国秦汉文献中颇为常见。如《大戴礼记·诰志》称：“圣人有国”“鸷兽忘攫，爪鸟忘距，蜂虿不螫婴儿，蝱蝱不食夭驹”[2]；《淮南子·览冥训》中说，黄帝治天下时“虎狼不妄噬，鸷鸟不妄搏”[3]。在这些叙述中，包括老虎在内的猛兽毒虫因受圣人德政感化而不再为暴，老虎不为害成为构建圣人德政的符号之一。正史和官方书写中的仁禽义兽，不过是儒家进行的道德教化和政治宣传。

万物有灵的本质就是万物有情。在蒲松龄笔下，动物们的行为、心理、情感、礼仪乃至金钱价值观，都完全人情化了。虽然鬼神世界本身就是一种重构人类世界的方式，但这个过度感情化、伦理化的禽兽世界，却是以蒲松龄《聊斋志异》为代表的，民间的诗性的正义理想。蒲松龄以人性和情感去想象自然世界。他将“物”当作人来看待，一方面是情义化地表现人与自然，提供乐趣；另一方面也是出自认知的贫乏。对自然物所知有限，就假定它们像自己一样的思考和行动。情感经验强烈，可能带来廉价的同情心的泛滥，不能超然地、全局性地看待问题。从而使高尚的同情心和幼稚的想法混淆错杂起来。《聊斋志异》中的人类，如书生、小民，大多只是写出模糊的共相，书生多称为某生，如戚生（《章阿端》）、冯生（《红玉》）等，共同的特点是穷困、处境艰辛，有狐鬼花妖相助相爱，情节本在意料之中，不重情节的复杂与变化，而重在情味之真挚与深厚。

《陈锡九》中的主人公是手无缚鸡之力的书生，没有能力赡养母亲妻子，妻子被岳父家夺回，母亲去世。他到外地寻找父亲遗骨，又被人欺负，几欲

[1] 蒲松龄著，张友鹤辑校《聊斋志异》“会校会注会评本”，上海古籍出版社1986年版，第592页。

[2] 孔广森撰《大戴礼记补注》卷9，《诰志》，中华书局2013年版，第186页。

[3] 何宁撰《淮南子集释》，中华书局1998年版，第478页。

寻死，梦到母亲说他孝行已达天帝，上天将赐给他金钱。后来他家的骡子被盗贼抢去，半夜两只骡子驮着强盗抢劫的白银跑回家，陈家发家，嫌贫爱富的岳父家则败落下来，事事仰仗陈锡九的关照施舍。异史氏曰："善莫大于孝，鬼神通之，理固宜然。"嫌贫爱富的下场就是如此，上天的眷顾都在穷书生一边。

《聊斋志异》熟软化的人情世界，和现代人的审美有相当的距离，却是我们观察古代社会史实，体察古人心灵路径的一个入口。

（二）情爱模式的普遍化

《聊斋志异》中人与神鬼、自然、历史异域的关系都用男女之情来联结。与其他的志怪传奇作家相比，蒲松龄更普遍地以男女之情来联结人与超自然之间的关系，其情感性最为突出。

首先是以男女情爱的模式处理异域题材。以地理与文化的悬隔为例，男性流落海外，无论仙岛（《仙人岛》）、夜叉国（《夜叉国》）、异域（《罗刹海市》）必娶妇生子，以男女之间的身体关系来感知、体会异域的风情。如《夜叉国》徐某流落到夜叉国，娶了雌夜叉，生了二雄一雌三个子女，皆人形。马骥也在罗刹国娶妻生子等。中古带有博物性质的志怪小说，主要渲染异域的奇珍异宝、神奇的山川风物之类"动以物，惊以怪"的夸张荒诞的知识性内容，如《山海经》《博物志》《拾遗记》等。这类志怪大多有怀恋前朝征服四夷、怀柔远人之强大的政治意涵。早在宋代洪迈的《夷坚志》中，异域描写已经失去政治意义和新鲜感，数量变少，题材重复。蒲松龄的异域书写，还停留在《山海经》、神仙传说以及沿海民间神话的层面。如《安期岛》写朝鲜周围的一个小岛，还是按照仙岛来写，"时方严寒，既至，则气候温煦，山花遍岩谷。导入洞府，见三叟趺坐"。

洞外石壁上有铁锥，锐没石中；僮拔锥，水即溢射，以琖承之；

《陆判》：书生朱尔旦和朋友喝酒，众人打赌看谁敢到庙里背回土偶判官，朱尔旦背回了判官泥塑，众人惊散。

《陆判》：陆判官不但为朱尔旦剖腹换心，令他文思大进，还弄来了一颗美人头，换下了朱尔旦糟糠妻的又黄又丑的面貌。

《画皮》王生的书斋里住了位美女。一天他从窗外偷窥，“见一狞鬼，面翠色，齿巉巉如锯。铺人皮于榻上，执彩笔而绘之。已而掷笔，举皮，如振衣状，披于身，遂化为女子”。

《连琐》：书生杨于畏的书斋，墙外多古墓，夜闻白杨萧萧，声如涛涌。女鬼连琐姗姗自草中出，手扶小树，低首哀吟：“玄夜凄风却倒吹，流萤惹草复沾帏”。反复吟诵，其声哀楚。

《伍秋月》：伍秋月是死而复生的鬼女，那不健康的病弱，在清人看来居然是“盈盈然神仙不殊”。这个美女“十步之外，须人而行，不则随风摇曳，屡欲倾侧。见者以为身有此病，转更增媚”。

《江城》：书生高蕃娶了美女江城。江城脾气大，动辄诟骂弥加。书生畏之若虎狼，“其初，长跪犹可以解，渐至屈膝无灵”。稍一回嘴，就被江城打出了门。书生在门外忍着冻，不敢敲门，抱膝宿檐下。公婆干看着，也说不上话。

《雷曹》：天上的雷曹被谪罚到人间，因为感一饭之恩，救了在江上风浪中落水的商人乐云鹤。他背着商人踏波而出，登客舟，又破浪而去。

《雷曹》：雷曹邀商人到天上游玩，看到两条龙驾着缦车过来车上贮满了水。有数十人，以器掬水，遍洒云间。雷曹拿给商人一个水瓢，让他往下洒。当时正值大旱，商人拨开云彩，望着故乡方向，尽情倾注。

《聂小倩》：书生宁采臣因救了受鬼物欺凌的女鬼聂小倩，受到追杀。剑仙燕赤霞赠与革囊。半夜，一个电目血舌的夜叉来到卧房门口。那革囊忽然一响，恍惚有鬼物从中探出半身，把夜叉揪了进去。声遂寂然，囊亦顿索如故。

《青蛙神》：江汉民间敬蛙神最虔诚。薛昆生美姿容，被蛙神看中，将蛙女嫁给了他。蛙女为薛家带来了财富，也带来了满屋的蛙。自婚于神，门堂藩溷皆蛙，人无敢诟蹴之。

《曹操冢》：许城外有河水汹涌，近崖深黯。盛夏时，有人入浴，忽然若被刀斧，尸断浮出；后一人亦如之。转相惊怪。邑宰闻之，遣多人闸断上流，竭其水。见崖下有深洞，中置转轮，轮上排利刃如霜。去轮攻入，中有小碑，字皆汉篆。细视之，则曹孟德墓也。破棺散骨，所殉金宝尽取之。

《豢蛇》：泗水有道士养了一院子的蛇。墙上阶下，行卧不一。有客来时，粗十余围的巨蛇，昂首向客，怒目电瞛。客大惧。道士以掌击其额，呵曰：“去！”蛇乃俯首入东室。蜿蜒移时，其躯始尽，盘旋其中，一室尽满。

《偷桃》：蒲松龄幼年时看到的戏法。卖艺人将一团约有数十丈的绳子，扔到空中，绳子就直立空际，好像挂起来一样，渺入云中。他的儿子就沿着绳子爬上去。先是坠下一颗桃子，然后是孩子的头颅。卖艺人大哭求可怜，收够了上面官人的银钱，那个孩子就从一个桶盖里钻了出来。

《席方平》：席方平到阴间告状，冥王贪赃枉法，命令小鬼用锯锯开他的身体。鬼用二个板子夹住席方平，绑在木头上。大锯从头顶脑渐辟，席方平痛不可忍，却忍而不号。

《小猎犬》：书生闲卧床上，忽见数百小人，身高二寸，骑马大如蜡，腰束小弓矢，牵猎犬如巨蚁，在房间里展开捕猎。见有蚊蝇飞起，纵鹰腾击，尽扑杀之。小人的王者，则登别榻，系驷苇篾间，以观献猎。然后，“万蹄攒奔，纷如撒菽，烟飞雾腾，斯须散尽”。

《白莲教》：白莲教徒全家被官府捉拿了。押解途中出现了一个“高与树等，目如盎，口如盆，牙长尺许”的巨人，将教徒全家一一吞入肚中，使之得以逃脱。

满，复塞之。既而托至，其色淡碧。试之，其凉震齿。刘畏寒不饮。叟顾僮颐示之。僮取琖去，呷其残者；仍于故处拔锥，溢取而返，则芳烈蒸腾，如初出于鼎。窃异之。问以休咎，笑曰："世外人岁月不知，何解人事？"问以却老术，曰："此非富贵人所能为者。"刘兴辞，小张仍送之归。既至朝鲜，备述其异。国王叹曰："惜未饮其冷者。此先天之玉液，一琖可延百龄。"[1]

气候温煦，花开岩谷，洞窟中有仙人，从洞府得到仙饮。因为凡人的无知，没有做更好的选择，错过成仙的好机会，等等。这些情节都是典型的《搜神记》一类六朝洞窟志怪的写法。

《罗刹海市》中，马骥入罗刹国，其国所重，"不在文章，而在形貌。其美之极者，为上卿；次任民社；下焉者，亦邀贵人宠"，而且那里是美丑颠倒的。朝中宰相大夫，位子越高越是丑陋，"率狰狞怪异。然位渐卑，丑亦渐杀"。美男子马骥只好以煤涂面作张飞状，方才得到国王的欢心，恩宠殊异。这里以虚构来讽刺现实的意图甚为明显。后面的故事是马骥入东洋海底的龙宫，在那里他娶了龙女，获得富贵与子嗣，等等，并没有更新鲜元素的加入。其可称者，在于幻想与文笔的美好。海中"宫殿，玳瑁为梁，鲂鳞作瓦，四壁晶明，鉴影炫目"。

宫中有玉树一株，围可合抱，本莹澈，如白琉璃，中有心，淡黄色，稍细于臂；叶类碧玉，厚一钱许，细碎有浓阴。常与女啸咏其下。花开满树，状类薝葡。每一瓣落，锵然作响。拾视之，如赤瑙雕镂，光明可爱。时有异鸟来鸣，毛金碧色，尾长于身，声等哀玉，恻人

[1] 蒲松龄著，张友鹤辑校《聊斋志异》"会校会注会评本"，上海古籍出版社 1986 年版，第 1262 页。

肺腑。[1]

《罗刹海市》之外,《夜叉国》《仙人岛》也是蒲松龄式的以男女关系写人与异域的典型。因为无论古今中外，男女情爱关系都是一种力量关系或权力结构，男性处于有利地位。故事中，人们接触异类、异文明的根本方式是性的方式。雌雄相授，彼雌我雄的婚姻架构，引其归化、驯顺中土文明。本篇末尾母夜叉带着二儿一女归来，三位夜叉异种，一改中原人的孱弱，“俱强有力，挽强弩，驰怒马”。一子“登武进士第”，女孩儿能“开百石弓，百余步射小鸟，无虚落”，她随夫出征，“奇勋半出于闺门”。母夜叉尝从儿子南征，“每临巨敌，辄擐甲执锐，为子接应，见者莫不辟易。诏封男爵。豹代母疏辞，封夫人”。母夜叉既已出嫁从夫，身归华夏，儿女又融入社会，则其蛮力和武功就为中土所化用，为丈夫和儿子搏得富贵和权力。异史氏所说的“夜叉夫人，亦所罕闻，然细思之而不罕也。家家床头有个夜叉在”。这种老套的调侃并不能笼罩全篇的主题，却揭示了蒲松龄以男女婚姻线索处理所有大题材的方针，也就是庶民文学在理解政治上的缺陷。

其次，以男女之情描述个人与历史残魂的遇合。《公孙九娘》以清初的“于七之乱”为背景，写莱阳生和乱中遭到屠杀的群鬼间的交往。故事从莱阳生乱后来到济南祭奠亲人开始，写鬼友到访，请他答应将做鬼的外甥女许配给自己，莱阳生随鬼友来到乱坟岗，见“有大村落，约数十百家”一如人间居处。在那里他见到了外甥女，还有“笑弯秋月，羞晕朝霞，实天人”的少女公孙九娘。在外甥女的撮合下，莱阳生与公孙九娘成亲。成婚之夕，也有嘉礼高会，“筵中进馔，无异人世”。这样一个由弱小的普通人组成的鬼世界，让读者感受不到人鬼间的太大区别。莱阳生的这些亲人、朋友、新婚妻

[1] 蒲松龄著，张友鹤辑校《聊斋志异》“会校会注会评本”，上海古籍出版社 1986 年版，第 460 页

子实行人间的礼仪，延续着人间的亲情和记忆，他们是被禁锢阻隔在幽壤里的亲人。鬼是具体、生动、活着的历史。由历史的当事人公孙九娘，在新婚之夜，枕上追述母女被押赴都城，到了济南，母亲不堪困苦而死，九娘自刭而死的往事，哽咽不能成眠，乃口占两绝，其中一首云：

白杨风雨绕孤坟，谁想阳台更作云？
忽启镂金箱里看，血腥犹染旧罗裙。

这一首诗，应该是化用了《乐府诗集》中传为武则天所作的《如意娘》：

看朱成碧思纷纷，憔悴支离为忆君。
不信比来长下泪，开箱验取石榴裙。[1]

这两首诗的关联，显示出《聊斋志异》某些故事情感化的来源。乐府诗本身就是民歌性质，具有情节性、虚构性和娱乐化的特点。武则天的这首乐府诗，写一位为情所困到憔悴支离的女性，以开箱验取石榴裙的方式，向情人证明她的相思之苦。如很多脍炙人口的乐府诗一样，“朱”与“碧”的华丽色彩，石榴裙和衣箱这些质感不同的器物构筑起的场景，具有想象旖旎、色彩明艳的特点，但内里的情绪却是孤寂伤感的。这两样东西的混合，就如同蒲松龄将男女欢爱与阴惨黯淡的坟墓、血腥、腐旧的罗裙等意象嵌合在一起那样。《聊斋志异》的文学性资源，有相当一部分来自辞藻秾丽，蕴含着华丽之美的抒情传统，如屈原、李贺及乐府的诗歌等。这个传统可以概括为感官的复杂精致，情感的洋溢广披。表现在对待历史的题材上，就是将情感和记忆形象化，通过男女欢爱的场景，让弱小者冤屈的鬼魂，通过生人和幽

[1] 郭茂倩《乐府诗集》，中华书局 1979 年版，第 1138 页。

鬼肌肤相亲、声息相通的方式，在九泉之下发出被掩埋被遗忘的声音。“聊斋”故事独特的文学性，有很大一部分是以这类艳丽旖旎与创痛衰朽的元素混杂为招徕，是在贫乏黯淡之中散发出的异端化妖艳。

从唐宋传奇的亡灵忆往的类似故事的梳理，可以看到，《聊斋志异》这种过于丰富的温情和怜惜，是近代以来庶民文学的一个特点。元人的《倩女离魂》、明代的《牡丹亭》等戏曲在民间的流行，说明将死亡与爱和美融合在一起，将死亡视为束缚的解脱这样一种浪漫的神秘主义传统的广受欢迎。《聊斋志异》对这一传统有新的发展。

蒲松龄和唐宋传奇作者的不同，在于他更关注当代史。于七之乱持续十几年，大规模连坐被诛，一日数百人，“尽戮于演武场中，碧血满地，白骨撑天”的惨祸起于康熙元年（1662）春，于七溃围逃去之后。莱阳生到济南是在甲寅康熙十三年（1674），公孙九娘他们都是新鬼，所讲述的是刚刚发生的历史。

在唐宋传奇，这类人与代表历史的鬼魂遇合的故事，主要体现作者的历史兴味以及对长生仙术的向往。鬼魂的历史都足够久远，且是史上的名人或名人身边的人物。略举数例：戴孚《广异记》的《常夷》写唐人常夷入古坟中见朱秀才，为说南朝梁、陈间事；张读《宣室志》的《陆乔》写元和间进士陆乔与四百年前的诗人沈约、范云论诗，并向沈约请教关于“齐梁体”的用韵问题。作者通过沈约这样的老灵魂之口发出了：“自梁及今，四百年矣。江山风月，不异当时，但人物潜换耳。能不悲乎！”的感慨，这样的思古情感和意绪，也只有在人鬼遇合的叙事情景中，才能自然地书写出来。裴铏《传奇》中的《颜濬传》写晚唐会昌年间的文人颜濬，见到陈后主的贵妃张丽华和孔贵嫔及其侍儿幼芳，谈及当日亡国情景，颜濬得与张丽华共寝的故事；《薛昭传》写唐元和末薛昭者，遇到百年前的杨贵妃之侍儿事，其兴趣在讨论成仙之术。宋代秦醇《温泉记》是写西蜀张俞过骊山遇到成仙的杨太真的故事。

在这些表达历史兴趣的小说中，唐代韦瓘的《周秦行纪》是一个特例。韦瓘的兴趣在对牛僧孺进行政治诬陷和人身攻讦。《周秦行纪》托名牛僧孺，以牛僧孺的口吻自述，他在贞元年落第，至伊阙南道，至一大宅，乃汉代薄太后庙。在其中得见薄太后、王昭君和杨贵妃。王嫱为他侍寝，杨贵妃将唐代宗称为“沈婆儿做天子”的话，其目无君主的指控，足以给牛僧孺招来杀身之祸。那么，整篇人鬼遇合的小说就是为了包裹毒药而炮制出的一颗蜜糖，打压对手的政治目的空前突出。

北宋钱易的《越娘记》，是这类模式转变的开始。作为历史孑遗的魂灵，越娘的身份只是普通大众的一员，故以其视角所反映的历史也是普通人的苦难。《越娘记》写穷书生杨舜俞，夜行荆棘间，见茅屋一间，四壁阒无邻里。屋内除了一位衣裾褴褛的妇人外，惟土榻而已，了无他物。这个一贫到骨的鬼妇人，自称越州于氏，是后唐时人，丈夫是死于战乱的偏将。丈夫死后，越娘被武人夺取占有，武人又兵死，越娘剃发坏形，欲窜回故乡，却在这个地方被群盗捉住，执爨补衣。越娘不堪受辱，自缢在此地，被群盗匆匆掩埋。

唐人传奇中所遇的鬼，大多为名人或名人身边的见证者。越娘却只是一个弱小无名的受害者，无声无息，死得没有任何体面和尊严。她的经历普通而残酷，一如战乱中的众生，似乎无甚可诉：“欲说当时事，君应不喜闻。军兵交戟地，骨血践成尘”。这个故事的着意点，不在对历史的兴趣，而是男人和女鬼间的恩怨。越娘因为当时被埋时甚为草草，恳托杨舜俞帮助迁葬。迁葬之后，越娘前来致谢，两人乃有鱼水之欢。越娘以人鬼相遇对杨生不利而别去。杨舜俞自恃对越娘有迁葬之德，愤恨至切，欲伐其墓，一个路过的道士做法助杨生凌辱越娘，使其尸被五木披身，遭数卒箠挞。越娘大骂舜俞小人不义，道士得知原委，谴责了杨生。“杨郎自此方醒然，孤鸾独宿重泉底”，这场人鬼恋乃以尴尬收场。

梳理了唐代以来亡灵忆往的故事，[1]可以更清晰地看到蒲松龄处理这类题材的独特之处。《聊斋志异》一方面多反映正在发生或者刚刚成为历史的事件，蒲松龄表达的是对现实的关切，[2]是创伤记忆而非历史兴味；另一方面，他喜欢用亲密的情感架构人与历史残魂间的关系，有利于激发读者对事件中普通个体的同情和关怀。

距离事件发生的时间短。在《公孙九娘》中，莱阳生来到济南是在于七案发生不久，因祭奠而和已经身死的亲朋故旧见面，并和公孙九娘发生了一段人鬼之恋；《林四娘》中，青州道陈宝钥在官署里见到林四娘时，距她“遭难而死”，不过只有十七年。还有《鬼哭》发生在谢迁之变不久，城破兵入、扛尸涤血而居的时期。所谓“白昼见鬼，夜则床下磷飞，墙角鬼哭”等。

有研究者将《聊斋志异》所涉及的与蒲松龄同时代，他所经历、听闻的大的历史事件做了梳理：

《辽阳军》反映的是明万历四十六年（1618）辽阳失陷事；《快刀》《五羖大夫》《诸城某甲》《素秋》四篇记明末农民起义事；《韩方》《鬼隶》《林氏》《张诚》记明崇祯十一年（1638）至明崇祯十七年（1644）清兵攻略山东事；《灵官》篇结尾处提及甲申之变。《九山王》《采薇翁》记述了清顺治初年义军抗清的事迹；《鬼哭》记述清顺治三年（1646）发生在山东的谢迁之变；《林四娘》暗指清顺治三年（1646）清政府对明宗室的杀戮；《乱离二则》《狐妾》提及清顺治六年（1649）八月姜瓖兵败大同事；《盗户》反映了清顺治年间招抚民众的情况。《野狗》《公孙九娘》《秦桧》三篇记述了清顺治十八年（1661）至清康熙元年（1662）于七起义被镇压事。《小棺》《张氏

[1] 参见李剑国《亡灵忆往：唐宋传奇的一种历史观照方式》,《南开学报》2004 年第 3、4 期。

[2] 参见牟润孙《〈聊斋志异〉所记清兵在山东的屠杀》,《注史斋丛稿》，中华书局 2009 年版。

妇》记清康熙十二年（1673）至清康熙二十年（1681）征三藩事。[1]

这个统计并不完备，但也大致说明了问题。与前代志怪传奇关注点不同，蒲松龄的关切是对当代的、民间视角的关切。《聊斋志异》反映的历史事件大都是民众经验范畴内的近事。像《公孙九娘》《林四娘》这类生人与鬼魂的故事，写的是存留在民间记忆中的创痛与同情。

这种现实关切，贯穿着《聊斋志异》的题材背景。以当时的民间宗教而论，就有两篇以明清民间盛行的白莲教为名的小说，以及《偷桃》《小二》《邢子仪》等。《金和尚》写明代天启年间，山东五莲山光明寺僧人海彻的故事。这个海彻实有其人，事迹在山东各地流传。《罗祖》写明代民间宗教无为教创始人罗梦鸿的故事。这些事件和故事都是近代史的范畴，其影响和生命力还在民间延续着。

最后，男女情感关系的架构，是蒲松龄理解历史的心灵向度的体现。同所有的神秘主义一样，《聊斋志异》所设置的这种身体性关联，不止是男女欢爱的艳情欲望的叙事，其精神意义更值得探讨关注。

《公孙九娘》中，莱阳生和莱霞里那些冤魂是亲属、朋友和恋人关系。“林四娘”这个故事是清初广泛流传的一个故事，除《聊斋志异》之外，有林云铭《吴山音》中的《林四娘记》（张潮选入《虞初新志》）、王士禛《池北偶谈》中的《林四娘》、陈维崧《妇人集》及冒褒注引王太史《林四娘歌序》、李澄中《艮斋笔记》中的《林四娘》、安致远《青社遗闻》中的《林四娘》、陈奕禧《虞州集》中的《林四娘小传》[2]，这是文人笔记系统中的林四娘故事。另外，《红楼梦》78回，有贾政和他的门客所讲明末青州恒王姬妾“姽婳将军林四娘”事，因为已经完全脱去了文人遇女鬼的叙事框架，姑且不论。在这几部文人笔记中，唯有《聊斋志异》写了陈宝钥与林四娘的情爱

[1] 张艾平《血腥犹染旧罗裙 只是当年难为说——〈聊斋志异〉中的战创之痛》，《蒲松龄研究》2013年第1期。

[2] 参见白亚仁《〈林四娘〉故事源流补考》，《福州大学学报》2008年第5期。

关系。《虞初新志》写了林四娘是闽人，和陈宝钥是老乡，“吾闽有访陈者，必与狎饮。临别则赠诗，其中廋词，日后多验”。有一个到访者悦其姿容，偶起淫念，被林四娘怒斥、杖责的情节。

蒲松龄讲这个故事，则用了典型的“聊斋”式开头：

> 青州道陈公宝钥，闽人。夜独坐，有女子搴帏入，视之，不识，而艳绝，长袖宫装。笑云：“清夜兀坐，得勿寂耶？”

陈宝钥知道来者是鬼，却捉袂挽坐。女鬼谈词风雅，两人狎亵既竟，乃于枕边私语，自言“林四娘”。这是典型的书生独坐、艳鬼妖狐搴帏来投的故事模式。与其他笔记不同的是，林四娘与陈宝钥的交往，始终是在男女私事之中。

林四娘谈及音律，俯首击节，唱伊凉之调；自述身世“妾，衡府宫人也，遭难而死，十七年矣”；每夜起诵《准提》《金刚》诸经咒；评骘诗词，“曼声娇吟。意绪风流，使人忘倦”；至惨然告别，与陈宝钥“置酒相与痛饮，女慷慨而歌，为哀曼之音，一字百转，每至悲处，辄便呜咽。数停数起，而后终曲，饮不能畅”；最后“掩袖而出，公送诸门外，湮然没”。这些都是两人间私密交往发生的故事，并没有和宾客之间的酬对场景。

唐传奇中就有将今人与历史残魂的交往，设置成私密男女关系的前例。在唐人传奇中，这种想象往往集中在历史名人身上，可以视为是出于历史兴味的风雅想象。到了宋代，如钱易的《越娘记》那样鬼魂身份的变化，使故事主旨发生了变化。对男子自私冷酷的揭示，以及男女情感的日常性、道德化的因素，修正了单纯的历史兴味。在《聊斋志异》那些活着的人和历史的关联则是亲眷般的关联，有使人留恋的亲切之感。这样，就能让读者和男主人公一样，感知到那些曾经发生在历史孑遗的残魂身上的事情，是真切地延续着的痛苦和伤害，身体化的沟通，能够有力地传达创伤记忆，使人感同身受。在志怪构筑的奇异空间中，那些被历史埋葬的是活着的灵魂，在不可见的泉壤间舔舐着伤痛，延续着凋丧的生活。

《聊斋志异》普遍化的情感模式，本质上是情感化地感知和对待事件，是像对待我们自身那样，对待那些消失在时空中的弱小的残魂。“没有比男女恋情更关涉人情的幽微之处了。”[1]只有这样男女私密空间的内视角，才能有如此细腻、感人的表现力。只有在这个被情感所控制的世界里，鬼才是具体的、真实的，才是既令人恐惧又让人爱慕的存在。这些小说所激起的文本体验是丰富、激烈的。从根本上说，这种设置来自蒲松龄的深情。《聊斋志异》深厚的文化根基来自温情化的伦理文化。如费孝通先生所说，“传统成为具体，成为生活的一部分，成为神圣，成为可怕可爱的时候，它变成了鬼”。在有鬼的世界“格局里，我们的生命并不只是在时间里穿行，过一刻、丢一刻；过一站、失一站。生命在创造中改变了时间的绝对性：它把过去变成现在，不，是在融合过去、现在、未来，成为一串不灭的、层层推出的情境——三度一体，这就是鬼”，人们不但不怕，而且是古人渴求的对象。[2]《聊斋志异》之所以能够成为一部神奇的经典，在于它的温情主义，反映了中国文化骨子里的情感倾向。因为有鬼的世界是幸福的，所以讲述鬼魂的故事，表现的是社会中，人与人、人与历史的团结力。

（三）“痴”与“狂”是情感的极端化

《聊斋志异》是小说史上一个规模空前的有情世界。不但男女之钟情者生者可以为情而死，死者可以为情复生，就是那个鸟花猿子纷纷荡漾的世界中，亦多痴情之辈。人类个体的情感不但扩大到旁人、深及于泉壤中的幽魂枯骨，温存于书酒顽石、花草禽兽，尤为勇敢的是，把这种温暖细腻的热度

---

［1］ 本居宣长著，王向远译《日本物哀》，吉林出版集团 2010 年版，第 19 页。

［2］ 费孝通《鬼的消灭》,《芳草天涯：费孝通外访杂文选集》，苏州大学出版社 1994 年版，第 100 页。

投射到日常认知之外的黑洞洞的时空中。人类（主要是男性）以身体的器官和内心的情感为触角，与未知的世界建立起类似男女之情、亲情友情式的亲密关系，这样的深情和亲厚的世界观，说它是空前以至绝后恐怕是没有疑议的。

首先,《聊斋志异》中洋溢的深情，有着深刻的文化基础。情感思维是以主体心理情感为反思对象的内向性思维，它是对主体心理和情感倾向的自我体验，是一种价值认识。中国古代哲学思维是一种情感思维，它既不同于以概念为中介的逻辑抽象思维，也不同于以表象为中介的形象思维。万事万物都用人格来解释，人群之外的世界还是人类社会的降格与模拟，根据它们与人类关系的亲疏获得评价和想象。

《聊斋志异》的温情主义既是小农社会的生存伦理，又是中国古代哲学中人本主义的表现。人本主义把人放在社会的伦理关系中，强调人的伦理道德方向的属性。如研究者所指出的，“中国人际关系的本土概念是：人缘、人情和人伦。人缘是指命中注定的或前定的人际关系；人情是指包含血缘关系和伦理思想而延伸的人际交换行为；人伦指人与人之间的规范和秩序。三者构成的三位一体成为中国人际关系的特质。它们彼此的合一来源于中国传统社会文化背景中的天命观、家族制度和以儒家为核心的伦理思想的合一。这三者便构成了中国人为人处世的基本模式。人情是它的基本样式，决定中国人际关系是什么，人伦是其制度化，决定怎么样，人缘是模式的总体原本，从根本上解释人际关系的为什么”[1]。这个结构是支配《聊斋志异》每个故事和人物行为的深层逻辑。

无论是生而为人所具有的各种欲望，还是“痴”“狂”“悍妒”等极端的行为，在本质上都是情感的表现。从古到今，人类的欲望都是哲学、伦理学等关注的重点。从符号叙述学的角度看，欲望是情感的一种，欲望本无善

［1］ 翟学伟《中国人际关系的特质——本土的概念及其模式》,《社会学研究》1993 年第 4 期。

恶，却成为情感善恶争执的焦点。欲望按对象可以分为身体性欲望、物质性欲望、情感性欲望和符号性欲望四大类。欲望的反向情感是恐惧。古代社会和思想的建构以恐惧为核心，因为抑制过多而发展缓慢；现代社会和思想的建构以欲望及其组合情感为核心，所以动力十足而发展迅速。[1] 古代文学在表现身体性欲望、物质性欲望，以及极端情感等方面禁忌极多。《聊斋志异》虚幻空间，是为真实世界不可能发生的主观故事提供发生的场所，它的内容来自蒲松龄对现实事件反事实的逆向思维的变异，是作者主观的虚设。所谓知己、侠客、美女来投，这些在现实世界和普通民众的生活中是不可信的，但困顿贫乏的客观现实并不能束缚人类主观的想象力。《聊斋志异》的神奇世界中那些美好惬意、随顺欲念的故事，虚幻和志怪的传统是这一切成为可能可信的基础；同时，《聊斋志异》超自然的空间架设，又是当时和此后的读者认知现实世界的一个特殊方式，让我们可以通过蒲松龄的想象的、非逻辑的方式认知那个充满神怪和温情社会的内里。

其次，《聊斋志异》的痴狂悍妒形象，都表现了作者强烈的情感化倾向。痴狂和悍妒使情感的热烈和执着超越了世俗的常度。蒲松龄对男性人物的痴狂描写，固然表现了对深情的赞美；对悍妒妇人罚不当罪，则显示了世俗人情的世故温和。两个极端正显示了《聊斋志异》情感化思维的无处不在。

1、痴人狂士形象是《聊斋志异》独特贡献之一。蒲松龄是以痴狂自居的。《聊斋自志》里，他申明这部“孤愤”之书的心态是“遄飞逸兴，狂固难辞；永托旷怀，痴且不讳”。他有意识地写了一系列的痴狂人物，有“情痴”“书痴”“石痴”等。“情痴”如《阿宝》中的孙子楚、《婴宁》中的王子服、《连城》中的乔大年、《花姑子》中的安幼舆、《青娥》中的霍桓，“石痴”如《石清虚》中的石清虚，“书痴”如《书痴》郎玉柱，“棋痴”如《棋鬼》，“酒痴”如《酒虫》中的长山刘氏、《王六郎》中的王六郎、《陆判》中的陆

[1] 谭光辉《论欲望：社会发展的情感动力》，《西南民族大学学报》2020 年第 1 期。

判、《酒友》中的车生与狐、《秦生》中的秦生等。

因为蒲松龄嗜酒，他对酒痴的描写尤其得其三味。如《秦生》中秦生做药酒，误放了毒药，却舍不得倒掉：

> 积年馀，夜适思饮，而无所得酒。忽忆所藏，启封嗅之，芳烈喷溢，肠痒涎流，不可制止。取盏将尝，妻苦劝谏。生笑曰："快饮而死，胜于馋渴而死多矣。"一盏既尽，倒瓶再斟。妻覆其瓶，满屋流溢，生伏地而牛饮之。少时，腹痛口噤，中夜而卒。

对于这样的爱酒之人，作为同好的蒲松龄怎忍让他这样死去？所以故事以过路的狐仙怜悯爱酒者，将他救活而结束。蒲松龄还写了他的一个朋友半夜馋酒，只好用家中的醋来代替，被别人耻笑。蒲松龄解释说："不知酒兴初浓，即毒药甘之，况醋乎？"

蒲松龄对于至情的推重，同他对社会的认知有着深刻的关联。在《聊斋志异》中，异史氏的骂世之言比比，对这个"花面逢迎，世情如鬼"（《罗刹海市》）社会有极大的不满。现实环境中的种种弊端，如虚伪、扭曲、冷漠与惨刻等问题，很大一部分是由于人失去了"真性情"。如果每个个体丧失了性情和真心，那么世上的道德礼法就变成了伪饰。从晚明开始，文人就有将"痴狂"视作真性情的体现。蒲松龄推崇"至情"，《聊斋志异》出现在人妖故事中的书生，或许在现实中处处掣肘：身体孱弱、贫困潦倒、缺乏谋生的能力，但他们却不缺乏真挚的情感。如《香玉》中的黄生、《瑞云》中的贺生、《娇娜》中的孔生、《阿宝》中的孙子楚以及《连城》中的乔生等。

至情乃至痴狂的一类人物，在古代小说、戏曲里虽时有出现，但多半是偶然的。著名者如《西厢记》里为莺莺"灵魂儿飞在半空"，身儿害了疯魔的张生、誓不负杜丽娘的柳梦梅等。在古代诸种文学样式当中，"狂"经常出现在爱情诗歌当中。《诗经·郑风·山有扶苏》中有“山有扶苏，隰有荷华。不见子都，乃见狂且”，《褰裳》中的“狂童之狂也且”，郑卫之风多写男女相爱之情景，这里的“狂也”“狂童”大约都是女子对恋人的戏称；《世说新语》“排调”中记有：“袁羊尝诣刘惔，惔在内眠未起。袁因作诗调之曰：刘尚晋明帝女，主见诗不平，曰：‘袁羊，古之遗狂！’”这位袁羊拜访刘惔，正逢刘惔大白天在内帏颠倒衣裳，这虽然属于闺房之内，夫妇之私，在礼教中却属于违法，孔子称昼眠的弟子为“朽木不可雕”，故刘惔夫妇虽贵为公主驸马，袁羊依然敢作诗调侃，“角枕粲文茵，锦衾烂长筵”。典出《诗经》“唐风”是讽刺夫妇二人大白天颠倒衣裳，袁羊窥人隐私且写诗发露，故公主见诗而不平，说他是“古之遗狂”。

唐以后，狂成为一个美学概念。为数众多、性格迥异的文人，自称为“狂”。如李白直言：“我本楚狂人，凤歌笑孔丘”（《庐山谣》寄卢侍御虚舟）；忧郁的诗人杜甫说：“欲填沟壑惟疏放，自笑狂夫老更狂”（《狂夫》）；贺知章自号“四明狂客”；白居易在不少诗篇中自命为“狂夫”“狂翁”“狂客”；苏轼被贬黄州团练副使乃自号曰“狂副使”；李贽自称“其性偏急，其色矜高，其词鄙俗，其心痴狂”（《焚书》）。

痴者情深。明人好云古之豪隽必有寄，《晋书》载皇甫谧读书成痴，人称“书淫”；杜预好《春秋左氏传》，晋武帝问“卿有何癖”，杜预答“臣有左传癖”。爱物成痴是生命深情的寄托。痴和狂都是很投入的、专注的深情，也是明末清初文人的口头禅。“生平卖不尽是痴，生平医不尽是癖。汤太史云：‘人不可无癖。’袁石公：‘人不可无痴。’则痴正不必卖，癖亦不必医也。”“情必近于痴而始真”（张潮《幽梦影》）。

痴实际上是一种自由的生命精神。为追求生命的“自适”，达到生命的“忘适”境界而进入到的自由生命精神的世界。在这种自由生命中，“独与天地精神往来”。晚明崇尚情真，追求个性解放，以其人性中的真，来揭露封建礼教的假。

蒲松龄看重人的“痴”性，他在《聊斋自志》中明确交代自己创作主体情感的一个重要侧面是“遄飞逸兴，狂固难辞；永托旷怀，痴且不讳”。其中特别强调了自己对“痴”的赞同，“怀之专一、鬼神可通”(《葛巾》);“两人情若一体，自当不昧平生”(《恒娘》)。蒲松龄以“痴”贯穿《阿宝》《石清虚》《婴宁》《叶生》《青娥》《小谢》等故事，把其对感情、礼教、功名的执着全寄托在“痴郎”“狂生”之上。他本人就是一个科举痴人。一念执着，数十年不懈。在他笔下的书生为了功名不计生死，万劫不更。他把那种病态的痴迷表现得惊心动魄，穷形尽相。在《阿宝》中，他赞美“痴”之可贵：“性痴则其志凝：故书痴者文必工，艺痴者技必良；世之落拓而无成者，皆自谓不痴者也”。

执着的情感才可以超越时空的阻隔，打破天上人间的畛域、生死阳冥的界限，冲决男女礼教的大防，因而他笔下的痴情者大都有完美的结局。通过孙子楚、王子服、乔生、耿去病、刘子固等一系列的士人形象，写出那个时代很难在世俗生活话语中表现出来的，人类社会中富有牺牲精神的、高贵的深情。

《阿宝》中的孙生“性迂讷，人诳之，辄信为真。或值座有歌妓，则必遥望却走。或知其然，诱之来，使妓狎逼之，则赪颜彻颈，汗珠珠下滴”“貌其呆状”。老实人迂讷痴憨之情状，凸显其“痴”的整体个性。因未谋面女子阿宝一句戏言而忍巨痛，“以斧自断其指”，以至“血溢倾注，滨死”。阿宝二戏孙生：“去其痴”。而孙生此时仍认真“哗辨，自谓不痴”。面对阿宝的“戏弄”，孙生也一“痴”再“痴”，其痴乃性格使然，只能谓之“性痴”。但这个“痴”也是情志专一、笃信不疑的别称。

再如《青凤》中耿去病的“狂”。耿去病狂放不羁，见到“弱态生娇，秋波流慧，人间无其丽”的狐女青凤：

> 瞻顾女郎，停睇不转。女觉之，俯其首。生隐蹑莲钩，女急敛足，

亦无愠怒。生神志飞扬，不能自主，拍案曰："得妇如此，南面王不易也！"

不顾青凤的长辈在场，情不自禁，全无顾忌地流露爱慕之意。当青凤受到叔叔训斥的时候，耿去病一力承担：

闻青凤嘤嘤啜泣。生心意如割，大声曰："罪在小生，与青凤何与！倘宥青凤，刀锯斧钺，愿身受之！"

耿去病是痴狂而多情者。《青娥》中的手中持有仙人镵的霍桓，也是如此。这把仙人采药的小镵，可以铲破坚硬的石头，用来斫墙上石，应手落如腐。霍桓凭着这把镵子，穴两重垣，挖到美女青娥的闺房中，见美女熟睡，因为劳累，也酣眠绣榻上。第二天被众人发现：

推之始觉，遽起，目灼灼如流星，似亦不大畏惧，但腼然不作一语。众指为贼，恐呵之。始出涕曰："我非贼，实以爱娘子故，愿以近芳泽耳。"

霍桓不但靠着他的痴狂成就姻缘，还用他的执着挽救了婚姻。当青娥随修仙的父亲到了洞府之中，被关在外面的霍桓：

回首峭壁巉岩，无少隙缝，只影茕茕，罔所归适。视天上斜月高揭，星斗已稀。怅怅良久，悲已而恨，面壁叫号，迄无应者。愤极，腰中出镵，凿石攻进，瞬息洞入三四尺许。隐隐闻人语曰："孽障哉！"生奋力凿益急。忽洞底豁开二扉，推娥出曰："可去，可去！"壁即复合。

在篇末，异史氏说霍桓“钻穴眠榻，其意则痴；凿壁骂翁，其行则狂”，可见所谓“痴”“狂”即是人类的深情。古今中外，被人们歌咏赞叹的，不正是这种执着到痴狂的情爱中的人物吗？

2、悍妒妇人也是《聊斋志异》着力塑造的另类狂人形象。蒲松龄对于这些悍妒妇人，一方面是夸张渲染其狠戾的恶行，唯恐未尽；另一方面又是无底线地感化包容，罚不抵过地原谅、接纳这些悔过的恶毒妇人。蒲松龄为文极其富艳，悍妒妇人的行径被渲染得过于乖戾，因而，当作者按照现实的伦常逻辑，将她们再度收编到伦理秩序之中的时候，只能用泛滥的温情来抵消恶行，罚不抵过的包容令人不适。

这些悍妒妇人的形象，包括《江城》中的江城、《邵九娘》中的金氏、《段氏》中的连氏和毛氏、《吕无病》中的王氏、《马介甫》中的尹氏、《辛十四娘》中的阮氏等。蒲松龄笔下的悍妒妇人，不仅数量较多，而且其强悍、嫉妒之粗暴行为也是前代少有的。悍妒妇人形象之丰富，《聊斋志异》几乎可以称为悍妒妇人形象之集大成者。蒲松龄对悍妒的妇人固然深恶痛绝，列数罪状，大加挞伐，无论是虐待丈夫，虐待婢妾、子嗣还是忤逆公婆。虐待婢妾子嗣者，如《邵九娘》中的金氏，小说一一缕述她对丈夫的三个小妾的奇妒酷虐。第一个妾，是由于金氏“暴遇之，经岁而死”。第二个是因为“不堪其虐，自经死”。第三个小妾邵女，被金氏百般凌辱，先是鞭打，然后被“烧赤铁”烙脸，欲毁其容，又“以针刺胁二十余下”。《马介甫》中的尹氏在得知夫妾怀孕以后，将其毒打一顿，使怀孕五个月的小妾“崩注堕胎”。《阎王》中的李嫂因忌妒夫妾产子，暗中以针刺妾肠，使其脏腑常痛。江城因丈夫偶与婢女说话，怀疑丈夫与婢女有私情，“以酒坛囊婢首而挞之”。还将二人捆绑起来，“以绣剪剪腹间肉互补之”“月余，补处竟合为一”。《吕无病》中的王氏将前妻之子毒打致死又逼走小妾，连丈夫也不堪其苦，外出“逃妇难”。《大男》中的申氏虐遇夫妾，又逼走妾子、逼妾改嫁以至差点酿出人命。虐待公婆者，如江城、尹氏以及《珊瑚》中的臧姑等。江城对公婆的好言相劝，“抵牾不可言状”，还在公婆面前公然捶打丈夫。尹氏把年迈的公公当作奴隶使唤，衣衫褴褛，食不果腹。虐待丈夫者，如李生妻、侯氏、尹氏、江城等。《邵临淄》中的李生妻“捶骂夫婿以为常”，以至丈夫“不堪其虐，忿鸣于官”，指望官府为他撑腰。《云萝公主》中的侯氏，对那个无赖丈夫严厉管制，每次出门都要“限以晷刻。过期，则诟厉不与饮食”。

在如此多的恶行加身之后，对她们的结局设置显示了蒲松龄式的世俗温情。悍妒妇人们或是走投无路、众叛亲离；或是幡然悔悟，放弃恶行妒意。妇人们被家人接受，得到了夫妻和睦、妻妾和平、子嗣绵延的结局。如在《马介甫》中，像尹氏那样恶行累累，无可恕之理的恶妇，丈夫马介甫居然对她尚有余情，时时周济。《江城》中转变后的江城“乃以手抚扪生体，每至刀杖痕，嘤嘤啜泣，辄以指甲自掐，恨不即死”，从此夫妻和睦。《吕无病》中王天官女转变后，和丈夫恩爱有加。这罪与罚的失衡，显示了不计较是非，只讲人情和睦的民间伦理的温情。盖因婚姻是一种计较利害的两姓之好，它本身就是为家族利益而置当事人意愿于不顾的。悍妒妇人最大的恶是危害到了家族的子嗣繁衍，障碍排除，就没有什么是非可言，包容善恶的一门和睦，正是《聊斋志异》情感化的思维逻辑体现。

一般小说，只写人世之情爱纠葛，纵使如《红楼梦》中宝玉之“情不情”，对无情、无关之女子亦深情怜惜，爱博而劳，究竟只是在女孩子身上用心。更不要说“三国”“水浒”之男性的、政治的世界中勇气义气之情的粗豪、偏狭。魏晋至唐宋的各类志怪虽收揽各色物妖神怪，但其意并不在写情感。《聊斋志异》是一部短篇小说集，它所涵盖展示的情感是如此的丰富。有异端叛逆的痴狂，有和稀泥式的世俗温情主义，更多的是在奇幻想象中的自我慰藉。其本质是以弱小者的生存和延续为根本的关切。蒲松龄用纤弱细腻的、带着人性温度的情感温存地触摸，体贴着人世、自然、禽鸟狐鬼乃至历史烟尘、绝域殊方等或有情、或冥漠无知的万物。这种情感不只是文人的所谓“少府无妻春寂寞，花开将尔作夫人”的欲望的寄托、力比多的升华，更有一种“寂寞中的独体”冲破混沌、寻求独立的表现和意义的一重境界。冯镇峦说《聊斋志异》“是书遍天下无人不爱好之，然领会各有深浅”。其实非但是历代读者兴趣、见识不同领会各有深浅，就是作者本人其自运斤斧，开凿出一个有情世界，也多半非意识的自觉。其中既有志怪的文学传统，民间的温情伦理，还有时代思潮、儒家理想，个人作为生命独体的混沌与慧觉，融合贯注，使这个文学的深情世界具有了多重的审美意味和辨析的价值。

第九章　蒲松龄的个人意欲与《聊斋志异》

蒲松龄的个性和生活经历为《聊斋志异》打上了深刻的印记。他为文言小说提供的新质素是庶民文学的视角。

唐宋传奇固然以才子佳人细腻凄婉的爱情故事为主要题材，是属于文士雅化的审美趣味；志怪小说虽以民间传说和怪异的新闻事件为主，写了大量以庶民为主角的故事，但是志怪的书写方式是站在士大夫立场上的博物、考据之学术兴味，乃至有资治道。像《搜神记》《夷坚志》《阅微草堂笔记》等的知识背景和意识形态话语逻辑都是属于上层知识分子的。其政治隐喻和现实关切是出于儒家政治神学提供的话语逻辑。[1]

蒲松龄摆脱了这类子部小说传统，继承了白话小说的文学性审美和立场。在白话小说出现之后，文言小说的书写与流传大多局限于读书人中间，其题材、人物、书写方式的审美准则是“奇”和“怪”。如文言小说不曰“传奇”则曰“志怪”；而无论白话与文言，“事奇人异”——故事情节和人物的非同寻常，是小说共同的审美旨趣。古代小说人物总体上都是戏剧化的、理想性的，是和普通人距离遥远的奇异超拔之人。在古代小说家看来，似乎人物没有过人之处就不值得描写谈论。为读者喜闻乐道的角色也是从灰暗生活中捏合粹取的光耀非常之形象：或者身份高贵，或者勇力非常；不是智慧过人，就是容貌无双，若非具有夸张的神力，就是具有病态的嗜欲。如《三国演义》之帝王将相、《水浒传》之啸聚萑苻的江湖好汉、《西游记》里

[1] 参见王昕《论经传神学对六朝志怪的影响》，《中国人民大学学报》2020年第4期。

的妖怪神仙、《金瓶梅》里西门庆和潘金莲一类色相物欲之极致的男女、才子佳人小说里只在纸堆里活过的稚弱美貌和钟情无双的男女。当然，还有宋元话本和明清拟话本中的市井小民形象，大多是平凡普通的大众，但是这些人物多是用以衬托奇异非常的遭际和传奇情节的叙事而设置。即使是颇具近代色彩的小说如《儒林外史》《红楼梦》，这种"事奇人异"的浓烈的美学趣味也是天然的底色，如贾宝玉之"畸人"论，《儒林外史》开篇就将王冕作为隐士的极致理想推到笼罩全篇的高度，以及篇末对四位市井奇人理想生活的描写，等等。

《聊斋志异》的神奇故事，表现出了强烈的主观色彩、个人意愿、个人视角、想象与叙事立场，是其不同于历代文言小说的新质。

一、个人意愿和兴趣在故事中的显现

蒲松龄在《聊斋志异》中，融入了空前浓厚的个人因素：个人的忧闷哀愁和个人的困厄遭遇。

首先，蒲松龄对于微末之物有一种细心体察和感知的能力。

神奇的精灵当中，有那些特别微末之物，如绿蜂（《绿衣女》）、蜂子（《莲花公主》）、乌鸦（《竹青》）、獐子（《花姑子》）、蛙（《五通》）等。《绿衣女》中，把绿蜂想象成一位"绿衣长裙，婉妙无比"的女子，夜半而来和寺庙中读书的于相公共寝一处，腰细殆不盈掬，谈吐间妙解音律，声细如蝇，裁可辨认。被书生救下性命，报答的方式居然是"登砚池，自以身投墨汁，出伏几上，走作'谢'字"。这种写法虽然免不了太过人情化的嫌疑，但从庶民性来讲，蒲松龄对细微之物的神奇想象，是从平凡事物中开拓幻境，正是"人伦日用"由人类向世界万物下浸的表现。苏轼有诗曰：

钩帘归乳燕，穴牖出痴蝇。

爱鼠常留饭，怜蛾不点灯。

这种细小之物的观察体验和想象，通常被视为想象力的退缩，由宏大的神话变成了琐细、卑微、平凡之物中的奇迹。这是对万事万物的一种个人的体察、感动和注视，从中获得心理和情感的满足。这种修辞方式在诗歌传统中，是存在已久的。如张华的《鷦鹩赋》之类，唐传奇有《南柯太守传》，志怪如《搜神记》《夷坚志》，当中有獭、龟、蝼蛄之类，但大多形象并不美丽，对人类也不友好。在《聊斋志异》中的微小生物、不起眼的庶物，被美化到了精神之美的高度。绿衣女是一种绿蜂，居然“谈吐间妙解音律”，不但声音动人，所歌之辞，亦有雅意：“树上乌臼鸟，赚奴中夜散。不怨绣鞋湿，只恐郎无伴”。这个绿蜂还识字，会以身沾墨汁，写出一个“谢”字。

《小猎犬》写一个书生闲卧在床，只见一个身高二寸许的武士，“骑马大如蜡，臂上青鞲，有鹰如蝇。自外而入，盘旋室中”，而后又有一个小人进来：

腰束小弓矢，牵猎犬如巨蚁。又俄顷，步者、骑者，纷纷来以数百辈，鹰亦数百臂，犬亦数百头。有蚊蝇飞起，纵鹰腾击，尽扑杀之。猎犬登床缘壁，搜噬虱蚤，凡罅隙之所伏藏，嗅之无不出者，顷刻之间，决杀殆尽。

这场以虱子、跳蚤为猎物的狩猎高潮是一个着黄衣、戴天平冠的“王者”的出场。但见他：

登别榻，系驷苇篾间。从骑皆下，献飞献走，纷集盈侧，亦不知作何语。无何，王者登小辇，卫士仓皇，各命鞍马，万蹄攒奔，纷如撒菽，烟飞雾腾，斯须散尽。

一篇盛大恢宏又滑稽可笑的“大猎赋”，在这个穷极无聊的书生面前展开图卷。这个书生还在大型狩猎的现场，得到了遗落在壁砖上的像巨蚁般的一只猎犬。小猎犬专门“跃登床箦，寻衣缝，啮杀虮虱”“遇虫辄啖毙”，使屋内蚊蝇无敢落者[1]。可惜，后来这只小猎犬被书生不小心压扁了，只剩一个传说。

类似故事在《聊斋志异》中有很多，像《小髻》《白于玉》《小官人》《耳中人》《孜中怪》等。通过对这些神奇的微小之物的想象，蒲松龄把人生那些看似细微、无聊赖的想法，所潜伏的艺术效用传达了出来。这些故事蕴含了作者静极无聊的观察，自由的没有出路的想象以及个人化的，无法在抒情言志的传统框架中进行谈论和书写的话题。这类故事不是民间故事，而是蒲松龄独特的想象力，是他成为一个伟大文学家的根本保证。所谓想象力就是作者在头脑中建构故事的能力。其他故事，无论是民间传说还是旧有的题材，其主题、动机和情节大都是模块化的，具有稳定性、明确性，很容易猜得到。而这类出自蒲松龄个人兴味的观察、结想，来自一个普通个体视角，虽不是《聊斋志异》中最脍炙人口的名篇，却是观察这本小说集的独特性的线索。正是在这些细微之物、飘忽的意绪以及无谓的奇想上，蒲松龄建构起了一部神奇经典的广厦。

其次，物质贫乏中的神奇想象。

在蒲松龄所生活的乡间社会，目之所见多是饥饿穷乏的景象。不但在蒲松龄诗中随处可见，在其他清初诗人的诗中也时时可见。如吴嘉纪“家最贫，丰年常乏食”，号“野人”。他的诗集名《陋轩诗》，据陈鼎《留溪外

[1] 蒲松龄著，张友鹤辑校《聊斋志异》“会校会注会评本”，上海古籍出版社1986年版，第529—530页。

传》中说:“陋轩者，草屋一楹，环堵不蔽，与冷风凉月为邻，荒草寒烟为伍，故人尽呼嘉纪曰‘野人’，而野人因自号焉”。吴嘉纪对自己陋轩的描写如《自题陋轩》诗说:“风雨不能蔽，谁能爱此庐？荒凉人罕到，俯仰为我居。遗病一篱菊，驱愁数卷书。款扉谁问讯？禽鸟识樵渔”。这就是乡间布衣之士生活的写照。在这样困乏的境遇中，梦想是脱离可怕狭隘生活的唯一方式。庶民百姓的想象力，只能在缩小了尺寸，降低了等级的庶物、微物之间驰骋，以生发并承托高尚的精神化生活。《聊斋志异》的很多异类相助、死而复生、变为动物、离魂等种种“形变”情节，大多是为了转化现实困境而设置的奇异化。

至于《聊斋志异》最为突出的，人类与花妖狐魅等超自然的异类所发生的爱情故事，如《红玉》《香玉》《娇娜》《嫦娥》《青凤》《莲香》《连城》《白秋练》等，是《聊斋志异》最为人称道的篇章。很难想象像白秋练（《白秋练》）那样，听到书生夜中吟诗，便暗中潜听，从此一往情深、相思成疾，乃至断绝了饮食和睡眠的女子；连琐（《连琐》）那样在白杨萧萧、声如涛涌的夜中，荒草树下诗思蹇涩、久吟不辍的女鬼，这些追求风雅之举，会发生在目不识丁、半未开化的女子身上。那些便娟美好，受到过良好教育，会作诗抚琴，精通琴棋书画，又爱慕斯文、善解人意的女子，在蒲松龄的生活环境中大概是不存在的。如俄罗斯的阿列克谢耶夫曾指出的，对像蒲松龄这样娶有一位目不识丁、半未开化，只知操持家务，而绝不希冀源源不断的爱情关注的女人的男人来说，把精神之爱诉诸异物，特别富有诱惑力，能使他那丰富多彩的个性充分发挥出来，生意盎然。[1]

正是出于展示个人丰富的想象和情趣，表达个人理想化的精神生活，蒲松龄塑造了这些才情卓越的异类女性。

最后，个人立场的加入。

[1] 参见王薇生《苏联汉学家评〈聊斋志异〉》,《明清小说研究》1988年第2期。

《聊斋志异》有很多传统的修仙成佛的题材故事，但大多都从个人生活的视角，对早期的凡人成仙故事做了改动。《神仙传》《列仙传》甚至在《搜神后记》的“刘晨阮肇”那样富于宗教性的伟大意义已经丧失了。《聊斋志异》往往把生活的琐碎、难堪和不如意掺杂在修仙故事当中，像《成仙》《贾奉雉》这样的故事颇有意味。贾奉雉本是心气高傲的书生，因为科场中衡文是非颠倒，他不得已拿阘冗不可告人的句子，连缀成文，居然高中，自感“以金盆玉碗贮狗矢，真无颜出见同人”。乃遁迹山林，前去修仙。陶潜《搜神后记》有丁令威故事：

> 丁令威，本辽东人，学道于灵虚山。后化鹤归辽，集城门华表柱。时有少年，举弓欲射之。鹤乃飞，徘徊空中而言曰：“有鸟有鸟丁令威，去家千年今始归。城郭如故人民非，何不学仙冢垒垒”。遂高飞冲天。今辽东诸丁云，其先世有升仙者，但不知名字耳。

蒲松龄反其道而行之。贾奉雉进入仙境，道心不坚定，和妻子私会，被仙人驱逐。归家时，“但见房垣零落，旧景全非，村中老幼，竟无一相识者”，他的孙子已经五十多岁了，妻子因同他去过仙境，故还是年轻的模样。夫妻相聚，生活却没有了着落：屋子倒塌，只好暂时到孙子家借住，他的那些曾孙、玄孙，“率陋劣少文”，屋中“烟埃儿溺，杂气熏人。居数日，懊惋殊不可耐”。两个孙子家所供餐饮也渐渐不继，贾奉雉每谓夫人曰：“吾甚悔此一返，而已无及矣。不得已，复理旧业”。异史氏在文后称，贾奉雉由仙境返回人世，就为填饱肚子而受白眼，继续科举，可见凡人谋生的痛苦：“贫贱之中人甚矣哉！”

凡人的不朽或不灭如果真的发生了，那就是老子所说的“吾所以有大患者，为吾有身”，安身、立身，在物质上满足身体口腹之欲，成为他们最大的累赘。像清高孤傲的贾奉雉，虽有仙骨，却无家可归，不耐饥饿，违背了当初激愤于科场颠倒是非、“羞而遁去”的初衷，再作冯妇，包羞忍耻重入科场。在攫取了一场功名富贵之后，才“知荣华之场，皆地狱境界，悔比刘晨、阮肇，多造一重孽案耳”。

这个故事当然不如《搜神后记》里的“丁令威”和《幽明录》中的“刘晨阮肇”等单纯的修仙故事那样明快有趣。蒲松龄赋予这个故事的是庶民与凡人的苦恼，在悠扬的仙乐声中，加入了凡人的喘息与现实的嘈杂，使之拖沓反复，有些荒腔走板，叠床架屋。虽不复明净悦耳，却是况味复杂，融入了蒲松龄个人的辛酸经历。

二、庶民视角与政治理解上的缺陷

政治是一种集体行动的模式，私人领域的情感依恋和结构是无价值的。蒲松龄坚持对特殊的人或物的精致感受和对微妙情感的仔细观察，暴露了某种理解政治的缺陷，对集体行动（政治伦理）的隔膜，他不适合政治思考。弱小、脆弱性的生命对外在的善的需求，一种自伤的无助感，使他更关注周围人的需求。

首先是作者视角的下移。比之唐传奇，蒲松龄的《聊斋志异》的主人公身份实现了下移，显示出较为浓厚的庶民色彩。男主人公几乎没有高门富豪，除穷书生之外，贫不聊生的小贩、农人、市民都能得仙鬼青睐。《慧芳》中的马二混，“居青州东门内，卖面为业。家贫，无妇，与母共作苦。忽有美人来，年可十六七，椎布甚朴，光华照人。媪惊诘之，女笑曰：‘我以贤郎诚笃，愿委身母家’”。马二混自从得仙女为妇，“顿更旧业，门户一新”。马二混除了为人朴讷，并无他长。异史氏曰：“马生其名混，其业亵，蕙芳奚取哉？于此见仙人之贵朴讷诚笃也。”

《王成》中的“王成，平原故家子。性最懒，生涯日落，惟剩破屋数间，与妻卧牛衣中，交谪不堪”。狐精变成的老妇，曾是其祖的情妇，见其败落如此，就如家中的女性长辈那样，帮助监督他，经商致富，“置良田三百亩，起屋作器，居然世家。早起使成督耕、妇督织。稍惰辄诃之。夫妇相安，不敢有怨词。过三年，家益富”。

《翩翩》中的罗子浮是个浮浪子弟，十四岁就被匪人诱去作狭邪游，后来床头金尽，身上广疮溃臭，沾染床席，被娼家赶了出来，只能在街头求丐度日，市人见辄遥避。这样一个失德败身无处立足的癞汉子，在山寺中碰到了仙女翩翩，将他带回洞府，为之脱去败絮脓秽，濯身沐浴治愈疮疡。“取大叶类芭蕉，剪缀作衣”，得到仙女眷顾的罗子浮，见到美女花城，旧习不改，邪念再起：

> 顿觉袍裤无温，自顾所服，悉成秋叶，几骇绝。危坐移时，渐变如故。窃幸二女之弗见也。少顷酬酢间，又以指搔纤掌。花城坦然笑谑，殊不觉知。突突怔忡间，衣已化叶，移时始复变。由是惭颜息虑，不敢妄想。

但是，仙女小小惩戒了一下这个无才无德、活该被寒冻杀的薄幸儿郎，就留他继续在神仙洞府中享受“帏幄诽谑，狎寝生雏”的福分。这个际遇当真是让人羡慕，乃至踊跃莫名，生出人人皆有被神选中的仙缘与好运的念头。

这种凡人只管承受好运，对自身的德行、容貌、出身、教养完全没有门槛的架构，在道义上明显是失衡的，却是民间文学的一个特点，有人称之为我向思维，就是我只接受命运的馈赠，不需承受这些礼物背面所标的价格。《聊斋志异》的很多故事都是如此，如侠义、知己、婚姻、宗教等，这类主题为安抚慰藉苦难中的人们，给他们一个个毫无生活重量压迫的气泡，在民间文学中是最受欢迎的。

其次是以身体关系黏合人与外界的关系，是《聊斋志异》的一个突出特点。“聊斋”故事的典型模式是书生遇艳。美丽阴柔的女子或是历史人物的魂魄（《公孙九娘》《林四娘》《甄氏》），或是异域文化的代表（《夜叉国》《仙人岛》），或是仙境中的女性（《翩翩》《嫦娥》），自然精灵的化身（《花姑子》《婴宁》《竹青》《香玉》《黄英》《娇娜》《白秋练》），或是如杜丽娘那样“泉下长眠梦不成，一生余得许多情”的情鬼（《鲁公女》《连琐》《连城》《伍秋月》），如此等等。这种叙事模式显示了万物有灵、万物有情的情感化模式，于文学叙事来讲，最具感染力。与那些没有质感和温度的志怪故事相比，《聊斋志异》以肉身根基架构的叙事模式，是以情感黏合人与万物的关系。蒲松龄着意强调了自然精灵、历史残魂和狐鬼的美色：

公孙九娘：“笑弯秋月，羞晕朝霞，实天人也”（《公孙九娘》）；
白秋练：“病态含娇，秋波自流。……嫣然微笑”（《白秋练》）；
伍秋月：“年可十四五，容华端妙”，容貌如仙（《伍秋月》）；
娇娜：年约十三四，娇波流慧，细柳生姿（《娇娜》）；
林四娘：“长袖宫装”姿容艳绝（《林四娘》）。

这些女性形象大都艳色无双，情态缠绵。“好色”，最能打动人心。《聊斋志异》在当日的流行，很大一部分原因在于蒲松龄的这种写作方式。所以袁枚在《子不语·自序》认为《聊斋志异》“太敷衍”。所谓“敷衍”是指引申太过、虚构过多的意思，而生动、细腻正是文学性虚构叙事的优长所在。

无论古今中外，男女恋情都是一切情感中最为动人的。《聊斋志异》用异类婚姻这样私人化的关系，表现涉及历史、政治、地理与自然等较为重大的事件。“性与爱是所有经验的起点，是对时代变迁的最原始的反映。”[1]世上最能曲尽人情者，莫过于写恋情和婚姻，既能深入人情深微之处，又是某种权力关系的书写。从现代研究者的角度看，书生与各种异类女子们方一见面便结燕好的身体关系，是蒲松龄式的沟通方式，暗示了中原与异域、生人与鬼魂的等级关系。在蒲松龄笔下，历史、异域、自然、鬼魂都以这般鲜活生动、美丽温柔的可以观看、触摸、倾诉、爱慕的形象出现，其打动人心的感染力，奠基了这部文学经典的大厦。正如《娇娜》中的孔生，虽在病痛之中，“望见艳色，嚬呻顿忘，精神为之一爽”。当这种情感化的书写成为叙事模式的时候，无论是小说中的艺术世界，还是艺术世界的构筑者，其感情上的沉溺带来的弊端就无法忽略。

最后是个人意愿对故事世界的左右。过于丰霈的情感是一个人缺乏自洽性的表现。以情感特性来感知历史、异域等对象，是带着特殊的惊异和价值来认识的。那段历史的受害者是美丽如公孙九娘、林四娘，异域中有我的爱人，自然精灵为我带来的美色和艳遇，如此等等。如果没有这些美丽的形象，缺乏了情感，就没有能力感知和评价那些更广阔的人和事物的价值与重要性，这就是情感的盲目性所在。完全用情感的思维，从个人的立场、情感的内部来判断意义和重要性，就带来了《聊斋志异》式的偏狭的温情。天地万物皆为小人物展示善意，成全他们微末的愿望。

情感的盲目性带来了《聊斋志异》处理重大题材的缺失。无论是历史、宗教和社会事件，作者只以个人化的视角、以私人关系设定人物。以反映清初战乱的题材而言，除了人鬼相恋的模式之外，还有私人恩怨，妖人作乱等。如《九山王》写曹州李姓家有废园，有一老叟前来赁居。老叟请李姓主人来家中做客，李姓入园，“见舍宇华好，崭然一新；入室陈设芳丽，酒鼎沸于廊下，茶烟袅于厨中”，百余口的一大家，在热热闹闹地过着日子。李

[1] 彼得·盖伊《感官的教育》，世纪出版集团2015年版，第1页。

姓明知这一家是狐：

> 席终而归，阴怀杀心。每入市，市硝硫积数百斤，暗布园中殆满。骤火之，焰亘霄汉，如黑灵芝，燔臭灰眯不可近，但闻鸣啼嗥动之声，嘈杂聒耳。既熄入视，则死狐满地，焦头烂额者，不可胜计。

这时老叟自外归来，责备李姓说："夙无嫌怨，荒园报岁百金，非少；何忍遂相族灭？此奇惨之仇，无不报者！忿然而去"。到了顺治初年，山中盗贼蜂起，来了一个会算命的"南山翁"鼓动李氏造反，老翁自认是"卧龙"，为李氏招兵买马，出谋划策。李氏乃自号"九山王""建大纛，设彩帜若林，据山立栅，声势震动"引来朝廷派兵剿灭"山破，被擒，妻孥戮之。始悟翁即老狐，盖以族灭报李也"。

《九山王》表现的是明末清初，山东众多起义或曰民变的史实。无论是为了抗清、民间宗教还是饥荒、战乱，这些重大的题材反映在《聊斋志异》当中，都没有对历史中人物的正面描写、事件的起因、过程、影响等的叙述，都成了私人恩怨和个人的伤痛记忆，或者趁乱成就奇特婚姻等视角狭窄的故事。如《小二》写一个陷入白莲教女孩，在教主那里学会了法术，寻到了恋人，二人趁乱逃走，靠法术致富的故事。两篇名为《白莲教》的小说，都是写教主的妖术害人的故事。

这些故事还停留在民间传闻的基础上，蒲松龄对历史材料的选择、释读和处理是怪异化和私人化的。作为短篇小说，《聊斋志异》的这些短篇故事固然无法容纳宏大的背景、恢宏的视角，以及明确的政治性指向，但是完全将情感倾注在默不知名的小人物身上，将视野集中在妖法奇遇，未始不是一种缺憾。

蒲松龄作为一个生活贫寒、声名隐微的书生，他的功业和名望，来自《聊斋志异》。他的思想、心理和经历都绽放其中。

第十章　国学“小说”观对《聊斋志异》的影响

文言小说从“丛残小说”“子史末流”的基础发展而来。从班固《汉书·艺文志》到清代《四库全书总目提要》，“国学”主流的小说观念就是偏正结构的“小”说观，包括体制小、价值小两个方面。在这种文化势差的挤压中，文言小说形成了自身独特的结构、主题和叙事方式，这些文化基因对小说的影响很少被认真梳理过，因而难以深入地理解和研究文言小说特点。以其受“史传之余”和“子书者流”的影响而言，唐传奇和《聊斋志异》等文学性优异的小说形成叙述历史题材的独特模式——从性爱的角度进入历史与空间叙事，将历史、异域的代言人设计成女子、狐鬼等阴柔的形象；亡灵追忆往事以及私人化的恩怨成为宏大题材的基调与线索等；逞意为文的游戏手段，如以昆虫的微型世界写人生、俳谐的游戏等，这些现象显示了将小说视为“小”说的叙事观念。

一、国学“小说”观的核心及其影响

中国古代小说研究中有一个基本的问题一直难于解决，即“小说”观念的混杂现象。现代小说观念来自西方，而西方小说文体各有专称，如story，fiction 等，novel 之中又包括了从epic 到romance 等。中国古代在“小说”

一词统帅下的文体则较为复杂。既有文学意义上的小说，也有史学家传统目录学定义的“小说”——一些难以归类的杂家笔记、琐屑言论的总称。以文学意义上的小说而言，语体上可分为文言和白话两大类：白话小说据篇幅分为短篇与长篇章回体，而且在诞生之初就有了话本、演义等专名，可以不论。我们只以文言小说为对象，考察一下“小说”观念与国学的关系。

“国学”本是晚清学人提出的一个相对于“西学”的概念。广义地说中国固有的学术都可以称为“国学”，“小说学”也是其中一种。20 世纪 20 年代胡适先生开列了一个《最低限度的国学书目》，其中就包括了《水浒传》《西游记》《红楼梦》《三侠五义》等 13 种白话小说。狭义的“国学”则是包括经史子集的四部之学，它是一套传统的学术体系。在这类传统目录学当中蕴含着相对稳定的小说观念，就是我们这里所要讨论的属于狭义的“国学”、而非文学的小说观。我们之所以选取《聊斋志异》来讨论“国学”小说观念对文言小说的影响，是因为在清人眼中，《聊斋志异》已经走得太远，以至于被执掌经学文柄的纪昀摒除于《四库全书》“小说类”之外。即使是在这样一部充分文学化了的文言小说中，依然带着国学“小说”观念的鲜明印记。这应该是中国特色叙事学的一个范例。这也是我们选取《聊斋志异》作为探讨书中论题切入点的一个主要原因。

我们以《聊斋志异》为例的第二个原因，是它牵涉到古代小说的研究范式问题。几十年来，学者们习惯于从小说挣脱经史附庸地位的角度来讲述小说进化史，仿佛进化到《聊斋志异》就是修成了正果，一切都是新鲜元素，是美轮美奂的经典。穷处山东乡间的蒲松龄被赋予了绝大的权势，纪昀和他的《阅微草堂笔记》则作为小说观倒退的标本，被有意地边缘化。这种单向度的进化论其实并无益于将清代文言小说作为一个整体的现象来研究，对《阅微草堂笔记》这样一部好作品不公正，对《聊斋志异》的研究而言，也人为地屏蔽了许多问题和视角，不利于研究的深入。

文言小说的创作与传播有特定的人群——具有传统文化修养的文人，较之受众广泛的白话小说，国学“小说”观对文言小说的制约要大得多。研究者不把这一点作为认识的基础接受下来，并仔细分梳其中源流与内在肌理，就会形成一些盲区和空白点，不利于对《聊斋志异》《阅微草堂笔记》这样一些名著的深入研究，也难以把握中国小说本身的特色，更遑论中国特色小说叙事学的建设。

《聊斋志异》的出现是文言小说在清代重振的标志，清代标榜追摹“聊斋”、或被称为“‘聊斋’之流亚”的文言小说集为数众多。鲁迅《中国小说史略》中胪举“纯法‘聊斋’者”，有沈起凤《谐铎》、和邦额《夜谭随录》、长白浩歌子《萤窗异草》、管世灏《影谈》、冯起凤《昔柳摭谈》、近代邹弢《浇愁集》，“皆志异，以俱不脱‘聊斋’窠臼”。王韬《遁窟谰言》、《淞隐漫录》、宣鼎的《夜雨秋灯录》“其笔致又纯为‘聊斋’者流”[1]。《阅微草堂笔记》完成于清嘉庆戊午年（1798），比《聊斋志异》晚了一个世纪，也可以说也是在《聊斋志异》影响下产生的一部作品。纪昀为《四库全书》总纂官，持天下衡文之柄，特殊的身份和地位，使《阅微草堂笔记》在当时和后代都影响深远。受其影响的文人纷纷以“著书者之笔”为小说，如王应奎《柳南随笔》、屠绅《六合内外琐言》、杨复吉《梦阑琐笔》、梁章钜《归田琐记》、俞鸿渐《印雪轩随笔》、许奉恩《里乘》、陈其元《庸闲斋笔记》等。直至近代，俞樾仍然在《春在堂随笔》中引用纪昀的话：“《聊斋志异》为才子之笔，非著书者之笔”，自称其“著《右台仙馆笔记》以《阅微》为法，而不袭‘聊斋’笔意，秉先君子之训也”[2]。

现代研究者往往从纪昀对《聊斋志异》的批评，来强调两类创作的不同，强调纪昀小说观是“乾嘉学者在时代学术潮流的冲击下以及中国古代传统小说观念浸染的合力作用下发生的一次小说观念的倒退”[3]。但人们似乎忽

[1] 鲁迅《中国小说史略》，东方出版社 1996 年版，第 169—174 页。

[2] 俞樾《春在堂随笔》，卷八，江苏古籍出版社 2000 年版，第 113 页。

[3] 宋莉华《清代笔记小说与乾嘉学派》，载《文学评论》2001 年第 4 期，第 108—114 页。

视了纪昀代表的“著书者之笔”的小说观本身就存在于蒲松龄的创作中，只是一个鲜明、另一个潜隐罢了。两者的暗合处就是古代小说叙事观念中最基础、最稳定的部分，因而也值得我们认真探求。

本章试图从《聊斋志异》等小说受传统子史观念影响而形成的叙事特点入手，聊为抛砖引玉之论。

二、偏正结构的“小”说观念

提起“小说”这个词，庄子“饰小说以干县令”（《庄子·外物》）之说，几乎是每部小说史开篇的奠基。这是诸子中首先提到小说的，它和作为文体的小说没有直接的关系，“案其实际，乃谓琐屑之言，非道术所在，与后来所谓小说者固不同”[1]。但这个词语中，“小说”的偏正结构却被后世作者传袭下来。

汉代桓谭强调了“小说”是一种形式短小、丛杂的文体。他在《新论》说：“若其小说家，合丛残小语，近取譬论，以作短书。治身治家，有可观之辞。”[2]“合丛残小语”“以作短书”，就是混合细杂片段的言论，成“形式短小、内容丛杂的文体”。考“短书”之名，虽有王充《论衡》所谓“汉事未载于经，名为尺籍短书，比于小道，其能知，非儒者之贵也”[3]。当时人们抄录“五经”文字的纸张长二尺四寸，而非经籍类的文字则用较短的纸张，以长短分别贵贱，故称小说为“短书”，本有纸张形制因素在内，但在桓谭的表述中，“短书”是指不本经传，背于儒术的非正统性。所以广义地说，

[1] 鲁迅《中国小说史略》，东方出版社 1996 年版第 1 页。

[2] 桓谭著，朱谦之校释《新辑本桓谭新论》，中华书局 2009 年版，第 1 页。

[3] 王充著，黄晖撰《论衡校释》，中华书局 1990 年版，第 557—558 页。

六经国史而外，凡著述皆小说也。

班固《汉书·艺文志》中说："小说家者流，盖出于稗官。街谈巷语，道听途说者之所造也。孔子曰：'虽小道，必有可观者焉，致远恐泥，是以君子弗为也。'然亦弗灭也。闾里小知之所及，亦使缀而不忘，如或一言可采，此亦刍荛狂夫之议也。"[1] 后世史家称小说为"稗说"，即从《艺文志》而来。

合而言之，"小说""小道""短书"，都是偏正结构的词语，"所谓'小说''小道''短书'其实是一个'三位一体'的概念，'小说'是总体称谓，而'小说'在价值层面上即为'小道'，在形态层面上则为'短书'"[2]。后世文言小说基本不脱"小"说的格局，文体上始终和史学家的小说定义夹缠在一起，史传意识先天地限制了文言小说的发展方向。

首先在篇幅上讲，文言小说几乎只有短篇，中长篇小说比较罕见。在小说史上只有两个例外：一是中篇传奇。在元明两代有一个时期出现了一批万字左右的小说，如元代的《娇红记》、明永乐年间的《贾云华还魂记》《钟情丽集》《刘生觅莲记》《痴婆子传》等，总数在40篇左右。这种文体因为杂糅了大量诗文，有时诗文篇幅还要大于小说叙事，因而被孙楷第先生称为"诗文小说"[3]，这类小说到明末清初已经绝迹，只可以目为元明之间的阶段性现象；二是长篇文言小说。在清代晚期，出现了唯一一部以文言写成的长篇小说，即屠绅的《蟫史》。这篇小说很不成功，时代又比较晚，基本没有人予以关注。

文言小说既以短篇为主，称为"小"说，可谓名实相符。史家历来把小说视为"丛残小语""小道"、补史之余的琐细之言。小说在价值层面上为小道，在形态层面上为"短书"的小说观，影响了所有文言小说的叙事模式和特点。即使是那些获得真正独立品格和文体价值的杰出小说，身上也附着

[1] 班固著《汉书·艺文志》，中华书局1962年版，第1745页。

[2] 谭帆《小说学的萌兴》，《中国雅俗文学思想论集》，中华书局2006年版，第139页。

[3] 孙楷第著《日本东京所见小说书目》，人民文学出版社1958年版，第127页。

着史家小说观念的深刻印记，要从总体上更全面深刻地理解古代文言小说特点，我们不妨以代表清代乃至古代文言小说最高成就的两派小说为范本，分析史家“小”说观的影响。

概而言之，史家偏正结构的小说观，是强调小说篇幅与价值的“小”。因为只是弥补史书的遗逸或备修史之选，所以正面反映、详细记录事件的大端往往被略去，小说家从轶事类的题材、事件细节的线索、亲历者的亡魂追述等视角写历史大事，亲切而细琐。多数是鬼言鬼语，暗夜追忆，有诗境的荒寒凄迷而无视角开阔的宏大叙事。

其次，它是书面文化的一部分，文体雅致优美，语言符码蕴含丰富，其取材和形式更多地指向文化传统中深奥优雅的那一部分，让人联想到风雅、屈骚那样的充分个人化的写作。同白话小说不同，《聊斋志异》的虚构世界是蒲松龄站在自己的审美立场上，为满足个人情感的非功利性要求而存在的。它不太注重艺术世界的客观自足性，而是随心所欲地处置题材和人物。如《续黄粱》《庚娘》《西湖主》《三生》等篇目，充满个人的情绪和夸张议论，更类似小品文或宣泄个人情绪的诗文。

最后是子书的夸饰、小言之风。文言小说又被视为子书的一种，是文人逞露个人才情的领域。蒲松龄在《聊斋志异》中尽可能地展示自己多方面的文字才能。如《绛妃》中为花神写的《讨风檄文》《狐谐》中的文字幽默等。他将子书的夸饰、大小言等手法技艺运用于小说之中，则有了《小猎犬》《莲花公主》《白于玉》等近乎游戏的微观世界。

三、《聊斋志异》的“小”说特点

在明代出现的《三国演义》《水浒传》等作品，印证了长篇章回体小说兴起有赖于历史著作的扶持这个观点。文言小说的创作，则始终有为正史的写作提供素材、拾遗补阙的自我价值定位。以此之故，文言小说几乎都是短篇小说一统天下，没有处理长篇题材的传统。这使文言小说在选取题材方面往往从微观的、私人化的角度入手，叙事时间上也是片段化的。

固然，以旁涉、片段的叙事手段来处理大题材，几乎是古今中外所有短篇小说的共同特点。中国古代文言小说更因其先天的为史著庀料备材的基因，而特重历史题材。如《聊斋志异》，它本身的史料价值自是不容忽视。作者以其生活的时代为背景，“多叙山左右及淄川县事，纪见闻也。时亦及于他省。时代则详近世，略及明代。先生意在作文，镜花水月，虽不必泥于实事，然时代人物，不尽凿空”[1]。那些史书中寥寥数语或故意回避的现实，如清初的战争、饥荒、民变、灾害等，在《聊斋志异》中都有所反映[2]。蒲松龄因此被认为是一位秉笔直书的“良史”。但《聊斋志异》更具代表性的题材模式还是写“狐鬼话”——学者称之为“传奇式的亡灵忆往”。像唐人传奇那样，营造一种抒情的凭吊氛围，让后代书生感遇到历史亲历者的亡灵。蒲松龄擅长幻化出受历史戕害的弱者魂灵，将历史具象化、情感化。其手法就是虚构一个亲身历经历史变故的美丽女鬼，让弱小的人物在人鬼恋爱的情境中，在冰冷的一隅里缕述伤痛、暗夜拥泣，如《公孙九娘》《林四娘》等。这是蒲松龄对唐宋传奇“亡灵忆往”观照历史模式的一种个人化的改进[3]，其中可以看到轶事化小说观念的影响。我们可以说蒲松龄不善于写

[1] 冯镇峦《读〈聊斋〉杂说》，蒲松龄著，张友鹤辑校《聊斋志异》“会校会注会评本”，上海古籍出版社 1986 年版，第 11 页。

[2] 参看李灵年《浅谈〈聊斋志异〉的时代气息》，《蒲松龄研究集刊》第二辑，齐鲁书社 1981 年版；骆伟、徐瑛:《试论〈聊斋志异〉在史学上的价值》，《蒲松龄研究集刊》第四辑，齐鲁书社 1984 年版；牟润孙《〈聊斋志异〉所记清兵在山东的屠杀》，《注史斋丛稿》，中华书局 2009 年版；柳岳武《〈聊斋志异〉史料价值探微》，《史学月刊》2010 年第 6 期等。

[3] 参见李剑国《亡灵忆往：唐宋传奇的一种历史观照方式》，《古稗斗筲集——李剑国自选集》，南开大学出版社 2004 年版。

大题材；可以说因为篇幅所限，文言小说的历史题材大多擅长寄托鬼语。但更深刻的原因，则在于国学“小”说观念的立场与叙事方式。

因为受制于史传之余的“小”说观念，像《聊斋志异》这样一部时代气息浓厚的小说，其描述明末清初社会政局变化，也只是采用旁涉的、私人化的角度，形成了隐晦曲折的独特模式与包装。其手法有三。一是从传闻、轶事的角度写灾难中幸存者的经历或个人福报。那些穿行在血泊刀丛中小人物的战栗和恐惧，被传奇性所冲淡，如《张氏妇》《乱离》二则等。《乱离》中，清兵掳掠“妇口无算，插标市上，如卖牛马”。在京城为官的陕西某公为仆役买妇人，竟然买回了自己的母亲、妻子，一家意外团圆。二是从个人恩怨细故反映局部战争或大规模起义，如《九山王》《小二》《白莲教》等，反映出由旁涉的角度挖掘题材的奇异性，是文言小说取材的基本特点。三是用男子与女鬼的遇合，追述历史事件，如《公孙九娘》《林四娘》等。《林四娘》这篇小说显示了《聊斋志异》处理题材的另一个典型的模式——以有家室的男子的一段艳遇来表现历史或者异域传闻故事。

林四娘的故事在清初文人中颇为流行，林云铭的《挹奎楼选稿》、王士禛的《池北偶谈》、陈维崧的《妇人集》收入王太史《〈林四娘歌〉序》以及张潮的《虞初新志》，李澄中《艮斋笔记》、安致远《青社遗闻》、陈奕禧《虞州集》的《林四娘小传》等都有关于林四娘的记述。这些故事内容差异颇大。

陈奕禧的《林四娘小传》记载最奇特：

> 康熙中，晋江陈宝钥为济南道。一日坐宪府，方理案牍，忽有五色云气下于庭，甲士数十人，卫一女子自云中至，年可四十许，兜鍪金甲，佩剑。钥大惊走，不知何妖物。急服朝衣，还坐，叱之。女子笑曰：“吾与使君有缘，当相助。上帝命吾来，何惊也？”钥始请退诸甲士，延入后堂，更服解剑。茶毕，因问姓名。曰：“吾，林四娘也。有

事告使君。”于是钥不得已，馆诸书室中，屏酒食，只用清茶果物之类。然燕集错坐，谈谐欢笑，亦弗却也。自此，或往还，神变不可测，内外间皆传说以为异。

钥贫宦，多给人赀财。索逋者不能去，又无以迎。甚患之，谋于四娘。曰：“易易耳。”明日，乃召诸索逋者，慰劳之曰：“陈使君清白吏，囊箧萧然。若即窘迫之，徒伤人情，于逋何有？姑待四十日，吾当为使君偿之。”诸人知四娘有异术，承命唯唯退。四娘遂与定画，刚卅八日而赀已集。置酒列席，召之饮，而还之。众益骇服。

钥有同年刘某者，将造钥，四娘预以告。无何，刘果至。下榻款洽，坐无丝竹。四娘向空呼：“某某来佐酒。”倏有群姬十许人，云鬟矮堕，铢衣羽裳，眉目明艳。各抱琴瑟之属，斜临画屏，倚歌而和，音响飘扬，皆非人间之曲。刘睹之，不觉心动，群姬即变魔形兽面，手中乐器化为刀剑，直前侵刘。刘大畏惧，再拜谢罪。四娘曰：“心之所动，入于邪也。心入于邪，魔乃至矣。尔既悔过，吾当麾之去。”乃出百金授刘。且曰：“尔速携此去。计至扬州，遂当尽。遇有亲旧，可获二百金而归。”刘私揣：济扬之间，千里耳，何须此费？且疑且行。途中为盗所劫。适同年某，新授邑大令，遂同之官，解囊赠，果如其数。

四娘在钥署数年，凡奇异事难悉举，迹其行事，大略剑仙之流。其与钥密有授受，世莫得闻。钥转贵州。别去时，但云：“后当会于江南方伯署中”云。

这条资料是由白亚仁的《〈林四娘〉故事源流补考》首先发现。

曹雪芹把这个故事写进《红楼梦》。这些文言小说大都把这个题材处理成私人化的小悲剧。

如林云铭的《林四娘记》写闽人陈宝钥任青州道佥事时遇女鬼林四娘，她生前为营救父亲而与表兄一起四方奔走，半年之间共同起卧。父亲出狱后闻之此事，怀疑她与表兄有私情，四娘为证清白自杀身亡。女鬼林四娘善诗赋，能决疑狱，又能“观风试士，衡文甲乙，悉当”，林四娘与陈宝钥的关系是狎昵的宾主关系，“陈日与欢饮赋诗，亲狎备至，惟不及乱而已”。林四娘与陈宝钥俱闵人，为桑梓之谊而来，年余别去，陈每思慕不置。

在这篇小说中。将蒲松龄的《林四娘》与其他同题材小说对比，我们可以看到人鬼相恋是《聊斋志异》独有的叙述模式。只有《聊斋志异》写了主人公陈宝钥与林四娘的鬼魂情感缱绻，色授魂与。主人公用那样一种有情感、有热度的方式以肉身拥抱历劫的残魂。那些篇幅和场景在小说中是有其独特意义和价值的。大部分学者或者把它归因于蒲松龄的色情动机，或者无视它，总之是对这个男女遇合的故事框架评价不高。这种手法在《聊斋志异》中凝定成了一种模式，书生邂逅的女鬼，是历史亲历者的幽魂艳魄，她们先是以其美丽的容貌吸引了男主人公和读者的眼光，然后在肌肤相亲的私密接触中，追述、旁涉地透露历史血腥的一角，以弱小者深及黄泉的镂骨悲怨观照历史。这种模式的实质是用感伤凄美的色调写性和政治暴力，混合着血腥酷虐的现实与普通人内心敏感忧惧的情绪。清代评论家称蒲松龄的过人之处在“凡事境奇怪，实情致周匝，合乎人意中所欲出”[1]，鲁迅的“出入幻境，顿入人间”[2]，于志怪的“详尽之外，示以平常”，都肯定了蒲松龄力图用日常伦理性来填补神奇故事漏洞的叙事手法。以一场艳遇邂逅已经无情逝去的过往，以书生们胸口的温热去体贴、认取劫灰中的陈迹，该是多么无力而凄怆的勇力啊！

---

［1］冯镇峦《读〈聊斋〉杂说》，蒲松龄著，张友鹤辑校《聊斋志异》“会校会注会评本”，上海古籍出版社 1986 年版，第 18 页。

［2］鲁迅《中国小说史略》，东方出版社 1996 年版，第 166 页。

四、《聊斋志异》中的“大”题材

首先,《聊斋志异》以轶事化的手法处理宏大题材是受史传小说化叙事的影响。

通常，重大历史事件的出现都有其背后的因果与规律性。按照本原主义的历史观，人们倾向于排除一切偶然性和变量，抓住一条线索来追本求源。掺入“小”说观念的史传叙事，从《左传》开始就有神秘化、以出于个人细故的因果关系处理战争和政治题材的手法。如《左传·宣公十五年》秦晋之战、魏武子妾父为魏颗结草，俘获秦将杜回事以及“郑伯克段于鄢”等故事。

文言小说自来分为轶事、志怪、传奇几个大类，在处理历史题材时都不脱轶事、秘史的视角。《聊斋志异》中的《九山王》写的是明末清初的战乱期间众多民间起义中的一个。蒲松龄把这个故事和狐仙复仇的线索放到一起，以妄人受妖狐蛊惑造反为框架，内容和妖术类的白话同一概致。蒲松龄本可以有较宽的叙述视角，把这个事件写得恢宏壮阔些。即使是从传统的、神魔小说的角度入手，也不失如《三遂平妖传》那般有整体的视角，但蒲松龄的手法是沿用志怪的模式。他关注的是报应，是人性中的“恶”带来的毁灭结局。曹州李姓人家有一座荒园，一老翁携家求为居停，家人婢仆有数十百口，待主人甚为恭敬。李心知其为狐，暗中买来数百斤炸药遍布园中，巨响之后死狐满地，不可胜计。老翁自外归来，颜色惨恸，发誓要报灭族之仇。顺治初年，李姓的家乡群盗啸聚，老狐化为自号“南山翁”的卖卜者，预言李姓当为“真主”，自己就是李姓的诸葛军师。老翁为李姓准备甲胄弓弩数千件，又鼓动数千人马来投奔。李“高卧山巢，公然自负”，但没有等到黄袍加身，先引来朝廷灭门之祸，始悟“南山翁”乃老狐来报族灭之仇。蒲松龄把后节如何起事、如何举兵、几场征战情势若何等，写得颇为草草，比起前面老翁设宴招待房东李姓时的详细描述，在篇幅和叙事速度上，比例悬殊。他用旁涉的角度来写这类社会政治事件，把一个宏大的事件简化成了李姓“杀狐之残，方寸已有盗根，故狐得长其萌而施之报”。私人化的果报成为叙事的线索和主题的核心。

《聊斋志异》中有同名为《白莲教》的两篇小说，还有《小二》和《邢子仪》等篇，都是以当时颇为活跃的大规模民间白莲教动乱事件为背景。小说的兴趣点是以“法术”、神通生发奇异情节。《小二》中小二出纸鸢与丁生各跨其一，“鸢肃肃展翼，似鹣鹣之鸟，比翼而飞”，逃离白莲教营地，“女以指拈鸢头，忽即敛堕，遂收鸢；更以双卫，驰至山阴里”[1]；后又剪纸作判官讹诈强盗的财宝而发家、以纸鸢驱蝗虫等。这个会法术的女子持家明察如神，人无敢欺，不但家中大富，且能预知灾年赈济一村。名为《白莲教》的两篇小说其实篇幅很短，分别在卷四和卷六，主要写白莲教中人的妖术。如某人以法术杀人又作法逃脱官兵；教主徐鸿儒有能用惑众的妖镜，把木刀木凳变霜刀大马之类的本领。《邢子仪》写白莲教的党徒杨某，用幻术制作木鸟摄取美女不成，反而成就了穷书生的姻缘。这些写法固然颇有文学趣味，但我们统观《聊斋志异》中关于“宗教起事”的这类社会事件小说，就会发现这已经成为一个很狭窄的套路。作者或者满足于民间传闻层面的“法术”渲染，或者以法术为线索写奇特姻缘或者发家故事，蒲松龄笔下的小二、徐鸿儒等人虽然是重大政治事件中的人物，但在作者笔下他们和通法术的狐鬼并没有什么区别，小二虽然来自白莲教兵营，但小说的重点是她用法术发家，则这个人物是和《聊斋志异》中那些善治家、会理财的花妖狐鬼的寄托

[1] 本书《聊斋志异》引文俱出自张友鹤辑校《聊斋志异》“会校会注会评本”，上海古籍出版社1986年版。

是一致的了。叙事的重点还在轶事、琐言等民间传闻，乃至谣传的层面。

蒲松龄这样的写法绝非其时小说中的个例。还以白莲教的题材来看，乾隆年间袁枚的《子不语》卷十五有《白莲教》也是志怪短篇，写一个梁上君子夜伏孕妇床下，见妖人作法剖取胎儿，偷儿一路尾随妖人，揭出白莲教徒用坛子暗藏的胎儿故事。和邦额的《夜谭随录》卷四之《白莲教》又将这个故事踵事增华，添枝加叶。以袁枚和蒲松龄的大才，却如此处理这些大题材，时代局限之外，"小"说观念的制约也使其一味嗜奇，主动让出了军国大事的题材，放弃了宏观深邃的观察思考。

其次，切入角度的小型化。《聊斋志异》最常用的是由男女两性的邂逅，也就是男子遇女鬼（历史的亲历者）这个角度来表现历史上的大事件，如《林四娘》《公孙九娘》《甄后》等。蒲松龄是身处下层的读书人，并没有史官的权威与话语优势，他把历史和异域文化具象化为各色妙龄女性，或许是因为穷书生唯有在面对已为鬼物的弱女子时，才可以全然地享有父权体制下的角色优势。以男女肌肤之亲那种细腻敏感、私人化的笔墨，代替史家平和客观的口吻，使历史题材渗入个人的情感。在使历史视角狭窄化的同时，蒲松龄也把冰冷的过去变得可以用身体去触摸感受。

研究文言小说的叙事方式和思维路径，我们需要先了解史传的叙事原则。历史叙事要求高屋建瓴、气魄宏大，还要有史家的历史责任感。司马迁所谓"究天人之际，通古今之变，成一家之言。"汉末荀悦有"立典五志"，曰"达道义""彰法式""通古今""著功勋""表贤能"；晋代干宝释之曰："体国经野之言则书之，用兵征伐之权则书之，忠臣烈士孝子贞妇之节则书之，文诰专对之辞则书之，才力技艺殊异则书之"。这里指出了历史叙事的内容要素、条理大端。唐代刘知几《史通·书事》："更广以三科，用增前目：一曰叙沿革，二曰明罪恶，三曰旌怪异""于是以此三科，参诸五志，则史氏所载，庶几无阙。”[1]所谓“旌怪异”是写“幽明感应，祸福萌兆”，这一点如上节所说，可以看作史传叙事中的小说因素。在其他方面，小说的叙述原则正是拾遗补阙、取历史叙事的反面。虽然《聊斋志异》的诸序跋题辞中对蒲松龄的良史之才称扬颇高，称为“一代史局大作手”[2]，这里面更多的是传统的人云亦云的成分，蒲松龄自称的“异史”庶几近焉。这是《聊斋志异》处理大题材的文体背景。他固然不需要把那些行谊出处的事件大端交代出来，而只需专注于细节与轶闻的刻画，就是好小说，但这未始不是一种缺憾。

五、子书与《聊斋志异》的微型叙事

《汉书·艺文志·诸子略》记载的诸子有189家，各家“以成其言”。儒、道、阴阳、法、名、墨、纵横、杂、农九家等之外，还有“小说十五家，千三百八十篇”。清《百子全书》载：历代子书包括儒、法、道、墨、兵、术数、小说、杂家等类100种，先秦诸子类9种122家，各家皆著书立说。从目录分类上讲，子书属于思想家和学者的著作。班固的《汉书·艺文志》将小说与诸子并称十家。虽然他声称“诸子十家，其可观者九家而已”[3]，将小说家排除在外，但小说作为子书的观念对文言小说的影响却是不可低估。子书是一种包罗作者哲学、政治、伦理、经济、文艺各个方面思想的综

[1] 刘知几《史通》，上海世纪出版集团2008年版，第165页。

[2] 南村《聊斋志异跋》，张友鹤辑校《聊斋志异》“会校会注会评本”，上海古籍出版社1986年版，第31页。

[3] 班固《汉书》卷三十，中华书局1962年版，第1746页。

合性论著，既然“小说，子书流也”[1]，则其庞杂而富有自创性和文艺性就是先天的基因，可以把各类文体杂收其中。

一、小言赋的微观世界。《聊斋志异》里有一个“化大为小”的微型化神奇世界，其中《小猎犬》《胡秀才》《莲花公主》《绿衣女》等，给人留下深刻印象。以细微之物情致曲尽地摹写宏大场景，是逞露才情的一种文人游戏。先秦子书如《庄子·逍遥游》中，“逍遥”之旨是通过“小大之辩”的寓言来揭示的。以鲲鹏喻“大”，“背若太山，翼若垂天之云，抟扶摇羊角而上者九万里，绝云气，负青天，然后图南，且适南冥也”；以斥鴳喻“小”，这种小鸟体小身轻，“腾跃而上，不过数仞而下，翱翔蓬蒿之间”，一样能够得意翱翔。所以，郭庆藩认为两者小大虽差，但在自然面前同样渺小，如果能“各任其性，苟当其分”，则能同样获得“逍遥”[2]。

《晏子春秋》外篇中有“景公问天下有极大极细晏子对第十四”载：“景公问晏子曰：‘天下有极大乎？’晏子对曰：‘有。足游浮云，背凌苍天，尾偃天间，跃啄北海，颈尾咳于天地乎，然而漻漻不知六翮之所在。’公曰：‘天下有极细乎？’晏子对曰：‘有。东海有蛊。巢于蚊睫，再乳再飞，而蚊不为惊。臣婴不知其名，而东海渔者命曰焦冥。’”[3]

这些子书中的文人游戏和空间想象，在后世文人那里发展出大言赋、小言赋，以及南朝至唐代流行的大言诗和细言诗。宋代王楙《野客丛书》有《大小言作》一条，言“晋、梁间，多戏为大、小言诗赋”。郭茂倩《杂体诗集》，“谓此体祖宋玉，而许彦周谓乐府记大小言作，不书始于宋玉，岂误也？仆谓此体，其源流出于庄、列‘鲲鹏’‘蟭螟’之说，非始宋玉也。《礼记》曰‘语小，天下莫能破；语大，天下莫能加’屈原《远游》曰：‘其小无内，

[1] 胡应麟《少室山房笔丛》，上海书店2001年版，第282页。
[2] 郭庆藩《庄子集释》第1册，中华书局1961年版。
[3] 廖名春、邹新民校点《晏子春秋》，辽宁教育出版社1998年版，第97页。

其大无限。’”[1]

现在看到《宋玉集》中的《小言赋》，完全是一种文学的游戏，任凭想象力尽力地奔突驰骋：

楚襄王既登阳云之台，令诸大夫景差、唐勒、宋玉等并造《大言赋》，赋毕而宋玉受赏。王曰："此赋之迂诞则极巨伟矣，抑未备也。……贤人有能为《小言赋》者，赐之云梦之田。”景差曰："载氛埃兮乘剽尘，体轻蚊翼，形微蚤鳞，聿遑浮踊，凌云纵身。经由针孔，出入罗巾，飘妙翩绵。乍见乍泯。”

唐勒曰："析飞糠以为舆，剖粃糟以为舟。泛然投乎杯水中，淡若巨海之洪流，凭蚋眦以顾盼，附蠛蠓而遨游。宁隐微以无准，原存亡而不忧。”又曰："馆于蝇须，宴于毫端，烹虱胫，切虮肝，会九族而同哜，犹委余而不殚。”

宋玉曰："无内之中，微物潜生。……超于大虚之域，出于未兆之庭。纤于毳末之微蔑，陋于茸毛之方生。视之则眇眇，望之则冥冥。离朱为之叹闷，神明不能察其情。二子之言，磊磊皆不小，何如此之为精？”

王曰："善，赐以云梦之田。”[2]

在这里，景差所说的那种比蚊子的翅膀轻、比虱子的鳞片小的事物虽微，唐勒的衬托之法比之更为高明，他只写此物所御之物的微小——以飘飞的糠皮作车子，剖开秕糠作舟船，住在苍蝇须里，在毫毛尖上开宴会，料理的是虱子腿、虮子的肝脏，你能想象本尊身量几何？但两位的想象还是太老实，宋玉用“比之无象，言之无名。蒙蒙灭景，昧昧遗形”的无形之小达到

[1] 王楙《野客丛书》，上海古籍出版社 1991 年版，第 336—337 页。
[2] 宋玉著，吴广平编注《宋玉集》，《小言赋》，岳麓书社 2001 年版，第 110—111 页。

了“语小，天下莫能颇”的境界。

据钱锺书《管锥编》的考证，宋玉《大言赋》《小言赋》来源甚杂。《晏子春秋》外篇第一四《景公问天下有极大极细，晏子對》实为嚆矢，“《列子，汤问》亦其类”。[1]《庄子・秋水》有“天地稊米，毫末邱山”之喻，宋玉《大言赋》《小言赋》之后，南朝出现了大言诗和小言诗，亦是文人逞才的新手段。昭明太子萧统写有《大言》和《细言》诗，沈约、王锡、王规等人都写有《大言应令诗》和《细言应令诗》。这些游戏之作主要是用夸张的手法，把小的东西夸大或大的东西缩小。沈约的《细言应令诗》云:“开馆尺棰余，筑榭微尘里。蜗角列州县，豪端建朝市。”王锡《细言应令诗》有“步蜗角而三伏，经针孔而千日”之语。王规《细言应令诗》:“针锋于焉止息，发杪可以翱翔。蚊眉深而易阻，蚁目旷而难航。”到唐代言诗，权德舆，雍裕之等人都写过《大言》《小言》或《细言》诗，颜真卿、皎然，李萼、张荐等人写有《七言大言联句》和《七言小言联句》。如宋代人所集的颜真卿诗中，就有“大言小言、乐语滑语、谗语醉语”等题材。

唐人小说中的《枕中记》《南柯太守传》《徐玄之》等小说的人入枕或蚁国等情节，亦颇得前人大小、永暂之别的真意。《徐玄之》中徐玄之在宅中夜读，见数百小武士拥其殿下在花毡、石砚上渔猎，玄之以书卷覆之的情形，略同于《小猎犬》，也是文人逞意之作。《北梦琐言》卷七，写弘农杨敬之撰《华山赋》，云:“见若咫尺，田千亩矣；见若环堵，城千雉矣；见若杯水，池百里矣；见若蚁垤，宝九层矣。醯鸡往来，周东西矣，蠛蠓纷纭，强秦去矣；蜂巢联联，构阿房矣，俄而复然，立建章矣，小星奕奕，焚咸阳矣；累累茧栗，祖龙藏矣。其千载改更兴怀，悲愁辛苦，循其上矣”。有类大言赋。

这种展示个人才情的游戏在明清时很受读书人的喜爱。袁中道《珂雪斋

[1] 钱锺书《管锥编》第3册，中华书局1979年版，第866页。

集》曾讲到他与顾冲庵在虎丘看月，怀念友人梅克生能为“大言小言及谐言，沛若黄河水东注”。张岱《陶庵梦忆》卷一中也有他得到一把叫“木犹龙”的尺木，因而“赋小言诗咏之”的事。

这类诗赋游戏被蒲松龄运用到小说之中，成就了《聊斋志异》的微观故事世界。《小猎犬》写书生静卧僧院，见数百身高两寸的小武士骑马而来，架鹰牵犬猎杀室内臭虫蚊虱。鹰大如蝇，犬大如巨蚁。每有蚊蝇飞起，小武士就纵鹰腾击，尽扑杀之。猎犬还登床缘壁，搜噬虫虱，凡罅隙之所伏藏，嗅之无不出者，顷刻之间，决杀殆尽。书生假寐，任鹰集犬窜于其身。后有王者来，把马系在苇篾上，小武士们纷纷贡献飞禽走兽，堆满王前。一会儿，王者登小辇而去，武士上马随去，“万蹄攒奔，纷如撒菽，烟飞雾腾，斯须散尽”。

书生出门查看，都无所见，唯在壁砖上发现一只小犬，置于砚台匣中。小犬喜登床榻、寻衣缝，啮杀虮虱。主人一躺下，小犬就爬到床上，遇到蚊虫就咬死，苍蝇蚊子再无敢落者。早上小猎犬还回到砚匣中伏卧。后来书生不小心压着了小犬，看时其身已扁而死，如纸剪成者。从此室内壁虫无噍类矣。

这篇小说就像司马相如《子虚赋》、扬雄《羽猎赋》的缩小版。“体物大赋所借以吸引读者的，就是这种由巨大的人力、物力、财力所构成的景象中蕴含着的华丽、庄严、宏伟之类的美。”[1]，蒲松龄身处物力匮乏的庶民环境与时代中，从书本而来的有些笨重的体物大赋雄肆铺张之美，结合了狭小空间中的个人感觉和实用的想象，就成了这篇《小猎犬》。

二、辞藻与游戏。元代虞集在《写韵轩记》中称：“唐之才人，于经艺道学有见者少，徒知好为文辞，闲暇无所用心，辄想象幽怪遇合、才情恍惚之事，作为诗章答问之意，傅会以为说。盍簪之次，各出行卷，以相娱玩。非

[1] 章培恒、骆玉明主编《中国文学史新著》，复旦大学出版社 2007 年版，第 149 页。

必真有是事、谓之传奇。”[1]指出“好为文辞”是传奇作者的特点，想象遇合、以相娱玩是其目的。这就是文言小说中的子书特点吧。

《莲花公主》写书生梦至一所，见叠阁重楼，万椽相接，中有万户千门。这些描写符合蜂巢的结构。书生方与莲花公主成亲，忽有大难来临，国门之外来了一条千丈巨蟒，吞食万余名百姓，宫殿尽成丘墟。巨蟒之大：“头如山岳，目等江海；昂首则殿阁齐吞，伸腰则楼垣尽覆。”书生仓促携公主归家。公主正嚎哭之间，书生梦醒，“耳畔啼声嘤嘤未绝，审听之，殊非人声，乃蜂子两三头，飞鸣枕上。蜂子依依裳袂间，拂之不去。书生为之筑巢，蜂倾巢而来。书生细视，邻家的旧蜂巢内有一丈许长蛇在内，乃捉而杀之。这个故事从结构和立意都和唐传奇《南柯太守传》很相似，所谓“蚁穴蜂房，后先一辙”也。

紧接其后的《绿衣女》写一婉妙女子夜投书生，女子细声如蝇，腰细殆不盈掬，多疑善惧。女子离去后，书生听到呼救声，出见檐间蜘蛛缚住绿蜂，书生解救出绿蜂，置于案头。蜂“自以身投墨汁，出伏几上，走作‘谢’字。频展双翼，已乃穿窗而去。自此遂绝”。

《胡氏》中狐狸向人类女子求婚不成，就兴狐兵来战，以草虫为驴，高粱叶作大刀，蒿梗作箭矢，马嘶人沸，声势汹汹。

这类微型世界中发生的故事，为蒲松龄赢得了儿童文学的名誉。因为在大家的印象里，“把人物身材缩小，或为小东西赋予生命，是童书作者借以探讨童年本性的另一种技巧”[2]。但这只是现代读者的阅读体会，蒲松龄时代的评论者更能揭出这类作品的文学渊源。清代冯镇峦称《小猎犬》：“此篇奇

[1] 虞集著《道园学古录》卷三十八，商务印书馆1937年版，第645页。

[2] 佩里·诺德曼、梅维丝·雷默著，陈中美译《儿童文学的乐趣》，少年儿童出版社2008年版，第316页。

在化大为小，以小见妙”，是“广庄子文”[1]一类对庄子寓言的模仿。王士禛评《小猎犬》是“小言赋、羽猎赋合而一之”[2]。但明伦评《绿衣女》“写色写声，写形写神，俱从蜂曲曲绘出。”“短篇中具赋物之妙。”[3]

清人的评论其实都指向了《聊斋志异》国学渊源：概而言之，即子书——庄子寓言、《晏子春秋》到文人游戏如宋玉《小言赋》、体物赋、俳谐文等。这些在儒家的载道文学中被贬低、排拒的内容与创作方式，在《聊斋志异》中得到了综合呈现。而且，只有蒲松龄这样寄意于小说，逞意为文的游戏笔墨才能把它们写得如此趣味盎然。

《聊斋志异》另有《狐谐》《酒鬼》一类专写谐谑的文字，是读书人才能体会的幽默与智慧。《小猎犬》《莲花公主》一类的文字，虽历来不太受人重视，却是传统读书人的一种文字幽默与精神生活的延续与发扬。它们是文言小说特殊的一个种类，其叙事方式与宗旨和儿童书籍并非同道，但和童话一样，类似的小型化，降低影响，淡化效果，也符合读书人寂寞孤独的书斋生活的局限性，显示了小说的游戏特征。

[1] 蒲松龄著，张友鹤辑校《聊斋志异》“会校会注会评本”，上海古籍出版1986年版，第530页。

[2] 蒲松龄著，张友鹤辑校《聊斋志异》“会校会注会评本”，上海古籍出版1986年版，第529页。

[3] 蒲松龄著，张友鹤辑校《聊斋志异》“会校会注会评本”，上海古籍出版1986年版，第679页。

第十一章　从《口技》看《聊斋志异》的想象力

蒲松龄的《聊斋志异》作为古代文言小说的名著，在历来的古文教学中占了一定的分量，如《狼》《山市》《促织》等，历几十年而不变，固然堪称经典的魅力，但随着时代潮流与审美的变化，这些篇目的选择也颇有可议之处。

一、作为文言小说的《口技》

中学语文教学的重点之一是文言文，通常会选择相对轻松浅易的文本，如《送东阳马生序》《捕蛇者说》一类，以利于教授和学习。但文章往往比较严肃枯燥，其实在注意语言的优美浅易之外，选择表现力更为丰富的文言小说，可能比一般的记叙文更能调动学生的阅读兴趣。

我们以同题目的文章做一下对比，初中二年级语文有一篇林嗣环的《口技》在课文中已存在了几十年，是中学生的必背篇目。林嗣环的《口技》是节选自他的《秋声诗自序》中的一段，属于记叙文，描摹虽然生动，但主题单一，就是几个人比较谁“善画声”，其中一位客人讲述了一场口技表演。单独来看，这一篇画声摹状，写得很出色，但除了表现刻画声音的技巧，此外无他。《聊斋志异》中也有一篇名为《口技》的小说，并不长，我们不妨引全文来看一看：

村中来一女子，年二十有四五。携一药囊，售其医。有问病者，女不能自为方，俟暮夜问诸神。晚洁斗室，闭置其中。众绕门窗，倾耳寂听，但窃窃语，莫敢咳。内外动息俱冥。至夜许，忽闻帘声。女在内曰："九姑来耶？"一女子答云："来矣。"又曰："腊梅从九姑来耶？"似一婢答云："来矣。"三人絮语间杂，刺刺不休。俄闻帘钩复动，女曰："六姑至矣。"乱言曰："春梅亦抱小郎子来耶？"一女曰："拗哥子！呜呜不睡，定要从娘子来。身如百钧重，负累煞人！"旋闻女子殷勤声，九姑问讯声，六姑寒暄声，二婢慰劳声，小儿喜笑声，一齐嘈杂。即闻女子笑曰："小郎君亦大好耍，远迢迢抱猫儿来。"既而声渐疏，帘又响，满室俱哗，曰："四姑来何迟也？"有一小女子细声答曰："路有千里且溢，与阿姑走尔许时始至。阿姑行且缓。"遂各各道温凉声，并移坐声，唤添坐声，参差并作，喧繁满室，食顷始定。即闻女子问病。九姑以为宜得参，六姑以为宜得芪，四姑以为宜得术。参酌移时，即闻九姑唤笔砚。无何，折纸戢戢然，拔笔掷帽丁丁然，磨墨隆隆然；既而投笔触几，震震作响，便闻撮药包裹苏苏然。顷之，女子推帘，呼病者授药并方。反身入室，即闻三姑作别，三婢作别，小儿哑哑，猫儿唔唔，又一时并起。九姑之声清以越，六姑之声缓以苍，四姑之声娇以婉，以及三婢之声，各有态响，听之了了可辨。群讶以为真神。而试其方，亦不甚效。此即所谓口技，特借之以售其术耳。然亦奇矣！

昔王心逸尝言："在都偶过市廛，闻弦歌声，观者如堵。近窥之，则见一少年曼声度曲。并无乐器，唯以一指捺颊际，且捺且讴，听之铿铿，与弦索无异。"亦口技之苗裔也。[1]

[1] 蒲松龄著，张友鹤辑校《聊斋志异》"会校会注会评本"，上海古籍出版社 1986 年版，第 267—268 页。

这一篇《口技》是小说的写法，有悬念、有场景、有一个颠覆性的结局，最重要的是它从一种技艺的客观描述变成了涉及世态人情的骗局故事。蒲松龄写口技，不是“硬铺直写”，而是讲究“笔翻空则奇，局逆振则险”，所以要避实击虚（《与诸弟侄书》）。女子之用口技表演是在故事的最后一刻才让人知道的，她是这出小把戏的导演和演员，凭一张嘴演绎了神仙眷属们会诊的情形，还有七个人物的口声：“九姑之声清以越，六姑之声缓以苍，四姑之声娇以婉，以及三婢之声，各有态响，听之了了可辨”。用时髦的话说就是，你说她是卖艺的，其实她是卖药的；你说她是卖药的，其实她还是卖艺的。

尤为重要的一点是蒲松龄能把艰涩典雅的文言用得活泼有趣、生机盎然，为学习古文提供更简易的范本。

蒲松龄最拿手的场景和对话的描述，在《口技》中也有表现。那些求医问药的绕着门窗，倾耳静听，但听得来了三位仙姑，外带三位婢女，还有带猫的小男孩，这些人物“各各道温凉声，并移坐声，唤添坐声，参差并作，喧繁满室，食顷始定”。这些女性间的寒暄用的是文言文、书面语，但一样的细微、琐屑而又热情洋溢，如出其口。这是因为《聊斋志异》融合了白话小说手法的描写手段，用鲁迅的话说是写出了“人情味、详尽、平常、和易可亲”的特点，是其他文言文里看不到的。

文言文在一两千年间几乎没有变化，后代模仿前代，用胡适的话说，就是清代姚鼐的文章和唐代韩愈的文章没有什么时代的差别，让人难以感受到时代的变化、作家的个性。蒲松龄在这一点上却是个例外。以他的才气、学识，其小说中有很多运用典故、文采斐然的描写，如他写风声则言“北风策策”“布帆南动，其声瑟瑟”，这些象声词都出自前人典故，他随手拈来分外出色。而另一方面，他生长于乡间，酷爱民间文艺，写了大量俚曲戏曲，他对古文的观念就不像桐城派的姚鼐、方苞那么谨严拘泥，他在文言中吸收了宋元以来白话小说活泼的写实与模仿能力，用古文来写民间日常生活的细微场景和琐屑对话，极大地丰富了古文的表现力。《红楼梦》里“黛玉进贾府”一回，最脍炙人口的是王熙凤出场，未见其人先闻其声的一段，这是白话小说的胜场，如鲁迅所说，像宋元话本、《水浒传》《红楼梦》等小说的一些场景是可以从对话听出人物的身份和性格来的。蒲松龄用古旧的文言手摹心追，差可达到如此境地。比如前文所举的《翩翩》当中有两个女子的对话：

“翩翩小鬼头快活死！薛姑子好梦，几时做得？”女迎笑曰：“花城娘子，贵趾久弗涉，今日西南风紧，吹送来也！小哥子抱得未？”曰：“又一小婢子。”女笑曰：“花娘子瓦窑哉！”

这也是两个女子的寒暄。来者祝贺翩翩的新婚之喜，翩翩问新生儿的性别，一边问候一边打趣，笑语欢声连成一片。因为古代把生女儿称为“弄瓦之喜”，所以翩翩调侃连生女儿的朋友是座“瓦窑”。既文雅又流畅，生动如口语，就是蒲松龄文言小说的语言成就。

二、以想象力见长的《聊斋志异》

《聊斋志异》在古代文言小说中，是一部以想象力见长的杰出代表，而我们目前的课本选目没能很好地体现这一点。比如《山市》是一篇散文，《狼》算记叙文还是小说呢？你不能说它不好，但《聊斋志异》的突出成就并不在此。如果仅以这两篇来论，古代文人的很多文章或者笔记都能达到这个水平，看不出蒲松龄的特异才能。

其实《聊斋志异》的篇幅众多，蒲松龄为人们营造了一个复杂、庞大的世界，他的伟大之处就在于其想象的能量超乎常人，他所具有的这种接近人类本真的能力，是激发几十代国人钟情于其艺术世界能量的核心。这是文学带给人们快乐的主要源泉，也是激发创造性思维的力量，它和今天的文化和技术进步没有太大的关系。我们课本的选目工作还是受着所谓“不语怪、力、乱、神”这样古板观念的束缚的。很多有趣的文章和书籍都被作为青少年“尚未理解和无法处理的经验”[1]而被有意地屏蔽。其实这种成人的愿望和儿童的实际状况存在很大的落差，不利于培养其对语言和文学的兴趣和理解力。

我们认为，要让课本选目更利于推介古代文学的精髓，就要换一种眼光来看我们文学的历史，不要被几十年沉积下来的旧框子限制住。《聊斋志异》不只是一部“愤书”、一部“悲书”，它首先是一部充满想象力的趣书。

《聊斋志异》中的很多篇章所具有的新鲜的想象和奇特的魔幻色彩，是符合孩子的阅读期待的。鲁迅先生在《中国小说史略》中下过一个非常著名的判断，他说蒲松龄的创作是“以传奇手法而志怪”，通俗讲来就是蒲松龄综合了中国古代小说的两个时代的突出成就，用唐朝文人写传奇细腻优美的文字，写作魏晋人乐于讲述的鬼怪故事。这个说法很准确地道出了蒲松龄在小说史上的贡献，因而得到后来学者的普遍认同。唐朝是文言小说真正发达的开始，据说当时的士人为了在文坛或者仕途得到别人的赏识，就用创作小说的方式显露自己的“史才、议论、诗笔”，这比魏晋文人干巴巴地记录鬼神和妖怪的简短文字要好看得多。因为是有意识地创作，就不被真实与否所拘束，“施之藻绘，扩其波澜，故所成就乃特异”[2]。在唐人那里，小说一下子好看了，万物含情，天开地阔，仿佛在人世之间又打开了无数的时空和世界。比如李公佐的《南柯记》让读者见识了大槐树底下蚂蚁王国以及他个人在蚁国中的浮沉遇合；沈既济的《任氏传》写狐女对书生的婉顺忠贞；薛渔

[1] 佩里·诺德曼、梅维丝·雷默著，陈中美译《儿童文学的乐趣》，少年儿童出版社2008年版，第155页。

[2] 鲁迅《中国小说史略》，东方出版社1996年版，第52页。

思的《申屠澄》里，连老虎也化为妖韶稚女与书生结亲生子，而这位虎女与人类“琴瑟情虽重，山林志自深”，经不住莽荡山林对其自然野性的召唤，重新披上虎皮，“哮吼拏攫，突门而去”。如此等等，不一而足。那真是“鸟花猿子，纷纷荡漾”，让人读来心驰神往，与当今流行的魔幻小说如《纳尼亚传奇》《魔戒》等在生态环保主题与人本精神的弘扬上也不遑多让。

这些小说正是蒲松龄创作《聊斋志异》的写作范本与超越的目标。《聊斋志异》写的最好的是那些花妖狐魅的故事。像《婴宁》《黄英》《公孙九娘》《香玉》等等，这是以传奇法志怪的典范，故事性强，优美婉曲，诗意文心熨帖无际，深得传统文学的精髓。盖蒲松龄是一位诗词文章俱佳的作者，他可以动用深厚的文学积累和诗性的语言表现其意境。像《公孙九娘》写一次农民起义遭镇压之后，碧血满地，白骨撑天，无数弱小而无辜的生命被株连而澌灭为鬼，那种阴惨怨愤如何诉说表现？蒲松龄就从一位书生与女鬼公孙九娘的一段姻缘写起，把一群蒿葬在异乡的无辜冤魂的地下生活写得那么寒酸凄恻。新婚之夜，公孙九娘枕上赋诗“白杨风雨绕孤坟，谁想阳台更作云？忽起镂金箱里看，血腥犹染旧罗裙”。

蒲松龄的想象力也带着孩童的天真和趣味。别人写神仙不过是乘云驾鹤、车骑逶迤而来，蒲松龄写仙人白于玉的坐骑则是飞落案间的青蝉，白于玉化身拇指大小，“翩然跨蝉背上，嘲哳而飞，杳入云中”；写花妖的出场则“花摇摇欲折，少时已开，花大如盘，俨然有小美人坐蕊中，裁三四指许；转瞬飘然欲下，则香玉也。笑曰：‘妾忍风雨以待君，君来何迟也’”。把人物身材缩小，或为小东西赋予生命的写法能够天然地获得孩子的喜爱。这是因为缩小的人物可以成为孩子的隐喻，引起他们的共鸣。与高大的成人相比，孩子更倾向于认同微缩人物与精灵般的小生物。《雷曹》中的书生乐云鹤随雷曹朋友跑到天上，“仰视星斗，在眉目间”“细视星嵌天上，如老莲实之在蓬也，大者如瓮，次如瓿，小如盎盂。以手撼之，大者坚不可动，小星动摇，似可摘而下者。遂摘其一，藏袖中。拨云下视，则银海苍茫，见城郭如豆”。人要回到凡间，需顺着仙人的绳索“飕飕然瞬息及地”。《翩翩》中住在山洞中的女子可以“餐叶衣云”，用芭蕉叶一样的东西缝制像绿色锦缎一样柔滑的衣服，拾掇洞口的白云作棉絮，还用树叶剪出饼、鸡、鱼这些食物，而一旦回到家里，衣服又变成了蕉叶，“破之，絮蒸蒸腾去”。这些奇特的描写，混合了成人的经验、想象，又颇有“孩子气”，保持了对新鲜事物的纯真感觉，很符合童心的想象，所以让人着迷。

三、从《聊斋志异》看语文课本的选目

以上所举的几个例子，只是《聊斋志异》五百余篇中很少的部分。其实不单是《聊斋志异》，每一部文学经典都是蕴含丰富的府库和宝藏，为我们准备了海量的文本和巨大的选择空间。文学存在的价值在于能虚构出和现实生活不一样的东西，它开阔了人们的思路，激发了人们的想象力。语文课本不但是孩子们学习本民族语言的范本，也承担着介绍文学成就，培植下一代对文学的兴趣、感觉和创作力的责任。更广泛来说，它不应该用标准化的、单一的选目来遮蔽文学的多样性。

我们都知道，文学作品的价值和意义有赖读者不断的发现与阐释，使之能够为当代的精神文化现象提供资源与参照，这样名著的光芒和影响才能世代不替。它们灌溉与培养的是一个民族的审美心灵和新鲜蓬勃的想象力。它们作为想象力和民族精神的源泉，弥足珍贵，万金难求，不能被僵化，不能被定于一尊地狭隘理解和限定，而我们这一代人却有眼睁睁看着它们的生机活力被扼杀殆尽的感觉。

前几天在报纸上看到一个小学生的一封信，他希望能在课本上看到金波诗歌的原文而不是改作，报纸把金波原作和课文对发了出来，一目了然，课

本随意改动作品的事实无可辩白。加上之前的关于课本篇目作伪、擅改等议论，不能不让笔者更为担忧，一方面是名著选目长期僵化不动，不能契合着时代和童心的好尚而变化调整；另一方面是对作家作品的不尊重。手握衡文之权的教育家本应该保有一颗敏锐、活跃的童心，保持对文学的感觉与判断力，才能体会、深味语言文学之美、之真。只有对文学保持着一颗尊重热爱之心，才不会随意裁剪割裂，甚至窜改作家的美文。在上者有了这样的态度，才能从根本上改变语文教学的一些积弊。比如扼杀想象，简单粗暴地对待文本，把所有的文字都大卸八块地变成标准答案，除了参考书给定的答案，不允许学生有自己的想法和见解。作为一个成人，打开孩子们的课本，我可以看到很多文学大家的名字和作品，似乎可以为之欢喜；但是作为一名家长，我深深知道这些生意盎然的灵慧文字，带给孩子时会被凌迟碎割成什么样子。能在这样的标准化教育中成功生存到最后的孩子，也就是那些跨进大学校门，成为学士、硕士、博士的人，其看待任何美文，多半也是视之如黄茅白苇，粗砾荒凉得只剩下标准答案了吧。

由此看来，课本选目绝不是小事，它是教育系统工程中的一个表征，要引领并跟随时代、常选常新，才能让民族文化如长江大河，不只沾溉涵养后人，而且活泼的生命力量始终激励回应着当代人的精神渴求。

第十二章 《聊斋志异》对“志怪”的改造

“巫”是没有任何界限的野性的思维方式。蒲松龄用“奇而艳”的屈原、李贺一类巫系抒情文学，改造志怪小说。一方面，神鬼因素成为增强文本控制的方法，把屈、李诗歌向着神灵世界“慷慨激昂的自我倾诉”的抒情传统，引入小说叙事；另一方面，巫术成为被挫伤自恋的满足。“聊斋”人物设置深受巫系文学逻辑的影响：1. 小说中的好运男子带有《离骚》自我夸耀主人公——“巫”的印记。2. 不钟情于人间女子，而是把从楚辞开始的神女的形象逐渐下层化、人间化。受屈骚周游求女的影响，女性书写具有寻求知己和表达自我的性质。3. 抒情性，所谓“怨郁凄艳之功”就是情感的强烈饱满。屈原、李贺到蒲松龄有一条巫文化的线索相连接。《聊斋志异》为巫系文学贡献的新鲜元素，是清代乡间的巫文化想象。狐鬼故事以世俗化、身体化的想象为叙事文学提供了新的生命力。

《聊斋志异》作为文言小说的集大成之作，它对文学资源的创造性利用，是其在文言小说竞争中胜出的重要原因。这个问题牵涉到文言小说的两大类型的性质和评价方式的问题，是一个尚未充分展开的研究领域，应当进行更为深入的审视与探讨。

《聊斋志异》从志怪“小说”的传统演进而来。不仅《聊斋志异》的很多名篇出自志怪，这部小说集中还有近三分之一的篇目就是由“丛残小语”以类相从的“子部小说”构成。《聊斋志异》的独创性在于它对“志怪小说”的惯例与程式的超越，在于用新的文学资源对志怪小说的改造。“以传奇法而志怪”固然带来了《聊斋志异》文本世界的丰盈与叙事手法的多样，但《聊斋志异》对志怪的改造，根本还在于两者对叙事意义的不同追求。志怪者，记录怪异，历来都对故事本身的意义持淡漠的态度。蒲松龄则关注怪异故事精神与情感的意义，他运用各种文学手段以传达作品的意义。所谓“有意作文，非徒纪事”[1]，志怪由记录怪异而进入了诗和讽喻的境界。蒲松龄借鉴了屈骚、李贺一条巫系文学的抒情传统，进行了对志怪的改造。

一、蒲松龄的文学资源

《聊斋志异》的话语氛围与文学资源，是理解与阐释这部作品的基础。对此，前人已经展开了一定的研究。如《聊斋志异》与史的关系，清人就称要将《聊斋志异》“当《左传》看”[2]，指出蒲松龄取法《左传》《史记》，将满腔的“孤愤”“寄托”于小说之中，内容上为狐鬼作传，文采叙事取法庄子、司马迁、班固等，立意则取春秋笔法：“微而显，志而晦，婉而成章，尽而不污，惩恶而劝善”（《左传》），以文字示爱憎、寓褒贬，用“异史氏曰”的方式补充阐发，泄其“孤愤”。“于志异之中兼记世事，为历史留下了斑斑驳驳的投影”[3]。《聊斋志异》与文学传统的关系就更为复杂。从《聊斋志异》的文本与蒲松龄本人的诗文看，虽然历来的研究多注重文言叙事传统——志怪与传奇的影响，但抒情性的诗歌却有着比叙事更为重要的意义。

[1] 冯镇峦《读〈聊斋〉杂说》，蒲松龄著，张友鹤辑校《聊斋志异》“会校会注会评本”，上海古籍出版社 1986 年版，第 9 页。

[2] 冯镇峦《读〈聊斋〉杂说》，蒲松龄著，张友鹤辑校《聊斋志异》“会校会注会评本”，上海古籍出版社 1986 年版，第 9 页。

[3] 毕庶春《试论〈聊斋〉与巫、史之关系》，《文学遗产》1988 第 3 期。

《聊斋志异》书名的本意是聊斋先生记录之怪异，应属志怪体。现存的五百余篇小说中，“与六朝之志怪近矣”[1]的，约占两百篇，它们大致属于叙述简略的传统志怪。《聊斋志异》艺术成就最高的小说，乃是用“传奇之法”所写的志怪。这种“传奇之法”除了传示奇异的目的、婉转细腻的叙事和“小小情事凄婉欲绝”的情节模式之外，更有一种抒情性、诗性文学源泉的灌注。这种诗性的文学资源，系统梳理起来就是屈骚、李贺一脉的巫系文学的沾溉。它们清楚地表现在蒲松龄的自我表述和清人评点之中。

《聊斋志异》所动用的文学资源，除了正统诗文之外，主要是来自于“子部小说”“唐人传奇”和巫系的抒情文学这几个部分：1. 属于“子部小说”的志怪并非文学性小说，它们构成了《聊斋志异》相当大的一部分篇幅；2. 包含“诗笔”的唐人传奇；3. 屈骚、李贺式的借助神鬼世界倾诉自我的抒情诗歌。

首先，属于子部的志怪小说的影响。怪异题材的故事是先秦就有的书写传统。在最近几十年的考古发现中，就有清华简《赤鹄之集汤之屋》、放马滩秦简的《志怪故事》、北大简《泰原有死者》等志怪故事出现。这些简牍文献的性质有待深入研究，但从内容上看，都是含有巫术在内的鬼神故事。这些怪异的记载和后世的史传与小说中的怪异，应该是一脉相承的。

在蒲松龄的阅读体验中，志怪主要是《搜神记》《夷坚志》等，从东晋到宋代在民间流传的志怪。这类志怪书写大都简略、客观，内容单薄，用以类相从的方式丛集于志怪书中，其著述框架类似文献集。干宝、洪迈等作者，确切讲只是故事的记录者和辑撰者，全书并非出于精心的立意与系统的构撰。故在传统学术分类中，志怪属于“子部小说”，属于“丛残小语”“小家珍说”，能够资谈助、广见闻，博物和方术是其知识基础。[2]它们对于《聊

---

［1］ 鲁迅《中国小说史略》第二十二篇。

［2］ 参见王昕《论志怪与古代博物之学》，《文学遗产》2018 年第 2 期。

斋志异》的影响，当然是巨大的。蒲松龄《感愤》诗有云：“新闻总入《夷坚志》，斗酒难消磊块愁”[1]；蒲松龄的挚友张笃庆题《聊斋志异》诗中说：“卢家冥会自依稀，金碗千年有是非。”用的是《搜神记》里《崔少府墓》卢充得到鬼女赠送的金碗，在集市上兜售，被鬼女家人发现的故事。“这类人鬼结缡的故事，大概就是由这种现象附会、生发出来的；传说既多，遂形成了一种相对固定的故事模式。”[2]《聊斋志异》的《公孙九娘》《鲁公女》《莲香》都有类似模式的痕迹。从语怪的文化传统、故事的素材来源以及“搜神谈鬼”一类的文人爱好来讲，这些志怪是《聊斋志异》的资源与府库，《聊斋志异》是撷取和改编前人志怪故事而成其荦荦大观的。

将《搜神记》《夷坚志》之类属于子部小说的志怪与《聊斋志异》对比，可以清晰地感到志怪小说文学性的稀薄。与《聊斋志异》优异的文采、生动的人物、琳琅炫目的文学世界相比，志怪小说更具知识性而非审美性；书写简略、客观，缺少个人情感的投入与美刺感发。换而言之，志怪小说只是记录各类怪异的传说，但它们并不探讨这些事件与现实世界的关联，即使是讲述亲身经历的故事，也不流露个人的情感或内心活动[3]，《聊斋志异》中虽有相当篇幅的故事属于传统志怪，但这些子部志怪并非《聊斋志异》的榜样与模板。蒲松龄着意者，乃在以故事表达个人内心与审美理想的篇目。加于篇末的“异史氏曰”是较为外在的对文本的评价议论，更为细腻深入者乃是对故事文本内部的人物、事件和情感方面的个人投射。

其次，以史传体为内核的唐传奇，特点是“文备众体”“可以见史材、

[1] 蒲松龄《感愤》，《蒲松龄集》，上海古籍出版社 1986 年版，第 476 页。

[2] 袁世硕《续幽明之录，诉弥天之怨——公孙九娘发微》，《蒲松龄研究》2005 年第 3 期。

[3] 洪迈《夷坚志》所写个人听闻和经历的奇异事件甚多，据笔者统计约在百余篇左右，其中也有数则在篇末以“予谓”引起议论。如《夷坚志三补》“道术通神”篇末云：“予谓郡守县令，职有民社，乃因谒观宇而受侮。神能预疏其故，明以告得一，何不祛斥邪祟，顾令肆虐，岂冥冥之中固欲世间知所敬奉，委曲以示人耶？殆不可测度也。”这种泛泛的议论，在《夷坚志》中也是少见的。

诗笔、议论”[1]，则优美的叙事、华丽的辞藻和精警的议论都属于“传奇之法”。所谓“诗笔”非只诗赋辞章，诗歌的手法与特质也是构成“传奇法”的重要手段。研究者认为唐传奇的诗化，主要表现在小说人物生活的浪漫性以及艺术表现的诗意性,“即环境、气氛描写的象征性、意象化”[2]等。但激烈的主观性，受作者情绪支配的艺术世界，更是抒情与诗性的本质。[3]《聊斋志异》对传奇法的应用，包括为理想中的神怪女性立传，如《黄英》《青凤》《葛巾》《连琐》一类；用“小小情事，凄婉欲绝”的曲折细腻表现人鬼之恋，如《公孙九娘》《伍秋月》等等。蒲松龄对“诗笔”对文言小说的贡献，主要在于他用他所汲取的文学资源——抒情的、浪漫的传统对志怪题材的改造，使之成为主观化、抒情化的一种创作。评点者指出，蒲松龄牢落名场无所遇，胸填气结，小说乃其所作“郁郁语”，就是将《聊斋志异》这部志怪文本视作“文士失职而志不平”的结果[4]。

再次，在“诗笔”之中，蒲松龄尤其受到屈原与李贺一路浪漫巫风的影响。在《聊斋自志》里，以“披萝带荔，三闾氏感而为骚；牛鬼蛇神，长爪郎吟而成癖”开篇，自明创作缘起。在对前代文学的梳理和接受顺序上，将楚骚和李贺之歌吟，排在了志怪——“才非干宝，雅爱搜神；情类黄州，喜人谈鬼”之前。如研究者所说：“诗性的激情才是他创作的出发点。”[5]盖搜神、谈鬼是手段，感而为骚、耽吟成癖是“聊斋”故事的根底。

[1] 赵彦卫《云麓漫钞》，中华书局1996年版，第135页。

[2] 吴怀东《唐传奇与诗化小说》,《社会科学研究》2011年第6期。

[3] 王昕《聊斋志异诗性的温情与偏狭》,《文学评论》2016年第1期。

[4] 南村《聊斋志异跋》,《全校会注集评聊斋志异》，人民文学出版社，第2359页。

[5] 骆冬青《论聊斋志异的诗性叙事》,《明清小说研究》2007年第4期。

二、屈原楚辞中的神鬼世界

蒲松龄的《聊斋自志》，将屈原、李贺的诗风概括为“牛鬼蛇神”，即强调其对两位诗歌先贤的巫风的继承。

“披萝带荔”，来自屈原《九歌·山鬼》：“若有人兮山之阿，披薜荔兮带女萝”。《山鬼》写一位缠绵多情的山中女神。称为鬼者，因为不是正神，属于“淫祀”之风。所谓“山中人兮芳杜若，饮石泉兮荫松柏”，是在现实的物质世界之外，撑起的另一重精神魂魄的世界。屈原对那个世界的描写是如此的阔大而真切，那里是一个整齐有序的世界，容纳了他的精神和灵魂，使他可以周游上下，彷徨求索。山鬼是美丽深情的神女，“既含睇兮又宜笑”“怨公子兮怅忘归”“思公子兮徒离忧”。如此缠绵生死，终古不化的女神，是“来源于巫和巫祝有关系的宗教文学”。

因为“《楚辞》起源于古代祭祀及咒术等仪礼所用的文辞”[1]。“巫”字，许慎认为是舞形，女巫事无形之象形文字。罗振玉认为是“两手奉玉以事神。”[2]根据与屈原时代接近的《国语·楚语》的论述，巫乃“民之精爽不携贰者，而又能齐肃衷正，其智能上下比义，其圣能光远宣朗，其明能光照之，其聪能月彻之，如是则明神降之，在男曰觋，在女曰巫”[3]。在战国时代的楚地，巫觋是尊贵的，由聪明圣智者任之。《九歌·东君》言：“思灵保兮贤姱”。灵保即神和巫的通称，贤姱者，温柔而美好，贤德而有美丽容色以娱神，所谓“姱容修态”。所以屈原在《离骚》中言：

［1］ 藤野岩友著，韩基国编译《巫系文学论》，重庆出版社 2005 年版，第 3 页。
［2］ 张舜徽著《说文解字约注》，华中师范大学出版社 2009 年版，第 2 册，第 1170 页。
［3］ 徐元诰撰《国语集解》，中华书局 2002 年版，第 512—513 页。

帝高阳之苗裔兮，朕皇考曰伯庸。
摄提贞于孟陬兮，惟庚寅吾以降。
皇览揆余初度兮，肇锡余以嘉名：
名余曰正则兮，字余曰灵均。
纷吾既有此内美兮，又重之以修能。
扈江离与辟芷兮，纫秋兰以为佩。

是自叙高贵的出身，又以馥郁馨洁的修饰以示足堪事神。其香草、美人、宝玉、明珠之类，乃是以美好为祭献的遗迹。如此高贵修洁的“余”，与志怪小说中那些遭遇鬼神的小民百姓自是决然不同。志怪中进入鬼神时空的，是那些战战兢兢匍匐于鬼神脚下的凡人。屈原的楚辞，“灵修美人以媲於君”[1]，“巫”和“山鬼”一类神灵间，被设定为平等的、互相慕恋的男女关系。神女的美好、神女的思慕怅怨，正是主人公自身的一种投射，是作者个人的定位与期许。这是屈原、李贺一派诗人所写的精魂世界不同于志怪的根本原因。

李贺的诗今存二百四十余首，其中神鬼诗约占十分之一，比重虽然不大，却比较典型地体现了李贺诗风。李贺被称为“鬼才”[2]，其诗后人或评曰“鬼仙之词”[3]，或曰“牛鬼蛇神太甚”或“以贺为牛魅蛇妖”[4]。李贺的鬼诗中，也活跃着一个失意人间，将情感投向鬼蜮，在那个幻视的空间中，行使精神权力的主人公。

我们先看屈原与《楚辞》中的巫文化，对《聊斋志异》的影响。

---

[1] 王逸著《楚辞章句补注》，吉林人民出版社 2005 年版，第 3 页。

[2] 钱易《南部新书》卷丙：“李白为天才绝，白居易为人才绝，李贺为鬼才绝。”上海古籍出版社 2012 年版，第 23 页。

[3] 严羽《沧浪诗话校释》，人民文学出版社 1961 年版，第 164 页。

[4] 王思任《李贺诗解序》，转引自《李贺资料汇编》，中华书局 1994 年版，第 201 页。

《楚辞》中“巫”文化的创作模式

“诗人在现世中遭到了挫折后，通过诗歌来描绘自己内心中的永恒理想世界（就最原始的象征来说，这就是与奸诈污浊、反复无常的人间世界对立的天界）之纯洁美丽，并在其中耽而忘返，产生永离尘世的愿望。最后，当诗人从天上的高度再次看到了自己故国时，怀乡的感情便制止了他，使他接受自己人世间的命运。”对人世外的永恒理想境界的描绘是其艺术命脉。“对天界那种真切的体验和逼真的刻画”是《楚辞》的艺术特征也是其创作模式。[1]

清人黄子云《野鸿诗的》，为《离骚》勾勒的下传史是这样的：“游仙诗本之《离骚》，盖灵均处秽乱之朝，蹈危疑之际，聊为乌有之词以寄兴焉耳。建安以下，竞相祖述；景纯、太白，亦恣意描摹；至义山专求有娀、皇英之喻而推广之，倡为妖淫靡曼之词，动以美人香草为护身符帖。末学无知，又因之而变为香奁体，世道人心，欲以复古，难矣！”（《历代唐诗论评选》）即《离骚》——游仙诗——李商隐诗——香奁体。这是从美人香草的轻靡香艳一体来说。蒲松龄本人所勾勒的则是屈原、李贺注重超自然的巫风的一系。

巫系文学对超自然世界的描写，是对现实世界有意的拟仿与背离，又是作者激越的情感灌注。蒲松龄的《聊斋志异》和屈原的《离骚》一样，都是用鬼神世界作为现实世界的对立与补充，让“诗人借以更充分地表现他那整个天地之间都难以容纳的忧愁、哀伤、悲愤”。《聊斋志异》中的《席方平》虽不及《离骚》的场面宏大、气势雄伟，但主人公在虚幻世界中的执着顽强，和《离骚》作者的构思具有某种一致性，显示出神仙世界是对现实世界

[1] 罗秉恕《〈楚辞〉的启示：略述李贺诗歌创作的“巫”心态》，《文学评论》1993 年第 4 期。

表现上的补充。从《席方平》，“可以看到它篇章结构上的立体性，看出其大开大合、纵横相通的特征，看到其内容表现的集中和突出。《离骚》是抒情作品，诗中片断的飘忽不定的情节完全是根据诗人情绪、情感的变化”。[1]这就是作者对文本的控制与把握，在诗歌中习以为常，但在历来的志怪小说中，却是不曾有过的。志怪乃记录怪异，具有知识性和博物性质，故作者对文本的意义不做刻意的把握和控制。《聊斋志异》正是在这一方面，改造了历来的志怪，使之具有强烈的主观性和抒情性，也就是纪昀所谓的“才子之笔”。在叙事视角上“燕昵之词、媟狎之态，细微曲折，摹绘如生”，超出了实录、记录的外视角立场；在文本控制上，则是“务殚心巧”地倾力雕琢。

《聊斋志异》在继承了屈骚浓烈的诗情，悲愤、忧郁、激越昂扬，于青林黑塞恸哭的同时，也将作者对文本的利用、把控，个体抒情等诗歌的手法引入了志怪小说的领地，使《聊斋志异》得以区别于《搜神记》《夷坚志》等一般的志怪，具有了个人化的想象与情感。

我们试以《九歌》为例，分析其巫风色彩。《九歌》本是充满巫风的迎神、娱神的祭祀乐歌，由巫扮演的神灵，假想着同神恋爱以求得神欢心，诉说着人神之间缠绵忧伤的思念之语。

> 思夫君兮太息，极劳心兮忡忡。(《云中君》)
>
> 沅有茝兮醴有兰，思公子兮未敢言。(《湘夫人》)

关于巫觋在祭歌中的角色作用，朱熹《楚辞集注》之《东皇太一》注中说：“古者巫以降神……盖身则巫而心则神也”。

屈原身处原始宗教色彩浓厚的楚文化之中，其所作的《九歌》通常被认

[1] 赵逵夫《屈骚探幽》，巴蜀书社2004年版，第3页。

为是对民间祭歌的加工和创作，是具有文人寄托的巫歌。这种以爱情和两性结合为内容的巫歌出现在原始祭典中，在世界各地的原始民族中都很普遍，其思维逻辑是以通感的方式促进万物生长与人类的生殖繁衍。

朱熹《楚辞辩证》中还指出了这种角色扮演的复杂性：

> 楚俗祠祭之歌，今不可得而闻矣。然计其间，或以阴巫下阳神，或以阳主接阴鬼，则其辞之亵慢淫荒，当有不可道者。

“阴巫下阳神”“阳主接阴鬼”者，男女相配，以女巫取悦男神，男觋取悦女神，这就使祭歌具有了恋爱的情景和角色。游国恩《论九歌山川之神》指《九歌》中神之有配偶，如《湘君》《湘夫人》为配偶神，“湘神之有配偶，亦犹河伯之有妇，小孤之有夫也”，《山鬼》设“山鬼思其山公”的语气。[1]从《九歌》的内容就可以看到恋爱过程的各种情境与片段：

暗生情愫：

> 既含睇兮又宜笑，子慕予兮善窈窕。（《山鬼》）
> 满堂兮美人，忽独与予兮目成。（《少司命》）

携手同游：

> 与女游兮九河，冲风起兮水横波。（《河伯》）
> 与女沐兮咸池，晞女发兮阳之阿。（《少司命》）

［1］ 参见游国恩《楚辞论文集》，上海文艺联合出版社1955年版。

思念、等待：

> 望美人兮未来，临风怳兮浩歌。(《少司命》)
> 结桂枝兮延伫，羌愈思兮愁人。(《大司命》)

失恋的痛苦与怅惘：

> 交不忠兮怨长，期不信兮告余以不闲。(《湘君》)
> 风飒飒兮木萧萧，思公子兮徒离忧。(《山鬼》)

《楚辞》中用故事和人物来表演娱神的情形，以闻一多先生的看法影响最广。他认为屈原的身份本是弄臣，后变成文人，要解释《离骚》中男人用女人、鬼神的语气说话的问题，只能用表演来理解：

> 我每逢读到这篇奇文，总仿佛看见一个粉墨登场的神采奕奕、潇洒出尘的美男子，扮演着一个什么名正则、字灵均的“神仙中人”说话，(毋宁是唱歌。)但说着说着，优伶丢掉了他剧中人的身份，说出自己的心事来，于是个人的身世，国家的命运，变成哀怨和愤怒，火浆似的喷向听众，炙灼着、燃烧着千百人的心——这时大概他自己也不知道是在演戏，还是骂街吧！[1]

宋玉的《高唐赋》《神女赋》中，人神相恋的情景有了更具体的人物和故事情节，表现了楚怀王与巫山神女的遇合故事。总之，《楚辞》所代表的楚国巴地的巫风，是以故事情节和人物形象来体现人与自然神灵的关系的。

---

[1] 闻一多《屈原问题》,《古诗神韵》，中国青年出版社 2008 年版，第 81 页。

这是典型的泛神论的原始宗教观，其崇拜的神灵遍及山川、湖泽和日月星辰。马茂元先生为《九歌》注释中就指出，沅湘之间“所祭神祇，多半是不见祀典的‘淫祀’，附丽于这种‘淫祀’的神祇的身上，必然更多带有地方色彩的离奇怪诞，‘亵慢荒淫’的神话”。

所谓“亵慢荒淫”主要是指两性关系的设定而言。《楚辞》中的这一重要的巫文化内容，在后世的诗文创作中并不占据主流，甚至鲜有模仿者，只有晚唐的李贺、李商隐略振余响。而蒲松龄《聊斋自志》开篇就说：

披萝带荔，三闾氏感而为骚；牛鬼蛇神，长爪郎吟而成癖。

径直把屈原与李贺作为榜样与传统。“披萝带荔”“牛鬼蛇神”者，是诗人借鬼神而有寄托，虽然衷怀不一，但其借鬼神展开丰富奇特的想象，写出凄迷飘忽的境界则是相同的。在这种意义上说，《聊斋志异》故事受原始巫风的影响要远大于道教神仙思想。蒲松龄在《聊斋自志》中，不以向往神仙世界的李白为榜样便是一个证明。魏晋志怪和唐传奇的人神恋爱模式恰恰是和神仙道教关系最为密切的。换而言之，蒲松龄强调《聊斋志异》中的花妖狐魅故事，是越过了魏晋志怪和唐传奇的人神恋爱的叙事模式，直接承续了屈原对原始巫风的改造与提升。

洪兴祖在《楚辞补注》中说：

《九歌》者，屈原之所作也。昔楚国南郢之邑，沅湘之间，其俗信鬼而好祠。其祠必作歌乐鼓舞以乐诸神。屈原放逐，窜伏其域，怀忧苦毒，愁思沸郁。出见俗人祭祀之礼，歌舞之乐，其词鄙陋。因为作《九歌》之曲，上陈事神之敬，下见己之冤结，托之以风谏。故其文意不同，章句杂错，而广异义焉。[1]

所谓骚体，乃是由屈原的《离骚》《九歌》等作品开创的一类较为小众的诗歌传统，具有浓厚的巫术与宗教色彩。如王逸总结《九歌》所言："上陈事神之敬，下见己之冤结，托之以风谏。"其中不但有凄美绝艳的辞彩和长于幽婉哀怨的抒情模式，更有一个充满孤愤的诗人。骚体在诗歌传统中虽绳绳不断，但通常只是作为诗经一类现实主义诗歌传统的补充，为那些失意怨愤的边缘文人所喜爱。故知蒲松龄是用所谓"哀怨起骚人"的幽怨孤愤的一路诗歌，移之于小说世界，为传统志怪世界的那些片段化的、无理性的故事涂上新的色彩。

蒲松龄的诗歌，将《楚辞》视为摹本，多次用屈骚的巫鬼世界描述其生活况味："短烛含愁惨不照，顾影酸寒山鬼笑。半夜闻鸡欲起舞，把酒问天天不语"(《夜坐悲歌》)；"寒更风露送微凉，一曲离骚夜未央"(《寄刘孔集》)。在《寄孙树百》中更以屈原自况："怀人中夜悲天问，又复高歌续楚辞"，显示了他对屈骚传统特别的青睐。他的亲友和时代相近的阅读者，也倾向于将这部叙事作品，视为寄托孤愤的情感的结晶。高凤翰在蒲松龄身后为《聊斋志异题辞》："先生生抱奇才不见用，雕空镂影催心肝。不堪悲愤向人说，呵壁自问灵均天。"[2]，余集把蒲松龄的沉冥抑塞、托志幽遐的著书，比作"三闾被放，彷徨山泽，经历陵庙，呵壁问天，神灵怪物，琦玮僪佹，以泄愤懑，书写愁思"[3]。蒲松龄之孙蒲立德称其祖父的《聊斋志异》是

[1] 洪兴祖《楚辞补注》，中华书局 1983 年版，第 54 页。

[2] 高凤翰《题辞》，蒲松龄著，张友鹤辑校《聊斋志异》"会校会注会评本"，上海古籍出版社 1986 年版，第 35 页

[3] 余集《聊斋志异序》，蒲松龄著，张友鹤辑校《聊斋志异》"会校会注会评本"，上海古籍出版社 1986 年版，第 6 页。

“《山经》《博物》之遗。《远游》《天问》之意”[1]。《山海经》《博物志》之类的怪异只是古人遗下的旧壳，《远游》《天问》一类屈骚抒情之作才是《聊斋志异》的立意与灵魂。

如刘熙载《艺概》所言，屈原在其作品中升天乘云，役使百神，其“旨盖在临睨夫旧乡，不在涉青云泛滥游”；余集同样指出，读《聊斋志异》“如寥天孤鹤，俯视人世逼仄，不可一日居”，让人深深地为不能摆脱世网、栖神太虚为憾[2]。这种阅读体验，正说明《聊斋志异》写花妖狐魅、虚幻世界，与《离骚》同一概质，都是出入幻域，意在人间，写出了他们对人间旧乡的不满与深情。

屈骚之巫风在《聊斋志异》的遗响是明亮浪漫的，是倔强刚毅的主人公以及由花妖、狐仙构成的自然精灵慰藉。李贺的诗鬼世界与《聊斋志异》的共鸣，则是荒寒萧索的鬼世界。屈李与蒲松龄书写的共同之处是托志幽遐，使虚幻的超自然世界成为现实境遇的投射。本质上，巫术是用来慰藉受到现实挫伤的高贵而敏感的内心。

三、作为榜样的志怪诗人李贺

蒲松龄早期的诗歌学习李贺，在《蒲松龄诗集》卷一中，李贺诗的影响历历可见。如以拟李贺命题的诗《秋闺拟李长吉》《马嵬坡拟李长吉》；以及

[1] 蒲立德《聊斋志异跋》，蒲松龄著，张友鹤辑校《聊斋志异》“会校会注会评本”，上海古籍出版社 1986 年版，第 32 页。

[2] 余集《聊斋志异题辞》，蒲松龄著，张友鹤辑校《聊斋志异》“会校会注会评本”，上海古籍出版社 1986 年版，第 37 页。

大量穿插化用李贺诗句和典故的诗歌等。[1]

李贺诗中所含怪异人事之多，堪称一位志怪诗人。[2]晚唐吴融云：李贺“下笔不在洞房蛾眉、神仙鬼怪之间，则掷之不顾”（《禅月集序》），爱情与神仙鬼怪是其作品的主要内容。

李贺诗与志怪的关系，可以归纳为三个方面：1. 诗中人物和典故多出自志怪小说；2. 怪异人事在诗中的密集化与片段化，李贺挤压并浓缩了故事，而非用叙事诗的手法来详述，从而获得了陌生新奇的效果；3. 李贺偏好“梗莽丘垄”间的荒寒边缘的鬼怪意象。

一、怪异事相的文献来源。

李贺诗中的怪异人事多来源于《山海经》《搜神记》等志怪小说。以李贺的几句诗为例：“南风吹山作平地，帝遣天吴移海水。王母桃花千遍红，彭祖巫咸几回死”（《浩歌》）[3]；“秦王骑虎游八极，剑光照空天自碧。羲和敲日玻璃声，劫灰飞尽古今平”（《秦王饮酒》）[4]；“�竹千年老不死，长伴秦娥盖湘水”（《湘妃》）[5]；“羲和骋六辔，昼夕不曾闲。…… 尧舜至今万万岁，数子将为倾盖间”（《相劝酒》）。在《山海经》中，天吴是水伯，《海外东经》说：“朝阳之谷，神曰天吴，是为水伯”。“其为兽也，八首人面，八足八尾，皆青黄。”《大荒东经》又说天吴是“八首人面，虎身十尾”的神人。

王母多称为西王母，更是《山海经》中最有名的人物。《西山经》说她“其状如人，豹尾虎齿而善啸，蓬发戴胜，是司天之厉及五残”；《海外北经》有为王母取食的三青鸟；《大荒西经》则有“王母之山”“此山万物尽有”。

[1] 参见八木章好撰，陶振钢译《蒲松龄与李贺》，《蒲松龄研究》1996年第3期。

[2] 李贺诗用汉魏六朝小说典故，在历代李贺诗注释中，多被指出。吴企明《长吉诗艺术渊源论》（《文学遗产》1997年第6期）也有专节讨论。

[3] 《李贺诗歌集注》，上海人民出版社1977年版，第72页。

[4] 《李贺诗歌集注》，上海人民出版社1977年版，第76页。

[5] 《李贺诗歌集注》，上海人民出版社1977年版，第84页。

战国时期的《穆天子传》，穆王西征，"至于西王母之邦"：

吉日甲子，天子宾于西王母。乃执白圭玄璧以见西王母，好献锦组百纯，素组三百纯。西王母再拜受之。

乙丑，天子觞西王母于瑶池之上。西王母为天子谣，曰："白云在天，山陵自出。道里悠远，山川间之，将子无死，尚能复来。"天子答之曰："予归东土，和治诸夏。万民平均，吾顾见汝。比及三年，将复而野。"天子遂驱升于弇山，乃纪其迹于弇山之石，而树之槐，眉曰："西王母之山"。西王母还归，世民作忧以吟曰："徂彼西土，爰居其野。虎豹为群，於鹊与处。嘉命不迁，我惟帝女。天子大命，而不可称。顾世民之恩，流涕芔陨。吹笙鼓簧，中心翔翔。世民之子，惟天之望。"[1]

后来的《海内十洲记》、郭宪《洞冥记》、张华《博物志》、葛洪《神仙传》、干宝《搜神记》中的西王母形象日渐美女化、神仙化。《海内十洲记》中，西王母居于昆仑山，所居乃"流金之阙，光碧玉之堂，琼华之室，紫翠丹房，锦云烛日，朱霞九光"，乃"真官仙灵之所宗"。她所交往的帝王变成了"好仙道"的汉武帝。在张华的《博物志》中，西王母乘紫云车到汉武帝的九华殿与之相会。到了《汉武帝内传》里，这个西王母形象已经完全人间化，"年卅许，修短得中，天姿掩蔼，容颜绝世，真灵人也"。

彭祖在刘向《列仙传》、葛洪《神仙传》与干宝《搜神记》中俱有传。《列仙传》：

彭祖者，殷大夫也。姓篯名铿，帝颛顼之孙，陆终氏之中子。历夏

[1]《穆天子传》卷三，《汉魏六朝笔记小说大观》，上海古籍出版社 1999 年版，第 14 页。

至殷末八百余岁，常食桂芝，善导引行气。历阳有彭祖仙室，前世祷请风雨，莫不辄应。常有两虎在祠左右，祠讫，地即有虎迹云，后升仙而去。

巫咸在《山海经》中既是国名，也是居住在灵山上的十巫之一。《山海经·海外西经》：

巫咸国在女丑北，右手操青蛇，左手操赤蛇。在登葆山，群巫所从上下也。

《山海经·大荒西经》：

有灵山，巫咸、巫即、巫盼、巫彭、巫姑、巫真、巫礼、巫抵、巫谢、巫罗十巫，从此升降，百药爰在。

羲和通常认为是日之御者，但是《山海经·大荒南经》中的羲和另有其人：

东南海之外，甘水之间，有羲和之国。有女子名曰羲和，方日浴于甘渊。羲和者，帝俊之妻，生十日。

有关羲和的传说并非只有一种，正是不同的怪异与神话故事的叠加与混合，增加了李贺诗不可解的一面。再如《湘妃》的开头两句，典出《山海经·中山经》洞庭之山："帝之二女居之，是常游于江渊。澧沅之风，交潇湘之渊，是在九江之间，出入必以飘风暴雨。是多怪神，状如人而载蛇左右手操蛇。多怪鸟"。这个故事与《博物志》"洞庭君山，帝之二女居之，曰湘

夫人。”“尧之二女，舜之二妃，曰湘夫人。舜崩，二妃啼，以涕挥竹，竹尽斑。”舜帝二妃的凄美故事不同，这里的“帝之二女”不只是那可怜的涕泪挥洒成斑竹的痴情女子，还是“出入必以飘风暴雨”的煞气的神道。怪异色彩更为浓厚。李贺诗中所谓“�竹千年老不死”“巫云蜀雨遥相通”，正写出这种神道变幻莫测的忧惧悸动之感。

杜兰香是东晋南朝流行的女仙故事，在志怪和道藏中形成了两个故事系统，分别是曹毗《志怪》、干宝《搜神记》以及唐五代杜光庭的《墉城集仙录》，可见其流传的广泛。

《搜神记》之“杜兰香”：

> 汉时有杜兰香者，自称南康人氏。以建业四年春，数诣张傅。傅年十七。望见其车在门外，婢通言：“阿母所生，遣授配君，可不敬从！”傅先名改硕。硕呼女前视，可十六七，说事邈然久远。有婢子二人：大者萱支，小者松支。钿车青牛，上饮食皆备。作诗曰：“阿母处灵岳，时游云霄际。众女侍羽仪，不出墉宫外。飘轮送我来，岂复耻尘秽。从我与福俱，嫌我与祸会。”至其年八月旦，复来，作诗曰：“逍遥云汉间，呼吸发九嶷。流汝不稽路，弱水何不之”。出薯蓣子三枚，大如鸡子，云：“食此，令君不畏风波，辟寒温”。硕食二枚，欲留一。不肯，令硕食尽。言：“本为君作妻，情无旷远。以年命未合，其小乖。大岁东方卯，当还求君。”兰香降时，硕问：“祷祀何如？”香曰：“消魔自可愈疾，淫祀无益。”香以药为消魔。

杜光庭的《墉城集仙录》虽在李贺之后，但鉴于道书的人物故事大多互相沿袭，故也可从中看到唐人流传的女仙面貌：

> 杜兰香者，不知何许人也。有渔父者，于湘江洞庭投纶自给，一

旦，于洞庭之岸闻儿啼哭声，四顾无人，唯三岁女子在于岸侧，渔父怜而举之还家，养育十余岁，天姿奇伟，灵颜姝莹，迨天人也。忽有青童灵人自空玄而下，来集其家，携女而去，临升天，谓其父曰："我仙女杜兰香也，有过谪于人间，玄期有限，今将去矣。"于是凌空而去，自后时亦还家，其后于洞庭包山降张硕家。硕盖修道者也，兰香降之三年，授以举形飞化之道，硕亦得仙。初降时，留玉简玉唾盂红火浣布，以为登真之信焉。又一夕，命侍女赍黄鳞羽帔，绛履玄冠，鹤氅之服，丹玉佩，挥灵剑，以授于硕，曰："此上仙之所服，非洞天之所有也"。不知张硕仙官定何班品，传记未显，难得详载也。渔父亦自老益少，往往不食，亦学道江湘间，不知所之矣。

李贺引古谣谚入诗，也使其怪异色彩的谣谚多具谶纬功用，带怪异色彩。如《王濬墓下作》："人间无阿童，犹唱水中龙。"语出《晋书·五行志》载童谣："阿童复阿童，御刀浮渡江。不畏岸上虎，但畏水中龙。"又《三国志·魏书·吕布传》裴松之注引古谣谚："人中有吕布，马中有赤兔。"李贺以之点化入《吕将军歌》和《马诗二十三首》。

还有史书五行志、古代谣言等，言休咎之征者，产生怪异色彩。

二、怪异人事在诗中的密集化与片段化。

在微观层面上，李贺更因其铺陈藻采、避熟求生的替字法而创造种种怪异。钱锺书指出，李贺"好用代词，不肯直说物名"[1]。古人则名之为"用字多替换字面"。晚明徐𤊹《笔精》曾统计李贺诗替换字面的例字，为我们理解李贺诗怪异面目的构成提供了微观的视角。李贺诗中的铠甲曰"金鳞"、磷火曰"翠烛"、珠钏曰"宝粟"、嫦娥曰"仙妾"、桂曰"古香"、裙曰"黄鹅"、月曰"玉弓""碧华"，竹曰"绿粉"、笋曰"龙材"、犬曰"宋鹊"，槐

[1] 钱锺书《谈艺录》，生活·读书·新知三联书店2001年版，第173页。

曰“兔目”，五星曰“五精”，山曰“叠龙”，马曰“神骑”等五十九例。[1] 此外，以图案代称人物者，如佩金鱼袋的贵公子径称“金鱼公子”[2]；又有“华灯九枝悬鲤鱼”“春水滴酒猩猩沽”（《夜来乐》）中的鲤鱼、猩猩等俱是图案刻画之动物名称代指器物；诗人不说破物名，而是使用替换的字面，只言其性状，本身就是不同寻常的怪异思维。细按之下，李贺替换词语的手段是升级：

1. 种属的升级，无机物变为有机物：“五星”称“五精”，山称“叠龙”，“香”称“龙脑”，甲称“金鳞”、钗称“玉燕”，槐称“兔目”，头发称“凤巢”，马称“神骑”。再如将宫门钥匙称为“金鱼”。《还自会稽歌》“脉脉辞金鱼”中“金鱼”，指鱼形的宫门钥。考应劭《风俗通》：“钥施悬鱼，翳伏渊源。欲令楗闭如此。”丁用晦《芝田录》云：“门钥必以鱼，取其不瞑目守夜义。”[3]“长翻蜀纸卷明君，转角含商破碧云”中（《许公子郑姬歌》），所谓被蜀纸所卷的“明君”，当是王昭君故事的图画。此处径直以人名代替图画，生出“蜀纸卷明君”这般怪异的意象。“新桂如蛾眉，秋风吹小绿。行轮出门去，玉鸾声断续。”（《房中思》）“新桂”是植物，而竟如蛾眉；秋风所吹者为植物的叶子，这里径以颜色代替植物本身。玉鸾是车上的装饰物，此处略去所指，则使断续车轮之声，由机械之声升级为动物的叫声。这种省略转喻就是种属升级的例证。

2. 词语信息量的升级。用个人独特的视觉、嗅觉、味觉捕捉替代普通的名物。如裙称“黄鹅”、竹称“绿粉”、桂称“古香”、磷火称“翠烛”、女衣称“银泥”。

3. 怪异程度的升级。直接用志怪典故替代名物本身。如《追赋画江潭苑四首》其四，有“练香薰宋鹊，寻箭踏卢龙”，以“宋鹊”“卢龙”称犬，典

[1] 徐𤊹撰《笔精》，福建人民出版社 1997 年版，第 190 页。
[2] 李贺《酬答二首》其一。
[3] 吴企明《长吉诗注新解》，《铁道师院学报》1999 年第 6 期。

故出《博物志》“宋有俊犬曰鹊。”《埤雅义训》曰：“良犬韩有卢，宋有鹊。”志怪小说之说应属僻典，直接用它们取代“犬”字，既怪且僻，增加了解读困难；属于李贺个人的奇思的，如将嫦娥称为“仙妾”、湘君称为“江君”，亦可谓怪上加怪之例。如此在怪异之上翻出一层的词语升级乃至意涵增加，造就了李贺诗志怪色彩的浓重。如“老鱼跳波蛟龙舞”本无甚怪，但“鱼”而称“老”，就因“物老成精”的古话，而自生怪异。故这些字面替换、铺排辞藻，既是避熟求新的手段，也是怪异化的根本。长吉耽癖苦吟，其辞费之处、令人费解乃至不可解者，正成就了其诗歌的特征。

通过梳理这些替换字词产生怪异感的例子，可以看到，构成李贺诗志怪特点最为基础、最为致密的元素在词语层面，而非大段落的志怪叙事。所谓“牛鬼蛇神，所以破常也；代词尖新，所以文浅也”[1]“蹊径之偏者必狭，斯所以为奇才，亦所以非大才欤”。诗中志怪乃李贺求新的途径，也在某些方面限制了他的发展。

三、叙事性与李贺诗中的怪异、凄清。

李贺早衰多病，使他的诗歌中有一种发自肉体的痛感，阴翳一般笼罩在诗行之中。“长安有男儿，二十心已朽”（《赠陈商》）。“虫响灯光薄，宵寒药气浓。君怜垂翅客，辛苦尚相从”（《昌谷读书示巴童》）。杜牧评价李贺“荒国陊殿，梗莽丘垄，不足为其怨恨悲愁也；鲸吸鳌掷，牛鬼蛇神，不足为其虚荒诞幻也”[2]“摹写长吉诗境，皆贴切无溢美之词”[3]。其所取材者多“灯前山鬼泪纵横”之悲苦凄寒的鬼蜮意象。人在国乱家哄、时乖运蹇之时，都会感到天低地窄，六合狭隘，无路可走，无处可投。[4]李贺《酒罢张大彻索

[1] 钱锺书《谈艺录》，读书·生活·新知三联书店2001年版，第177页。

[2] 杜牧《李长吉歌诗叙》，《李贺诗歌集注》，上海人民出版社1977年版，第4页。

[3] 钱锺书《谈艺录》，读书·生活·新知三联书店2001年版，第144页。

[4] 王符《潜夫论·爱日》：“治国之日舒以长，……乱国之日促以短”；读《既醉》《节南山》、正月《诸什》，亦可曰：国治家齐之境地宽以广，国乱家哄之境地仄以逼。此非幅员、漏刻之能殊，乃心情际遇之有异耳。

赠诗》：“陇西长吉摧颓客，酒阑感觉中区窄”；如司马相如《大人赋》所谓：“悲世俗之迫隘兮，揭轻举而远游”。白居易《小宅》：“宽窄在心中”，于文人而言，想要越世出尘，谈何容易，“宽窄在心中”者，是退一步海阔天空，让渡了现实空间的自我安慰之法。李贺“酒阑感觉中区窄”则将苦闷发泄于虚荒诞幻之中。此亦称为一类绳绳不绝的传统。

此外，李贺诗还有把抽象的感觉与喟叹具象化、怪异化的能力。如《古悠悠行》：“白景归西山，碧华上迢迢。古今何处尽？千岁随风飘。海沙变成石，鱼沫吹秦桥。空光远流浪，铜柱从年消。”[1]用典既多志怪故事，为流光赋形更是神秘诡异，有似志怪小说记录下的片段神异，却将之连缀成主观情绪与感觉的抒发。《恼公》所谓“长吉意正欲以不解解”，志怪片段的密集堆砌正是造成不解之解的手段。

李贺诗在诗歌题目、意象和氛围渲染上都有鲜明的叙事性。像《苏小小墓》《美人梳头歌》等专门写人与神鬼美人之恋的诗歌，不仅在一定意义上填补了文人爱情诗歌史上的一个空白，而且为后世文人词中鬼仙艳情词的创作开了先河。

其诗中的爱情活动，多置于宁静的月夜，而且还多将时序定在秋季。在李贺爱情诗歌中，无论道教意象、道教题材的运用，还是奇古瑰丽的艺术语言、存思想神的思维方式，都带有道教文化的印记。但在李贺诗中，更多的是《南山田中行》的：“鬼灯如漆照松花”，“风为裳，水为佩”的女鬼苏小小，“夜闻马嘶晓无迹”的茂陵刘郎。李贺是一个涉世未深、刻意为诗的才子，他和寄意于诗的屈原是不同的，诗中并无多少感怨刺怼、君臣理乱的隐忧深怀。其诗的怪异故事和人物正是“饾饤成文”，以成奇语络绎的效果。惨淡经营都在修辞设色，刻意求异。“石破天惊逗秋雨”“老鱼跳波瘦蛟舞”“夫人飞入琼瑶台”“七星贯断姮娥死”“飞香走红满天春”“天

[1]《李贺诗歌集注》，上海人民出版社 1977 年版，第 97 页。

河之水夜飞入"，长吉之连篇累牍，强草木使偿泪债者哉。如《宫娃歌》之"啼蛄吊月钩阑下"，《将进酒》之"烹龙炮凤玉脂泣""芙蓉泣露香兰笑"等。

这种怪异有时是从诗歌的通感而来，即如钱锺书所言，诗家使用比喻、意象，使"无生者如人忽有生"，无情者与人竟有情，不动者忽自动，无感者解同感，此中虽有手段高低的差异，但其无情草木而有情，无声之物而有声，那种生鲜、惊目骇心的阅读体验，本自与志怪之言有相似处，此即诗中之志怪。

综上所述，屈骚和李贺诗被蒲松龄视为传统和精神资源，他们的路径与风格却不相同："咏鬼诸什，幻情奇彩，前无古人，自楚辞《山鬼》《招魂》"属于明亮燠热的一路，《荷花三娘子》《黄英》《婴宁》等风格似之；而李贺诗之鬼境，正可以用其《神弦曲》的"山魅食时人森寒"来概括，此等"意境阴凄，悚人毛骨"之意境[1]，《聊斋志异》中的《连琐》《伍秋月》《聂小倩》之属，得其精神。蒲松龄选取了楚骚和李贺作他的榜样与模板，用抒情的内核改造了子部小说的平淡与琐碎。他将志怪与幽怨华丽的诗歌传统糅合起来，用离奇荒诞、新鲜华丽的诗风包裹了传统的志怪故事，就表明了某种边缘与异端的立场。这种边缘与异端为《聊斋志异》带来了新鲜的生命力。

四、"聊斋"人物的屈骚特质

所谓"巫系文学"是不同于儒家的"不语怪力乱神"，或者"敬鬼神而

[1] 钱锺书《谈艺录》，读书·生活·新知三联书店 2001 年版，第 154 页。

远之”，而是向着神灵的世界“慷慨激昂的自我倾诉”的文学。[1]巫系文学本身并非关于巫术文学，而是受到巫术思维的影响，通过唤起与日常世界相区别的世界，在超自然的世界中实现自我、疗愈内心的文学。巫术的本质是通过技术手段控制超自然的世界。在《离骚》里，屈原无论是“溘埃风余上征”，以“就重华而陈辞”，还是“前望舒使先驱兮，后飞廉使奔属。鸾皇为余先戒兮，雷师告余以未具”地周游求女，都是以巫术驾驭神怪为前提；至于蒲松龄寻知己于“青林黑塞间”，也要以能身行超自然空间为前提。

（一）蒲松龄对巫风的继承

所不同者，屈李诗歌乃是抒情，蒲松龄则诉诸叙事。“巫术是被挫伤者的自恋的满足。”[2]不论是屈原的自我夸尚，颂扬自己的美德，在文学自叙中形成“隐己之短，称其所长”的书写模式，还是蒲松龄笔下，在花妖狐魅的怀抱中寻到温暖与慰藉的书生，超自然的世界都是他们补偿不充分因果关系、实现应然的自我的基础。这些可能都和巫术的源头有关。

凡与超自然力量有关的现象都可以划归为巫术或者宗教两大范畴。这一超自然力量与神秘世界中的游历，都是巫术观念影响下的文学想象与创作。如巫术一般，屈李的文学传统是在认为自然法则可以被操纵和改变的基础上进行的。巫术与宗教的显著区别，是私人性与团体性的差别。它们不是宗教文学，因为宗教基本上是群体性的或集体性的事务，巫术则具有秘密性和个人性，巫术仪式通常在偏僻的地方举行，而且经常是由个人来完成。如果说巫术和宗教都是对超自然力量达到信仰，那么巫系文学则是将这些信仰加以艺术化或者说技术化地运用，以达到表达个人情绪、审美感观或者理想的目的。在巫术名义之下，人类的行为是多样性的。弗雷泽将巫术定义为一套伪

[1] 陈世骧《中国的抒情传统》,《陈世骧文存》，辽宁教育出版社 1998 年版，第 3 页。

[2] C.R. 白德库克著，顾培华、林在勇译《人类文明演进之谜——文化的精神分析》，浙江人民出版社 1992 年版，第 79 页。

造出来的自然法则体系，它有私下的、秘密的、神奇的仪式[1]。哈维兰（W. A. Haviland）说："通过求助于某些明确规定的方式，能迫使超自然力量以某种方式为善的或者恶的目的起作用。这是经典人类学的巫术概念。"[2]屈原的《离骚》《远游》《九歌》都是用超自然的方式追求善，追求真和美。巫术属于原始思维，受"互渗律"的支配，紧邻着感性直观。

日本学者在楚辞与巫的关系上探讨较为深入。铃木虎雄在《骚赋的生成》中，提出诵风为巫所保存，诵的遗风成为骚，屈原摹写巫的诵辞，作《九歌》之诵声，并作《离骚》及其他《楚辞》。[3]白川静认为，楚国有一个"楚巫集团"，屈原是其领导者，《离骚》"是自己歌诵战国末期楚国巫祝集团命运的诵词"，是他们失败的悲歌[4]。藤野岩友提出"巫系文学论"，认为《楚辞》是出自巫系统的文学，并在《巫系文学论》中系统考证、论述前秦巫祝文化对《楚辞》的影响，将《楚辞》所有的篇章环络于巫祝文化体系中进行研究。他认为，巫文学是屈骚的来源，但《楚辞》本身并非就是巫文学，《楚辞》"是从宗教中独立出来的文学，然而从系列上看，显然又是来源于巫和巫祝有关系的宗教文学"[5]。

以屈原《离骚》为代表的"楚之骚"，其"诡异之辞""谲怪之谈""狷狭之志""荒淫之意"[6]，实为具有原始力量的巫文化的体现。从东汉王逸、北宋朱熹到近代学者都有精彩的论述。王逸《楚辞章句》："屈原放逐，窜伏

[1] 参见弗雷泽、刘魁立编《金枝精要》"巫术原理"，上海文艺出版社 2001 年版，第 16 页。

[2] 哈维兰著，瞿铁鹏、张钰译《文化人类学》，上海社会科学院出版社 2006 年版，第 407 页。

[3] 铃木虎雄著，汪馥泉译《论赋底生成》，《中国文学论集》，神州国光社 1930 年版，第 59 页。

[4] 白川静著，加地伸行、范月娇合译《中国古代文化》，文津出版社 1983 年版，第 131 页。

[5] 藤野岩友著，韩基国编译《巫系文学论》，重庆出版社 2005 年版，第 3 页。

[6] 刘勰《文心雕龙・辨骚》。

其域，怀忧苦毒，愁思沸郁，出见俗人祭祀之礼，歌舞之乐，其词鄙陋，因为作《九歌》之曲，上陈事神之敬，下见己之冤结，托之以风谏，故其文意不同，章句杂错，而广异义焉。”[1]朱熹在其《楚辞辨证》中说：“楚俗祭祀之歌，今不可得而闻矣。然计其间，或以阴巫下阳神，或以阳主接阴鬼，则其辞之亵慢淫荒，当有不可道者，故屈原因而文之，以寄吾忠君爱国之意”。闻一多也认为“《离骚》本属巫音”。[2]研究者指出，屈原在《离骚》的“露才扬己”，应该放在“祝词系文学”中来理解。《周书·金縢》篇中，周公旦在祝辞中，请求做武王替身，保佑他病愈，乃颂扬自己的美德，所谓“予仁若考，多才多艺，能事鬼神”。这篇最古祝词的自我夸耀方式与《离骚》颂己之修能是一致的。屈原之后，自叙性的夸尚，成为古代作家的“抒情诗性格”，在自我夸尚的前提下，形成了对现实遭际“愤懑不已的文学传统”。李贺强调其皇族身份：“宗孙不调为谁怜”（《仁和里杂叙皇甫》），“莫忘作歌人姓李”（《唐儿歌》），及以“唐诸王孙李长吉”（《金铜仙人辞汉歌·序》）自称。他还曾以曹植自喻，在诗中说：“蛾鬟醉眼拜诸宗，为谒皇孙请曹植”（《许公子郑姬歌》）。

从这一线索来看，屈原、李贺与蒲松龄虽相距二千年之漫长时光，而其于文化与文学的传统中，先后沐浴着正是繁滋的巫文化与巫文学之精神。屈原之后的李贺，其诗的精神为“骚之苗裔”；两千年后的聊斋先生，更以屈李诗歌中巫文学的抒情精神改造了被动记录巫术活动的志怪[3]。《聊斋志异》的很多特质和这样的“巫系文学”有内在精神上的呼应。

对巫者来说，神的世界是友好的，遇神者的品性是高尚的，可敬的。《聊

[1] [宋]洪兴祖《楚辞补注》，中华书局 1983 年版，第 54 页。

[2] 闻一多《离骚解诂乙》，《闻一多全集》第五册，湖北人民出版社 1993 年版，第 289 页。

[3] 志怪与巫术的关系，也是文史学者研究的重点。如李小红《宋代社会中的巫觋研究》，光明日报出版社 2012 年版；王章伟《在国家和社会之间——宋代巫觋信仰研究》，中华书局（香港）2005 年版。

斋》遇神者与其他志怪中的主人公相比，受到更多青睐与眷顾。巫风对小说人物形象的影响，男女两性人物有不同的体现，在男性主要是巫师遗风的存留以及自我夸耀的主人公，女性则是《离骚》《山鬼》中，信美而有礼、缠绵而多情的女子，主要包括鬼神的美善形象这两个方面。

（二）男性主人公身上的巫文学遗风

《聊斋志异》中的很多男主人公可以说是《离骚》《九歌》中人物的降格，他们身上或多或少显现着屈骚出入幻域的巫者的风神遗概。[1]他们或是强梁地与人间、冥狱对抗，或是主动地入幻域求女，更能体现他们屈骚中巫者渊源的是“自我夸尚性的自叙传统”之影响。《聊斋志异》中那些受到花妖狐魅的崇拜、敬仰和帮助的男性主人公背后，含有如《离骚》中主人公一样的自我夸耀的被省略的部分，以及肯定自我价值的因果律。就如张文成《游仙窟》把夸耀男女秘事作为自我夸尚的延伸一样，虽然没有自我夸尚的部分，但《聊斋志异》的一个重要主题是作者在超自然界寻求自尊心和价值感的证明。“天生佳丽，固将以报名贤”，那些贫穷落魄的书生，之所以能够向虚幻世界中谋取衣食佳丽，潜在的前提自然是因为他们超越常人的才情品德。这些乡间秀才当然不及《离骚》的主人公那样出身高贵，智行高洁，不过是“性纯孝，制行不苟，又笃于学”（《青梅》）一类，略略优出于凡人的品格而已。这是主人公身份与修洁人格的下降，但其中的承递线索还是隐约可见的。

[1] 子部“小说”本具有医巫厌祝之知识性，但这些知识性的巫术和《聊斋志异》中的巫文学是不同的。“子部小说”之医巫厌祝的知识性，见张衡《西京赋》“匪唯翫好，乃有秘书。小说九百，本自虞初。从容之求，寔俟寔储。”薛综注云：“小说，医巫厌祝之术，凡有九百四十三篇。言九百，举大数也…持此秘术，储以自随，待上所求问，皆常具也。”（萧统编，李善注《文选》卷 2，上海古籍出版社 1986 年版，第 68 页）可见“小说”实指“医巫厌祝之术”或“秘术”。在某种意义上这些“秘术”属于古代博物之学。参见王昕《志怪与古代博物之学》，《文学遗产》2018 年第 2 期。

首先,《聊斋志异》塑造的最成功一类主人公,是如《离骚》中的灵均那样“虽九死其犹未悔”的抒情诗式的坚毅性格。鬼神世界的存在为书写这类人物腾挪延展的立体空间,使力透死生,下彻黄泉的英雄般的狂暴力量,在生动的情境中被反复叙述,形象深刻,具有感染力。如《石清虚》《叶生》《席方平》《三生》。

《席方平》为父申冤,身入地狱,一次次忍受冥间官吏、冥王的非人的酷刑的场景增添了这部小说的个体抗争的史诗性质。其申冤不止、不可妥协的个性,正如屈原上下周游求女、就重华而陈辞般的坚执:

> 冥王有怒色,不容置词,命笞二十。席厉声问:“小人何罪?”冥王漠若不闻。席受笞,喊曰:“受笞允当,谁教我无钱也!”冥王益怒,命置火床。两鬼捽席下,见东墀有铁床,炽火其下,床面通赤。鬼脱席衣,掬置其上,反复揉捺之。痛极,骨肉焦黑,苦不得死。约一时许,鬼曰:“可矣。”遂扶起,促使下床着衣,犹幸跛而能行。复至堂上,冥王问:“敢再讼乎?”席曰:“大冤未申,寸心不死,若言不讼,是欺王也。必讼!”王曰:“讼何词?”席曰:“身所受者,皆言之耳。”冥王又怒,命以锯解其体。二鬼拉去,见立木,高八九尺许,有木板二,仰置其上,上下凝血模糊。方将就缚,忽堂上大呼“席某”,二鬼即复押回。冥王又问:“尚敢讼否?”答曰:“必讼!”冥王命捉去速解。既下,鬼乃以二板夹席,缚木上。锯方下,觉顶脑渐辟,痛不可忍,顾亦忍而不号。闻鬼曰:“壮哉此汉!”锯隆隆然寻至胸下。

席方平在申冤的途中,“死而又死,生而复生者乎?忠孝志定,万劫不移”的伟岸人格,故事情节的曲折,正同灵均之修洁以及周游求女的波折失落,构成了文本的对应。

《三生》中,士子兴于唐被考官黜落,“愤懑而卒,至阴司执卷讼之”。

那班抑郁泉下的书生鬼魂和兴于唐一起，齐来申冤，阎罗将考官重笞：

> 将施刑，兴不满志，戛然大号；两墀诸鬼，万声鸣和。阎罗问故，兴抗言曰："笞罪太轻，是必掘其双睛，以为不识文字之报。"阎罗不肯，众呼益厉。阎罗曰："彼非不欲得佳文，特其所见鄙耳。"众又请剖其心。阎罗不得已，使人褫去袍服，以白刃劙胸，两人沥血鸣嘶。众始大快。

虽然众鬼怨气都消，兴于唐却执着地向庸陋的考官索命。下一世两人俱为官员，兴于唐成为考官的上司，杀了他；再一世，两人都变成狗，兴于唐也要咬死考官；第三世两人再为翁婿，兴于唐"恃才辄侮翁，恒隔岁不一至其门。翁亦耐之。后婿中岁淹蹇，苦不得售，翁为百计营谋，始得连捷。从此和好如父子焉"。这种"一被黜而三世不解"的执着，也依稀可见屈骚的影响。

《叶生》中，叶生以举业为性命。铩羽归来，"形销骨立，痴若木偶"，竟至身死而不自知。孤魂也要追随知己，"借福泽为文章吐气，使天下人知半生沦落，非战之罪也"。中举后，自喜衣锦荣归，回到家中，"逡巡入室，见灵柩俨然，扑地而灭。妻惊视之，衣冠履舄如蜕委焉"。蒲松龄借异史氏之口评价，叶生贯穿黄泉的执念，乃在追求个人价值的肯定："魂从知己，竟忘死耶？闻者疑之，余深信焉"。"流水高山，通我曹之性命""天下之昂藏沦落如叶生者，亦复不少，顾安得令威复来，而生死从之也哉？噫！"

其次，表现在那些以胆力自矜诩的狂生主动、自觉地入幻求女的想象。如《辛十四娘》里的冯生，路见容貌娟好的辛十四娘，就"絷驴于门，往觇其异"，断垣榛莽之间，见到衣帽整洁的老叟和帘幌床幕、香雾喷人的居家景象，竟然毫不怀疑地入门遽然求亲，被拒绝后，为一睹佳丽，乘醉搴帘，被数人捽出。"倒榛芜中，瓦石乱落如雨"，狂妄恣肆地出入幽冥追求鬼狐的男子。

《胡相公》中，莱芜张虚一“性豪放自纵。闻邑中某宅，为狐狸所居，敬怀刺往谒，冀一见之”，与狐精胡四相公结交年余，成为莫逆，因通狐语，可以如巫般出入两个世界，“独行于途，觉尘沙淅淅然，则呼狐语，辄应不讹。虎狼暴客，恃以无恐”。后来张虚一赴陕西打抽丰未获满足，方怅怅于途，得狐友胡四相公赠小簏子“白镪满中”。此即聊斋先生所指青林黑塞间的知己。其前提是主人公能闻见异类，或大胆结交，或相与友善。总之，是具备常人所无的某类“巫”之气质。

《聊斋志异》当中，进入超自然界的男性主人公，总是得到精灵与异类的崇拜与呵护，不言而喻地包含着这些进入者的优越与自信，这和楚骚传统中，进入巫术空间的主人公是一致的。与《离骚》不同的是，《聊斋志异》主人公所自豪者，既非出身高贵如“帝高阳之苗裔兮”，其可夸饰者也不及内美与修能，更无“扈江离与辟芷兮，纫秋兰以为佩”之高洁馥郁之外美。在贫穷困窘的平民时代，主人公所可自豪者，只是生而为人罢了。他们在鬼神面前的自信夸耀和狂傲，其实和《离骚》主人公的自我夸耀，旁若无人，独与天地精神相往来的狂狷之气相类似。这种狂生成为《聊斋志异》的独特形象。如《青凤》中的耿去病、《陆判》中的朱尔旦、《连琐》中的杨于畏、《狐梦》里的毕怡庵、《章阿端》中的戚生、《小谢》里的陶生、《狂生》里不知名的狂生、《葛巾》里的常大用等等。

狂生主要的表现是不惧鬼神。朱尔旦深夜跑到十殿阎王那里把一脸凶相的判官背回书斋。狂生耿去病闯入废园里，在狐精的家宴上，不顾自己已有家室的身份，公然挑逗狐女青凤，拍案曰：“得妇如此，南面王不易也！”穷追猛打，老狐一家避之不及。后来耿去病依靠人类的身份之尊，救了青凤，使其为自己的妾室，又在一番折辱之后救了老狐，老狐一家依耿生而居，得相处如家人父子。《莲香》中，狐女莲香与鬼女李氏，俱风流秀曼、倾国之姝，争相献身一位“静穆自喜”的书生。书生卧病，两女子殷勤服侍欲以身代。为了嫁给这个穷书生，鬼女借尸还魂，狐女转世投胎，三人终于聚到一起，使书生得享齐人之福。按照篇目“异史氏”的议论，桑生的尊贵在于他生而为人。所谓“死者而求其生，生者又求其死，天下所难得者，非人身哉？”这些显示了蒲松龄所处的明清时代对个体的人的价值的认识与尊重。

在《聊斋志异》中，很多进入神怪世界的主人公是道德文章优异的读书人，却难以在苍苍下世得到“位置我处”，只有在神仙世界得到善待。有似披萝带荔之屈子，自信当在神仙世界寻到肯定和褒奖。《雷曹》中的乐云鹤以文章名世，却潦倒场屋，因为救助亡友的妻儿而家计日蹙，为此他弃儒从商，结识了天上的雷曹，被带到天上参观，同雷曹一起行雨，他还摘下天上的一颗星星带回家。这颗少微星为报恩，转世做了他的儿子，三十无子的乐云鹤得此佳儿，“机警非常，十六岁，及进士第”。蒲松龄在篇末评价乐云鹤这一系列奇遇说：“至雷曹感一饭之德，少微酬良朋之知，岂神人之私报恩施哉？乃造物之公报贤豪耳。”

《西湖主》中的陈生因救猪婆龙一命，得以尚婚西湖公主，不但穷措大发迹，还一边在西湖上做着逍遥神仙，一面在家中安居，“宫室妻妾，一身而两享其奉”，这般“娇妻美妾、贵子贤孙，而兼长生不老者”的报偿，远过于救猪婆龙的一念之善。这类故事固然有着明清小说中“遇仙”与“遇艳”合流模式的影响，但《聊斋志异》在性爱之外，更写了花妖狐魅对书生物质与精神多方面欲求的满足。精神上的知己如娇娜为孔生的“腻友”。“观其容可以疗饥；听其声可以解颐。得此良友，时一谈宴，则‘色授魂与’，尤胜于‘颠倒衣裳’”的精神满足；黄英为“二十许绝世美人”，但她与马子才而言，不只是得娇妻，家足衣食，修甲第，置膏田，更是在对待金钱财富和雅俗的生活态度上，改变了他偏执而贫乏的观念，使之具有通达随顺的人生观，以享受人生的幸福和欢乐。巫术是被挫伤的自恋的满足，正诠解了狂生形象在巫系文学中的存在。

（三）女性人物的巫风色彩

《聊斋志异》中善良美丽的花妖狐魅。这些人物和大多数志怪小说中性格模糊的女性有所不同，而是灌溉着浓厚的情感。屈原楚辞中的鬼神美丽多情，李贺诗中的“鬼”，“虽为异类，情亦犹人”。在明代瞿佑《剪灯新话》中女鬼也还是美而可怖的存在[1]，而《聊斋志异》中的花妖狐魅则是美和善的。她们似是楚骚中的精灵。中原神话与志怪中多人面兽身、狞厉可怖的神怪，楚辞中的天神地祇与人鬼则是人的理想的化身，被赋予人的情感、欲望和个性，极富人情味。《河伯》中的黄河神：“乘白鼋兮逐文鱼，与女游兮河之渚，流澌纷兮将来下”“子交手兮东行，送美人兮南浦。浪滔滔兮来迎，鱼鳞鳞兮媵予”。这凡是与人关系密切的尊神，都被楚人设想为人形，是俊美的男男女女。

姜亮夫先生指出《九歌》之神非庄严不可冒犯之偶像，神之性情乃是留恋人间；“非可怖之神，乃与人相亲之神”；并反映神之爱情生活。他总结了楚文化神祇的七个特点：

1. 不是胼手胝足之农神，而是飞扬缥缈之火神。

2. 河神不是治水之工程师，而是南浦美人。

3. 山神不是奇兽怪人，而是“含睇宜笑”之美女。

4. 无人面、虎爪、遍身白毛之蓐收，而有荷衣蕙带之司命。

5. 不用牛、羊、犬、豕羶腥为祭，而用蕙肴、兰藉、桂酒、椒浆之芳物。

6. 祭祀不用苍髯皓首之祝史，而用采衣姣服之巫女。

---

[1]《牡丹灯记》中“韶颜稚齿”的国色女鬼，还是将书生拖入棺中的作怪之物。

7. 他如高禖之神不为大足神，而为神女。[1]

屈原的《九歌》所咏正是在这种楚地原始宗教氛围中活跃着的神人女性，故其巫风是灵动的、富于自然的、唯美气息的。在其影响下，产生了许多想象丰富奇特的神话，表现了对大自然独特的好奇心和想象力。通过与《搜神记》《夷坚志》等志怪小说的对比，可以看到《聊斋志异》中情意绵绵、花容月貌的狐鬼，其来源多有巫风色彩。

首先，女性人物美的抽象性。

《聊斋志异》女性形象受屈李诗风影响的一个特点是人物美的概括性。称得上撰造精丽，风华映人。那些“芙蓉衣而翠羽旗，绝非世间物色”[2]的花妖狐魅之美，不是个性的、具体的美，而是月华朝露，以自然为审美准则的美的诗化的表现。娇娜“年约十三四，娇波流慧，细柳生姿”。芳气胜兰，孔生“望见艳色，嚬呻顿忘，精神为之一爽”。松娘则“画黛弯蛾，莲钩蹴凤”；婴宁“容华绝代，笑容可掬”；聂小倩月下远望“仿佛艳绝”，近看则“肌映流霞，足翘细笋，白昼端相，娇丽尤绝”；鲁公女“风姿娟秀，……翩然若画”；黄英乃“二十许绝世美人也”；白秋练为“十五六倾城之姝”；伍秋月“年可十四五，容华端妙”。这些特点也和屈骚有着承继关系。宋玉的三赋、曹植的《洛神赋》以及六朝宫体诗也书写女性的美，那种书写是“以辞赋特有的铺陈笔法细致描述美女的艳丽容姿，同时写出男性对她们的热烈憧憬。在写作形式上，是以执拗地向读者倾诉她们如何之美为主旨的”。陶渊明的《闲情赋》，以“愿在衣而为领，承华首之余芳”“愿在裳而为带，束窈窕之纤身”“愿在发而为泽，刷玄鬓于颓肩”“愿在丝而为履，附素足以周

---

[1] 姜亮夫《楚文化与文明点滴钩沉》，《楚辞学论文集》，云南人民出版社 2002 年版，第 153 页。

[2] 陆时雍《诗镜总论》评“谢眺”。

旋”式的写法，列举了十组女性贴身或者为女性常用的东西，带出与她们肌肤相亲的“触摸愿望”[1]。女性的美并非平实化的，而是判断式的概括的美。她们不是具体的、平常化的、真切的女性，而是出自美人香草的梦幻型的人物，故是一种难以具象的、不可方物的美。

其次是鬼神女性的谦卑热烈，也与巫风密切相关。

楚辞中那些久久伫立着等待情人的“山鬼”“湘夫人”，宋玉笔下的“愿荐枕席，王因幸之”的“高唐”“神女”;《聊斋志异》的神女花妖灵鬼也是自荐枕席，对人类充满善意和爱慕。女方都是主动向男方示好，或是月下敲窗，或径直“搴帏而入”，乃至自荐枕席。《莲香》中一鬼一狐争相向桑生献身。鬼女李氏主动对桑生示爱，“为情缘”而自献“葳蕤之质”，以“常侍枕席”；狐女莲香夜叩桑生之门，与桑生“息烛登床，绸缪甚至”，自此“三五日辄一至”，每隔几天便前来书斋跟桑生亲热。她们的善良是人间女性无法比拟的。像神女（《神女》）乃一“绝代佳人”美貌绝伦，“其美丽出于肌里，非若凡人以黑白位置中见长耳”。初见米生时，她便“于髻上摘珠花一朵授生”，让他卖掉来换取考试资本，解其财困。她们没有自我，抱着对人类的钦敬和报恩的心理，倾尽所有帮助人类。花妖狐魅们不但为许身的男子谋划婚事，还为他们抚养孤儿、为帮助男子复振家业，夙兴夜寐，操作过农家妇（《红玉》）；为男子谋财不惜自我卖身，又为他们谋划婚姻诞育后嗣（《霍女》）；洞府中的仙女为罗子浮这样的浑身恶疮流脓、鹑衣百结，且品性浪荡的男子，洗涤脓疮，裁剪新衣，安排起居，乃至以身相许等。这些善良可以情打动的鬼神，正是《聊斋志异》继承屈骚巫风的显现。

[1] 兴膳宏《文选的成书与流传》，《异域之眼——兴膳宏中国古典论集》，复旦大学出版社 2006 年版，第 110 页。

五、巫系文学与蒲松龄的文本控制

阐释《聊斋志异》的成就，就要对志怪小说性质有一个清晰的界定。志怪属于子部小说，广见闻、资谈助的博物性与知识性是其基础，它们不具有充分的文学性叙事目的。如此，《聊斋志异》对志怪小说的改造就是跨类属的，从写作目的、应用的手法以及借鉴的资源，都是不同的。由鲁迅先生提出的，《聊斋志异》“用传奇法而志怪”的观点，固然富于洞察力，但这一观点主要是就《聊斋志异》的表现手法、叙事技巧诸方面的提升而言，是属于文法句法层面的进步。

蒲松龄对于志怪更根本的改造是在文本控制。志怪小说通常将怪异视为客观事实，所谓“记载不诬，採录宜矣”。[1]作者只是记录收集，干宝《搜神记序》称为“考先志于载籍，收遗逸于当时”；其形态大多“片纸残行，事事各异”，辑录者的处理方式是“会聚散逸，使同一贯”[2]，将文本视为史实文献，基本不做干预，也不追求叙事的意义。《聊斋志异》之前，作为子部小说的志怪书，辑录者的意见出现于文本中，大致有三种方式：

1. 干宝《搜神记》式的，以冠于篇头的议论文字，对志怪条目进行分类。《搜神记》本书已经散佚，据干宝《搜神记序》：“今粗取足以演八略之旨，成其微说”。研究者据现存文献推测“八略”是指《搜神记》原本是八类篇章所构成，“这八类篇章又在其开头部分，安排了说明该篇内容的议论文字。今天在这八篇中还可以恢复出三至四篇的名称”，即《荆楚岁时记》

[1] 毛晋《搜神记跋》，干宝撰《搜神记》，中华书局 1979 年版，第 254 页。
[2] 干宝《进搜神记表》，干宝撰《搜神记》，中华书局 1979 年版，第 3 页。

中看到的干宝《变化论》之《变化篇》,《水经·汝水注》之《神化篇》或《感应篇》。[1]李剑国先生的《新辑搜神记》,将三十卷分列在“神化篇”“感应篇”“妖怪篇”“变化篇”“复生篇”“鬼”“神话传说”“吏治异闻”“地理异闻”“方物异闻”“动物报恩”。《搜神记》原有“妖怪”“变化”等论流传,李剑国先生将之分为十二类,似嫌烦琐,也超出了干宝的所谓“八略”之说,这里且不做讨论。

《搜神记》卷六“妖怪”:

> 妖怪者,盖精气之依物者也。气乱于中,物变于外。形神气质,表里之用也。本于五行,通于五事。虽消息升降,化动万端,其于休咎之征,皆可得域而论矣。[2]

“变化论”篇幅数倍于“妖怪论”,隐约可见干宝著《搜神记》之时,在篇章前的序言统摄之下,志怪条目乃如《韩非子储说》、刘向《说苑》,是材料、论据性质的“小说”。干宝对条目中的故事本身并无议论[3]。干宝式的志

[1] 小南一郎《搜神记的结构》,《冰茧彩丝集》,成都出版社 1994 年版。

[2] 干宝撰,李剑国辑校《新辑搜神记》,中华书局 2007 年版,第 165 页。

[3] 李剑国《新辑搜神记》卷一“彭祖”条,附“干宝曰:先儒学士多疑此事。谯允南通才达学,精核数理者也。作古史考,以为作者妄记,废而不论。余亦尤其生之异也。然按六子之世,子孙有国,升降六代,数千年间,迭至霸王,天将兴之,必有尤物乎?若夫前志所传,修己背坼而生禹,简狄胸剖而生契,历代久远,莫足相证。近魏黄初五年,汝南屈雍妻王氏生男儿,从右胳下水腹上出,而平和自若,数月创合,母子无恙,斯盖近事之信也。以今况古,固知注记者之不妄也。天地云为,阴阳变化,安可守之一端,概以常理乎?《诗》云,‘不坼不副,无灾无害。’原诗人之旨,明古之妇人尝有坼副而产者矣,又有因产而遇灾害者,故美其无害也。”据李剑国先生注释:“干宝曰,此节据《史记·楚世家》之《集解》。《路史·后纪》卷九下:‘干宝云前志所谓修己背坼而生禹,简狄胸剖而生契。’节引二句,似为本条议论之辞,姑系事末。”他推测“原《搜神记》之体,凡篇前有序,事末或系论赞。”故从文献中引用了这一段论赞,系于此条之下。但既属推测,又无旁证,我们只据现存材料论述,不采纳此“干宝曰”的推测。

怪体，在六朝志怪中亦属少数。

2. 引证材料以证实。齐治平校注的中华书局版王嘉《拾遗记》共有 125 条，萧绮在文后的“录曰”就有 37 条。这些“录曰”主要是以经史和图籍来佐证怪异故事的真实性、评价历史人物、总结得失教训等。所谓“推详往迹，则影彻经史；考验真怪，则叶附图籍”[1]。如卷一“炎帝神农”之后，附“录曰”引《周易》《山海经》以释其事。结构做了改变。

3. 洪迈《夷坚志》，将个人的见闻以及“予”之亲友姻眷的经历，大量记录在怪异故事之中。这是宋代文人笔记记录个人见闻的模式。移诸志怪集，就使这个规模庞大的志怪故事集，有了一定的个人色彩，并与六朝志怪之面目不同，大多是叙见闻的性质。如《夷坚志补卷》第六“王兰玉童”在所叙故事之后，洪迈出面：

> 予记《逸史》所载卢叔伦女，《续玄怪录》党氏女事，大略相似。但同时生于两处，一为男，一为女，乃未之前闻。明州人王夷说此，不能记其乡里与何年事也。

《夷坚志补卷》第九“寺僧治猴”，洪迈记录了在徽州休宁听僧人讲述驱赶猴子的故事，然后说：

> 予记旧小说亦有一事。又读《列子》，杨朱之弟布，素衣而出。天雨，解素衣，衣缁而返。其狗迎而吠之。布怒，将扑之。朱曰：“子无扑矣！使狗白而往，黑而归，岂能无怪哉！”此理殊相似也。[2]

---

［1］ 萧绮《拾遗记序》，王嘉撰，萧绮录《拾遗记》，中华书局 1981 年版，第 1 页。

［2］ 洪迈撰，何卓点校《夷坚志》，中华书局 1981 年版，第 1631 页。

这是以见闻证书本。

再如《夷坚志补卷》第十四“主夜神咒”则以书本知识行之于世事：

> 予为礼部郎日，斋宿祠宫，与宋才成、裴侍郎夜语及神异事。宋云：“吾旧苦畏，梦人授一偈，才数字，觉而忆之。每独处临卧，辄诵百过。觉心志自然，不复恐。”予曰：“非所谓婆珊婆演底乎？”宋惊曰：“未尝言君，何以知之？”予言：“不唯知其名，且能究其所出。”宋请予道本末，予曰：“始读段成式《酉阳杂俎》，载主夜神咒，曰婆珊婆演底，持之夜行及寐，可却恐怖噩梦，而莫晓其故。后读《华严经》，乃得其说。

篇末又言：“予每见人多疑惧怯魇，于是劝使诵持，多有验。”此篇之作，似劝人诵佛经。既述个人见闻，又述知识来源，其于文本之记录颇为随意。

《夷坚志》中，也有少量针对故事的议论。

《夷坚三志乙卷》“界田义学”，记录的是李侍郎修义学，身后家财散落，子孙不能维持义学，文宣王率十哲现身责其后人的传说。身为儒生，洪迈自是不能同意民间的荒诞之说，所以他在文末力辩其非，也就成了《夷坚志》中，洪迈少有的几次出面议论之处：

> 予谓神祇庙室所在，固有神灵为主。若此段者，其怪诞尤可见，一何侮渎吾先圣也。辄志于三己之末，庸警惑者云。

其后的《夷坚三志辛序》之写法，和志怪条目并无太大区别。

> 予固尝立说，谓古今神奇之事，莫有同者。岂无颇相类？要其归趣则殊，今乃悟为不广。前志书蜀士孙斯文，因谒灵显王庙。慕悦夫人塑

像，梦人持锯截其头，别以一头缀颈上。觉而大骇，呼妻烛视，妻惊怖即死。予尝识其面于临安。比读《太平御览》所编《幽明录》云："河东贾弼，小名医儿，为瑯琊府参军。夜梦一人，面鼿疱甚多，大鼻瞷目。请之曰："爱君之貌，愿易头可乎？"梦中许易之。明朝起，自不觉，而人悉惊走。琅邪王呼视，遥见，起还内。弼取镜自照，方知怪异。因还家，妇女走藏。弼坐，自陈说。良久，遣人至府检问方信，后能半面啼半面笑，两手各捉一笔俱书。然则此两事岂不甚同！谓之古所无则不可也。《幽明录》今无传于世，故用以序志辛云。

可见志怪作为"子部小说"所具有的广闻见，资考证的知识性、学术性的性质和文学性小说是不同的。即使是清代，受《聊斋志异》影响的《阅微草堂笔记》，作者对文本的干预大大增强，但也和蒲松龄的控制文本的个人情感抒发，有着立场的不同。

纪昀著小说，以"叠矩重规，毫厘不失"的"条理明""宗旨正"的著书者之笔著称[1]。他选择故事的叙事角度、情节走向固然要符合他的诠释目的，但两者是"论"与"说"的关系。怪异的故事是"小说"，是论据。纪昀对待志怪故事的态度，和干宝、洪迈一致，是将其作为"说"，作为论据而应用于一个闲谈说理的氛围之中的。个人的情绪与爱好并非控制文本的依据，更遑论作者个性的抒发。纪昀《阅微草堂笔记》中的叙述者在志怪故事中议论发声的情形变得频密，通过作者、叙述故事者，以及作者引用亲友的"至理名言"，纪昀几乎对所有收入《阅微草堂笔记》的1190则故事，都进行了某种程度的点评和归纳。他对志怪故事进行合理化的解释与世俗性的道德劝诫。从外部和表面来阐释故事，评价事理。如《阅微草堂笔记》卷九，有一个故事，说有女子向医生求堕胎药，医生峻拒之，导致女子自杀，诉于

[1] 盛时彦《姑妄听之跋》，《阅微草堂笔记》，上海古籍出版社1998年版，第472页。

冥司。这个故事主体是双方在冥司的控辩：

> 医者自辩：“药以活人，岂敢杀人以渔利！汝自以奸败，于我何尤？”女子曰：“我乞药时，孕未成形，倘得堕之，我可不死。是破一无知之血块，而全一待尽之命也。既不得药，不能不产，以致子遭扼杀，受诸痛苦，我亦见逼而就缢。是汝欲全一命，反戕两命矣。罪不归汝，反归谁乎？”

纪昀给了这个因偷情而死的弱女子发声的机会，她的“欲全一命，反戕两命”的抗诉是如此有力，这显示了纪昀的见识超越了固陋庸常的世俗伦理，他借冥官之口，“喟然曰：‘汝之所言，酌乎事势；彼所执者，则理也。宋以来，固执一理而不揆事势之利害者，独此人也哉！汝且休矣！’”[1]纪昀对宋代理学“不揆事势之利害”而只知“道理”的批判，贯穿《阅微草堂笔记》。盖当时的统治者对理学“止于尊崇，却不许学样”。理学家以道统自居，设帐招徒，成了名臣大儒，当然有碍于乾隆这位“英主”“明君”的独尊地位，所以理学家“足为太平盛世之累”，在乾隆朝“攻击道学先生是那时的一种潮流，也就是‘圣意’。我们所见的是纪昀总纂的《四库全书总目提要》和自著《笔记》里的时时排击，这就是迎合着这种潮流的。”[2]作为乾隆间位居显宦而好治经的学者，纪昀不但“学究天人，胸罗万象”，且通达世故，纪昀本不会将个人的情感投入抒发到“著书者之笔”这样一部说理的而非抒情的“子部小说”之中，这是他屡屡表明过的。

在梳理了志怪小说作者与文本的关系之后，我们就可以清楚地看到《聊斋志异》在对待文本的立场上，同子部小说有着很大的不同。在单层次记录

---

[1] 纪昀《阅微草堂笔记》，上海古籍出版社 1998 年版，第 442 页。

[2] 鲁迅《且介亭杂文·买〈小学大全〉记》，《鲁迅全集》第六卷，人民文学出版社 1981 年版，第 55 页。

者与怪异故事之间，蒲松龄增加了一个抒情的人格主体。这个人格主体包括“异史氏”，这个模仿“太史公”对故事进行评价总结者，更是秉承着屈骚、李贺一类巫系文学的高洁自尊、虚幻世界的君主和王者。他使整个巫灵的世界为他的意志和情感而存在。香草美人、衣带纷披，虚幻世界的美好为他存在，魑魅魍魉、鬼蜮幽魅因他的意志而低头。那个世界里的规则与秩序由他制定，构成这个世界的基底是蒲松龄个人欲望的潜流。他的喜恶爱憎由人物之口表达，通过命运之神赐予，经由鬼神来剥夺。他尽力奔驰，肆意遐想。这才是聊斋先生在巫灵的世界里，吟而成癖，自鸣天籁所获得的畅快与自由。

首先，巫术是实现叙事目的的手段。不同于记录怪异的志怪，《聊斋志异》中很多小说，完全出自作者的虚构，其立意往往从诗文典故而来。如《荷花三娘子》的造端来自陆游的诗句“花如解语还多事，石不能言最可人”，《河间生》与柳宗元《河间妇》的立意遥相呼应。再如“孜孜憨笑”的婴宁，其率真“合欢、忘忧，并无颜色矣。若解语花，正嫌其作态耳”（《婴宁》）。

《荷花三娘子》写书生见荷花荡中，佳丽甚多，手折红莲一枝置几上，化为佳丽，又化为怪石，在书生的苦苦相求之下，化为女子与书生成亲，“女见人喏喏，似口不能道辞”。后数年，女子飞去，书生“急曳之，捉得履。履脱及地，化为石燕，色红于丹朱，内外莹彻，若水精然”。书生每忆念花神，“抱呼‘三娘子’，则宛然女郎，欢容笑黛。并肖生平，但不语耳”。在这篇末尾有“友人云：‘花如解语还多事，石不能言最可人。’放翁佳句，可为此传写照”。何守奇评“评引放翁句，疑即是篇所造端。”[1]则以诗意为造端，以巫术故事表达诗的意境，正是蒲松龄控制文本的典型篇目。

---

[1] 蒲松龄著，张友鹤辑校《聊斋志异》“会校会注会评本”，上海古籍出版社 1986 年版，第 686 页。

《河间生》讲河间某生结识一只老狐，老狐携河间生入酒肆饮酒，狐取人案上酒食食生，生默念“狐与我游，必我邪也。自今以往，我必正！方一注想，觉身不自主”，从梁间坠下。何守奇评“只一转念间邪正自别。”赵伯陶先生指出此篇写作受到《河间妇》的启发，因而其篇名也有意与柳文为对。“《河间妇》为弃善为恶，《河间生》则为改恶从善”，故“寓意深刻，信非苟作”。[1]再如《凤阳士人》一篇，何守奇评曰：“似从《诗》‘甘与子同梦’翻出”。俱指出蒲松龄有意进行文学性的虚构，而含有巫术与神怪的内容则是实现创作意旨的手段。

巫灵世界是蒲松龄表现才情、证明自我价值的舞台。《绛妃》以第一人称讲述，“余”梦中受绛妃召见，花神请蒲松龄草一篇讨封氏檄文，聊斋先生遂文思若涌，顷刻而成，醒来记忆，足成长篇“讨封氏檄文”录于文中。这篇小说的用意乃在展示这篇文章，冯镇峦称之为“抬文人之身份，成得意之文章”。

在超自然空间里，女性对书生的仰慕青睐，满足了他在现实中受到挫伤的自尊心。在《青梅》的篇末异史氏曰：“天生佳丽，固将以报名贤，而世俗之王公，乃留以赠纨绔，此造物所必争也。”蒲松龄很善于写女性之美：“写美人“红楼”“聊斋”为最擅长，然二者相较，“红楼”尚不及“聊斋”色相之多。”[2]《聊斋志异》塑造了约二百余位女性形象，赵起杲在《〈聊斋志异〉例言》中说：“编中所述鬼狐最夥，层见叠出，变化不穷。水佩风裳，剪裁入妙；冰花雪蕊，结撰维新。缘其才大如海，笔妙如环”[3]。

这些女性精魅是用来酬答书生，衬托自尊自傲者身份的标的。所以这些女性不能是在正常状态和环境中可能出现的女性，她们大多眉目模糊，是一

[1] 蒲松龄著，赵伯陶注评《〈聊斋志异〉详注新评》，人民文学出版社 2016 年版，第 1305 页。

[2] 解弢《小说小话》，转引自朱一玄《聊斋志异资料汇编》，南开大学出版社 2002 年版，第 516 页。

[3] 青柯亭本《聊斋志异》卷首。

个个抽象的美的具名。白话文学善于细细铺陈女子的容貌，眉毛纤缈曼扬，眼睛如何灵动如团露，鼻子如悬胆，嘴巴像樱桃一类，蒲松龄则略貌写风神。通常只用“姿态艳绝”来形容其笔下的女性。如写宦娘只一句“貌类神仙”，青娥是“年十四，美异常伦”，小翠“嫣然展笑，真仙品也”，阿宝只“绝色”二字形容，娇娜“娇波流慧，细柳生姿”，松娘“画黛弯蛾，莲钩蹴凤”，青凤“弱态生娇，秋波流慧，人间无其丽也”，婴宁“荣华绝代，笑容可掬”；同时，她们的纤细娇弱之貌也非人间实有。《鲁公女》中的女鬼，生前乃是一个爱好骑马田猎的英武女子，为鬼则“足弱，不能跂履”。走路力不能支，需要书生“抱负以行”，其身轻“如抱婴儿，殊不重累”。狐女青凤“弱态生娇”，为耿生所救。各个天姿国色，但美得无差别，没个性，不具体，小、弱，没有身体质感。原因是志怪、传奇中的女性最早来自人神恋中的自然神，其美高于人类女性，美得抽象缥缈，是承载各时代审美意蕴的空灵的躯壳，不能落于具体的形迹。如《嫦娥》中的女神嫦娥，她善于模仿各种美女。对镜修妆，效飞燕舞风，又学杨妃带醉。长短肥瘦，随时变更；风情态度，对卷逼真。她的丈夫——穷书生宗子美喜曰：“吾得一美人，而千古之美人，皆在床闼矣！”

蒲松龄不但提升了志怪中那些神鬼狐魅的审美等级，还赋予她们社会性的“德”与“才”。《珊瑚》中的珊瑚“性贤淑”，却受尽婆婆的百般诟责和丈夫的鞭楚，但她终无怨色，被逐出后仍在婆母病后克尽妇道，逆来顺受，终于感化了婆母。《黄英》写菊花精黄英，嫁了一个慵懒清高、治生无术的丈夫马子才，黄英依靠种菊贩菊致富，家中楼舍连垣，马子才依靠黄英过活，享用过于世家，尚且抱怨“三十年清德，为卿所累。今视息人间，徒依裙带而食，真无一毫丈夫气矣”。黄英则小心维护着这位清贫书生的自尊，毫无怨言。《霍女》中，美丽绝伦的狐狸精霍女，以其美貌曾让两个富豪为她败尽家产，但她嫁给贫穷的黄生之后，却能“躬操家苦，劬劳过旧室”，为了黄生不惜自卖自身，又积极为其娶妻延续香火。这些倾身以报书生的精魅狐妖，之所以成为《聊斋志异》最成功的形象，是因为这类由巫术想象达成的人物，最大限度地满足了不思进取，依靠侥幸、运气的想象和心理期待。

其次，只有在精魂世界中，蒲松龄一类穷书生才能尽情行使他们绝对的精神权力，将个人的意志以疏狂不羁的激烈形式表达出来。失志人间的屈原李贺一系文学是愤懑不平的文学，在悲惨的逆境中，高志持己，不失昂然之气。李贺之愤也在仕途滞塞，悲愤不遇，“欲雕小说干天官”[1]，此“小说”是清人王琦引庄子“饰小说以干县令”，指为小家珍说，或为唐人行卷之类，以见其史才、议论、诗笔者。无奈为宗室子孙有诸多阻碍，故感叹“天荒地老无人识”。在幽寒呜呃之中，他对世界的观察视角也自不同，所谓“荒沟古水光如刀，庭南拱柳生蛴螬”，感觉奇特，观察的角度活跃在边缘和异域，是将微观之物放大。钱锺书先生尝言：“长吉文心，如短视人之目力，近则细察秋毫，远则大不能睹舆薪；故忽起忽结，忽转忽断，复出傍生，爽肌戛魄之境，酸心刺骨之字，如明珠错落。与《离骚》之连犿荒幻，而情意贯注、神气笼罩者，固不类也。”[2] 屈原与李贺诗歌世界的最大共同点，通常说来是都属于思维的野性与奇异。《诗经》、汉乐府以及唐宋以来占据主流的是“饥者歌其食，劳者歌其事”的朴实质朴的诗风，而从屈原、李贺到《聊斋志异》这条线索看，则统属于被驯化了思想和情感之外的丰富的情趣和联想。如上文所言，李贺诗中颇多志怪，堪称用诗所作的志怪。“奇文郁起”的《离骚》，涉及了众多的巫术知识，主人公可以“就重华而陈辞”“周流观乎上下”，据《九歌》而言，屈原具有祀神的经验，唱巫歌的本领。从屈原、李贺到蒲松龄的《聊斋志异》，都是沉浸徜徉在超自然的世界，寻求爱与理

[1] 李贺《仁和里杂叙皇甫湜》。

[2] 钱锺书《谈艺录》，生活·读书·新知三联书店 2001 年版，第 141 页。

想。志怪小说如《穆天子传》《山海经》，被称为“古之巫书”[1]，《博物志》《夷坚志》中也含有大量巫术内容，但这些志怪小说叙事简略，以客观记录的方式丛集，并无记录者或辑撰者的感情投入其中。故蒲松龄标举屈原、李贺“感而为骚”“吟而成癖”，是将诗歌的巫文学传统运用于志怪小说的创新。

蒲松龄《聊斋志异》描写了大量豪放不羁的“狂生”。巫术是反社会或者非社会的，在被社会放逐，游荡着被常人排斥的异物的空间里，这些不得志的书生才能实施精神的权力和统治。在令人“口噤闭而不言”的幽暗空间里，他们反倒兴会淋漓，情绪热烈。像《青凤》中的耿去病、《陆判》中的朱尔旦、《捉鬼射狐》中的李著明、《胡四相公》中的“莱芜张虚一”、《章阿端》中的“卫辉戚生”、《鲁公女》中的张于旦、《连琐》里的杨于畏、《狐梦》中的毕怡庵、《花姑子》里的安幼舆、《西湖主》中的陈弼教、《小谢》中的陶生望、《青娥》中的霍桓，等等，都是这类豪放自纵、超尘拔俗的“狂生”。

这些书生多数是社会的边缘人或者失意者，“杨于畏，移居泗水之滨，斋临旷野，墙外多古墓，夜闻白杨萧萧，声如涛涌”（《连琐》）；“张于旦，性疏狂不羁，读书萧寺”（《鲁公女》）；“朱尔旦，字小明。性豪放。然素钝，学虽笃，尚未知名”（《陆判》）。这些行事疏狂、性格鲁莽的书生，在社会和人群当中，其才貌、能力或者地位都没有可以胜出旁人的地方，而面对鬼神的时候，却因其生而为人而获得了生理的、财富的和力量的优势。

《章阿端》中的戚生，贪便宜买了一所宅下皆坟冢的大院子，妻子婢女相继而亡，鬼女章阿端前来投怀送抱，戚生请阿端向阴间行贿，见到了亡故的妻子，又在妻子转世的时候，“以钱纸十提”的贿赂买得十日相聚，阿端又建议用“冥资百万”买他鬼代为转世。戚生如此大手笔的阔绰行贿，乃在阴间所用的是纸钱、纸马，活在阳世者就是天生的阔佬，可以在两个鬼女面

[1] 鲁迅《中国小说史略》“《山海经》盖古之巫书”；周丽艳、郑晓峰《巫史叙事与穆天子传的文献性质》，《古籍整理研究学刊》2016年第3期。

前获得纸钱“财富”带来的豪爽气概。

《鲁公女》中，邑令鲁公的女儿在世时，张于旦这个有家室、有两个已成年儿子的狂生，只能极意钦想她风姿娟秀、翩然若画的容华。待到玉人儿奄然物化，张于旦才获得了身份的优势。鲁公女因为“生好弓马，以射獐杀鹿为快，罪孽深重，死无归所”，请求张于旦“代诵金刚经一藏数”。“一藏数”是相当于佛经总卷数，按吴承恩《西游记》第一百回，玄奘取来的大乘要文，“凡三十五部，计五千零四十八卷，译布中华，宣扬胜业”。“诵金刚经一藏数”，就是念《金刚经》五千零四十八遍，这是一项大功德，非得张于旦这样痴心的老男人才有此恒心。“生敬受教，每夜起，即柩前捻珠讽诵”，积四五年，才得功德圆满，鲁公女得以转世。

《青凤》中的狂生耿去病，对待狐女青凤一家，是十分傲慢无礼的。老狐一家对他礼貌宴请，耿去病却“瞻顾女郎，停睇不转。女觉之，俯其首。生隐蹑莲钩，女急敛足，亦无愠怒。生神志飞扬，不能自主，拍案曰：‘得妇如此，南面王不易也！’媪见生渐醉，益狂，与女俱去”。这样一而再，再而三地调戏，狐精一家也只能在身份尊贵的人类面前，隐忍回避。后来，耿去病庇护了被犬追逐的狐狸青凤，这样有家室的耿去病就得到了美女青凤，而胡叟因为被打猎者猎获，狐子孝儿恳求耿生救父，反被耿生将他对青凤的调戏说成是“楼下之羞，耿耿在念”，孝儿大哭而去。被救的胡叟也对着耿生下拜，“惭谢前愆”，举家依附耿生，“由此如家人父子，无复猜忌”。

由此可见，按照人类社会的标准来说，无论在道德、才能还是人品上，都几乎一无是处的那些“狂生”，凭借人类的身份，在幽冥世界获得了精神的权势和尊重。这与屈原楚辞中，身份高贵、修洁自夸的巫祝形象有着潜在的一致性，深藏在内里的是巫风的基因。

《招魂》的序辞这样说：

> 朕幼清以廉洁兮，身服义而未沬。主此盛德兮，牵于俗而芜秽。上

无考此盛德兮，长离殃而愁苦。

《招魂》是屈原自招其魂。这一段表达了自我高洁行义的盛德，无法得到在上者的肯定，在世间祸患愁苦，只有返回故居，在精魂的世界中才能得到宫室服御的崇丽之乐，得到身心的逸乐安闲。这种在虚幻的空间中的自豪和自尊，是蒲松龄借以改造志怪的文学性的资源。志怪小说里，进入幽冥、仙佛空间的多是被动进入的、充满恐惧不安的庶民百姓，除了身心的恐惧战栗，他们并没有某种在虚幻空间中，满足在现实中所受伤害的自尊心的意图。

六、强烈的情感

《聊斋志异》所具有的强烈的个人情感和主观情绪，是蒲松龄对志怪小说所做的最大的改造。主题、人物、叙事手法之中，就不是“诗笔”所能概括的。

《聊斋志异》强烈情感的表达，主要有三个方面：一是小说中强烈的个人生活印记及其独特的经验模式。蒲松龄生活的经历、情感等各个方面在小说中都有体现，这是我们从此前那些身世模糊的小说家那里很难感受到的；二是作者的情绪好恶主宰了小说情节、人物命运和主题；三是抒情性，人物、故事、主题是表达蒲松龄意欲与思考的工具。这样的诗性小说，本身就有两面性：一方面对人物温情脉脉地眷顾与关照，无论是命运的青睐还是美女投怀，都是作者表达应然的工具。那些美得不可方物、善良到没有自我的花妖狐魅，是现实中并不存在的，即陈寅恪先生指的：“聊托灵怪以写其理想中之女性”。这些理想中之女性又是作为抒情的工具、命运的奖赏出现的；

另一方面则因对主人公无节制地眷顾与照拂，让温情泛滥成了某种偏狭的情绪，产生了同样不加抑制的冷酷粗暴，如对贪官、教官以及势利的外家亲戚等主人公的对立面。愤激仇恨的情绪缺乏节制，不惜用加倍写法，将诛伐之笔延伸到冥间与来世。蒲松龄强烈的干预意识，还通过篇末的“异史氏曰”，模仿史家口吻做出权威评判来宣泄个人情绪。

清人余集在《聊斋志异序》里提到：“同在光天化日之中，而胡乃沉冥抑塞，托志幽遐，至于此极！余盖卒读之而悄然有以悲先生之志矣。”[1]这个问题触及了蒲松龄感知和表现世界的独特性。“小说是个人对生活的直接印象”，也是作者表现的内心“最强烈的感受”[2]。

嘉庆时做山东督学使的张鹏展，评价《聊斋志异》是“诗人之旨寓焉”：

> 余初读淄川蒲柳泉先生《聊斋志异》，恢奇变幻，极众态之形容，托深心于豪素，迹其缠绵悱恻，俶诡环伟之情，皆抑郁无聊，所不能已于世道人心之故，而诗人之旨寓焉。

蒲松龄从具体的、个人化的角度写故事，更以情绪化的方式表达他的欲望、偏好、愤怒和憎恨，避免了上层士人故作的矜持和貌似不偏倚的立场。他是他小说世界的温厚长者和乖戾的暴君，虚幻的题材助长了其主观愿望的纵横无忌。

在《聊斋志异》中投入的情感是那样充满个人主观立场的激烈偏狭。表现在对小人物无所不至的拂煦眷顾上，小说以狂想的应然来替代现实的逻辑。《聊斋志异》中的主人公大都是书生、农人和小贩一类的普通人，既无过人的德行本领，也无出众的形貌，却可以凭空得到命运或佳人的眷顾。作

[1] 余集《聊斋志异序》，《全校会注集评聊斋志异》第 2351 页。

[2] 詹姆斯《小说的艺术》，申丹《英美小说叙事理论研究》，第 113 页。

者的那种拯救困溺，无微不至的呵护不免有些感情用事、钟情过甚。《邢子仪》里，漏网的白莲教党徒杨某以妖术盗取女子，使妻朱氏乘木鸟接取，二女掉落在书生邢子仪家，书生得二女为妻，并得到了妖人埋藏的巨金。蒲松龄对这个故事的意义总结颇有意思：

异史氏曰："白莲歼灭而杨独不死，又附益之，几疑恢恢者疏而且漏矣。孰知天留之，盖为邢也。不然，邢即否极而泰，亦恶能仓卒起楼阁、累巨金哉？不爱一色，而天报之以两。呜呼！造物无言，而意可知矣。"

他用故事表达义愤。在他的世界中，蒲松龄可以尽情地嘲弄、谩骂那些给他带来痛苦的社会与个人。《聊斋志异》那些受人称道的篇目，如《席方平》《考弊司》《梦狼》《向杲》正是通过"死而复死，生而复生"[1]的虚幻方式，让受屈者的义愤与道义力量得以施展出来。《梦狼》通篇寓言，以白翁的一梦，隐括出"窃叹天下之官虎而吏狼者，比比也"的社会观察与批判。《向杲》中向杲的灵魂化成猛虎为兄报仇，然后灵魂复归肉身，官府因为化虎杀人一说"诞而无据，置而不理"。何守奇评曰："化人成虎，借杀为生，使非妙术如神，则大仇终于不报矣。固知不可无此狡狯。"[2]所谓"狡狯"也就是小说的手段和方法，因为这些抗争是在虚幻的、精神性的维度上进行的，所以更多的是一种主观宣泄与抒情。

在《聊斋志异》中，类似的情绪化的义愤表达已是一种较为普遍的情形。后来的评点者也看到了这个问题。如何守奇评卷十的《三生》为"此亦不得志于时者之言"，但明伦认为"讥讪似过刻"，等等。如此不能自已的激

[1]《考弊司》，《聊斋志异》卷六。

[2] 蒲松龄著，张友鹤辑校《聊斋志异》"会校会注会评本"，上海古籍出版社 1986 年版，第 833 页。

愤情绪，成就了《席方平》《叶生》《考城隍》等单纯执拗、愤而与命运抗争的人物与故事，也支配着故事断续复进的结撰方式，如《马介甫》《曾友于》《贾奉雉》等。这是蒲松龄个人意识与愿望在小说中形成的深层的抒情结构使然。他在他的艺术世界中没有对头，可以任凭个人情绪决荡奔驰，直至力竭意满方止。

这些强烈情感的表达只有通过巫术的虚幻世界才能达成。

刘勰的《文心雕龙》称：

> 故《骚经》《九章》，朗丽以哀志；《九歌》《九辩》，绮靡以伤情；《远游》《天问》，瑰诡而惠巧；《招魂》《大招》，耀艳而深华；《卜居》标放言之致；《渔父》寄独往之才。故气往轹古，辞来切今，惊采绝艳，难与并能矣。（《辨骚》）
>
> 及三闾《橘颂》，情采芬芳。（《颂赞》）

这般的“耀艳而深华”“惊采绝艳”和蒲松龄所处的时代和地域文化，有如云泥一般地悬隔着。清代的山东多自给自足的小农经济，缺少致富之术，造成产业结构性的贫困：“齐俗俭朴，衣服不尚华丽，无论贫富，率服大布之衣”（乾隆《兖州府志》卷五“风土志”）“士廉而朴，不习进取；民质而惰，不善盖藏。”“民之生于兹者，又多游惰，不谙治生之术，全赖谷土，谷土实不足以赡之，加之水旱相仍，荒馑荐臻。”所谓游惰之民，蒲松龄的弟弟就是如此。蒲松龄的兄弟“皆赤贫”，时常向其借贷。蒲松龄的季弟蒲鹤龄，性颇娇惰，常年依靠他的扶助，大约在康熙十二年，蒲松龄就因鹤龄的告贷，写了《寄弟》一诗，陈述饥荒之年，自家人口众多，难顾兄弟的苦衷。从蒲松龄感叹穷苦饥饿的诗词，就可以看到其维持生计的艰难。蒲松龄感叹“丰岁时将野菜挑”“吾家妇子三十口，丰岁不免缾罍虞”。又加之：“兄弟皆贫乏，缓急照应难”[1]。《聊斋志异》里，那些门户萧条、衣食不继的读书人、农民和商贩都是生活在黯淡无光、物质和精神全面贫陋的生活之中。顾炎武所指出的：“北方之人，鲜能识字”（顾炎武《求古录序》文渊阁四库全书本）。这是蒲松龄所处的质朴愚鲁的乡村人文环境。然而在早年，大约四五十岁之前，蒲松龄越过了他的时代和地域，在巫术的幻想中寻到了一股心源。

在《聊斋志异》的故事中，巫术是控制文本、表达情绪的必须的手段。巫文学主要指向巫术的功能主义，据马林诺夫斯基的演绎，巫术的“功能主义”意义，就是巫术可以帮助人们实现自身所不能达到的目的。巫术就是种种旨在改变预定秩序、事物惯常秩序，获致奇迹的行为。通过知觉的改变，人们可以感知与日常生活同样真实的存在。《聊斋志异》在故事结构层面上的核心，就是巫术。由各种道术、法术、仙术、幻术、妖术构成、生发、接引出的故事，成为文本第二层的结构，在此之上是作者的抒情主体。它们由外在的、神秘的巫术，变成编织文本的方法，从而实现作者的叙事目的，完成了对传统志怪的改造。

如《崂山道士》剪纸为月，《单道士》袖中出酒食，墙上画门而遁；《瑞云》中，和生以一指点破名妓瑞云的美貌，“晦其光而保其璞，留待怜才者之真赏”；《翩翩》中，罗子浮见洞中仙女取“大叶类芭蕉，剪缀作衣”，着之，绿锦滑绝；仙女取山叶做饼，又剪作鸡、鱼烹之，食之皆如真者。又用包袱“掇拾洞口白云为絮复衣，着之温暖如襦，且轻松常如新绵”。这类“餐叶衣云”的想象，出自穷苦农人自身难以达到的温饱的目的，固然要求诸洞中仙女的巫术。

只有在信仰巫术的世界里，贫乏枯淡的现实，才可以凭借超乎自然的手段得到改变。屈原以巫祝的想象抒发孤愤，为后来的作者开辟了一重“舍人

[1] 蒲松龄《怜妹》，《蒲松龄集》，上海古籍出版社 1986 年版，第 522 页。

事而任鬼神”的任性自由的空间。所谓笔补造化，野性思维带来多向度的精神连接，几乎没有什么是不可想象的。《聊斋志异》大多写乡间景物，却能写得文辞绮丽，气氛柔靡，若多衣饰缤纷、美女如云，就是得益于文学中的浪漫传统。不可否认，那些鲜洁明亮，散发草木芳泽、水味土腥的人物，如婴宁、云翠仙、白鳍豚，娇娜，黄英、莲香、葛巾等；那些幽暗中灵动缥缈、气息如朽壤生长出的灵芝孢菌一般，神秘难即的人物，如连琐、伍秋月，身上都带有屈骚李贺巫风鬼趣的印痕和寄托。

屈原、李贺一路，是生活中的失意者。蒲松龄和李贺一样，因“抱才而未得意。然后，为从充满失意与愤闷的日常生活中摆脱出来，就在诗中、志怪小说中，构筑起幻想和神秘的精神世界”[1]。

现代研究者则看到了蒲松龄对楚辞结构方式与激越的诗情的继承。蒲松龄同屈原的两个神怪世界具有相似性。《聊斋志异》和《离骚》一样，都是用鬼神世界作为现实世界的对立与补充，让“诗人借以更充分地表现他那整个天地之间都难以容纳的忧愁、哀伤、悲愤。《聊斋志异》中的《席方平》稍得其法，但却不及《离骚》的场面宏大、气势雄伟，主人公在虚幻世界中所显示的形象特征，所表现的精神气势，也不能同《离骚》相比。但《席方平》对于我们理解《离骚》作者的构思，有一定的启发意义。我们认识到了神仙世界是对现实世界表现上的补充这一点，便可以看到它篇章结构上的立体性，看出其大开大合、纵横相通的特征，看到其内容表现的集中和突出。《离骚》是抒情作品，诗中片断的飘忽不定的情节完全是根据诗人情绪、情感的变化”[2]。

《聊斋志异》也继承了屈骚浓烈的诗情，悲愤、忧郁、激越昂扬，于青林黑塞恸哭；但其根本之处是对“巫”传统的发扬。楚辞独特的想象方式的

[1] 八木章好撰，陶振纲译《蒲松龄与李贺》，《蒲松龄研究》，1996年第3期。

[2] 赵逵夫《屈骚探幽》，巴蜀书社2004年版，第3页。

一个主要根源是“巫”文化。即是以身体和精神沟通天地，“与神交往”具有投入的感官性、身体性，这一方面是把缤纷陆离的神界描绘得具有真实感的决定性因素；另一方面是追求个人感官和体验的特殊性，追求审美性，使之区别于《搜神记》《夷坚志》等一般的志怪。

通往“巫”的手段和精魂的世界，蒲松龄为淳朴无华、背景为灰色的志怪，增添了迷幻绚丽色彩和强烈的个人化的情感。

附:《聊斋志异》俗说

提纲:

第一讲　奇人蒲松龄

1. 蒲松龄其人

2. 和尚托生的穷秀才

3. 天才作家的坎坷命运

4. 蒲松龄屡试不第的深层原因

第二讲　《聊斋志异》中的神明与鬼魅

1.《聊斋志异》里的神怪

2.《聊斋志异》里的狐女

3.《聊斋志异》中的花妖

第三讲　说说《聊斋志异》中的“凡人”

1. 走运的穷秀才

2. 泼悍的妇人

3. 善有善报的普通人

第四讲　鬼故事与《聊斋志异》的艺术成就

1. 恐怖的鬼故事

2. 乱世中的冤魂

3.《聊斋志异》的艺术成就

第一讲 奇人蒲松龄

披萝带荔，三闾氏感而为《骚》；牛鬼蛇神，长爪郎吟而成癖。自鸣天籁，不择好音，有由然矣。松落落秋萤之火，魑魅争光；逐逐野马之尘，罔两见笑。才非干宝，雅爱搜神；情类黄州，喜人谈鬼。闻则命笔，遂以成编。久之，四方同人，又以邮筒相寄，因而物以好聚，所积益夥。甚者，人非化外，事或奇于断发之乡；睫在目前，怪有过于飞头之国。遄飞逸兴，狂固难辞；永托旷怀，痴且不讳。展如之人，得毋向我胡卢耶？然五父衢头，或涉滥听；而三生石上，颇悟前因。放纵之言，或有未可概以人废者。

——蒲松龄《聊斋自志》

明朝崇祯十三年（1640）农历四月十六日，山东淄川（今淄博市淄川区）县城以东七里许的蒲家庄——中国数以万计村落中极普通的一个，降生了一个婴儿。这个婴儿就是日后以一部《聊斋志异》登上了中国古代短篇小说艺术王国峰巅的蒲松龄。

今天，我们就从这位乡间穷秀才，从这位一生经历代表了科举时代绝大多数读书人宿命旅程的蒲松龄讲起。

一、蒲松龄其人

大家好！今天我们一起来品读《聊斋志异》这本文言短篇小说集。要读懂这部书中人鬼狐仙的悲欢离合，我们必须首先了解作者蒲松龄的遭际。

蒲松龄（1640 年 6 月 5 日—1715 年 2 月 25 日），字留仙，一字剑臣，别号柳泉居士，世称聊斋先生，自称异史氏，现山东省淄博市淄川区洪山镇蒲家庄人。

蒲松龄的肖像画，是 1953 年路大荒先生和山东文联的人到蒲松龄的家乡调查，在一个蒲姓后人的家中找到的。据说，这幅画此前一直秘不示人，连蒲氏后裔也少有人看到。

清代王培荀著《乡园忆旧录》记载过这张肖像：

> 蒲柳泉先生有小像，不知谁作。马子琴题之云："双眸炯炯岩下电，庞眉大耳衬赤面。口辅端好吟须长，奕奕精神未多见"。

对比画像，可以看到，这个马子琴描述的"双眸炯炯岩下电，庞眉大耳衬赤面"有些问题。

那这幅肖像画像不像呢？像的。

这个有蒲松龄本人的认可，先生有赠朱湘鳞诗云：

> 生平绝技能写照，三毛颊上如有神。对灯取影真逼似，不问知是谁何人。……

"三毛颊上"就是颊上三毫。《晋书·顾恺之传》："尝图裴楷象，颊上加三毛，观者觉神明殊胜。"顾恺之画裴楷像，在颊上加了三根毫毛，使得观者感到胜过没画这三根毫毛时。顾恺之人称"画圣""画绝"，他作画意在传神，蒲松龄对画家技艺的赞赏，也侧面证明了这幅蒲松龄画像的写真度较高。

蒲松龄对此画有题志二则：

> 尔貌则寝，尔躯则修。行年七十有四，此两万五千余日，所成何

事，而忽已白头？奕世对尔孙子，亦孔之羞。康熙癸巳自题。

癸巳九月，筠嘱江南朱湘鳞为余肖像，作世俗装，实非本意，恐为百世后所怪笑也。松龄又志。

这幅画像，可以看作暮年蒲松龄回顾其奇特又平凡一生矛盾心理的流露。一方面，他有强烈的事功意识：人生百年，三万六千余日，此时已过两万五千日，头已斑白，自问“所成何事”？精力已衰，此生已已，如此功名，愧对那些要从这幅画像中，瞻仰凝视着自己的子孙后代；另一方面，“作世俗装”，也就是穿上这身代表了一个读书秀才取得的低级功名象征的贡生官服，虽是一个对家族门楣的勉强交代，可对天赋异禀又奋励一生的蒲松龄来说，又是多么不甘。

蒲松龄出生于清代初年山东淄博蒲家庄一个小富之家。父亲蒲槃读书不利，经商而获小康，生有四子一女。蒲松龄是蒲家的第三个儿子。聪明早慧，被家人寄予厚望。蒲松龄可称少年得志。19 岁应童子试，接连考取县、府、道三个第一，当时的山东学政是著名诗人施闰章。(“初应童子试，即以县、府、道试第一，补博士弟子员，受知于施闰章，文名籍籍诸生间。”——路大荒著《蒲松龄年谱》）但此后的幸运之神就从他漫长的科举路途上隐身了。三年复三年，等待着他的只有落第后的失望、愤怒、绝望和再次的希望、失望。如此循环大半生。蒲松龄像那个时代的绝大多数读书人那样，他的人生总是在等待下一届科举考试，没有中举，就没有真正的职业。为生活所迫，他除了应同邑人宝应县知县孙蕙之请，为其做幕宾数年之外，主要是在本县西铺村毕际友家做塾师，舌耕笔耘近 42 年，直至 1709 年方撤帐归家。1715 年正月病逝，享年 76 岁。

蒲松龄做贡生是在康熙五十年，农历辛卯（1711），时年 72 岁。蒲松龄做的贡生，是“岁贡”，又叫“挨贡”。就是做廪生时间长了，排队挨号挨上了贡生。做了贡生以后理论上可以当官了，蒲松龄得到一个虚衔“儒学训导”。在科场中挣扎了大半生，自称“一事无成就”，最后总算是得到了一个岁贡生的头衔，每年还可以领取若干两银子，聊胜于无，心理上总是有所安慰。

亲朋前来祝贺的时候，蒲松龄写道：

> 落拓名场五十秋，不成一事雪盈头。
> 腐儒也得宾朋贺，归对妻孥梦亦羞。

上面提到的那幅肖像画，是康熙五十二年（1713）蒲松龄74岁时，他的三儿子蒲筠请江南朱湘麟为他画的，画上蒲松龄就穿着清代贡生的公服。

对于才华横溢的蒲松龄而言，做私塾教师并非其一生志业，只是暂时的谋生手段。科举功名才是他最大的追求。他的漂泊、困顿、挫败来自科举；他的愤懑、激情、失意来自科举。讲述这位作家的一生，就绕不过他的秀才身份和科举生涯。

二、和尚托生的穷秀才

蒲松龄《聊斋自志》:

> 松悬弧时，先大人梦一病瘠瞿昙，偏袒入室，药膏如钱，圆粘乳际。寤而松生，果符墨志。且也，少羸多病，长命不犹。门庭之凄寂，则冷淡如僧；笔墨之耕耘，则萧条似钵。每搔头自念，勿亦面壁人果吾前身耶？

（悬弧：古代风俗尚武，家中生男，则于门左挂弓一张，后因称生男为悬弧。）

这就是蒲松龄自称“和尚转世”故事的来源。瞿昙就是和尚，“病脊瞿昙”是又瘦又病的和尚的意思。他出生时，父亲蒲槃梦到一位“病瘠瞿昙，偏袒入室，药膏如钱，圆粘乳际”。一觉醒来蒲松龄出生了，身上的胎记如那膏药一般。那个贫病的僧人似乎是蒲松龄人生命运的隐喻：幼时多病，长成后“门庭之凄寂，则冷淡如僧；笔墨之耕耘，则萧条似钵”。钵，是钵盂，和尚化缘用的。“笔墨之耕耘，则萧条似钵”是说自己蘸着墨水写字劳作的生涯，就像是和尚化缘一般。所以蒲松龄自问“面壁人果是吾前身耶？”那个面壁修行的病和尚真是我的前身吗？

从唐代《明皇杂录》《逸史》等小说到宋元明清时的众多笔记，“僧人转世”说在科举社会中逐渐演变成功名前定的注脚，在文学创作和民俗传说中都是有迹可循的。从蒲松龄个人的表述和创作中也可以看到，他对这类故事接受的角度和心态基本是从众的，显示了他对科举之路的内心希冀与挣扎是多重而复杂的，由此可以使我们对这位作家有更真切的理解与同情。

这个故事显示了蒲松龄对功名的热切渴望。宋朝时社会上曾流行着人生四大喜与四大悲的民谣，四大喜是：“久旱逢甘霖，他乡遇故知。洞房花烛夜，金榜题名时”；四大悲是：“寡妇携儿泣，将军被敌擒。失恩宫女面，下第举人心”。读书人悲喜之间，只是一道科举门槛，有如天隔。

他还肩负着家族的重托。如五代王定保所言：

> 殊不知三百年来，科第之设，草泽望之起家，簪绂望之继世；孤寒失之，其族馁矣；世禄失之，其族绝矣。(《唐摭言》)

蒲松龄出身于寒素的农家，父辈共有兄弟五人，他们在举业上一无所成，同时生活上亦渐入困顿。他的父亲蒲槃，字敏吾，努力读书学习，期望能像前辈一样，通过科举出人头地，但到了二十多岁，连个秀才也没有考上。只好弃儒经商，后来生意做得不错，“乡中称为素封”。（素封指无官爵封邑而富比封君的人，出自《史记·货殖列传》，用在这里不免有些夸张。）

蒲槃生了四个儿子。蒲松龄在兄弟四人中，是最聪明，读书最勤奋，文思最敏捷的。他的长子蒲箬所撰《柳泉公行述》中说："先父天性慧，经史皆过目能了，处士公（指蒲槃）最钟爱之"。

读书取仕，承载的不仅是他自己，还有蒲氏全族几代人提升地位声誉的希望。蒲松龄在《聊斋自志》中讲述的"病瘠瞿昙"是其前身的故事，相当于庶民时代的一个出生神话。它背后蕴含着蒲松龄和他的家族对科举巨大的希冀。顺治十五年（1658），十九岁的他初应童子试，便以县、府、道三试第一进学，成为秀才。那么，在这样深孚众望、志在必得又开局大捷的情形下，等待蒲松龄的是怎样一条科举之路呢？

三、天才作家的坎坷命运

蒲松龄天资颖悟，才学满腹，恃才傲物，性格中自有一种狂放的气质。"乾坤一破衲，湖海老狂生。"（《趺坐》）"癖性惟我谅，狂态恃君知。"（《赠刘孔集》），如此高才，因为家贫，"五十年以舌耕度日"。

宋・袁宷《世范》说：

> 士大夫之子弟，苟无世禄可守，无常产可依，而欲为仰事俯育之计，莫如为儒。其才质之美，能习进士业者，上可以取科第，致富贵，次可以开门教授，以受束脩之奉。其不能习进士业者，上可以事书札，代笺简之役，次可以习点读，为童蒙之师。如不能为儒，则巫医、僧道、农圃、商贾、伎术，凡可以养生而不至于辱先者，皆可为也。

中国古代自隋唐实行科举制度，读书就是为了科举考试，做官是成功的唯一标志。由于古代社会缺乏文化知识非政治性的社会转化的有效机制，"一代风流尽趋科举"，以求取功名利禄与自我价值的实现。录取比例过低，在宋代就到了"百人取一"，明清的情形更加严峻。蒲松龄在诗歌《历下吟》

中提到这个现象："邑童恒数百，额录十余人"。考中秀才之后要进入举人行列更难，原因在于名额少。据载，山东省在顺治二年初开科举时，名额为90名。顺治十七年减为46名，直到康熙三十五年才增加为60名。

这样就容易造成士人对科举制度失去信心，质疑其公平性，尤其是在山东这样一个观念保守、人口密集的地方。蒲松龄作为一个作家，他是很成功的，可以说是成就空前的一位短篇小说作家。同时又是一位丰产的作者，著有《聊斋文集》《聊斋诗集》《聊斋俚曲》及关于农业、医药等通俗读物多种。

但这些都算不得成功。蒲松龄的一生时时遭遇着挫败的感受。

他家贫。蒲松龄生活在山东农村，他的父亲蒲槃经商二十余年，家庭比较富裕，所以蒲松龄能自幼读书，但到他成家之后，就要分家，根据蒲松龄的表述，在分家之后，一度相当窘迫：

> 兄弟皆得夏屋，爨舍闲房皆具；松龄独异：屋唯农场老屋三间，旷无四壁，小树丛丛，蓬蒿满之。

"家无四壁妇愁贫。"随着一女三男的相继出世，这种境况一直持续了相当长一段时间。所以蒲松龄自从分了家，就无法专心读书，只能四处当家教。

他儿子蒲箬的《柳泉公行述》云："自析箸，薄产不足自给，故岁岁游学，无暇治举子业。"析箸，是分开筷子，就是分家的意思。蒲松龄自从分家之后，靠产业不能供养家人，只好年年外出做幕僚或者教书先生，使他不能专心应考。

蒲松龄在康熙初年兄弟分家时，得田二十亩，"荞五斗，粟三斗"，农场老屋三间，家口只有妻子和长子蒲箬。近四十年后，这个小家庭繁衍到三十口人，因食指繁多，起屋增田，"努力起屋宇，一子授一室"，一亩大的院子盖满了房子。为了子女婚嫁，岁岁营构，土木奁妆之费都是很大的负担。同时，蒲松龄的兄弟“皆赤贫”，时常向其借贷。蒲松龄的季弟蒲鹤龄，性颇娇惰，常年依靠他的扶助，大约在康熙十二年，蒲松龄就因鹤龄的告贷，写了《寄弟》一诗，陈述饥荒之年，自家人口众多，难顾兄弟的苦衷。据蒲箬《祭父文》也讲到这位叔父“荡析离居”，家中多口需要赡养的境况。这些家累使得六十余岁的蒲松龄还要“往返百余里，时则冲风冒雨于奂山道中”。

蒲松龄《寄弟》诗这样描述其生存境况：“我家家道之落寞，如登危山悬高索：手不敢移，足不敢跷，稍有不矜持，下陨无底壑！”蒲松龄的这段话和现代研究者对中国农村状况的描述如出一辙：“有些地区农村人口的境况，就像一个人长久地站在齐脖深的河水中，只要涌来一阵细浪，就会陷入灭顶之灾。”这些令人忧惧的“灭顶细浪”，在蒲松龄的生活中似乎从未止息。一直到他的老年，《老慵》：“年来肉食贵，久绝肥甘想。日斜腹枵鸣，藜羹美无两”。

他困顿科场：蒲松龄一生汲汲于科举仕途，对科举“情有独钟”，孜孜以求，并把科举看成自己获取功名利禄和报效国家的唯一途径。他十九岁考中秀才时，“文名籍籍诸生间”可谓少年得志，成竹在胸。但从此之后，他每三年一次参加山东乡试，屡战屡败，再也没有过“春风得意马蹄疾，一日看遍长安花”的胜绩。直到康熙五十年，72 岁，去青州参加贡生考试，中试而成岁贡生。

一生都在考试和备考的路上，却“三年复三年，所望尽虚悬”。蒲松龄因此对科举的不公衔冤终生。这种愤懑时时流露在他的诗词、小说创作中，“聊斋”中的《司文郎》《叶生》《三生》《王子安》《贾奉雉》等故事，都表露了对手握生杀大权，却颠倒文运、见识凡鄙，“黜佳士而进凡庸”的房官们的刻骨怨愤：“一被黜而三世不解，怨毒之甚至此哉！”（《三生》）

那么，蒲松龄的科举遭际，真的只是考官失德、公行贿赂造成的吗？还有哪些因素造成了蒲松龄屡试不第的悲剧呢？

四、蒲松龄屡试不第的深层原因

蒲松龄有如此高才，却一生未能越过科举的龙门，怎能不愤懑难平：

> 天孙老矣，颠倒了、天下几多杰士。蕊宫榜放，直教那、抱玉卞和哭死。病鲤暴腮，飞鸿铩羽，同吊寒江水。见时相对，将从何处说起？每每顾影自悲，可怜肮脏骨，销磨如此。糊眼冬烘鬼梦时，憎命文章难恃。数卷残书，半窗寒烛，冷落荒斋里。未能免俗，亦云聊复尔尔。
>
> ——（《大江东去·寄王如水》）

“天孙”就是传说中善于织锦的织女。旧时风俗，每年七月七日少女便向织女“乞巧”。柳宗元曾借题发挥，写了《乞巧文》，向天孙乞求处世做官的诀窍，实则是嘲谑时政。蒲松龄在这里是化用柳宗元文的意思，以“天孙老矣”比喻主考官昏聩。

蒲松龄一生写了很多诗词，有不少是抒发落第苦闷心情的：“漫说文章价定，请看功名富贵，有甚大低昂？只合行将去，闭眼任苍苍”。

康熙二十六年（1687）乡试，蒲松龄在考场中一时兴奋，文思如涌，“得意疾书”，不料卷子上误隔了一幅，被黜出场，其懊恼可想而知。有《大圣乐·闱中越幅被黜，蒙毕八兄关情慰藉，感而有作》一词：

> 得意疾书，回头大错，此况何如！觉千瓢冷汗沾衣，一缕魂飞出舍，痛痒全无。痴坐经时总是梦，念当局从来不讳输。所堪恨者，莺花渐去，灯火仍辜。嗒然垂首归去，何以见江东父老乎？问前身何孽，人已彻骨，天尚含糊。闷里倾樽，愁中对月，欲击碎王家玉唾壶。无聊处。感关情良友，为我唏嘘。

他更将这些忧愤变成创作《聊斋志异》中的动力。他用小说写对科举的幻想与痴狂、失落与慨叹。这类小说主题通常是讽骂考官和描写举子被屈的怨愤之情的。骂帘官者，如《三生》《司文郎》，都写考官水平差、眼睛瞎，没有衡量评价文章的能力，滥竽充数，冤死了无数举子。

蒲松龄抱着“世人原不解怜才”的悲愤和“一事无成身已老”的悔恨度过一生，但他屡试不第的原因，除了科举本身的弊端以及考官的昏聩、贪贿、无知，造成对人才的压抑和摧残外，用比较客观的眼光来看的话，还有一定的必然性：根本原因——思维方式的不同。

人的思维方式和习惯可分为两种类型：一种是求同性思维方式，一种是求异的思维方式。所谓求同性思维方式，是善于从已知的条件和目的中寻找唯一答案的一种逻辑思维方式。习惯于求同性思维方式的人，最突出的特点是因循保守，墨守成规，科举考试是八股考试，不是自己说话，是代圣人立言，要求按照儒家伦理道德的崇高标准，以居高临下的口吻做一场符合标准和预期的文字游戏。求同思维是科举考试的要求。

蒲松龄是作家，创作是求异思维，是创造性的、突破传统与众不同的。所以越是出色的作家，越是考不上公务员。

这一讲，我们从蒲松龄作为科举时代普通生员的代表，讲了他的一生遭际。讲来虽然曲折而令人同情，但却是那个时代成百千万读书人共同的宿命。如果没有《聊斋志异》这部伟大的小说，没有人会关注到淄博乡间这位穷秀才。让我们把目光聚焦到《聊斋志异》这样一部在偏僻的乡间、冷寂的书斋中产生的，震烁古今的名著。看它是如何产生，又展示了怎样一个奇幻世界。

第二讲 《聊斋志异》中的神明与花妖狐魅

（王子服）到郊外寻访婴宁，望南山行去。约三十余里，见“乱山合沓，空翠爽肌、寂无人行，止有鸟道。遥望谷底，丛花乱树中，隐隐有小里落。下山入村，见舍宇无多，皆茅屋，而意甚修雅。北向一家，门前皆丝柳，墙内桃杏尤繁，间以修竹，野鸟格磔其中”。

俄闻墙内有女子，长呼“小荣”，其声娇细。方伫听间，一女郎由东而西，执杏花一朵，俯首自簪；举头见生，遂不复簪，含笑拈花而入。审视之，即上元途中所遇也。心骤喜。

入门，见白石砌路，夹道红花，片片坠阶上，曲折而西，又启一关，豆棚花架满庭中。肃客入舍，粉壁光如明镜，窗外海棠枝朵，探入室中，茵藉几榻，罔不洁泽。

生无语，目注婴宁，不遑他瞬。婢向女小语云：“目灼灼，贼腔未改！”女又大笑，顾婢曰：“视碧桃开未？”遽起，以袖掩口，细碎连步而出。至门外，笑声始纵。

——《聊斋志异·婴宁》

神明与鬼魅，花妖与狐仙，都是中国古代文化中很活跃的存在。面对生活中一些难以解释的现象和难以摆脱的困境，古时候的人们就幻想出了这些形象。文学作品写神怪的历史，也是源远流长。自先秦的《山海经》《左传》《穆天子传》，到近年来出土的放马滩志怪、清华简“赤鹄汤之屋”一类的故事，都有神怪的影子。那么，《聊斋志异》何以从众多志怪故事中脱颖而出？它所描写的神明与鬼魅有什么不同呢？

一、《聊斋志异》里的神怪

大家好！咱们一起说“聊斋”。今天聊一聊《聊斋志异》中的神明与鬼魅。先来说神怪。

“神怪”二字的连用，最早可见于《史记·武帝本纪》：“齐人之上疏言神怪奇方者以万数，然无验者”。西汉扬雄的《法言·重黎》中有：“神怪茫茫，若存若亡，圣人曼云。”魏曹植的《七启》中有：“繁巧神怪，变名异形。”南朝刘勰于《文心雕龙·封禅》中写有：“戏《剧秦》为文，影写长卿，诡言遁辞，故兼包神怪。”唐李白的《大猎赋》有云：“穷造化之谲诡，何神怪之有馀。”可见从西汉开始，对“神怪”一词的使用并不算少，而“神怪”的含义根据字面意思来看，是指神仙鬼怪，是超自然的存在物。

“神”是什么？《礼记·祭法》中说道：“山林川谷丘陵，能出云，为风雨，见怪物，皆曰神。”《易·系辞》中又说：“阴阳不测之为神。”注云：“神也者，变化之极，妙万物而为言，不可形诸诘者也。”由此可见，神是变幻莫测的，且能使天地万物间的事物变得美妙。

蒲松龄笔下的神怪，数量众多，来源庞杂，儒、释、道、民间宗教以及原始信仰皆有。《聊斋志异》中的神怪有什么不同呢？《聊斋志异》中的那些神怪是寄寓了凡人的理想、慰藉着孤寂心灵的存在。蒲松龄将神怪世界工具化、审美化了。它可以是人类社会的延伸，有枉法的阎罗，不屈的鬼魂；有美丽的精魅，善良的狐女。“天生佳丽将以报名贤”，美丽的精灵还充当了上天对人类的奖品，成为书生的红颜知己、人生理想的具象等等。

《席方平》是很有名的一篇。莫言的《生死疲劳》，在地狱受到油炸斧锯、生死轮回的场景，就是受到这篇小说的影响。这个故事讲席方平的父亲因被人在阴间告状而死，临终之前告诉席方平仇人羊某贿赂了冥司，来打他，席父浑身赤肿号呼而死。席方平担心父亲朴讷憨拙，到了冥间会受仇家欺压，因而惨怛不食，离魂跑到冥间。果然看到父亲被日夜摧残得腿都断了。席方平就到城隍那里告状，仇人家内外贿赂，城隍不肯主持公道，席方平冥行百余里到郡里去告，郡里得了城隍的好处，又发回到城隍那里。城隍怕他再告状，把他押回人间。席方平不肯入门，偷偷跑回冥间找冥王，状告郡邑贪婪酷虐，城隍和郡司跟他讲和，许以千金。席方平不答应。冥王审案，不容置词，就下令打席方平二十大板。席方平受刑，喊道："受笞允当，谁教我无钱也！"冥王益怒，命置火床。两鬼捽席下，见东墀有铁床，炽火其下，床面通赤。鬼脱席衣，掬置其上，反复揉捺之。痛极，骨肉焦黑，苦不得死。约一时许，鬼曰："可矣"。遂扶起，促使下床着衣，犹幸跛而能行。复至堂上，冥王问："敢再讼乎？"席曰："大冤未申，寸心不死，若言不讼，是欺王也。必讼！"王曰："讼何词？"席曰："身所受者，皆言之耳。"冥王又怒，命以锯解其体。二鬼拉去，见立木高八九尺许，有木板二，仰置其上，上下凝血模糊。方将就缚，忽堂上大呼"席某"，二鬼即复押回。冥王又问："尚敢讼否？"答曰："必讼！"冥王命捉去速解。被放下来之后，小鬼用二块板子夹住席方平，绑在木头上。大锯从上方锯下来，席方平感到头顶脑子渐渐被劈开，痛不可忍，但就是忍着不叫。闻鬼曰："壮哉此汉！"大锯轰隆隆地一会儿就到了胸部以下。席方平听到一个鬼说："此人是个大孝子，没有罪，要锯得稍微偏一下，不要损坏了他的心脏。"就觉得大锯的锋刃曲折而下，那痛苦的时间加倍的长。一会儿，半身就劈开了；板子解开，两边身子都倒了下来。鬼就上大堂上，大声禀报，堂上传下令来，让把他的身子再合在一起来见冥王。二个鬼就把席方平的身体推挤得又合了起来，拽着他走路。席方平觉得大锯锯开的那道缝，痛得要再裂开，走了半步而扑倒在地。

"席念阴曹之昧暗尤甚于阳间"，古人说聪明正直之为神，冥王不但贪酷，而且狡猾，耍手腕欺骗席方平。席方平第二次跑回冥间，被冥王抓住：

> 窃疑冥王益怒，祸必更惨。而王殊无厉容，谓席曰："汝志诚孝。但汝父冤，我已为若雪之矣。今已往生富贵家，何用汝鸣呼为。今送汝

归，予以千金之产、期颐之寿，于愿足乎？”乃注籍中，嵌以巨印，使亲视之。席谢而下。

冥王假做出一副温和的样子，小鬼却是凶恶难缠：

鬼与俱出，至途，驱而骂曰：“奸猾贼！频频反复，使人奔波欲死！再犯，当捉入大磨中，细细研之！”席张目叱曰：“鬼子胡为者！我性耐刀锯，不耐挞楚。请反见王，王如令我自归，亦复何劳相送。”乃返奔。二鬼惧，温语劝回。

（席方平被）二鬼乘其不备，推入门中。惊定自视，身已生为婴儿。愤啼不乳，三日遂殇。

这个过程很曲折，若非席方平不惧酷刑，再次入冥告状，终于告倒了冥王、郡司、城隍和仇家，席方平父子就会被冤死在冥界，不能返回人间。

《席方平》托言鬼神，却真实记录了清初的社会世情。这在《聊斋志异》还有很多。农家少女窦氏被世家之子南三复“始乱之终弃之”，抱冤而死（《窦氏》）。在南三复“以千金行贿得免”后，窦氏只有化作鬼魅施行报复，自我鸣冤，现实竟是如此黑暗！作者深刻指出“窃叹天下之官虎而吏狼者，比比也。即官不为虎，而吏且将为狼，况有猛于虎者耶”（《梦狼》）。

在明清小说中，人们大都把希望寄托在死后，寄托在鬼神，蒲松龄却将鬼神世界写得如此黑暗肮脏，借二郎神的判语，写下一篇雄文，讨伐这地狱：

金光盖地，因使阎摩殿上尽是阴霾；铜臭熏天，遂教枉死城中全无日月。余腥犹能役鬼，大力直可通神。

冯镇峦《读〈聊斋〉杂说》提出："说鬼亦要有伦次，说鬼亦要得性情。谚语有之：'说谎亦须说得圆。'"蒲松龄写鬼神是抒发他一肚皮的忧愤，鬼神世界就是有冤难申的人间社会。蒲松龄毫不避忌地写，说明他不迷信，不怕厚诬鬼神，得到报应，他就是自觉地创作，这是和笃信鬼神的六朝志怪作者不同的。

下面我们讲讲《聊斋志异》中的另一种神怪：

一、小怪物的趣味：

《胡氏》一篇，写那些成精的狐狸，以草虫为驴子，以高粱叶为刀，以蒿梗为箭和人类作战。《小猎犬》中的小武士，"身高二寸许，骑马大如蜡，臂上青鞲，有鹰如蝇。…牵猎犬如巨蚁。""见有蚊蝇飞起，纵鹰腾击，尽扑杀之。"一种压缩或节省的倾向支配着所有的技巧。由小怪物演出了一篇《大猎赋》。

《小官人》：

> 太史某翁，忘其姓氏，昼卧斋中，忽有小卤簿，出自堂陬。马大如蛙，人细如指。小仪仗以数十队。一官冠皂纱，着绣襆，乘肩舆，纷纷出门而去。公心异之，窃疑睡眼之讹。顿见一小人，返入舍，携一毡包，大如拳，竟造床下。白言："家主人有不腆之仪，敬献太史。"言已，对立，即又不陈其物。少间，又自笑曰："戋戋微物，想太史亦无所用，不如即赐小人"。太史颔之。欣然携之而去。后不复见。惜太史中馁，不曾诘所来。

不但是马大如蛙，人细如指这类想象，蒲松龄还写出小人面目。"言已，对立，即又不陈其物。少间，又自笑曰：'戋戋微物，想太史亦无所用，不如即赐小人。'""欣然携之而去。"这个像手指头一样大小的"小人"，讽刺的是人间那种眼光浅薄、自以为得计的真小人嘴脸。

二、庶物成神——五通与青蛙

五通属于民间宗教的左道之神，有邪性和神力，反映了普通民众的精神世界。早期的五通神并非五个妖怪，应该是山魈一类邪物。因为佛教的五通，指通过禅定修得五种神通，但异教的巫觋可以通过服药或者诵咒语获得这种神通，所以五通又称妖通，有魍魉妖孽的本性，代之民间信仰的各类邪神。《聊斋志异》中有两篇《五通》、两篇《青蛙神》，五通是马、猪和鸟一类普通的动物。

青蛙神崇拜的记载，始于南宋，洪迈《夷坚志》“宜黄青蟆”：

宜黄县狱有庙，相传奉事萧相国，不知所起如何也。县人言神多化为青虾蟆而出，惟以小为贵。绍兴中，蟆屡出，至如扇，如盘，如大龟鳖，宰不经岁辄非意而斥，或遭忧去。己卯年，忽遍于厅庑林园，无虑万数。仅若小钱，状类青蛙而狭匾，足差长，色白，身色如翠羽，每足有五爪，能缘壁升木至一二丈不坠。举邑欢忭，指为吉证。

明代曹安《谰言长语》:

青蛙神

平湖进士陆讳瑶林，令江西之金谿。邑有青蛙神，令初至，必虔祀之。陆不为礼，吏人苦谏不听。未几，青蛙无数，至碍出入，渐至厅事，跳踯满案，犹不介意。俄而粥饭方熟，青蛙出入汤镬，合署不得举箸。陆怒甚，欲焚其庙。忽两眼肿痛，突如蛙目，惨楚不胜。然后往躬祀之，遂安。

这是前人记录的青蛙神故事，不过就是青蛙成灾，大量聚集现象的神异化。蒲松龄的《青蛙神》怎么写呢？

他先解释风俗："江汉之间，俗事蛙神最虔。祠中蛙不知几百千万，有大如笼者。"冯镇峦评价说这是"疏解起案，然后叙入正事。"故事的怪异不在于青蛙的神异，而是从一对人神婚姻开始讲。有个叫薛昆生的小帅哥，从小就有青蛙神上门定了亲，虽然家里人不情愿和蛙类结亲，但拗不过蛙神丈人家，只好成亲。做了蛙神的亲眷，带来了财富——"家日兴"。青蛙媳妇十娘"年十六七，丽绝无俦"，但"自婚于神，门堂藩溷皆蛙，人无敢诟蹴之"。这个昆生少年任性，"喜则忌，怒则践毙，不甚爱惜。十娘虽谦逊，但含怒，颇不善昆生所为"。小两口吵架，昆生口口声声不惧蛙，十娘最忌讳说"蛙"，因此十娘被婆家逐出，蛙神小惩了昆生母子之后，蛙媳妇又自己回来了。然后是婆媳吵架，媳妇再次被逐，蛙神烧了昆生家，昆生跑到神庙里责骂蛙神"养女不能奉翁姑，略无庭训，而曲护其短"，要烧神庙。蛙神动员信众给女婿家修好了房子，十娘主动回家，"登堂谢过，言词温婉。转身向昆生展笑，举家变怨为喜"。再后来是昆生的恶作剧，用蛇吓唬十娘，两人再次大吵，"十娘曰：'今番不待相迫逐，请自此绝'"。遂出门去。寂无音。积有年余，昆生怀念十娘，颇自悔，窃诣神所哀十娘。经过周折，两人才团圆，"由此昆生亦老成，不作恶虐，于是情好益笃"。

青蛙是庶物，没有什么大神通，神格不高，对人的威胁有限。青蛙善怒，动不动就鼓起肚皮生气，所以小两口婚后总是吵闹，青蛙之怒也容易消解，每次反目被逐，都是十娘主动归家。蒲松龄将青蛙轻怒易解的"物性"用在一对新婚夫妇的性格磨合上，很是有趣。概旧时代女性是婚姻中的弱者，十娘具有了蛙神之女的身份，才能在这场婚姻中取得平等的话语权。《青蛙神》是用神怪与凡人身份的差异，摆脱世俗礼教道德，写青年男女婚后性格和相处方式的磨合。这是现实题材故事很难表现的。青蛙的物种特性增添了故事的喜剧色彩。除了易怒之外，蛙还繁殖力超强，十娘一举生两男，薛氏苗裔甚繁，人名之"薛蛙子家"。

《聊斋志异》中的神明与鬼怪，不再是宗教信仰或民间故事中被膜拜供奉或避讳驱逐的神秘力量。在蒲松龄的笔下，神怪世界被人间化了。神怪的社会规则与常人无异，甚至与人类一同生活，他们也有自己的悲喜和迷茫。

与这类神怪相呼应的，是那些出没于原野、书斋中的狐女。她们是《聊斋志异》中最有生气和魅力的形象。她们不拘礼法，生机勃勃，成为古典文学史上少见的跃出现实羁绊的理想女性之书写。

二、《聊斋志异》中的狐女

《青凤》《娇娜》《婴宁》《霍女》等篇目中的狐，不似鬼女如《连琐》《伍秋月》《聂小倩》那样瘦怯凝愁，拘泥无主，等待着书生的解救和帮助。狐女们不拘礼法，生机勃勃，聪明狡黠，出人意表。纪昀《阅微草堂笔记》说：

> 人物异类，狐则在人物之间；幽明异路，狐则在幽明之间；仙妖殊途，狐则在仙妖之间。

在古人看来，狐在人和“物”——植物、动物之类，在人间和幽冥之间，在神仙和妖怪之间，既受崇拜，也受驱逐，可塑性比较大。

在狐女花妖身上，最少现实羁绊、道德束缚以及文学书写模式的限定，因而是最具创造性的一类。

1. 婴宁：一个具有哲理深度的形象

《婴宁》塑造了意象化的人物。狐女婴宁因为她未受世俗礼教浸染而葆有一颗童心。她自幼“少教训，嬉不知愁”“年已十六，呆痴如婴儿”。婴宁的笑和花的意象尤其鲜明。

婴宁为狐女，生于秦氏家，襁褓中被狐母携入深山，托于鬼母掬养。所居为“乱山合沓”的谷底茅舍，避世长成，如山花野草，天真烂漫，言笑由心，率性自然。鬼母说她“颇亦不钝，但少教训，嬉不知愁”。其性格最突出的特征就是爱笑：“笑容可掬”“笑语自去”“含笑捻花而入”“嗤嗤笑不已”“笑不可遏”“忍笑而立”“笑不可仰视”“笑声始纵”“狂笑欲堕”，象征了人生无忧无虑、任性任情的理想状态。

她一出场就“拈梅花一枝，容华绝代，笑容可掬”，居处在丛花乱树中。再次出现，是“执杏花一朵，俯首自簪；举头见生，遂不复簪，含笑拈花而入”。又出场是“户外嗤嗤笑不已。婢推之以入，犹掩其口，笑不可遏”。这个天真烂漫的少女嫁到人间，经历了种种，乃誓不复笑，成为正常的人类。

写意性：

> 异史氏曰：“观其孜孜憨笑，似全无心肝者。而墙下恶作剧，其黠孰甚焉。至凄恋鬼母，反笑为哭，我婴宁何常憨耶。窃闻山中有草，名‘笑矣乎’，嗅之，则笑不可止。房中植此一种，则合欢、忘忧，并无颜色矣。若解语花，正嫌其作态耳。”

婴宁是一个意象化的人物，她的少女时代，是遗世独立，像婴儿一样纯真，充满天机的“真人”。人们认为，蒲松龄塑造婴宁这个人物的立意，来自《庄子·大宗师》。“婴”通“撄”。“婴宁”即“撄宁”。“撄宁”见于《庄子·大宗师》：“其为物，无不将也，无不迎也，无不毁也，无不成也，其名为撄宁。撄宁也者，撄而后成者也。撄，是扰动。置身纷纭蕃变交争互触之地，而心固宁焉。则几于成矣，故曰撄而后成。”

对《婴宁》典故的解释有很多，我们这里取从乱到静、动静成道的意思。这就是一个女性成长的寓言。明人陆长庚“撄宁，言世棼扰扰之中而成大定”之论，且又以近人杨文会“撄者，烦扰也；宁者，沉静也。两门相反，适以相成，所谓‘八万尘劳，即解脱相’也”之说相呼应。[1]“撄宁”乃从“乱”到“定”之意，亦是较多学者的看法。

所谓遗世独立、葆其天真的品格，这只是某种理想人格。人之所以为人，首先就是有社会性。蒲松龄对《大宗师》的“撄宁”意象的贡献，在于他写了一个少女从自然状态成长为一个符合社会规范的女性的历程。

> 从本质上讲，人是一种社会性动物。那些生来离群索居的个体，要么不值得我们关注，要么不是人类。社会从本质上看是先于个体而存在的。那些不能过公共生活，或者可以自给自足不需要过公共生活，因而不参与社会的，要么是兽类，要么是上帝。

亚里士多德在公元前328年的《政治学》中所说的这段话，依然是我们体味这个故事的有洞察力的视角。

蒲松龄的《聊斋志异》主题之一就是神仙灵鬼、花妖狐魅的社会化。婴宁生长在“寂无人行，止有鸟道”的山谷，就像《红楼梦》中的“大观园”，这个美好的世外桃源，是少女远离世俗礼法和成年人的“规矩”世界的避难所。这些少女对成人世界来说，包含着某些异类气息，自然要被社会规范所同化。《聊斋志异》和《红楼梦》在“颂红妆”——写女性方面，有相通的地方。未曾长大的女子是那样的美好，任性天然，是来自自然的精灵，世间的风刀霜剑、人情世故会浸蚀破坏这天然自在的美好。像贾宝玉说的，已婚女子会慢慢变成“死鱼眼”，丧失了她天真和性灵的一面。因为人总是要长大，这个悲剧就是无声无息、时时刻刻发生着的。曹雪芹用“千红一窟”（千红一哭）、“万艳同杯”（万艳同悲）来表达这重悲剧的普遍和广泛。蒲松龄的女性成长寓言是温暖、平淡的风格，既有悲慨，也有成长的圆满。婴宁

[1] 钱穆《庄子纂笺》，生活·读书·新知三联书店2014年版。

被人间接纳，获得婚姻幸福、俗世圆满的背后，还有她的鬼母悉心养育、教诲和为女儿终身大事的谋划。

婴宁嫁到人间后，念鬼母“岑寂山阿”，和丈夫一起改葬了鬼母。夜梦鬼母来谢。“由是岁值寒食，夫妇登秦墓，拜扫无缺。女逾年，生一子。在怀抱中，不畏生人，见人辄笑，亦大有母风云。”

婴宁的故事意涵丰富，将庄子寓言的动静成道，变成了人类社会的生生不息，每个人的成长就是成为家族繁衍中的一环。婴宁成为人妇，上孝鬼母，下育子孙，瓜瓞绵绵，有得有失，这是社会人生的本相，也是蒲松龄对人世喜乐态度的具象。

2. 穷困书生的救助者

狐女不同于鬼女和凡间女性，具有神通和超拔陷溺的能力，因而往往还是书生命里的救助者。她们不但能为书生消灾解难，还会让书生名利双收，拥有美满幸福的生活。如《辛十四娘》中的辛十四娘，不仅想尽办法救出被诬陷下狱的冯生，在离开前还把冯生的一切都安顿好，使他美妻佳儿俱得，金银钱财不愁。《凤仙》中的凤仙督促刘赤水奋发上进，使他从浪荡风流变得勤于功名，后来又为刘赤水纳妾生子，在家庭和举业上都倾力地帮助刘生。《小翠》中的小翠为报恩嫁给痴呆的元丰，在她看似疯癫荒唐的嬉闹间，不仅用巧计解决了意图陷害公爹的政敌，还治好了元丰的痴呆症。这些狐女嫁给书生后孝顺翁姑，为书生生养子嗣，而且都持家有道，是名副其实的贤妻良母。

《霍女》中的朱大兴路遇美艳少妇霍女，强引之归家。这位霍女衣必锦绣，食必粱肉，居二年，朱家就因她败落，不能满足其衣食要求了。霍女马上转投更有钱的何家，以维持其奢侈的物质之欲。朱家、何家为她兴讼，霍女再次逃跑。这次跑到了穷书生黄生那里，出乎意料的是她不但能安贫，还能够“躬操家苦”，劬劳过于黄生的前妻。在船上，她和黄生设计自卖自身，赚得千金。这个场景几乎就是《杜十娘怒沉百宝箱》的翻版，不同之处是霍女手段非凡，全身而回。对霍女来说，身体、贞操并不是她特别在意的东西。至于霍女为什么钟情于黄生，小说给出的原因是，黄生“蕴藉潇洒”，也就是说，这个霍女取舍男性的标准集中在财和色上，并非对书生之穷苦有特别的偏爱。霍女则“为吝者破其悭，为淫者速其荡，女非无心者也”，霍女还自卖自身为黄生带来钱财，并为黄生娶妻。这个霍女的行为，与《侠女》中为穷书生诞育子嗣的侠女，颇有相似之处。

3. 书生的红颜知己

“世人原不解怜才”，精神上的朋友和知己是蒲松龄一生的渴望。在《叶生》中，淮阳叶生文章得到县令的欣赏，相约一起入都，叶生病笃，竟忘生死，魂从知己而去。蒲松龄借人物之口说出“士得一人知己，可无憾”的宣言。然知己难遇，他只能求诸虚幻的异类女性。《聊斋志异》中，充当书生知己的是狐鬼花妖等异类红颜。《连城》中，少女连城欣赏乔生的为人和诗才，赠送乔生金钱助他读书。乔生感叹曰:“连城我知己也！”倾怀结想，如饥似渴。听说连城病重，需要人肉做药引，乔生乃割肉相救，以报知己。乔生对连城的爱慕不是为了她的美貌，而是因为连城对自己的理解和赞赏，所谓“‘士为知己者死’，不以色也”。这种情感追求的是男女之间精神层面的契合。任何时代，这种超越形骸，在精神和灵魂层面上互相吸引倾慕的知己之爱都是最令人向往和值得追求的。

《娇娜》中，孔生为“娇波流慧，细柳生姿”的娇娜所倾倒。治疗时他“贪近娇姿，不惟不觉其苦，且恐速竣割事，偎傍不久”，并为娇娜吟诵“曾经沧海难为水，除却巫山不是云”以表达对她的倾心。虽然孔生并没有如愿和娇娜结合，但当娇娜全家遭受雷霆之劫时，孔生毫不犹豫地以身赴难，为救娇娜而被暴雷劈死。已为人妇的娇娜悲痛异常，大哭曰:“孔郎为我而死，我何生矣！”再也顾不得礼节，“以舌度红丸，又接吻而呵之”，救活了孔生。娇娜一家便同孔生一起归去，“棋酒谈宴，若一家然”。作者描绘出一种男女之间难得的知己情谊。

在蒲松龄的笔下，狐女婴宁是道家理想境界的化身，霍女侠肝义胆、不受理法约束，辛十四娘等不仅救书生于危难，还帮助他们过上了幸福美满的生活，娇娜更是与书生成了难得一遇的知己。可以说，蒲松龄在众多狐女身上，寄托了自己对理想生活的追求。在《聊斋志异》中，能与这些狐女比肩的，是花草中的精灵。它们在阳光下、月夜中嬉笑、轻叹，随处摇曳，自由而美好。

三、《聊斋志异》中的花妖

《黄英》是菊花精。屈原《离骚》:“朝饮木兰之坠露兮，夕餐秋菊之落英”是其由来。东晋陶渊明以爱菊闻名，“采菊东篱下，悠然见南山”《饮酒》。第七首又云:“秋菊有佳色，浥露缀其英。泛此忘忧物，远我遗世情。”菊花成了他遗世隐居、绝去尘念的精神寄托和表征，象征清高的情志，并有了“陶菊”之名。后世诗人咏赞陶渊明往往要写到菊，咏菊之诗也往往要说到陶渊明。

这篇故事中主人公菊花精黄英自称姓陶，还说她的出现是“为我家彭泽解嘲”。这个故事是反向地做文章。爱菊人马子才和菊花精黄英的遇合，两个人在价值观和性格上有很多的冲突。马子才秉持传统士人的价值观，“素介”——清高，听到谋利谋生之言，就很是鄙视，认为以卖花为生是以东篱为市井，有辱黄花。他不善谋生，唯以清贫自高；黄英姐弟则头脑灵活，观念通达，且善于负贩，认为“自食其力不为贪，贩花为业不为俗。人固不可苟求富，然亦不必务求贫也”。黄英靠着善种菊花发了大财，使马家成为宅第宏大“享用过于世家”的富家。马子才自认靠着妻子吃饭毫无丈夫气，黄英曰:“妾非贪鄙；但不少致丰盈，遂令千载下人，谓渊明贫贱骨，百世不能发迹，故聊为我家彭泽解嘲耳”。

这不是个爱情故事，是两种生活方式和价值观的形象演绎。用花妖来表现这个主题，要比用人类女性写来的轻巧、灵动。黄英是从千年的诗歌传统中走出来的女子，但是又带着清人的经商理念和心胸格局。将菊花比喻为良友、丽人还是传统境界，但黄英以菊花致富的故事，是传统花妖形象未曾表现的新质素。

《香玉》的命名大概来自“软玉温香”。这个也很有意思，软玉温香是对女性的性别比拟和身体想象。香玉是白牡丹花妖，从嗅觉、触觉和视觉效果上都是暗合的，蕴含着丰富的意味。香玉这个花妖身份，体现了蒲松龄建构《聊斋志异》女性身体的想象和手段。香玉的本相是崂山下清宫一株高丈余、花时璀璨似锦的牡丹。袖裙飘拂，香风洋溢，对书生多情而热烈。主动与书生相会，赛诗唱和。后来白牡丹被人挖走，香玉由花神变成花鬼，书生苦苦思念。黄生是个情痴的形象。他把花妖树精当作艳妻良友，非但不以异类待之，而是以人类最真挚、平等的情感属之，将人类之间那种高贵的钟情放到了人和树木植物之间。

书生在白牡丹被人移走之后，作哭花诗五十首，日日临穴涕洟。冷雨幽窗，苦怀香玉，辗转床头，泪凝枕席。揽衣更起，挑灯复踵前韵曰:“山院黄昏雨，垂帘坐小窗。相思人不见，中夜泪双双”。诗成自吟。时时临穴洒泪。黄生的痴情感动花神，香玉得以复生。

> 次年四月至宫，则花一朵，含苞未放；方流连间，花摇摇欲拆；少时已开，花大如盘，俨然有小美人坐蕊中，裁三四指许；转瞬飘然欲下，则香玉也。笑曰:“妾忍风雨以待君，君来何迟也！”

黄生妻子死后，黄生遂入山不归，一直陪伴牡丹，自言死后要寄魂于牡丹花畔。

> 后十余年，忽病。其子至，对之而哀。生笑曰:“此我生期，非死期也，何哀为！”谓道士曰:“他日牡丹下有赤芽怒生，一放五叶者，即

> 我也。”遂不复言。子舆之归家。即卒。次年，果有肥芽突出，叶如其数。道士以为异，益灌溉之。三年，高数尺，大拱把，但不花。老道士死，其弟子不知爱惜，斫去之。白牡丹亦憔悴死；无何，耐冬亦死。

这个花妖的故事是一个悲剧的落寞的结局，却很符合古人含蓄蕴藉，惋惜不尽的诗意之美。何守奇评价说：“妻友名色，亦从古人得来。”亲近美好的事物，是人生的一大乐事。宋人林和靖以梅花为妻，终生未娶，成千载佳话。人生和繁花一样，都不太久长，若是和美丽的牡丹生生世世相伴，该是一件令人神往的事吧。

> 异史氏曰：“情之至者，鬼神可通。花以鬼从，而人以魂寄，非其结于情者深耶？一去而两殉之，即非坚贞，亦为情死矣。人不能贞，亦其情之不笃耳。仲尼读唐棣而曰‘未思’”，信矣哉！

“仲尼”句：意谓若有真情，任何阻碍都不存在。语本《论语·子罕》：“‘唐棣之华，偏其反而。岂不尔思？室是远而。’子曰：‘未之思也，夫何远之有？’”杨伯峻《论语译注》：“古代有几句这样的诗：‘唐棣树的花，翩翩地摇摆。难道我不想念你？因为家住得太遥远。’孔子道：‘他是不去想念哩，真的想念，有什么遥远呢？’”

汤显祖《牡丹亭》所表现的，“情之至者，生可以死，死可以生，凡生不可以死，死不可以生者，皆非情之至也”。这“花以鬼从，而人以魂寄”的深情，正因人间难得，才从花妖狐魅中求之。

《聊斋志异》中的鬼神怪物、花妖狐魅所构成的艺术世界中超自然的一维，是沉潜在人类意识深处的记忆与意象。像海水和大地一般蕴含、衬托这一切的是平凡的人。作者、读者和活动在精怪周围的身份平庸的凡人形象。下一讲，我们就来说一说《聊斋志异》中的那些凡人。

第三讲 说说《聊斋志异》中的“凡人”

家旧养一鹦鹉，忽毙，小儿持弄于床。生自念：倘得身为鹦鹉，振翼可达女室。心方注想，身已翩然鹦鹉，遽飞而去，直达宝所。女喜而扑之，锁其肘，饲以麻子。大呼曰：“姐姐勿锁！我孙子楚也！”女大骇，解其缚，亦不去。女祝曰：“深情已篆中心。今已人禽异类，姻好何可复圆？”鸟云：“得近芳泽，于愿已足。”他人饲之不食，女自饲之则食；女坐则集其膝，卧则依其床。如是三日，女甚怜之。阴使人瞷生，生则僵卧气绝已三日，但心头未冰耳。女又祝曰：“君能复为人，当誓死相从。”鸟云：“诳我！”女乃自矢。鸟侧目若有所思。少间，女束双弯，解履床下，鹦鹉骤下，衔履飞去。女急呼之，飞已远矣。

——《阿宝》

《聊斋志异》中，不仅有花妖狐女，还有一众凡人。有见证鬼神狐怪神奇故事的老妪、农人、商贩，有得到神怪帮助的人，与鬼怪交朋友的男子，娶到鬼妻狐女的书生；也有人间故事中的泼辣悍妒、不敬公婆的女子，还有因为善心得到回报的普通人。这些凡人构成了《聊斋志异》的日常世界，他们的存在是衬托着花妖狐魅神奇世界的底色，透露着现实物质、道德、境遇、身份对每个个体的羁绊和驯化。

一、走运的穷秀才

秀才称为生员，在明清时代是一个庞大而缺乏出路的群体。他们生活在社会中下层，是底层的功名持有者和特权群体，但攀援而上的路途拥塞艰辛，导致生员社会出路的沉滞。困于科举教育对眼界的限制、对身体的戕害，宋明以来的读书人很多都退化成手无缚鸡之力的寒碜酸腐之人。除了会读书之外，别无一技之长。所学知识与社会严重脱节，除了入仕之外，别无其他社会出路，很难兑现其社会价值。

李白“托身白刃里，杀人红尘中。当朝揖高义，举世称英雄”的任侠，换作了“归来无产业，生事如转蓬”以及“出门悲路穷”的阘冗凋丧（《赠从兄襄阳少府皓》）。在唐代连李贺那样目短体衰的少年，也会摩挲着利刃，写出“今日把示君，谁有不平事？”这等慷慨的气势，在宋代之后的文人身上，被“斯文”气质所替代。

做个秀才基本是一生都是在为三年一次的科举做准备，蒲松龄“三年复三年，所望尽虚悬”，他们很难有别的人生选择，一生都是在等待进入考场的状态。体力单薄，阅读着备考用的圣贤书，既不能尽力地展开宽阔的人生，也不能奋迅思想的翅膀。在经济贫穷而必然丧失独立人格的生存状态中，他们历尽了人间冷暖，尝遍了世态炎凉。《聊斋志异》中的书生就是由这样一类和蒲松龄命运相同的人组成的。在《聊斋志异》故事中，穷秀才的走运，就是给这部作品的主要读者群的慰藉和补偿。针对他们的欲望与困乏，走运通常在这几个方面：

1. 艳遇

秀才娶妻的艰难。周辉《清波杂志》卷七：

> 闽人韩南老就恩科，有来议亲者，韩以一绝示之：“读尽文书一百担，老来方得一青衫。媒人却问余年纪，四十年前三十三！”

罗大经的《鹤林玉露》，说宋高宗曾问一个新科进士：

> 问卿年几何，对曰：“臣年七十三”。问卿有几子，对曰：“臣尚未

娶”。乃诏出内人施氏嫁之,年三十,赀奁甚厚。时人戏为之语曰:“新人若问郎年几,五十年前二十三”。

这个是南宋关于秀才的段子。可见这些秀才痴迷科举,无心世事,一生功名未果,连人生也不曾展开。那些激动人心的“艳遇”,自然是无法亲身实践,只能于乌何有之乡浮想联翩。

《胡四姐》:

> 尚生,泰山人,独居清斋。会值秋夜,银河高耿。明月在天,徘徊花阴,颇存遐想。忽一女子逾垣来,笑曰:“秀才何思之深?”生就视,容华若仙。惊喜拥入,穷极狎昵。自言:“胡氏,名三姐。”

《林四娘》:

> 青州道陈公宝钥,闽人。夜独坐,有女子搴帏入……捉袂挽坐,谈词风雅,大悦。拥之,不甚抗拒。

这是《聊斋志异》典型的故事开头。狐鬼们凭空而来,到书斋中投怀送抱。穷困潦倒、冷寂难熬的书斋秀才,各个走了桃花运:“一夕,独坐凝思,一女子翩然入……既而,罗襦衿解,俨然处子……鸡鸣欲去,赠绣履一钩”。(《莲香》)

《红玉》:

> 一夜,相如坐月下,忽见东邻女自墙上来窥。视之,美;近之,微笑;招以手,不来亦不去。固请之,乃梯而过,遂共寝处。问其姓名,曰:“妾邻女红玉也”。生大爱悦,与订永好,女诺之。

《霍女》：

> 有黄生者，故贫士，无偶。女叩扉入，自言所来。黄见艳丽忽投，惊惧不知所为。黄素怀刑，固却之，女不去。应对间，娇婉无那。黄心动，留之……

蒲松龄家计萧条，五十年以舌耕度日。“久以梅鹤当妻子，且将家舍作邮亭”这种孤独寂寞的情况下，乃有各种飞花艳想，在冷清的书斋中，幻化出旖旎风光。

这些遇艳的读书人，得狐鬼青睐，稍慰寂寞。

2. 纾困

《红玉》中，书生冯相如在狐女红玉的帮助下，娶妻生子。恶乡绅抢夺了冯生的妻子，逼得他家破人亡，冯生怀抱婴儿无法报仇。于是来了一位不知名的侠士，声言要替冯生杀了仇人，冯生害怕惹祸，带着儿子连夜逃跑。在途中被抓，儿子也不知去向。冯生无力辩冤被下到监狱。还是侠客出手震慑县令，冯生才得以出狱。这时的冯生家无斗升，孤影对四壁。“念大仇已报，则辗然喜；思惨酷之祸，几于灭门，则泪潸潸堕；及思半生贫彻骨，宗支不续，则于无人处大哭失声，不复能自禁。”这时红玉带着冯生的儿子回来了。红玉马上动手帮助冯家“剪莽拥篲，类男子操作”。又让冯生不必操心家事，好好读书，她“出金治织具，租田数十亩，雇佣耕作。荷镵诛茅，牵萝补屋，日以为常。里党闻妇贤，益乐资助之。约半年，人烟腾茂，类素封家”。又为冯生筹集赶考的旅费，让他得以高中。不出几年时间，冯家就从灰烬之余，变得“腴田连阡，夏屋渠渠矣”。这些都是由狐女红玉白手再造而成。

这个冯生从情商、智商到谋生的能力都相当孱弱，类乎白痴。红玉和他初通款曲的时候，遭到冯父责骂驱逐，冯生没有发一言回护红玉，反而要求红玉如果对自己有情，就应该“含垢为好”。又是这位冯生，在红玉拒绝了他的无礼要求之后，竟然靠狐女红玉的资助，才娶妻生子，但其能力又不足以保妻子。在打官司上也是毫无谋略和勇气。他在出狱之后，饭吃不上，家里不打扫，靠红玉的一双手撑起一家。这个冯生的困境，不单单是由于一场官司，除了能入考场考试外，他是全方位的无能无术，和现实生活脱节。

像冯生这类缺乏生活能力，责任观念淡薄的书生形象在《聊斋志异》中比较多见，如《西湖主》中的陈弼教、《仙人岛》中的王勉、《霍女》中的黄生、《凤仙》中的刘赤水等等。

这类书生的容貌举止，就有很多阴柔化的特征。如“美如冠玉”“美丰姿”“丰仪秀美”“齿白唇红”“眉清目秀”等等。他们为人处世的行为方式及其心理意识，更是胆小怕事、懦弱自私、多愁善感、优柔寡断、无主见、无责任心。像冯生连一粥一饭都吃不上，庭院荒芜不知打扫，基本的生存能力都没有，一切重担心安理得地委之弱女子，还伸手要钱。《神女》中的米生，也是因为官司“田产荡尽，衣巾革褫”，路遇美女，“于髻上摘珠花一朵”相赠。

以男子为中心的封建伦理纲常制度过于压制女性，书生虽然身为丈夫和父亲，但在心智和能力上还是父权和家族权力压制下被动听命的儿孙，缺乏责任感和独立精神。男性生存能力的弱化以及由此所衍生的懦弱、被动、缺乏责任心即缘于此。这就使得男女性格在一定程度上发生了错位。“父故如篙折，母逝似筏散”这个比喻，说明女性是每个家庭凝聚力的核心。

《聊斋志异》中这些除了读书科举以外，身无一技之长的穷书生，在女子的帮助下走上了人生巅峰。这样不切实际的奢望和好运从哪里来呢？只能依靠拥有超自然力量的狐鬼们了。

与对狐鬼花妖的飞花艳想同样奇异的，是蒲松龄对泼悍女性的夸张描述。历来的读者，从女权、近代性来解读这些人物。其实，如果我们回到文学虚构、志怪记录奇异的特点来看，这类人物虚构的、游戏的色彩与花妖狐魅无异。

对于蒲松龄这样关注世风和伦常秩序的秀才们来说，泼悍妇人也是人间的异类。她们的存在给秀才们带来了噩运，所以同样被妖魔化了。

二、泼悍的妇人

妒妇悍妻，代有记载。像《世说新语》、唐代笔记中就有了这类形象。宋元以后的叙事文学中，出现了很多泼妇、妒妇、悍妇的形象。蒲松龄《聊斋志异》是集大成的代表。"聊斋"写悍妇的故事有十几篇:《江城》《马介甫》中的尹氏,《孙生》中的辛氏,《大男》中的申氏,《张诚》中的牛氏,《辛十四娘》的阮氏,《阎王》中的李氏,《吕无病》中的王氏,《锦瑟》中的兰氏,《邵女》中的金氏,《杜小雷》中的杜妻,《崔猛》中的邻妇,《珊瑚》中的沈氏、臧姑等等。作者十分注意夫妇的问题，特别用气力描写悍妇的凶恶。

江城明眸秀齿，居然娟好，与她的丈夫青梅竹马，相得甚欢。但江城"善怒，反眼若不相识，词舌嘲啁，常聒于耳。生以爱故，悉含忍之"。后来越发暴力。谩骂、掌掴、罚跪，乃至"以针刺两股殆遍，乃卧以下床，醒则骂之"。

《邵女》中的金氏，对丈夫先后娶回的小妾百般凌辱：第一个"金暴遇之，经岁而死"；第二个"不堪其虐，自经死"；第三个则先鞭打，再以"烧赤铁"毁其容，又"以针刺胁下"。

《锦瑟》中的兰氏:"常佣奴其夫；自享馐馔，生至，则脱粟瓢饮，折稀为匕，置其前。"其夫一日怒曰"所遭如此，不如死！"妇"问死期，即授索为自经之具"。

《马介甫》篇中的尹氏"奇悍"：

1. 对其夫杨万石，"少迕之，辄以鞭挞从事"；

2. "万石四十无子，纳妾王，旦夕不敢通一语"。后"妾王，体妊五月，妇始知之，褫衣惨掠。已，乃唤万石跪受巾帼，操鞭逐出”。就榻搒妾，使之“崩注堕胎”；

3.“杨父年六十余而鳏，尹以齿奴隶数”使“衣败絮”，杨氏兄弟私以袍服衣之，妇见之“即就翁身条条割裂，批颊而摘翁髭”。后“翁不能堪，宵遁，至河南，隶道士籍”；

4. 杨弟万钟因尹氏故，投井死；

5. 万钟死，“既殡，弟妇恋儿，矢不嫁。妇唾骂不与食，醮去之”；

6. 万钟所“遗孤儿，朝夕受鞭楚。俟家人食讫，始啖以冷块。积半岁，儿羸，仅存气息”。

如此头角峥嵘、行为怪诞的人间女性，才以其生气勃勃的“怪”与“奇”，进入志怪传奇的话语材料之中。

在《聊斋志异》的妒悍妇故事中，蒲松龄花了相当多的笔墨去铺陈妒悍妇的残忍与凶悍，渲染妒妇凌虐他人的方式，并描写出严惩妒悍妇的血腥过程，以及妒悍妇承受惩罚时的痛苦。如此一来，便使得小说不时展现出一幅阴森恐怖、惊心动魄的酷刑场面。妒悍妇人的存在，架空了男子在家庭中的权利，腐蚀了他们所剩不多的自尊，让男性产生了更深的自卑感。在等级森严的社会中，嘲笑泼悍的妇人以及惧内的男子，是很喜闻乐见又安全无害的话题。

至于《聊斋志异》为什么把悍妇写得那么惨酷，是因为“聊斋”的本质是“志怪”，记录怪异、传示奇异。夸张的手法，过度的渲染才能把凡俗女子有些出格的泼辣、强横，拔擢到和超自然的鬼怪花妖并列的神奇境地。

蒲松龄还著有《〈妙言经〉续言》和《〈怕婆经〉疏》两篇文章。《〈怕婆经〉疏》言：“概自阳纲不竞，遂而阴寇相尤；雌教成风，醋河失岸。……鬼神为之愤怒，天地为之惨暝！”流露出戏谑游戏的味道。可见这些泼妇的形象，乃是游戏与创作，不必十分认真地将之看作蒲松龄之家事，非要为这些泼悍的妇人找到原型与真身。

《云萝公主》里，仙女诞下一个天生忤逆、性如豺狼的儿子，名为“可弃”。为他定了操贱业人家的女儿，可弃对这个媳妇又爱又怕。这个对父兄无赖的逆子，却不敢违逆媳妇的话。侯氏整治丈夫的手段有下面几条：

1. 可弃每次出门，都被限定时间，“过期，则诟厉不与饮食，可弃以此少敛”。

2. 可弃盗粟出赌，“妇知之，弯弓于门以拒之。大惧，避去。窥妇入，逡巡亦入。妇操刀起，可弃反奔，妇逐斫之，断幅伤臀，血沾袜履。”

3. 见到丈夫回家，立刻拿出厨刀，吓得可弃曳戈反走，妇逐出门外始返。

4. 可弃被兄长送回家，侯氏“罚使长跪，要以重誓，而后以瓦盆赐之食。自此改行为善。”

古代女子有“三从四德”之说，使女子完全没有个人的地位。对女子片面贞操的要求，也使女子如被判了终身监禁的刑罚。蒲松龄虽对这类女性极尽夸张之能事，以达到传示奇异的效果，但他也有其独特的“慧眼识人”的眼光。化名“异史氏”的评价，对泼悍妇人进行了非道德化的评价：“悍妻妒妇，遭之者如疽附于骨，死而后已，岂不毒哉！然砒、附，天下之至毒也，苟得其用，瞑眩大瘳，非参、苓所能及矣。而非仙人洞见脏腑，又乌敢以毒药贻子孙哉！”

只要有用，妇人逾越妇规的泼悍也是维护纲常的良方。

流传于民间的鬼神故事，大多宣扬善有善报，恶有恶报。蒲松龄笔下那些凶狠泼悍的妇人，很多也受到了惨酷的报应，某种程度上收束了这些故事的“破坏性”。在更多的故事里，蒲松龄还将善有善报的民间文学主题，置换为对精神知己的追求，从而升华了作善降祥故事的精神内核。

三、善有善报的普通人

《酒友》中的车生爱喝酒，一夜有狐狸来偷酒喝，酣醉而大卧。车生把狐狸视为酒友，不加伤害。狐狸的报恩方式是为其谋酒资：指示车生找到道侧的遗金、院后的窖藏。还运用神通，帮助车生囤积居奇，赚了十倍的利润，治沃田二百亩。农田的耕种是靠天吃饭，车生则依靠狐狸的预测。“多种麦则麦收，多种黍则黍收，一切种植之早晚，皆取决于狐”。这种报恩是农人的理想。

《王六郎》中，一个姓许的打渔人，每天夜里带着酒去河边，一边喝酒一边打渔。他喝酒的时候，就会把酒倒一些在地上，祝祷说:“河中溺鬼得饮”。以此为常。其他人打渔，一无所获，而姓许的人独能满筐。原来是溺水鬼王六郎喝了他的酒，一直在河中为他驱赶鱼群。

这些善人善报的故事带有较多的民间故事色彩。蒲松龄的善有善报故事，更多的是以书生为主人公。如《侠女》中穷书生救助了贫穷的母女，那女孩为报恩，主动献身，为书生生下一个儿子。她像古来的侠士那样功成身退，临行之前说:“养母之德，刻刻不去诸怀。”“为君贫不能婚，将为君延一线之续。”“今君德既酬，妾志亦遂，无憾矣。”

唯有痴情可报知己。《聊斋志异》对善有善报的新贡献，是写出性情痴狂、重情义的书生得到美女的回报。“痴”被视为纯真的“善”。很多情感故事的发生，是为痴狂所感动。蒲松龄本人“狂固难辞，痴且不讳”，他更将这种气质和深情具象为鲜明的人物形象。如《阿宝》中的孙子楚，《婴宁》中的王子服，《白秋练》中的慕蟾宫，《连琐》中的杨于畏，《青娥》中的霍桓，《阿秀》中的刘子固等。

《阿宝》中孙子楚，名士也。生有枝指；性迂讷，人诳之，辄信为真。或值座有歌妓，则必遥望却走。或知其然，诱之来，使妓狎逼之，则赪颜彻颈，汗珠珠下滴，因共为笑。遂貌其呆状，相邮传作丑语，而名之“孙痴”。他看上了美女阿宝，女孩儿开玩笑，说要他把多余的指头去掉，孙子楚真的“以斧自断其指，大痛彻心，血益倾注”，女儿还是不答应。孙子楚自见到阿宝之后，魂跟着跑到阿宝家，皮囊待在家中，“终日不起，冥如醉，唤之不醒。”“气休休若将澌灭”，还魂之后，坐立凝思，忽忽若忘，直到化身鹦鹉，飞到阿宝身边。终于感动阿宝，成就姻缘。孙子楚病危，阿宝以身相代，感动阎王，夫妇被放归人间。别人用假考题愚弄孙子楚，他信以为真，果然高中。

异史氏曰："性痴则其志凝，故书痴者文必工，艺痴者技必良。世之落拓而无成者，皆自谓不痴者也。且如粉花荡产，卢雉倾家，顾痴人事哉！以是知慧黠而过，乃是真痴，彼孙子何痴乎！"

粉花指娼妓，卢雉掷骰子赌博。蒲松龄这段话是延续了晚明以来的一个话题。人的性格品性当中应当有一种不顾一切、不计得失的执着，不管是喜欢什么，成痴者才能有所成。

蒲松龄赞赏性痴志凝的孙子楚。《庄子·达生》记述孔子之语："用志不分，乃凝于神。"张潮《幽梦影》曾说："情必近于痴而始真，才必兼乎趣而始化。"痴情笃信近乎婴儿式的天真，在以世故圆滑为通达，以诈伪欺瞒为聪明的社会中是稀缺的、可贵的。

自晚明以后，痴狂和深情受到个性解放思潮的推重。蒲松龄本人就以狂自居，"固守非关拙，狂歌不厌痴"（《王长人园中宴集，因怀如水》）；"高岸可为谷，性拙终不移"（《咏史》）；"狂态招尤清夜悔，强颜干世素心违"（《秋斋》）；"癖情惟我谅，狂态恃君知"（《赠刘孔集》）。正是这种不肯世故随俗的痴与张扬自我的狂，将蒲松龄从普通的乡村秀才中超拔出来。他怎么会不用好运来安抚同道中人呢？

《瑞云》中妓女瑞云倾心于贺生，不因其贫穷而嫌弃他，托之以终身。贺生为感知己，不以瑞云变丑而变心，坦然赎之为正妻。他说："人生所重者知己。卿盛时犹能知我，我岂以衰故忘卿哉！"生曰："穷踧之士，唯有痴情可献知己。"

在《聊斋志异》中，人与人、妖、鬼、物等的以情相报，士为知己者死，是最大的善报。如《石清虚》中，爱石头的人欲以身殉石，是石痴。"石与人相终始”则是痴情得到的报偿。这是《聊斋志异》对民间善有善报的一种雅化的升华。

以上，我们对蒲松龄到《聊斋志异》艺术世界，进行了一种粗略的描述和阐释，更精彩的内容还在蒲翁留给我们的大书当中，希望能引发大家的兴趣，亲自到那部神奇大书中领略涵泳。

第四讲　鬼故事与《聊斋志异》的艺术成就

偶适市，遇一道士，顾生而愕。问："何所遇？"答言："无之。"道士曰："君身邪气萦绕，何言无？"生又力白。道士乃去，曰："惑哉！世固有死将临而不悟者。"生以其言异，颇疑女。转思明明丽人，何至为妖，意道士借魇禳以猎食者。无何，至斋门，门内杜，不得入，心疑所作，乃逾垝垣，则室门已闭。蹑足而窗窥之，见一狞鬼，面翠色，齿巉巉如锯。铺人皮于榻上，执彩笔而绘之。已而掷笔，举皮，如振衣状，披于身，遂化为女子。睹此状，大惧，兽伏而出。

——《画皮》

蒲松龄是讲鬼故事的高手。在《聊斋志异》诸多精魅鬼怪中，鬼是和人类最为接近的形象。《聊斋志异》中有令人恐怖的《尸变》《喷水》《咬鬼》《画皮》《鬼哭》；有可怜的鬼书生，像渴望科举扬名、身死不已的叶生；假冒生人参加科考的周克昌；死后做鬼也要在阴间科考的于去恶；幽怨的女鬼，如聂小倩、连琐、伍秋月、公孙九娘、林四娘、莲香、连城等。蒲松龄几十年经历的孤灯青焰，冷案苦读生涯，使他对秋坟鬼唱，磷火荧荧一类幽独孤寂的鬼故事，有着深切的体味与表现能力，写来摇曳生姿。

一、恐怖的鬼故事

鬼故事的首要特点是恐怖。人死而为鬼，或许就有了莫名的神通，为害人类，飘荡不拘，令人恐怖。《聊斋志异》的鬼故事就是古代的恐怖小说，魅力延伸到了现代。

《画皮》是《聊斋志异》里很有名的一篇鬼故事。写太原姓王的书生，清早在路上遇到一位二八姝丽，“抱幞独奔，甚艰于步”，就上前搭话，问这么年幼纤弱的美人为何夙夜独行？那个女孩说是大户人家的小妾，因为不堪正室凌辱打骂半夜逃了出来。王生一听来了兴致，邀请美女到自己斋中暂避，女孩很高兴，就和他回了王生的书斋，两人秘密地同居在一起。一天，王生碰到一个道士，他说王生身上邪气萦绕，有性命之忧。王生虽然嘴上说着不信，心里却有些害怕。他回到书斋，见门从里面关上了，就悄悄从窗子间窥视，这一看吓得他魂飞天外。哪里有什么美女！只见屋里有一个狰狞的恶鬼，脸是翠绿色的，牙齿锋利尖锐的像锯齿一般。床榻上铺着一张人皮，那鬼物正拿着笔在人皮上描画。画完之后，鬼就扔掉笔，举起人皮，像穿衣服一样披在身上，于是那个可怕的鬼物就被人皮包裹起来，化成了美女的模样。

看到这些的王生吓得大气不敢出，悄悄爬出来，找道士求救。道士给了他一把拂尘，让他挂在门口。

> 一更许，闻门外戢戢有声，自不敢窥，使妻窥之。但见女子来，望拂子不敢进，立而切齿，良久乃去。少时复来，骂曰:“道士吓我，终不然，宁入口而吐之耶！”取拂碎之，坏寝门而入。径登生床，裂生腹，掬生心而去。妻号。婢入烛之，生已死，腔血狼藉。

这段情节的恐怖，比鬼在画皮的时候更刺激。通常的恐怖小说是用面目狰狞的形象、阴森的气氛，以及包含着的暴力血腥刺激人的感官和精神。《画皮》故事的主人公是王生，读者从他的眼睛和耳朵里感受未知的惊恐。

这个恶鬼变成美女迷惑书生的故事，给人的教训，如异史氏所说:“愚哉世人！明明妖也，而以为美。迷哉愚人！明明忠也，而以为妄”。属于老生常谈。

这个故事的内核来自佛教，佛教经书里将女子称为粉骷髅，西晋时竺法护所译《修行道地经·学地品》有一个故事：

> 男子有妇，端正面貌无瑕，以诸璎珞庄严其身夫甚爱敬。虽有是色，淫鬼，非人也。唯人血肉以为饮食。有人语夫："卿妇罗刹，血肉为食。"夫不信。人数数语之，夫心遂疑，意欲试之。夜佯卧，出鼾声如眠。妇谓定寐，窃起出城潜于冢间。夫寻逐后。见妇脱衣及诸宝饰却著一面。面色变恶，口出长牙，头上焰烧，眼赤如火，甚为可畏。前近死人，手掴其肉，口齿食之。

《画皮》截取了佛教故事的奇特想象，放到道士捉妖这种本土化的叙事模式之中，得出民间世俗的道德教训。

一般鬼故事最大的吸引力就是恐怖，让人一头看，一头吓，经历感官和心理性的惊悚。悬疑、性和暴力是其核心元素。《画皮》很好地结合了这三个要素，所以至今改编不衰。

类似恐怖鬼故事，像《喷水》，说诗人宋琬的母亲，在荒宅中，见一个短身驼背，白发如帚，只有二尺来高的老妪，在院子里一边走一边"喷水出不穷"。突然，老妪奔到窗边，"直喷棂内，窗纸破裂"，宋老夫人被吓死了。宋琬"哀愤欲死。细穷没处，掘深三尺余，渐露白发；又掘之，得一尸，如所见状，面肥肿如生。令击之，骨肉皆烂，皮内尽清水"。就是一个纯粹的恐怖故事。

蒲松龄最擅长的是在鬼故事中加入对现实的反观和思考，他的个人的欲望和历史的省思。

《鬼哭》以发生在顺治四年（1647）的谢迁之变为背景。这次民变被镇压之后，城内尸体遍地，血从四处的门缝往外流。"往往白昼见鬼，夜则床下磷飞，墙角鬼哭"。这是大杀戮之后群鬼夜哭的惨状。

还有那些徘徊在月夜坟茔间的女鬼。《连琐》中的书生杨于畏，他的书斋面临旷野，“墙外多古墓，夜闻白杨萧萧，声如涛涌”。晚上，他正秉烛读书，忽然墙外有人吟曰：“玄夜凄风却倒吹，流萤惹草复沾帏”。反复吟诵，其声哀楚。听之，细婉似女子。第二天晚上，杨于畏隐身在墙头等候，一更将尽，有一位“女子姗姗自草中出，手扶小树，低首哀吟”。还是那两句诗，这位作诗的女鬼听到杨于畏的咳嗽声，就慌忙入荒草而没。杨于畏在墙内续诗曰：“幽情苦绪何人见？翠袖单寒月上时。”

和诗、赛诗本是才子佳人故事的老套，这回变成了人间才子与鬼佳人爱情诗篇的开局。鬼佳人“瘦怯凝寒，若不胜衣”，喜读诗作诗，是杨于畏的红颜知己，“每于灯下为杨写书，字态端媚。又自选宫词百首，录诵之。使杨治棋枰，购琵琶，每夜教杨手谈。不则挑弄弦索，作‘蕉窗零雨’之曲”。诗书琴棋，令书生荒斋中的生涯颇不寂寞。连琐受到阴间仇人的逼迫，杨于畏和他的朋友一起杀死怪物，救了连琐。后来杨于畏按照连琐的嘱咐，打开她的坟墓，连琐复活，两人结成美满姻缘。

《聂小倩》中的鬼女聂小倩被妖物威胁，用财色魅惑男子。上当的人会被聂小倩用锥子刺穿足底，摄取活人的血液供妖精饮用。贪财的人，会被罗刹鬼的骨头，截取心肝。宁采臣是个正直的君子，聂小倩就告诉他和燕赤霞住在一起可保性命，并求他帮助自己迁葬以免雄鬼的凌辱。燕赤霞是古代剑侠一流的人物。妖精来时，剑就从箧中飞出，杀退妖怪。宁采臣遵守诺言，将聂小倩的尸骨带回了自己的家乡。后来夜叉鬼跑到宁采臣那里去抓小倩，被燕赤霞送的革囊收杀。聂小倩做了宁采臣的鬼妻，“华妆出，一堂尽眙，反不疑其鬼，疑为仙”。为宁采臣生二子，“皆仕进有声”。

蒲松龄很喜欢诗鬼李贺的诗，他用小说写出了李贺诗奇丽诡谲的意境：

> 幽兰露，如啼眼，无物结同心，烟花不堪剪。草如茵，松如盖，风为裳，水为佩。油壁车，夕相待。冷翠烛，劳光彩。西陵下，风吹雨。
>
> ——李贺《苏小小》

史书中语焉不详的段落，传闻中神秘莫测的人物，都让人生出无限好奇与想象。在蒲松龄笔下，这些湮灭在历史烟尘中的秘密，就被某个埋藏在黄壤之中的温热灵魂保藏着，等待某个书生的偶遇和发掘。

二、乱世中的冤魂

《聊斋志异》的《林四娘》《公孙九娘》写的就是作为历史见证人的女鬼。《林四娘》写青州道陈宝钥，晚上正在官衙内独坐，就有一位美丽的长袖宫装女子撩起门帘进来了。女鬼谈词风雅、能剖悉宫商。“评骘诗词，瑕辄疵之，至好句，则曼声娇吟。意绪风流，使人忘倦。”这个风雅的女鬼，自称叫林四娘，是青州恒王府的宫女，在明末遭难而死，已经过了十七年了。一天晚上，前来告别，说要去投生，留诗一首：

> 静锁深宫十七年，谁将故国问青天？闲看殿宇封乔木，泣望君王化杜鹃。海国波涛斜夕照，汉家箫鼓静烽烟。红颜力弱难为厉，惠质心悲只问禅。日诵菩提千百句，闲看贝叶两三篇。高唱梨园歌代哭，请君独听亦潸然。

陈宝钥将她“送诸门外，湮然没灭”。

林四娘的故事在清初较为流行，还被曹雪芹写进《红楼梦》。古人喜欢假托女鬼的口吻写诗，表达乱离中的苦难、悲怨一类时代的伤痛。历朝历代都有，几乎成为某种文人间的共谋。蒲松龄笔下的林四娘就是在这样的情况下，根据传说和文人笔记写成的，表现了蒲松龄创作《聊斋志异》取材的广泛，在主题上与时代精神的共鸣。

《公孙九娘》中的女鬼公孙九娘则是一场民变中无辜被杀者的冤魂。通过她与莱阳生的鬼婚，给了那些无名的、沉默的受害者一个发声的场合。

她美丽：“笑弯秋月，羞晕朝霞，实天人也”。

她无辜："九娘母子，原解赴都。至郡，母不堪困苦死，九娘亦自刭"。

她怨愤："心枕上追述往事，哽咽不成眠"。

连她最微末的愿望，将坟茔迁回家乡，也因为莱阳生忘问志表，只见"千坟累累，竟迷村路"而不能达成。

这个弱小的鬼魂，只能带着怒色，烟然澌灭于榛荒迷目的万千坟茔之间。如此的鬼故事、鬼形象，才将骇人心目的悲悯和哀叹久久地从时间深处，传递出来。

《聊斋志异》创作时间漫长，但在蒲松龄生前，就给他带来了声誉与自豪，让他的才华得以为人所知。当时的文坛泰斗王士禛为《聊斋志异》写了评点并赠诗，还把《聊斋志异》的故事收入自己的《分甘余话》《池北偶谈》。近年来还发现了几个早期的《聊斋志异》抄本。这些足以证明当时人们对这部小说集的喜爱。而这种喜爱在今天依然经久不衰。那么，这部作品为何能赢得古今中外读者的心呢？

三、《聊斋志异》的艺术成就

日本明治时期的国木田独步谈到中国的怪异谈时说："怪异谈是民族幻想力发挥到极点以后的产物，又是民族滑稽心之极度发挥的产物，大凡善语鬼神怪异的民族，其现实生活虽然劳苦役役，但却总是有些余情闲意的民族。"

《聊斋志异》一书，在蒲松龄的创作过程中就逐渐取得了声名，被人借阅传抄，现在所知的几个早期抄本，就说明了情况。后世更是风行天下，万口传诵。鲁迅认为《聊斋志异》的特点是"以传奇体而志怪"。

1. 有寓意，更深刻

清代人认为，《聊斋志异》的优点在于超越了六朝志怪的粗陈梗概，有意讽刺针砭："反覆《拾遗记》，凌躏《搜神篇》。譬若《山海经》，能否删其全？窃笑古人书，隐怪皆能传。中不寓讽刺，意短情不宣。览者既终卷，浑不知针砭。譬如读时策，累牍无笔严”（冯喜赓《聊斋志异题辞》）。

这是说《聊斋志异》比六朝那些陈述故事梗概式的简短志怪要深刻，有寓意。

六朝志怪女鬼的故事，是写人鬼遇合，比如《谈生》；蒲松龄则用人鬼遇合写恋爱、获得人生的圆满（《鲁公女》《阿霞》），抒发个人忧愤，写历史创痛记忆，比如《公孙九娘》《林四娘》都是以女鬼写历史。

公孙九娘是在“于七案”中，被牵连杀害的一个弱女子。她的坟茔和其他冤鬼一起乱葬在济南郊外，做了他乡之鬼。在冥界，她遇到一个闯进来的生人——莱阳生，也有一见论亲，媒人撮合、下聘礼、行婚礼，一如人间人情。在“邂逅含情，极尽欢昵”的时刻，公孙九娘：

> 枕上追述往事，哽咽不成眠。乃口占两绝云：“昔日罗裳化作尘，空将业果恨前身。十年露冷枫林月，此夜初逢画阁春。”“白杨风雨绕孤坟，谁想阳台更作云。忽启镂金箱里看，血腥犹染旧罗裙。”

莱阳生答应为公孙九娘把墓地迁回家乡，却“忘问志表。及夜复往，则千坟累累，竟迷村路，叹恨而返。展视罗袜，着风寸断，腐如灰烬，遂治装东旋”。半年之后，莱阳生再到墓地寻找，公孙“九娘色作怒，举袖自障。顿呼‘九娘’，则烟然灭矣”。

这个故事是个悲剧，因为爱情不是主题，历史创伤才是。这个创伤无法遇合，公孙九娘只能含恨湮灭。这个手法和立意是高超的，以每个人都熟悉的人情、男女间的亲密关系包裹着陈旧的血腥历史，让读者感知到那些死者也是生动美好、有温度有感知的。即使沉埋地下，情感依然强烈，时时刻刻经受着折磨，感知着伤痛。这个是透过生死的人鬼恋爱才能表现出的视角。所以蒲松龄有过人的体察、表现的能力，他让读者们感同身受，过目难忘。

2. 挖掘美，创造美

《聊斋志异》最为人喜爱的是它塑造的花妖狐魅。在“聊斋”多达二百余位女性人物当中，“花妖狐魅”一类的虚幻女性又占了很大一部分。

以女性身份出现的“花妖狐魅”一直是这部小说集最让人惊奇、神往的部分。超自然的女性，具有的美是不需要考虑人体的限制的。《聊斋志异》可以说达到了病态审美的极致。缩减的身体、稚弱的年龄、如幻的姿容，这些美丽是模式化、标准化的，达到了夸张的程度。《鲁公女》中的鲁公女，生前是一位爱好打猎的英武女子，身为鬼物之后，则身轻如婴儿，没什么重量，因足弱衣长，行动需书生“抱负以行”。鬼无重量之说，在《列异传》“宋定伯捉鬼”条中就有，这里更把那种如婴儿般的轻盈同女性魅力联系起来。不但是鬼物，《云萝公主》里的仙人云萝公主也是轻如抱婴，书生丈夫赞她“可作掌上舞”；狐女青凤可以由耿生“提抱以归”，红玉袅娜如随风欲飘去，那重量也与狐狸相当。蒲松龄好以幼弱细美之物化为女性，如《绿衣女》中的绿衣女身为绿蜂，“腰细殆不盈掬”“声细如蝇，裁可辨认”。由此可见，身体轻小为“妍质”的第一要义。

韶华不老。女性主人公的年轻貌美是爱情故事构成的首要因素，“聊斋”所写女性，大多为十五六岁左右的二八女郎，如伍秋月年十四五（《伍秋月》），白秋练年十五六（《白秋练》），莲花公主年十六七（《莲花公主》）。虚幻女性的另一长处是能够常葆青春：狐女红玉“操作过农家妇，虽严冬自苦而手腻如脂。自言三十八岁，人视之，常若二十许人”；《乐仲》里的琼华是散花天女下界，“年近四旬，犹如二十许人”；《西湖主》中西湖主与陈生成婚多年，依然是二八姝丽；《白于玉》中服了仙丹的凡人女子也可以“年五十余，或见之，犹二十许”；《神女》中凡人丈夫年纪到了八十岁，“女貌犹如处子”。这该是多么令人向往啊！

病态的娇弱。女鬼伍秋月未及日而复生，骨软足弱，“十步之外，须人而行，不则随风摇曳，率欲倾侧，见者以为身有此病，转更增媚”。云萝公主比“豌豆公主”还要娇贵，行动须人夹持，坐则以足踏婢女背，“四肢娇惰，足股屈伸，似无所着”，一件鲜衣在身，竟被视为“尘浊之物，几于压骨成劳！”这里袭用了《洞冥记》对汉武帝宠姬的描写：“帝所幸宫人，名丽娟，年十四，玉肤柔软，吹气胜兰。不欲衣缨拂之，恐体痕也。每歌，李延年和之，於芝生殿唱回风之曲，庭中花皆翻落。置丽娟於明离之帐，恐尘垢污其体也。帝常以衣带系丽娟之袂，闭於重幕之中，恐随风而去也。”冯镇峦评云萝公主是“作态，显出公主身份”。

这样细小可爱的美女，在很多古典诗文和小说中都曾出现，《聊斋志异》中的花妖狐魅，则将这类出于想象的女性美发挥到极致。

蒲松龄有意发掘神怪故事中的美感，人物的美感，情节的旖旎，缠绵的美感（小小情事，凄婉欲绝）来满足读者的阅读期待；故事主旨中对凡人之欲的成全，得到了读者的喜爱。

参考文献

原典

廖名春、邹新民校点《晏子春秋》，辽宁教育出版社 1998 年版。

徐元诰《国语集解》，中华书局 2002 年版。

郭庆藩《庄子集释》，中华书局 1961 年版。

洪兴祖《楚辞补注》，中华书局 1983 年版。

王逸注，洪兴祖补注《楚辞章句补注》，吉林人民出版社 2005 年版。

宋玉撰，吴广平编注《宋玉集》，岳麓书社 2001 年版。

何宁《淮南子集释》，中华书局 1998 年版。

司马迁《史记》，中华书局 1959 年版。

司马迁《史记》，中州古籍出版社 1996 年版。

孔广森补注《大戴礼记补注》，中华书局 2013 年版。

桓谭撰，朱谦之校释《新辑本桓谭新论》，中华书局 2009 年版。

王充撰，黄晖校释《论衡校释》，中华书局 1990 年版。

班固《汉书·艺文志》，中华书局 1962 年版。

张舜徽《说文解字约注》，华中师范大学出版社 2009 年版。

曹丕等撰，郑学弢校注《列异传等五种》，文化艺术出版社 1988 年版。

干宝撰，汪少楹校注《搜神记》，中华书局 1979 年版。

干宝撰，李剑国辑校《新辑搜神记》，中华书局 2007 年版。

王嘉撰，萧绮录《拾遗记》，中华书局 1981 年版。

王明《抱朴子内篇校释》，中华书局 1985 年版。

萧统编，李善注《文选》，上海古籍出版社 1986 年版。

萧统选，李善注《昭明文选》，京华出版社 2000 年版。

刘知几《史通》，上海世纪出版集团 2008 年版。

李白《李太白全集》，上海书店 1988 年版。

柳宗元《柳宗元集》，中华书局 1979 年版。

李贺撰，王琦等注《李贺诗歌集注》，上海人民出版社 1977 年版。

钱易《南部新书》，上海古籍出版社 2012 年版。

欧阳修《欧阳永叔集》，商务印书馆 1958 年版。

王安石《临川先生文集》，中华书局 1959 年版。

苏轼撰，孔凡礼点校《苏轼诗集》，中华书局 1982 年版。

苏轼撰，孔凡礼点校《苏轼文集》，中华书局 1986 年版。

郭茂倩《乐府诗集》，中华书局 1979 年版。

杨时《龟山集》，文渊阁《四库全书》本，台湾商务印书馆 1983 年版。

陈与义撰，吴书荫、金德厚点校《陈与义集》，中华书局 1982 年版。

俞成《萤雪丛说・自悟前身》,《金华丛书》第一册，江苏广陵古籍刻印社 1983 年版。

王楙《野客丛书》，上海古籍出版社 1991 年版。

陆游撰，钱仲联校注《剑南诗稿校注》，上海古籍出版社 2005 年版。

周辉撰，刘永翔校注《清波杂志校注》，中华书局 1994 年版。

赵彦卫《云麓漫钞》，中华书局 1996 年版。

严羽撰，郭绍虞校释《沧浪诗话校释》，人民文学出版社 1961 年版。

虞集《道园学古录》，上海商务印书馆 1937 年版。

张国光校注《金圣叹批本西厢记》，上海古籍出版社 1986 年版。

陈曦钟、侯忠义、鲁玉川辑校《水浒传》（会评本），北京大学出版社 1987 年版。

兰陵笑笑生著，张道深评《金瓶梅》，齐鲁书社 1987 年版。

兰陵笑笑生著，张道深评《金瓶梅》，齐鲁书社 1991 年版。

李贽《焚书》，中华书局 1961 年版。

李贽撰，张建业主编《李贽全集注》，社科文献出版社 2010 年版。

吕坤《呻吟语》，三秦出版社 2006 年版。

王圻纂集《稗史汇编》，北京出版社 1993 年版。

胡应麟《少室山房笔丛》，上海书店 2001 年版。

袁宏道撰，钱伯城笺校《袁宏道集笺校》，上海古籍出版社 1981 年版。

沈德符《万历野获编》，中华书局 1959 年版。

徐𤊹《笔精》，福建人民出版社 1997 年版。

李渔《李渔全集》，浙江古籍出版社 1992 年版。

王士禛《池北偶谈》，中华书局 1982 年版。

蒲松龄《聊斋志异》，乾隆三十一年赵起杲刻青柯亭本。

蒲松龄著，路大荒整理《蒲松龄集》，中华书局 1962 年版。

蒲松龄著，路大荒整理《蒲松龄集》，上海古籍出版社 1986 年版。

蒲松龄著，张友鹤辑校《聊斋志异》“会校会注会评本”，上海古籍出版社 1986 年版。

蒲松龄著，盛伟编《蒲松龄全集》，学林出版社 1998 年版。

蒲松龄著，任笃行辑校《全校会注集评〈聊斋志异〉》，人民文学出版社 2016 年版。

蒲松龄著，赵伯陶注评《〈聊斋志异〉详注新评》，人民文学出版社 2016 年版。

吴之振《宋诗钞》，中华书局 1986 年版。

随缘下士编辑，于植元校点《林兰香》，春风文艺出版社 1985 年版。

于敏中、英廉等《钦定日下旧闻考》，文渊阁四库全书本。

赵翼《陔余丛考》，河北人民出版社 1990 年版。

纪昀《阅微草堂笔记》，上海古籍出版社 1998 年版。

章学诚撰，叶瑛校注《文史通义校注》，中华书局 1985 年版。

叶九如辑选《三希堂画宝》，中国书店 1982 年版。
长白浩歌子《萤窗异草》，人民文学出版社 1990 年版。
严可均辑《全上古三代秦汉三国六朝文》，河北教育出版社 1997 年版。
俞樾《春在堂随笔》，江苏古籍出版社 2000 年版。
俞樾撰，梁脩校点《右台仙馆笔记》，齐鲁书社 2004 年版。
陈其元《庸闲斋笔记》，《清代笔记丛刊》第四册，齐鲁书社 2001 年版。
《中国地方志集成 山东府县志辑 道光济南府志》，凤凰出版社 2004 年版。
陈田辑撰《明诗纪事》，上海古籍出版社 1993 年版。
赵尔巽等撰《清史稿》，中州古籍出版社 1998 年版。
汪辟疆校录《唐人小说》，上海古籍出版社 1978 年版。

论著

游国恩《楚辞论文集》，上海文艺联合出版社 1955 年版。
孙楷第《日本东京所见小说书目》，人民文学出版社 1957 年版。
钱锺书《管锥编》，中华书局 1979 年版。
郭松义《伦理与生活——清代的婚姻关系》，商务印书馆 1980 年版。
路大荒《蒲松龄年谱》，齐鲁书社 1980 年版。
张景樵《清蒲松龄先生留仙年谱》，台湾商务印书馆 1980 年版。
鲁迅《鲁迅全集》，人民文学出版社 1981 年版。
朱一玄、刘毓忱《〈三国演义〉资料汇编》，百花文艺出版社 1983 年版。
刘阶平《蒲留仙松龄先生年谱》，台湾中华书局股份有限公司 1985 年版。
吴处厚撰，李裕民点校《青箱杂记》，中华书局 1985 年版。
马瑞芳《蒲松龄评传》，人民文学出版社 1986 年版。
罗敬之《蒲松龄及其〈聊斋志异〉》，国立编译馆主编，1986 年版。
袁世硕《蒲松龄事迹著述新考》，齐鲁书社 1988 年版。
梁启超《饮冰室合集》，中华书局 1989 年版。

楼宇烈编《中国佛教思想资料选编》，中华书局1992年版。

李永祥《蒲松龄传》，山东文艺出版社1993年版。

李剑国《唐五代志怪传奇叙录》，南开大学出版社1993年版。

闻一多《闻一多全集》，湖北人民出版社1993年版。

石昌渝《中国小说源流论》，三联书店1994年版。

吴企明编《李贺资料汇编》，中华书局1994年版。

费孝通《芳草天涯：费孝通外访杂文选集》，苏州大学出版社1994年版。

徐昆《柳崖外编》，吉林大学出版社1995年版。

梁启超《中国历史研究法》，东方出版社1996年版。

鲁迅《中国小说史略》，东方出版社1996年版。

胡适《胡适学术文集·中国文学史》，中华书局1998年版。

陈世骧《陈世骧文存》，辽宁教育出版社1998年版。

王根林等校点《汉魏六朝笔记小说大观》，上海古籍出版社1999年版。

盛源、北婴编《名家解读聊斋志异》，山东人民出版社1999年版。

罗敬之《蒲松龄年谱》，台北国立编译馆2000年版。

袁世硕、徐仲伟《蒲松龄评传》，南京大学出版社2000年版。

汤用彤《隋唐佛教史稿》，《汤用彤全集》第2册，河北人民出版社2000年版。

陈寅恪《元白诗笺证稿》，三联书店2001年版。

陈寅恪《柳如是别传》，三联书店2001年版。

钱锺书《谈艺录》，三联书店2001年版。

姜亮夫《楚辞学论文集》，云南人民出版社2002年版。

朱一玄《〈聊斋志异〉资料汇编》，南开大学出版社2002年版。

王跃生《清代中期婚姻冲突透析》，社会科学文献出版社2003年版。

刘敬圻《明清小说补论》，三联书店2004年版。

梁景之《清代民间宗教与乡土社会》，社会科学文献出版社2004年版。

崔际银《诗与唐人小说》，天津古籍出版社 2004 年版。

聂绀弩《聂绀弩全集》，武汉出版社 2004 年版。

李剑国《古稗斗筲集——李剑国自选集》，南开大学出版社 2004 年版。

赵逵夫《屈骚探幽》，巴蜀书社 2004 年版。

申丹《英美小说叙事理论研究》，北京大学出版社 2005 年版。

王章伟《在国家和社会之间——宋代巫觋信仰研究》，中华书局（香港）2005 年版。

《长沙东牌楼东汉简牍》，文物出版社 2006 年版。

谭帆《中国雅俗文学思想论集》，中华书局 2006 年版。

兴膳宏《异域之眼——兴膳宏中国古典论集》，复旦大学出版社 2006 年版。

章培恒、骆玉明《中国文学史新撰》，复旦大学出版社 2007 年版。

林宗源《蒲松龄传》，百花文艺出版社 2007 年版。

吴宓《吴宓诗话》，商务印书馆 2007 年版。

费孝通《费孝通游记——初访美国 访美掠影 重访英伦》，东方出版社 2007 年版。

闻一多《古诗神韵》，中国青年出版社 2008 年版。

邱昌员《诗与唐代文言小说研究》，中国社会科学出版社 2008 年版。

袁世硕主编《蒲松龄志》，山东人民出版社 2009 年版。

牟润孙《注史斋丛稿》，中华书局 2009 年版。

陶东风主编《文化研究》，中国人民大学出版社 2010 年版。

王立《〈聊斋志异〉中印文学溯源研究》，昆仑出版社 2011 年版。

何怀宏《选举社会》，北京大学出版社 2011 年版。

李小红《宋代社会中的巫觋研究》，光明日报出版社 2012 年版。

马瑞芳《幻由人生——蒲松龄传》，作家出版社 2014 年版。

〔日〕铃木虎雄撰，汪馥泉译《中国文学论集》，神州国光社 1930 年版。

〔英〕R. H. 托尼《中国的土地与劳动力》，波士顿，1966 年版。

〔日〕白川静原撰，加地伸行、范月娇合译《中国古代文化》，文津出版社 1983 年版。

〔日〕藤田祐贤、八木章好编《聊斋研究文献要览》，东方书店 1985 年版。

〔日〕前野直彬撰，傅赖会译《蒲松龄传》，国际文化公司出版社 1986 年版。

〔美〕赫伯特·马尔库塞撰，黄勇、薛民译《爱欲与文明》，上海译文出版社 1987 年版。

〔英〕C. R. 白德库克撰，顾培华、林在勇译《人类文明演进之谜——文化的精神分析》，浙江人民出版社 1992 年版。

〔日〕柳濑喜代志《日中古典文学論考》，汲古书院 1999 年版。

〔美〕爱德华·萨义德撰，王宇根译《东方学》，三联书店 1999 年版，2007 年重印。

〔法〕热拉尔·热奈特撰，史忠义译《热奈特论文集》，百花文艺出版社 2001 年版。

〔英〕弗雷泽撰，汪培基、徐育新、张泽石译《金枝精要》，上海文艺出版社 2001 年版。

〔比〕乔治·布莱撰，郭宏安译《批评意识》，广西师范大学出版社 2002 年版。

〔日〕藤野岩友撰，韩基国编译《巫系文学论》，重庆出版社 2005 年版。

〔美〕哈维兰撰，瞿铁鹏、张钰译《文化人类学》，上海社会科学院出版社 2006 年版。

〔加〕佩里·诺德曼、梅维丝·雷默撰，陈中美译《儿童文学的乐趣》，少年儿童出版社 2008 年版。

〔美〕康笑菲撰，姚政志译《说狐》，浙江大学出版社 2011 年版。

〔日〕本居宣长撰，王向远译《日本物哀》，吉林出版集团 2010 年版。

〔美〕彼得·盖伊《感官的教育》，世纪出版集团 2015 年版。

论文

翁文灏《中国人口分布与土地利用》,《独立评论》第1卷第3号，1932年6月。

高明阁《〈聊斋诗集〉所反映的作者的思想与生活》,《辽宁大学学报》1980年第5期。

李灵年《浅谈〈聊斋志异〉的时代气息》,《蒲松龄研究集刊》第二辑，齐鲁书社1981年版。

赵俪生《论蒲松龄的诗及其与〈聊斋志异〉的关系》,《蒲松龄研究集刊》第三辑，齐鲁书社1982年版。

骆伟、徐瑛《试论〈聊斋志异〉在史学上的价值》,《蒲松龄研究集刊》第四辑，齐鲁书社1984年版。

盛伟《试论蒲松龄康熙甲申年“流民”诗及写作的历史背景》,《蒲松龄研究》第一辑，1986年。

王志民《蒲松龄屡试不第原因新探》,《蒲松龄研究》第一辑，1986年版。

王家范《晚明江南士大夫的历史命运》,《史林》1987年第2期。

王薇生《苏联汉学家评〈聊斋志异〉》,《明清小说研究》1988年第2期。

毕庶春《试论〈聊斋〉与巫、史之关系》,《文学遗产》1988年第3期。

姜光斗《论蒲松龄与佛教》,《明清小说研究》1990年Z1期。

李令福《清代山东省粮食亩产研究》,《中国历史地理论丛》1993年第2期。

翟学伟《中国人际关系的特质——本土的概念及其模式》,《社会学研究》1993年第4期。

罗秉恕《〈楚辞〉的启示：略述李贺诗歌创作的“巫”心态》,《文学评论》1993年第4期。

安国梁《论〈聊斋志异〉的宗教体系》,《传统文化与现代化》1993年第5期。

刘明晔《青箱杂记点校本补正》,《古籍整理研究学刊》1993年第6期。

胡渐逵《〈聊斋志异〉对科举制的批判及其局限》,《益阳师专学报》1994年第1期。

吴建华《科举制下进士的社会结构和社会流动》,《苏州大学学报》1994年第1期。

任继愈《农民禅与文人禅》,《传统文化与现代化》1995年第1期。

冯修齐《〈桑间野合〉画像砖考释》,《四川文物》1995年第3期。

黄荣志《痛苦——蒲松龄的创作动力》,《明清小说研究》1995年第4期。

程国赋《情之至者,鬼神可通——从重情的角度谈〈聊斋〉对唐传奇的改编》,《明清小说研究》, 1995年第4期。

吴企明《长吉诗艺术渊源论》,《文学遗产》1997年第6期。

郭英德《悬置名著》,《文学评论》1999年第2期。

吴企明《长吉诗注新解》,《铁道师院学报》1999年第6期。

马瑞芳《〈聊斋志异〉的男权话语和情爱乌托邦》,《文史哲》2000年第4期。

吴存存《明中晚期社会男风流行状况叙略》,《中国文化》2001年Z1期。

陈庆纪《从〈聊斋志异〉看蒲松龄宗教观的价值取向》,《蒲松龄研究》2001年第2期。

王跃生《十八世纪后期中国男性晚婚及不婚群体的考察》,《中国社会经济史研究》2001年第2期。

宋莉华《清代笔记小说与乾嘉学派》,《文学评论》2001年第4期。

常建华《明代溺婴问题初探》,《中国社会历史评论》第四辑,商务印书馆2002年版。

张景庭《聊斋志异中"道士"与"和尚"形象之探析》,辅大中研所学刊第12期。

吴素萍《聊斋志异中奇幻女性形象的文化心理浅析》,《丽水师范专科学校学报》2003 年第 1 期。

张成水《蒲留仙与辛稼轩词作比较谈》,《蒲松龄研究》2003 年第 2 期。

刘浦江《宋代宗教的世俗化与平民化》,《中国史研究》2003 年第 2 期。

马瑞芳《死魂灵求仕的血泪文章——蒲松龄笔下的书生形象》,《山东大学学报》2003 年第 4 期。

洛保生、张伟丽《〈聊斋文集·康熙四十三年记灾前篇〉浅探》,《蒲松龄研究》2004 年第 1 期。

于天池《三径蓬蒿贫处士 一囊皮骨病维摩》,《明清小说研究》2004 年第 3 期。

杨同军《谈佛教词语"业"向"孽"的嬗变》,《宗教学研究》2004 年第 4 期。

李剑国《亡灵忆往：唐宋传奇的一种历史观照方式》,《南开学报》2004 年第 3、4 期。

袁世硕《续幽明之录，诉弥天之怨——公孙九娘发微》,《蒲松龄研究》2005 年第 3 期。

龚鹏程《乾嘉年间的鬼狐怪谈》,《中华文史论丛》第 86 辑。

李渝刚《试议〈聊斋志异〉一书中的几个佛经问题》,《蒲松龄研究》2007 年第 3 期。

骆冬青《论〈聊斋志异〉的诗性叙事》,《明清小说研究》2007 年第 4 期。

袁世硕《〈田七郎〉恩报主题的超越》,《蒲松龄研究》2008 年第 2 期。

柳岳武《〈聊斋志异〉史料价值探微》,《史学月刊》2010 年第 6 期。

王昕《从拟话本编创方式论李渔"无声戏"说的价值和意义》,《文艺研究》2010 年第 7 期。

李荣昌《蒲松龄一生的经济状况》,《常熟理工学院学报》2011 年第 1 期。

吴怀东《唐传奇与诗化小说》,《社会科学研究》2011 年第 6 期。

曹淑媛《〈聊斋志异〉里的佛禅层次》,《蒲松龄研究》2012 年第 3 期。

程光炜《最为多情是妇人——贾平凹小说〈黑氏〉》,《文艺争鸣》2012年第10期。

张艾平《血腥犹染旧罗裙只是当年难为说——〈聊斋志异〉中的战创之痛》,《蒲松龄研究》2013年第1期。

张永葳《古代小说评点类型的分野：金圣叹论文型小说评点刍议》,《明清小说研究》2013年第2期。

王昕《1703—1704：蒲松龄身历的灾荒与他的生活》,《中国文化研究》2013冬之卷。

孙正军《中古良吏书写的两种模式》,《历史研究》2014年第3期。

王昕《〈聊斋志异〉“花妖狐魅”中的史实与话语建构》,《河北学刊》2014年第4期。

王昕《聊斋志异诗性的温情与偏狭》,《文学评论》2016年第1期。

周丽艳、郑晓峰《巫史叙事与穆天子传的文献性质》,《古籍整理研究学刊》2016年第3期。

王昕《论志怪与古代博物之学》,《文学遗产》2018年第2期。

谭光辉《论欲望：社会发展的情感动力》,《西南民族大学学报》2020年第1期。

王昕《论经传神学对六朝志怪的影响》,《中国人民大学学报》2020年第4期。

王昕《从“放马滩”到演绎“至情”的〈牡丹亭〉——论“死而复生”志怪中的巫术与文学》,《南开学报》2020年第6期。

〔日〕藤田祐贤撰，王孝廉译《蒲松龄与〈聊斋志异〉》,《幼狮月刊》1973年9月第38卷第3期。

〔捷克〕普实克撰，苏正隆译《蒲松龄〈聊斋志异〉诞生的背景之探讨》,《中外文学》6卷3期。

〔捷克〕普实克撰，李士钊译《蒲松龄〈聊斋志异〉最初定稿时间的探讨》,《东岳论丛》1980 年版。

〔日〕户仓英美《聊斋志异——在“志异”的潮流中》,《蒲松龄研究》1992 年第 4 期。

〔美〕白亚仁《〈田七郎〉与〈聂政传〉故事探源》,《文史哲》1992 年第 4 期。

〔日〕小南一郎《搜神记的结构》,《冰茧彩丝集》(纪念缪钺教授暨从教七十年论文集),成都出版社 1994 年版。

〔日〕八木章好撰,陶振纲译《蒲松龄与李贺》,《蒲松龄研究》1996 年第 3 期。

〔美〕白亚仁《论〈王者〉的由来》,《蒲松龄研究》2000 年 Z1 期。

〔美〕白亚仁《〈遵化署狐〉故事源流补考》,《文史哲》2008 年第 5 期。

〔美〕白亚仁《〈林四娘〉故事源流补考》,《福州大学学报》2008 年第 5 期。

〔美〕白亚仁《〈林四娘〉故事源流再考》,《福州大学学报》2012 年第 1 期。